J. KENNER

# Year of Passion

Juli – August – September

J. KENNER

# YEAR *of* PASSION

## JULI
## AUGUST
## SEPTEMBER

Drei Romane in einem Band

Aus dem Amerikanischen von Martin Bayer,
Nicole Hölsken, Emma Ohlsen und Marie Rahn

DIANA

MIX
Papier aus verantwortungsvollen Quellen
FSC® C083411
FSC
www.fsc.org

Verlagsgruppe Random House FSC®N001967

Deutsche Erstausgabe 05/2019

Die Originalausgabe erschien 2018 unter dem Titel *Man of the Month. Turn me on. Shake it up. All night long* bei Martini & Olive.
Das Bonusmaterial erschien 2018 in J. Kenner, Suzanne M. Johnson: *Bar Bites* bei Evil Eye Concepts, Inc.

Übersetzung: Martin Bayer (September), Nicole Hölsken (August, Nolan & Shelby), Emma Ohlsen (Juli, Rezepte), Marie Rahn (Spencer & Brooke)
Redaktion: Anita Hirtreiter, Antje Steinhäuser
Umschlaggestaltung: t. mutzenbach design, München
Covermotiv: © Image Source, PeopleImages / gettyImages und Ollyy, surachet khamsuk, Christopher Hall, MrVander / shutterstock.com
Satz: Christine Roithner Verlagsservice, Breitenaich
Druck und Bindung: CPI books GmbH, Leck

Printed in the Czech Republic
IISBN 978-3-453-36025-9

www.diana-verlag.de

Dieses Buch ist auch als E-Book lieferbar.

# INHALT

# YEAR *of* PASSION

## JULI

*Die Vereinbarung ist klar: Wir sehen uns nur einmal im Monat. Doch Amandas hinreißender Körper und ihre freche Art machen mich schon seit über einem Jahr verrückt.*

*Jetzt, da ich nach Austin ziehe, will ich sie ganz.*

*Es gibt nur ein Problem: Amanda ist zufrieden mit unserem Arrangement. Doch ich werde sie verführen. Ich werde ihr zeigen, dass es nichts Süßeres gibt, als jede Nacht in meinem Bett zu verbringen …*

# 1

*Juli, ein Jahr zuvor*

»Ehrlich, Amanda, ich bin fünfzehnhundert Meilen weit weg«, sagte Jenna Montgomery, war jedoch so deutlich zu verstehen, als säße sie im The Fix on Sixth auf einem Barhocker neben ihrer Freundin. »Wie, bitte schön, soll ich von hier aus die Lage sondieren, wenn du mir nichts gibst, mit dem ich etwas anfangen kann?«

Amanda Franklin biss sich auf die Unterlippe, um nicht in albernes Kichern auszubrechen. Die Lage sondieren? Jenna redete, als hätten sie es mit Spionage zu tun.

Aber vielleicht war der Vergleich ja gar nicht so falsch. In Kinofilmen war Spionage jedenfalls immer ein gefährliches Spiel, in dem Fehlinterpretationen kleinster Signale zum tödlichen Ende führen mochten.

War das nicht bei jedem ersten Date so?

»Ist er süß?«, fragte Jenna.

»Würde ich dich sonst anrufen?«

»Stimmt auch wieder. Was macht er gerade?«

»Tiffany bedient an seinem Tisch. Er hat etwas bestellt. Ich glaube, er – oh! Er braucht eine Lesebrille.«

»Ist das schlecht?«, wollte Jenna wissen.

Amanda gab ein kehliges Knurren von sich. »Ganz sicher nicht, nein. Und bei dem Kerl schon gar nicht.« Als er ihr eben aufgefallen war, hatte er die Speisekarte in der Hand gehabt, sie hatte allerdings geglaubt, die Brille gehörte zum – sehr, sehr attraktiven – Gesamtbild. Doch nun hatte er die Karte weggelegt und die Brille abgenommen und in ein Etui gesteckt.

Gleichzeitig hob er den Kopf, und zum zweiten Mal begegneten sich ihre Blicke. Wie zuvor verschlug es Amanda den Atem angesichts der hellgrauen Augen, in denen eine Glut steckte, die ihre unterkühlte Farbe Lügen strafte.

»Da, er hat schon wieder hergesehen«, sagte Amanda, nahm ihre Jalapeño-Margarita, stellte das Glas aber sofort wieder ab, als sie feststellen musste, dass es bereits leer war. »Dieser Kerl ist ...«

»Was? Was ist dieser Kerl?«, hakte Jenna ungeduldig nach, als Amanda den Satz nicht zu Ende sprach, weil sie offenbar nicht die richtigen Worte fand, um ihn zu beschreiben.

»Irgendwie eindringlich. Ich weiß nicht. Seine Augen sind der Wahnsinn.«

»Und bildest du dir das vielleicht nicht doch ein? Dass er etwas von dir will, meine ich? Du hast doch gesagt, dass jemand bei ihm ist, oder? Wenn er ein Date hat und dir schöne Augen macht, ist er ein totaler Arsch, und so einen willst du ja wohl nicht, oder?«

»Ich glaube nicht, dass er ein Date hat. Er sitzt mit einem toll aussehenden Schwarzen am Tisch, der Whisky trinkt, aber ich spüre keine schwulen Schwingungen. Im Gegenteil. Tatsächlich geraten gerade bei mir alle weiblichen Körperteile ins Schwingen.«

»Durch Mr. Lesebrille?«

»Durch beide, aber nur Mr. Lesebrille weiß, dass ich existiere. Mr. Whisky hat mich noch kein einziges Mal angesehen. Mr. Lesebrille dagegen immer wieder. Irgendwie ist das ...« Mit einem Schulterzucken, das Jenna nicht sehen konnte, ließ sie den Satz verklingen.

»Was?«, fauchte Jenna durchs Telefon.

»Scharf«, gab Amanda zu. Sie hätte es nicht erklären können, doch tatsächlich hatte sein Blick etwas an sich, was ihr an den richtigen Stellen ein Prickeln verschaffte. Und sie musste davon ausgehen, dass es unmittelbar mit ihm zu tun hatte, denn er war wahrlich nicht der Erste, der ihr glühende Blicke durch die Bar hinweg zuwarf.

»Na, dann hol ihn dir«, sagte Jenna. »Oder vielleicht lieber doch nicht, weil … Egal! Verdammt, auf Distanz allerbeste Freundin zu sein ist gar nicht lustig.«

»Das ist wahr«, stimmte Amanda ihr zu. »Aber was wolltest du gerade sagen?«

»Hab ich vergessen.«

Amanda zog die Nase kraus. »Uh-oh, klingt nach einer glatten Lüge.« Sie drehte sich schwungvoll mit dem Hocker zur Theke und signalisierte dem Barkeeper, ihr noch einen Drink zu bringen. Heute stand Reece, einer der Besitzer, selbst hinter der Bar. »Komm schon, spuck's aus«, fügte sie hinzu, während sie sich wieder zu Mr. Lesebrille umdrehte.

»Ich weiß nicht«, sagte Jenna. »Sich mit hübschen Jungs zu trösten ist ja schön und gut, aber in letzter Zeit hast du …«

»… ganz schön wild in der Gegend rumgevögelt?«

»Das hab ich nicht gesagt!«, stieß Jenna entrüstet hervor, als Reece ihr gleichzeitig einen frischen Margarita über den Tresen schob.

»Wer hat ganz schön wild in der Gegend rumgevögelt?«, fragte er.

»Jenna«, scherzte Amanda und staunte, als sich seine Miene verfinsterte.

»Hey«, tönte Jenna aus dem Telefon. »Mit wem sprichst du?«

»Mit deinem besten Freund, der in der Rangfolge noch über mir steht. Ich muss gleich weg, also lasse ich euch zwei noch ein bisschen plaudern, während ich meinen Drink runterspüle.« Sie verabschiedete sich von Jenna und reichte dann das Telefon an Reece weiter.

Reece grinste, vermutlich über etwas, was Jenna gesagt hatte, und Amanda bedeutete ihm wortlos, ihr die Rechnung zu bringen. Da die zwei ewig miteinander telefonieren konnten, war es besser, das vorher zu erledigen. Nachdenklich nahm sie einen Schluck aus ihrem Glas und drehte sich langsam wieder zu Lesebrille um.

*Sich mit hübschen Jungs zu trösten …*

*Ganz schön wild in der Gegend rumvögeln …*

Die Worte huschten durch ihren Kopf wie Gespenster mit hauchdünnen luftigen Schleiern.

*Das hab ich nicht gesagt!*, hatte Jenna sofort protestiert. Aber vielleicht hätte sie es besser ausgesprochen. Weil es womöglich sogar der Wahrheit entsprach.

Seufzend nippte sie erneut an ihrem Drink und genoss die Schärfe auf ihrer Zunge, die ihr so viel besser bekam als der schale Nachgeschmack der versteckten Kritik.

Tatsächlich war sie seit der Geschichte mit Leo ein gebranntes Kind. Und, klar, es war schon neun Monate her, seit sie zum letzten Mal mit diesem Mistkerl geredet hatte, doch das änderte nichts daran, wie tief sie das verletzt hatte. Ihre Freunde hatten natürlich mitbekommen, dass sie sich nicht im Guten getrennt hatten, aber nicht einmal Jenna wusste, dass Leo und sie heimlich hatten heiraten wollen.

Doch dann hatte er die Bombe platzen lassen, und sie hatte feststellen müssen, dass sie den Mann, mit dem sie den Rest ihres Lebens verbringen wollte, gar nicht wirklich kannte. Einen Mann, der etwas von »Fehler«, »rosaroter Brille« und »im Rausch erster Verliebtheit« faselte. Es täte ihm leid, aber er habe sich etwas vorgemacht, versicherte er ihr. Es sei doch keine echte Liebe gewesen. Nein, geliebt habe er sie nie.

*Bäm.* Heruntergeklappte Kinnlade. Tragische Geigenmusik.

Und um dem Ganzen die Krone aufzusetzen, hatte sie in ihrem Job auf der Stelle getreten, weil ihr ehemaliger Chef befürchtet hatte, sie könne durch ihre Beziehung mit Leo ihr Privatleben über den Beruf stellen und ihren Biss verlieren. Anstatt sie also wie versprochen zu fördern und ihr seinen Kundenstamm und seine Kontakte zu überlassen, als er in den Ruhestand gegangen war, hatte er das ganze hübsche Paket an einen ehrgeizigen Makler mit Single-Status weitergereicht. Natürlich nicht offiziell, aber Amanda war ja nicht dumm.

Nun, vielleicht war sie es doch. Schließlich hatte sie sich in Leo verliebt, nicht wahr?

Weswegen für Amanda nun galt: bloß gucken, nicht anfassen.

Okay, das stimmte so natürlich auch nicht. Und ob sie anfasste. Was nicht bedeutete, dass sie das Produkt dann auch kaufte.

Für eine Maklerin, die auf hochpreisige Immobilien spezialisiert war, gehörte ein funktionierendes Netzwerk unbedingt zum Job, und so war Amanda viel unterwegs – Verabredungen, Geschäftsessen, zwanglose Drinks. Wie immer man es nennen wollte. War sie mit Männern unterwegs, führte das oft zu einer Provision der etwas besonderen Art, was Amanda nur recht war, denn abgesehen davon, dass es gut fürs Geschäft war, war es auch gut für ihr Ego.

Aber darüber hinaus? Nun ja. Ihre Freundinnen gingen alle davon aus, dass sie ein aufregendes Liebesleben hatte, bloß weil sie ständig schmutzige Witze riss, und Amanda machte sich nicht die Mühe, sie aufzuklären. Wozu hätte sie das tun sollen? Nicht einmal Jenna wusste, in welchem Ausmaß Amanda *nicht* durch die Betten hüpfte.

Denn Amanda ließ sich nur dann auf eine Nacht mit einem Kerl ein, wenn sie sich sicher war, dass daraus nichts Ernstes entstehen konnte – am allerwenigsten eine Beziehung. Noch war sie zu betäubt von der letzten Enttäuschung, und sie dachte ja gar nicht daran, sich noch einmal so tief verletzen zu lassen.

Außerdem würde sie sich viel zu früh ihrer besten Geschäftsstrategie berauben, denn als Singlefrau hatte man bei männlichen Kunden einfach die besten Chancen. Ja, verdammt, Leo hatte ihr im Grunde einen Gefallen getan. Bevor er und sie sich getrennt hatten, hatte sie sich durchbeißen müssen, doch jetzt erholte sich ihr Konto zusehends.

O ja, bei ihr lief es gerade verdammt gut. Kein Grund, es sich wieder zu versauen.

Was andererseits bedeutete, dass sie sich von Mr. Lesebrille fernhalten musste. Denn selbst aus der Distanz konnte sie spüren, dass er ein Mann war, von dem sie nicht einfach wieder würde lassen können, wenn sie sich zugestand, ihm näherzukommen. Und dass das nicht passieren durfte, verstand sich von selbst.

Also wieder einmal bloß gucken, nicht anfassen, und während Amanda sich die letzten Tropfen ihrer Margarita schmecken ließ, sah sie zu, wie Mr. Lesebrille und Mr. Whisky aufstanden, sich die Hände schüttelten und auf den Ausgang zugingen. Freunde, dachte sie. Wahrscheinlich Kollegen oder Geschäftspartner, später dann zu Freunden geworden. Sie spielten aber vermutlich nicht zusammen Golf ...

Nachdenklich runzelte sie die Stirn. Radfahren, entschied sie schließlich nach eingehender Musterung ihrer schlanken, trainierten Körper. Sie fuhren zusammen Rad, darauf hätte sie wetten mögen.

Ihr Talent, die Leute einzuschätzen, war im Beruf ihre Geheimwaffe, und sie lag selten daneben. Leo war die eine bedauernswerte Ausnahme gewesen. Sie hatte ihn kennengelernt, als sie ihm ein Haus in West Lake verkauft hatte, und in seinem Fall hatte ihre Menschenkenntnis total versagt.

Sie wandte sich wieder der Bar zu, um ihr Telefon einzustecken und die Rechnung zu bezahlen, aber nur ihr Smartphone lag auf der Theke. Die Rechnung fehlte.

Wieder winkte sie Reece und bedeutete ihm, dass sie zahlen wollte.

»Schon geschehen«, sagte er, doch weil er ein ganzes Stück von ihr entfernt hinter der Bar stand, war sie sich sicher, ihn missverstanden zu haben.

»Sorry – was meintest du gerade?«, rief sie ihm zu.

Er kam näher und deutete mit dem Kopf auf den inzwischen leeren Tisch von Mr. Lesebrille, an dem Tiffany gerade das Trinkgeld einsammelte.

Amanda hätte fast gelacht. Wenigstens wusste sie jetzt, dass sie sich sein Interesse nicht eingebildet hatte. Dennoch. Was für eine verpasste Gelegenheit.

Es war schon nach sechs, und sie überlegte, ob sie ein paar von Tyrees köstlichen Häppchen bestellen und sie zum Abendessen deklarieren sollte, aber sie fühlte sich seltsam unruhig. Sie musste sich bewegen. Ein Stück gehen. Also steckte sie ihr Telefon in die Handtasche, winkte Reece zum Abschied und verließ das The Fix.

Als sie auf den Gehweg trat und gerade in Richtung Westen losgehen wollte, entdeckte sie ihn. Mr. Lesebrille. Er stand ein kurzes Stück entfernt, sodass man ihn aus dem The Fix nicht mehr hatte sehen können. Obwohl er sein Handy so hielt, als habe er sich soeben seine Nachrichten angesehen, galt seine gesamte Aufmerksamkeit ihr.

»Eine Viertelstunde noch, dann wäre ich wieder reingekommen.« Sein texanischer Akzent war so weich, dass er beinahe einer Liebkosung gleichkam. Für Amanda fühlte es sich jedenfalls wie eine an.

Nur mit Müh und Not konnte sie den Anschein von Gelassenheit wahren. »Du hast auf mich gewartet?«

»Ich würde das davon abhängig machen, ob dich das abschreckt oder freut«, antwortete er, und sie musste lachen.

»Wie wär's mit einer dritten Möglichkeit? Neugierig macht?«

»Das wäre auch okay.« Er trat einen Schritt auf sie zu, und sie konnte nicht umhin zu bemerken, wie sich seine Jeans an seine Beine schmiegte. Er trug ein weißes Button-Down-Hemd, unter dem die Umrisse eines schlichten T-Shirts auszumachen waren. Seine Haare waren kurz geschnitten, und ein Bartschatten hob die Konturen seines kräftigen Kinns hervor.

Der Mann sah verdammt gut aus, das war nicht zu leugnen, aber es waren vor allem die Augen, die Amanda fesselten. Das helle Grau wirkte im Licht fast silbern, und er fixierte sie mit einer Intensität, die sie körperlich spürte.

»Warum?«

Er zog die Brauen hoch. »Warum das okay wäre?«

Sie verzog das Gesicht. »Warum du auf mich gewartet hast.«

Ein Mundwinkel wanderte aufwärts, und sie sah die Antwort in seinem Blick, als Verlangen darin aufflammte, ebenso wie ein verführerisches Versprechen, das eine wohlige, prickelnde Wärme in ihr erzeugte.

»Darf ich dir einen Drink ausgeben?«

Sie war sich nicht sicher, was sie erwartet hatte, aber in Anbetracht der Tatsache, dass es zwischen ihnen knisterte, ganz sicher nicht das.

Amüsiert warf sie einen kurzen Blick zu der Fensterfront des The Fix. »Hast du doch schon.«

»Das stimmt auch wieder. Gern geschehen.«

Wieder lachte sie. »Du hast recht, da war ja noch was. Danke.«

»Noch mal gerne. Also, dann vielleicht etwas anderes? Eine schummrige Strip-Bar? Oder Amy's Ice Cream?«

Sie musste über die Nebeneinanderstellung lachen. »Verführerisch.«

Sein Blick fing ihren ein. »Wir könnten auch einfach ein Stück spazieren gehen. Sag einfach, worauf du Lust hast.«

Sie holte tief Luft. Die unschuldigen Worte, die so gar nicht unschuldig vorgetragen wurden, erregten sie. Sie rieb sich die verschwitzten Handflächen am Rock trocken. »Warum?«

Seine Lippen zuckten. »Wenn du das nicht schon weißt, lautet deine Antwort wahrscheinlich Nein. Was ich sehr schade finden würde.«

Sie überlegte, ob sie ihm eine Lüge auftischen sollte. In ihren Augen war er sowieso viel zu attraktiv. Es wäre ein Leichtes, seine Gesellschaft zu genießen, ihn in ihr Herz zu schließen und sich in etwas verwickeln zu lassen, was sie im Moment weder wollte noch brauchte.

Doch dann lächelte er, und sie konnte nicht anders – sie musste sein Lächeln erwidern. »Ich wäre für den Drink.«

Er deutete mit dem Kopf auf das The Fix. »Nach dir?«

So gerne sie sich im The Fix auch aufhielt, sie kannte dort zu viele Leute. Wenn Mr. Lesebrille und sie den Laden wieder verlassen würden, hätte Reece schon Jenna Bescheid gesagt, und sie hätte ein halbes Dutzend SMS und Sprachnachrichten auf dem Smartphone.

»Hättest du denn eine Alternative?«

»Auf jeden Fall«, antwortete er. »Wie wäre es mit dem Winston Hotel?«

»Ist mir recht.« Das hiesige Haus der international vertretenen Hotelkette mit texanischen Wurzeln war fußläufig zu erreichen und hatte eine schicke Bar. »Ich bin übrigens Amanda.« Sie hielt ihm die Hand hin.

Er nahm sie, und pure Lust schoss durch ihren Körper. Ja, er sprach sie definitiv an. »Derek«, stellte er sich vor. Sein Tonfall verriet nicht, ob er eine ähnliche Reaktion verspürte, doch er hielt ihre Hand etwas länger, als die Etikette erforderte, und als er sie losließ, musste Amanda sich zusammennehmen, um sich ihre Enttäuschung nicht anmerken zu lassen.

»Bist du von hier?«, fragte sie, während sie auf den Fluss zuschlenderten.

»Nein, aber ich mag die Stadt. Ich bin oft geschäftlich in Austin. Jetzt auch.« Fast verstohlen warf er ihr einen Seitenblick zu. »Ich muss morgen früh wieder nach Dallas zurück.«

»Oh.« Die meisten Frauen wären wohl nicht entzückt gewesen zu erfahren, dass ihr Date für den Abend sich in geografischer Hinsicht als problematisch erwies. Aber Amanda war nicht wie die meisten Frauen. Was sie betraf, hatte sich die Attraktivität von Mr. Lesebrille dadurch gerade noch einmal gesteigert.

Sie schenkte ihm ein Lächeln. »Dann, schätze ich, ist es wirklich ein Glück, dass wir uns getroffen haben.«

»Absolut«, sagte er inbrünstig, und das Feuer in seinem Blick hätte wohl jede Frau zum Schmelzen gebracht. »Das sehe ich genauso.«

# 2

»Also, bist du nun ein Filmstar oder was?«

Amanda hatte die Frage als Scherz gemeint, hätte sich aber nicht gewundert, wenn er Ja gesagt hätte. Sie saßen seit einer guten Viertelstunde an einem ruhigen Tisch in der kleinen Bar, und für das Personal und einige Gäste war er anscheinend die Hauptattraktion. Nahm man seinen herrlich trägen Schlafzimmerblick und seine sinnliche Art, sich zu bewegen, hinzu, konnte sie mit ihrer Vermutung eigentlich nicht weit danebenliegen.

Seine Mundwinkel zuckten amüsiert. »Du schmeichelst mir«, sagte er. »Aber wie um alles in der Welt kommst du darauf?«

»Na ja, zum einen siehst du fantastisch aus.«

»Oh, vielen Dank. Dasselbe denke ich schon den ganzen Abend über dich. Wie unfassbar schön du in deinem perfekt sitzenden Kleid bist. Und wie schön du erst ohne sein musst.«

Nun war es an Amanda, amüsiert zu grinsen. »Nicht schlecht«, sagte sie, streifte ihren Schuh ab und rieb ihm mit den Zehen über den Fußknöchel. »Aber wenn du glaubst, dass du mich mit einem kleinen Kompliment ins Bett kriegen kannst, irrst du dich. Streng dich lieber ein bisschen mehr an.«

Er hatte gerade sein Glas an die Lippen gehoben, zum Glück aber noch keinen Schluck genommen, denn das Lachen blubberte aus ihm heraus. Es klang tief und kehlig, einfach durch und durch sexy.

»Okay, verstanden. Ich arbeite an meinen Aufreißersprüchen.«

»Gute Idee.« Grinsend nippte auch sie an ihrem Weinglas. Sie hatte keine Ahnung, was zwischen ihr und diesem Kerl lief, aber sie wusste sehr wohl, dass es ihr in seiner Gesellschaft immens gut gefiel. Sie mochte seinen Sinn für Humor, und irgendwie war ihre Unterhaltung auf dem Weg zum Hotel von höflichem Geplauder zu einem prickelnden Flirt übergegangen.

Unter anderen Umständen hätte sie an diesem Punkt sofort die Notbremse gezogen, sogar im Falle einer derart starken Anziehung, wie sie zwischen ihnen eindeutig bestand; schließlich hatte sie ihre Prinzipien. Doch dieser aufregende Mann, der nicht in der Stadt lebte und morgen früh schon abreisen würde, schien ihr nahezu perfekt für eine nette kleine Affäre.

Was aber noch wichtiger war: Sie wollte ihn.

Und es war verdammt lange her, dass sie einen Mann wirklich begehrt hatte.

»Außerdem«, setzte sie wieder an, während ihr Zeh erneut über seinen Knöchel strich, »war das ein ziemlich lahmer Versuch, meiner ursprünglichen Frage auszuweichen.«

»Ich bin kein Filmstar«, antwortete er. »Und ich bin nicht davon ausgegangen, dass du sie ernst gemeint hast.«

Sie hob halb die Schultern. »Seit wir das Hotel betreten haben, lässt dich das Personal nicht aus den Augen. Und der Service ist exzellent. Du musst jemand ganz Besonderes sein.«

»Oh, das bin ich.«

»Aha. Und wer?«

Er beugte sich vor, und sein Blick war so eindringlich, dass ihr Herz einen Schlag aussetzte. »Ich bin der Mann, den du anflehen wirst.«

»Oh.«

Ihr Mund war plötzlich staubtrocken. Sie schluckte, als das Verlangen ihr Blut aufheizte. Am liebsten hätte sie Dereks Hand gepackt, ihn in ein Zimmer geschleift und ihn aufgefordert, seinem vollmundigen Versprechen Taten folgen zu lassen.

Aber Amanda verlor auch nicht gerne, und was sich zunächst wie harmlose Neckerei angefühlt hatte, schien nun ein Spiel, ein aufregendes, verführerisches, unartiges Spiel, und sie wusste ganz genau, wie ihr nächster Zug aussehen würde.

Langsam schob sie ihren Fuß sein Bein hinauf, ohne den Blickkontakt zu unterbrechen, bis ihre Zehen zwischen seinen Beinen angekommen waren und sie seine immer härter werdende Erektion spüren konnte. Der kleine Tisch war mit einem Tuch gedeckt, sodass sie verborgen agieren konnte, doch jeder, der ihre Mienen beobachtete, hätte sich denken können, was hinter dem Vorhang geschah.

»Armer Bursche«, sagte sie und machte ein besorgtes Gesicht. »In der engen Hose eingesperrt. Du könntest ihn befreien und zum Spielen rauslassen.«

Er sog die Luft ein, setzte sich gerade auf und rang eindeutig um Fassung. »Du schummelst«, sagte er anklagend.

Amanda zog die Brauen hoch. »Wieso?«

»Wenn ich vernünftig denken könnte, würde ich es dir sagen.«

Sie lachte überrascht. »Du gefällst mir«, entfuhr es ihr spontan, aber – verdammt, warum sollte sie es ihm auch nicht sagen! Sie hob ihr Glas und trank es aus. »Und, oh, sieh nur. Ich habe ausgetrunken.«

Er tat dasselbe und stellte sein Glas resolut auf dem Tisch ab. »Und schau mal einer an – ich auch.«

Mit einem verschmitzten Lächeln zog sie ihren Fuß zurück. »Dann stellt sich jetzt vermutlich die Frage, wer von uns wen anfleht. Und weswegen.«

»Ach, ich habe keinen übertriebenen Stolz.« Er nahm ihre Hand und strich mit dem Daumen über ihre Haut. »Geh mit auf mein Zimmer. Ich flehe dich an.«

»Na gut, wenn du mich so lieb darum bittest …«, konterte sie. Sein streichelnder Daumen jagte ihr einen Schauder über den Rücken.

»Komm«, sagte er und stand auf. Ihr Blick fiel auf die deutlich sichtbare Schwellung in seiner Hose, und sie sah mit einem frechen Grinsen zu ihm auf.

»Wir sollten dir schnellstens Erleichterung verschaffen.«

»Das ist der Plan.« Mit einer raschen Bewegung justierte er den verräterischen Körperteil, dann setzte er sich in Richtung Fahrstuhl in Bewegung. Sie ging neben ihm her und musste sich das Grinsen verbeißen.

Er bedachte sie mit einem raschen Seitenblick. »Ich hoffe, dir ist klar, in was für Schwierigkeiten du dich manövriert hast ... Und dass du das wirst ausbaden müssen.«

»Ach, komm schon. Keine leeren Versprechungen, ja?«

Er lachte leise.

»Musst du keine Rechnung unterzeichnen?«

»In der Bar, meinst du?« Er schüttelte den Kopf. »Die kennen mich.«

»Wenn du das sagst ...«

Er lachte. »Alles in Ordnung, versprochen. Und ich möchte im Augenblick lieber nicht warten, verstehst du?«

Und ob sie das verstand, denn ihr ging es genauso. Er nahm ihre Hand, und sie betraten den Fahrstuhl gemeinsam mit einem Paar, das schwer an riesigen Einkaufstüten trug.

Er stellte sich an die Wand, zog sie mit dem Rücken an sich, schlang seine Arme um sie und hielt sie fest, sodass sie seine Erektion an ihrem unteren Rücken spürte.

Das andere Paar stand dicht an den Türen, als wollte es möglichst rasch die Flucht ergreifen, und blickte sich nicht um. Wodurch ihm entging, dass Derek seine Hand abwärtsschob und über ihre Scham legte.

Der Druck seiner Hand, gepaart mit dem Gefühl seiner Erektion am Rücken, reichte aus, um Amanda extrem unruhig zu machen. Ihr Körper prickelte und summte überall, und sie war sich jeder Stelle, an der sie Derek spürte, hyperbewusst. Sie sehnte sich danach, sich die Kleider vom Leib zu reißen, um ihn an ihrer Haut zu spüren, aber das ging natürlich nicht – noch nicht! Also biss sie sich auf die Unterlippe, schluckte und versuchte sich zu entscheiden, ob die Fahrt nach oben sehr, sehr schnell oder besonders langsam gehen sollte.

Tatsächlich ging es verflixt schnell. Ihr Ziel war der siebte Stock, das des anderen Paars jedoch ebenfalls. Es gab also nicht mehr Handlungsspielraum; sie mussten sich mit der intimen Position begnügen, in der sie sich bereits befanden.

Aber die hatte es in sich. Als Vorspiel war sie verdammt effektiv, und als sie schließlich aus der Kabine traten, spannten Amandas Brüste, und ihre Muschi war so geschwollen, dass sie sie beim Gehen spürte.

Endlich hatten sie sein Zimmer erreicht, und hastig führte er die Karte durchs Lesegerät. Die Tür ging auf, und er zog sie hinein, riss sie an sich und zerrte ihr das Kleid über den Kopf.

Dann rückte er ein Stück ab und sah sie an. Ein Seufzer entwischte ihm. »Gott, bist du schön.«

»Bitte«, flehte sie, während sie sein Hemd aus der Hose zog und es aufknöpfte, um ihm endlich über die Brust und den Bauch streichen zu können.

»Ich will dich anfassen«, flüsterte er. »Oh, Amanda, du hast etwas an dir, was mich in Brand setzt. Ich kann nicht mehr warten. Oder vielleicht kann ich, aber ich will verdammt noch mal nicht.«

»Ich auch nicht«, sagte sie. »Wo ist dein Schlafzimmer?«

Er nahm ihre Hand und führte sie hinein. Daraufhin neigte er den Kopf und betrachtete sie nachdenklich.

»Was ist?«

»Ich glaube mich zu erinnern, dass du bestraft werden solltest.«

»Ach, tatsächlich? Und was schwebt dir vor?«

»Stripp für mich.« Er ließ sich auf dem Sessel nieder.

»Nein.« Sie schüttelte den Kopf, trat einen Schritt vor und baute sich vor ihm auf. Sie trug noch ihre High Heels, Rock, BH und das Höschen – falls der durchnässte String als solches durchging.

Während ihr Blick seinen fixierte, steckte sie sich den Finger in den Mund und sog daran. Dann schob sie ihn in den Bund ihres Rocks und zwischen ihre Schamlippen und streichelte sich selbst. Obwohl er nicht sehen konnte, was sie unter dem Rock tat, sagte sein wilder, gieriger Blick ihr, dass er es sich sehr genau vorstellen konnte, und das machte sie umso heißer.

»Willst du was davon? Dann zieh mich aus.« Sie drehte sich um, damit er an den Reißverschluss kam.

»Baby, ich denke, wir werden Spaß haben«, sagte er. Er zog den Reißverschluss auf und schob ihr den Rock über die Hüften. »Wunderschön«, murmelte er und streichelte ihren Hintern. »Spreiz die Beine, beug dich vor und pack deine Fußknöchel.«

Sie tat, was er wollte, und er ließ sich hinter ihr auf die Knie hinab, strich mit der Zunge über ihren Hintern und zog gleichzeitig den String hinab.

Sie war inzwischen so erregt, dass sie es kaum noch ertragen konnte, und biss sich fest auf die Lippe, um nicht sofort zu kommen, wenn er sie berührte. Es gelang ihr, sich zu beherrschen, doch als er mit der Zunge ihren Damm aufwärtsfuhr, glaubte sie, den Verstand verlieren zu müssen, und flehte ihn an, sie endlich zu ficken.

»Siehst du? Sagte ich nicht, dass du mich anflehen wirst?«, bemerkte er, und sie musste lachen, obwohl sie am liebsten weitergebettelt hätte.

Er stand auf, ging zum Nachttisch und kehrte mit einem Kondom zurück. »Ich weiß nicht, wie lange ich noch warten kann«, sagte er, als er es überstreifte. Dann öffnete er ihren BH-Verschluss, und sie wand sich heraus und stöhnte vor Wonne, als seine warmen Hände ihre Brüste umfassten.

Er spielte mit den Nippeln, während er die Hüften bewegte und sie mit seiner Erektion von hinten streichelte.

»Du bist so heiß, Amanda«, stöhnte er, und ihr Name auf seinen Lippen machte sie noch schärfer.

Sie richtete sich auf und drehte sich um. »Ich will dich sehen.« Nur noch in ihren High Heels stand sie vor ihm, legte ihm beide Hände auf die Brust und schubste ihn, sodass er sich auf die Bettkante setzte. Dann krabbelte sie auf ihn, rieb ihre Muschi an seinem harten Schwanz, presste ihren offenen Mund über seinen und küsste ihn stürmisch.

»Stopp«, sagte er und unterbrach den Kuss abrupt. »Bitte. Ich will in dir sein.«

Sie lachte und küsste ihn noch einmal schnell. »Jetzt sind wir quitt. Du hast auch gebettelt.«

»Biest.« Er hielt ihre Hüften und positionierte sie so, dass er sie mit seiner Schwanzspitze necken konnte. Und bald war er einen Punkt im Vorsprung, weil sie ihn anflehte, sie loszulassen, damit sie ihn endlich in voller Länge in sich aufnehmen konnte.

Und da er es genauso dringend brauchte, diskutierte er nicht mehr. Sie ließ sich auf ihn hinab, verhakte ihre Füße hinter seinem Rücken, packte seine Hüften, um ihn tiefer in sich zu ziehen, und begann, ihn zu reiten.

»Genau so, Baby«, sagte er, tauchte seine Zunge in ihren Mund und schob eine Hand zwischen ihre Körper, um ihre Klitoris zu reiben.

Wilde, elektrisch geladene Schauder durchfuhren sie, weiß glühende, zuckende Ströme, die in ihrem Geschlecht zusammenliefen. Sie bog den Rücken durch, und er nahm eine Brust in den Mund und sog so fest, dass sie es bis in ihr Innerstes spürte.

Sie stand in Flammen, jeder Nerv war hellwach, ihre Lust entfacht. »Ich bin gleich so weit«, sagte sie. »Komm mit, Derek, bitte komm mit.«

Er sagte nichts, aber sie sah den Sturm in seiner Miene aufziehen, und dass sie seine nahende Ekstase zu verantworten hatte, berauschte sie. Es war wie Magie, und als der Gedanke sich in ihrem Kopf festsetzte, explodierte sie, rammte sich gegen ihn, um noch mehr Reibung, noch mehr Druck zu erzeugen, und riss ihn mit, bis sie beide keuchend und befriedigt auf das immer noch vollständig gemachte Bett zurücksanken.

»Wow«, sagte Amanda, als sie wieder atmen konnte. Sie bewegte ihre Beine, die mit seinen verschränkt waren, und wandte sich ihm zu. »Im Ernst jetzt – wow!«

Derek grinste. »Ich nehme das als Kompliment.«

»Unbedingt.« Sie rückte näher und küsste ihn. »Das war ein wunderbarer Abend.«

»Klingt, als wolltest du dich schon verabschieden.«

»Ich muss morgen früh raus.« Das war die Wahrheit; andernfalls wäre Amanda zu bleiben versucht gewesen. Plötzlich fiel ihr auf, dass sie ihm noch gar nicht gesagt hatte, womit sie ihre Brötchen verdiente. Obwohl er eindeutig Geld hatte und das wichtige Kunden für sie bedeuten konnte. Oder er selbst ein Kunde sein mochte.

Das war gar nicht ihre Art, und diese Erkenntnis beunruhigte sie auf einmal ein wenig.

»Alles in Ordnung?«, fragte er. »Du wirkst etwas geistesabwesend.«

»Was? Oh.« Sie drückte ihm schnell einen Kuss auf die Lippen, dann schlüpfte sie aus dem Bett. »Ich war vorübergehend im Arbeitsmodus, tut mir leid. Ehrlich gesagt hätte ich mir das heute gar nicht leisten dürfen. Ich muss für morgen einiges vorbereiten.« Sie schenkte ihm ein strahlendes Lächeln. »Ich bereue es allerdings nicht.«

»Das freut mich. Ich auch nicht.«

Er blieb im Bett und sah ihr zu, wie sie sich ihr Höschen überstreifte. Es kam ihr vor wie ein umgekehrter Striptease, und einen Moment lang zog sie in Erwägung, sich im Bad anzuziehen. Aber die Anerkennung und das neu erwachte Verlangen in seinem Blick verscheuchten jeden Gedanken daran, sich der Beobachtung zu entziehen. Im Gegenteil: Sie war versucht, den Rock wieder hochzuzerren, zurück ins Bett zu krabbeln und sich auf ihn zu setzen.

*Gaaanz ruhig, Amanda.*

»Ich habe deine Frage von vorhin noch gar nicht beantwortet«, sagte er.

»Ich weiß ja nun, dass du dich nicht in Hollywood rumtreibst«, entgegnete sie, während sie das Oberteil überstreifte, »und jetzt würde ich auf Rockstar tippen. Deine Performance heute Abend war definitiv bühnenreif.«

»Schön, dass es dir gefallen hat.« Er warf die Decke zur Seite, stand auf und kam splitternackt zu ihr, was sie so ablenkte, dass ihre Finger nutzlos am Knopf ihres Rocks nestelten.

Sein freches Grinsen ließ vermuten, dass er genau wusste, wie es um sie bestellt war, und er übernahm die Aufgabe, knöpfte den Verschluss zu und zog den Reißverschluss hoch. »So, fertig. Schade eigentlich, einen so schönen Anblick zu verhüllen.«

»Tja, vielleicht wirfst du ja irgendwann noch einmal einen Blick darauf.«

Sobald sie die Worte ausgesprochen hatte, erstarrte sie. Das hatte sie nun wirklich nicht sagen wollen. Der Reiz dieser Begegnung war doch gewesen, dass sie einmalig bleiben würde. Eine Chance, ein Bedürfnis zu befriedigen, ohne sich mit Komplikationen auseinandersetzen zu müssen.

Doch als er jetzt erklärte, alle paar Monate nach Austin zu kommen, und sie fragte, ob er sie anrufen könne, antwortete sie, ohne zu zögern.

»Ja.«

»Schön«, gab er zurück, und in diesem einen Wort steckte so viel Freude, dass ihr warm ums Herz wurde.

Dennoch musste er eines verstehen. »Ich sag es dir lieber von vornherein, ich will keine Beziehung. Im Augenblick bin ich mit meinem Job verheiratet, und genau so möchte ich es haben. Aber etwas wie heute könnte mir gefallen.«

»Mir auch«, sagte er.

Sie fischte eine Karte aus ihrer Handtasche und reichte sie ihm. »Geschäftlich und privat.« Sie leckte sich über die Lippen und sprach es aus. »Und ich würde mich wirklich freuen, wenn du anrufst.«

»Das werde ich tun«, antwortete er.

Sie grinste verlegen und wusste einen Moment lang nicht, was sie tun sollte, dann steuerte sie auf die Tür zu. Sie hatte den Türknauf schon in der Hand, als er noch einmal das Wort ergriff.

»Ich habe dir noch immer nicht geantwortet.«

»Du bist eben hoffnungslos«, konterte sie. »Aber eigentlich will ich es jetzt gar nicht mehr wissen. Wenn wir uns nicht wiedersehen, ist es egal, und falls doch, kannst du es mir ja dann sagen.«

In vier großen Schritten war er bei ihr. Ohne ein Wort zog er sie an seinen nackten Körper und küsste sie so heiß und innig, dass ihre Knie nachzugeben drohten.

Als er sie losließ, atmete sie schwer, und ihr Körper flehte sie an, am kommenden Tag blauzumachen und stattdessen mit ihm im Bett zu bleiben.

Nach seinem Lächeln zu urteilen wusste er ganz genau, was ihr im Kopf umherging, doch alles, was er sagte, war: »Abgemacht.«

# 3

Anthony Winston trank einen Schluck Orangensaft und musterte seinen Sohn über den Glasrand hinweg.

Es war das übliche, wenn auch unangenehme Ritual, und Derek setzte sich gerade auf, damit sein Vater sehen konnte, was immer es zu sehen gab. Nicht, dass es eine Rolle gespielt hätte. Nach Dereks Erfahrung sah er ohnehin nur das, was er sehen wollte, nicht, was wirklich da war.

In seines Vaters Augen war sein Sohn ein Taugenichts. Einer, der mehr an seinen eigenen Vergnügungen interessiert war als am Familienunternehmen. Was vor zehn Jahren tatsächlich der Fall gewesen war.

Doch er war inzwischen sechsunddreißig, und die Dinge hatten sich geändert. Die Firma war ihm wichtig, wie er Tag für Tag aufs Neue im Büro bewies, wo er seinen Job verdammt gut machte – wenn man ihm dieses Eigenlob zugestehen wollte.

Und er musste sich schon selbst loben, denn sein Vater würde es gewiss nicht tun.

Dann war da noch seine Schwester, Melinda. Derek liebte sie über alles, allerdings war sie der unzuverlässigste Mensch, den er kannte. Anthonys Ansicht nach aber konnte sie nichts falsch machen.

Dass die Neugestaltung des Pools auf der Familienranch, die in ihrer Verantwortung gelegen hatte, in einem Fiasko geendet hatte, war – glaubte man seinem Vater – natürlich keinesfalls auf Melindas Versagen zurückzuführen. Nein, der Bauleiter war ganz klar schuld – niemals jedoch seine perfekte Mellie.

Wenn es ums Geschäft ging, sah Winston senior zum Glück

klarer. Kein Detail entging ihm, alles wurde erfasst, analysiert und ausgewertet.

Was die Frage aufwarf, warum ausgerechnet Derek, der ja angeblich ein solcher Versager war, nach Austin reisen und mit den Inhabern des South Congress Motor Inn verhandeln sollte. Nun, natürlich war der Deal ursprünglich Dereks Idee gewesen, aber normalerweise ließ sein Vater es sich nie nehmen, sich um alles selbst zu kümmern, um wessen Projekt es sich auch handeln mochte.

Konnte es sein, dass sich hinter der permanenten Kritik eine schärfere Sicht verbarg, als Derek gedacht hatte? Er wusste es nicht. Er wusste nur, dass er das hier nicht vermasseln durfte, weil sein Vater ihm sonst den Kopf abreißen und gebraten und gefüllt zum Lunch verspeisen würde. Vermutlich mit einem teuren Chianti dazu.

Erneut nippte Anthony an seinem Glas und runzelte die Stirn, als Derek seine Tasse leerte. »Du solltest deinen Saft trinken, keinen Kaffee. Das war schon die dritte Tasse, und zu viel Koffein vernebelt den Verstand. Du musst aber hellwach sein.«

Derek verkniff sich ein Seufzen. Er hatte immer gedacht, dass Kaffee ein Wachmacher war. »Ich *bin* hellwach, Dad. Wach genug, um zu wissen, dass du mich nicht heute Morgen auf die Ranch bestellt hast, um mich wegen meines Kaffeekonsums zu maßregeln.«

Die Winston Ranch, vierhundertzehn Morgen groß, befand sich im Oak-Cliff-Bezirk von Dallas. Im Augenblick saßen Derek und sein Vater zum Frühstück in der Laube am Pool und wurden bedient von Personal, das so exzellent geschult war, dass es in jedem Spitzenrestaurant New Yorks eine Stelle gefunden hätte. Doch keiner hätte sich darum beworben. Dafür bezahlte Anthony Winston sie zu gut.

Vor vielen Jahren hatte sich die Ranch über ein weit größeres Gebiet erstreckt und war bewirtschaftet worden, aber das war lange vor Dereks Zeit gewesen, und er wusste es bloß, weil der Verkauf der überschüssigen Ländereien und die Entscheidung seines Urgroßvaters, ein Nobelhotel in der Innenstadt von Dallas zu bauen, das Familienvermögen der Winstons begründet hatten. Welches, wie man ganz klar sagen musste, gewaltig war.

Mittlerweile diente die Ranch nur noch als Familiensitz. Es gab das Haupthaus, das etwas kleinere seiner Schwester, eine Garage für zwanzig Fahrzeuge und ein paar Häuschen für das Personal. Fünfzehn Morgen lagen brach und warteten darauf, dass Derek sich ein Haus darauf baute. Diese Absicht hatte er allerdings nicht. Er arbeitete gerne für das Unternehmen, doch er wollte eine eigene Nische besetzen, weswegen er sich in neue Richtungen orientierte, von denen einige ihn aus Dallas wegführten. Vor allem aber wollte er nicht unter der scharfen Beobachtung seines Vaters wohnen; es reichte schon, dass der alte Mann ihm bei der Arbeit auf die Finger schaute.

Endlich stellte Anthony sein Glas auf den Tisch und lehnte sich zurück, ohne Derek aus den Augen zu lassen. Sein Vater war ein großer Mann mit breiten Schultern, und er konnte verdammt einschüchternd wirken, wenn er es darauf anlegte.

Aber Derek hatte dieselben breiten Schultern, und er dachte ja gar nicht daran, sich einschüchtern zu lassen. Zumal er verärgert war. »Ich muss zum Flughafen. Warum werde ich an den Hof zitiert?«

»Weil der Ruf unseres Unternehmens verlangt, dass die Verhandlungen mit dem South Congress Motor Inn mit Feingefühl geführt werden.«

Derek lehnte sich ebenfalls zurück und legte die Fingerspitzen aneinander. »Hast du vergessen, dass der Deal überhaupt erst durch mich zustande gekommen ist? Dass ich für das Konzept, das hinter dem Erwerb steckt, verantwortlich zeichne?«

Sein Vater seufzte. »Du willst etwas bewirken, Junge, daran zweifelt niemand.«

Derek zog die Brauen hoch; soweit er wusste, tat sein Vater das täglich.

»Aber dieser Deal muss in aller Stille über die Bühne gehen. Wir können uns unter den Investoren weder Klatsch noch Spekulationen erlauben.« Anthony sah seinem Sohn in die Augen. »Verstehst du, was ich meine?«

»Dad, ich bin in diesem Geschäft, seit ich noch Windeln getragen habe. Ich habe BWL-Abschlüsse von Yale und Harvard. Du hast mich mit sechzehn zum Arbeiten zur Konkurrenz geschickt. Ich habe Hotelzimmer geputzt. In der Wäscherei geackert. Und als Nachtportier bin ich einsame Spitze. Ich habe das Hotelfach von der Pike auf gelernt, und ich bin derjenige, der die Idee der Boutique-Sparte auf den Weg gebracht hat. Also vergib mir, wenn ich etwas genervt klinge, weil du mir Dinge predigst, die ich bereits weiß.«

Die Winston Boutiques befanden sich noch in der Planungsphase, doch Derek war wild entschlossen, diese Abteilung groß zu machen und ihr seinen Stempel aufzudrücken. Die Idee dahinter war, günstig gelegene, aber finanziell belastete Motels mit nostalgischer Bedeutung für die jeweilige Stadt zu finden, sie mit allen möglichen Annehmlichkeiten zu renovieren und als gehobene Unterkunft mit Retro-Charme zu vermarkten.

Im Augenblick hing alles an dem Deal mit dem South Congress Motor Inn. Das Hotel lag an Austins South Congress Avenue, die mit ihren vielen kleinen Geschäften besonders attraktiv für Touristen war, und als er es besichtigt hatte, war er zu dem Schluss gekommen, dass die Örtlichkeit ideal für den Start des neuen Winston-Ablegers war.

Nun musste Derek bloß noch den Laden aufkaufen und den Ball ins Rollen bringen.

Und wenn ihm das gelungen war, würde er darauf bestehen, die gesamte zukünftige Abteilung zu übernehmen.

Was allerdings vom Vorstand entschieden werden musste, und

die Direktoren wischten sich nicht einmal den Hintern ab, ohne vorher mit Anthony Rücksprache zu halten.

Er seufzte. Er würde ohnehin nicht eher hier wegkommen, bis sein Vater losgeworden war, weswegen er ihn nach Hause beordert hatte.

»Ich stelle keinesfalls dein Können infrage, mein Junge. Du bist ein Winston, du weißt, wie es geht. Die Presse sollte allerdings nicht verfrüht Wind von der Sache bekommen, aber so, wie Jared Ingram und du euch benehmt ...«

Derek hielt die Hand hoch. »Was, bitte schön, hat Jared damit zu tun? Er ist in Los Angeles, ich bin hier, und ich bin seit Monaten nicht mehr mit ihm unterwegs gewesen.«

»Das freut mich«, bemerkte sein Vater. »Denn ihr zwei müsst euch ein bisschen beruhigen.«

Jared Ingram war Dereks Zimmergenosse auf dem Internat gewesen. Jared war Erbe eines Vermögens, dessen Ursprung mindestens zum Anbeginn der Zeit zurückreichte, und hätte Anthony Winston ohne mit der Wimper zu zucken aufkaufen können. Zudem war Jared klug, lustig und sympathisch, hatte aber anders als Derek keine Ahnung, was er mit seinem Leben anfangen wollte.

»Uns beruhigen?« Derek starrte seinen Vater an. »Was soll denn das heißen? Willst du mir durch die Blume sagen, ich dürfte nicht mehr in die Öffentlichkeit? Dad, mein ganzes Leben lang achte ich darauf, unserer Marke nicht zu schaden. Willst du mir jetzt ein paar Partys verübeln?«

»Ich will dir durch die Blume sagen, dass du aufhören sollst, wild in der Gegend rumzuvögeln und dich selbst zum Narren zu machen. Oder hast du keine Ahnung, wie man Spaß hat, ohne sich mit einem Flittchen im Schlepptau von jedem Paparazzo ablichten zu lassen, sobald du mit diesem Jungen unterwegs bist?«

Frustriert lehnte sich Derek zurück und fuhr sich mit der Hand durchs Haar.

Es stimmte, Jared war ein Playboy. Obwohl Derek ihm in dieser

Hinsicht nicht das Wasser reichen konnte, ließ sich nicht leugnen, dass er gerne mit Jared um die Häuser zog, sobald er in L. A. war.

Allerdings warf Jared weder sein Geld aus dem Fenster, noch benahm er sich daneben, und dass sein Vater das Gegenteil andeutete, machte ihn wütend. »Ich arbeite hart. Ich feiere entsprechend. Und noch nie habe ich mich vor meiner Verantwortung der Winston Corporation gegenüber gedrückt.«

Dennoch klangen seine Worte selbst in seinen Ohren hohl. Tatsächlich ging Derek Jareds Fixierung auf Partys in letzter Zeit selbst ziemlich auf die Nerven. Wenn er ehrlich war, war er im vergangenen Jahr hauptsächlich mit ihm losgezogen, um ihn im Auge behalten zu können, nicht um mitzufeiern, aber es war typisch für seinen Vater, dass er die Unschuldsvermutung bei seinem Sohn nicht gelten ließ.

Er musste allerdings zugeben, dass Anthony nicht ganz unrecht hatte. Nur weil Derek sich nicht in jedem Klub von New York bis L. A. besoff, war er kein unbeschriebenes Blatt. Er hatte im Laufe der Jahre seine Frauengeschichten gehabt und ließ nichts anbrennen, und ja, manchmal bekam die Presse von der einen oder anderen Affäre etwas mit.

Seine Vergangenheit würde keinen Einfluss auf den Austin-Deal haben ... Aber sollte die Vergangenheit Gegenwart werden, vielleicht doch. Wenn er in Austin mit einer Frau gesehen wurde, würde das unter Garantie bei Twitter oder Facebook auftauchen. Was an sich nicht weiter schlimm war, sollte allerdings ein Konkurrent zufällig ein Bild von ihm in Austin sehen, würde er sich vielleicht fragen, was er dort zu tun hatte. Und sich erkundigen. Und es vielleicht verfrüht herausfinden.

Wodurch die Winston Corporation im ungünstigsten Fall unversehens in einen Bieterkrieg hineinrutschen würde, anstatt am Verhandlungstisch allein den Besitzern des South Congress Motor Inn gegenüberzusitzen.

Verdammt, zu seines Vaters Zeiten war das Leben einfacher

gewesen. Doch auf die Social-Media-Büchse ließ sich nicht einfach ein Deckel drücken.

Widerstrebend trank er seinen Saft aus, dann stand er auf und begegnete dem Blick seines Vaters. »Ich fahre jetzt zum Flughafen«, sagte er. »Und keine Sorge, ich mache schon keinen Mist.«

Und das würde er auch nicht, dachte er, während er um den Pool herumging und aufs Haupthaus zusteuerte. Ärgerlicherweise hatte er vorgehabt, Amanda Franklin von unterwegs anzurufen, um ihr zu sagen, dass er in der Stadt sein würde.

Seit gut einem Monat bekam er sie nun schon nicht mehr aus seinem Kopf. Er hatte ein paarmal von ihrer gemeinsamen Nacht geträumt und anschließend erst kalt duschen müssen, ehe er auch nur daran hatte denken können, sich anzuziehen und das Haus zu verlassen.

Und doch hatte er dem Wunsch, sie aus Dallas anzurufen, nicht nachgegeben. Sie hatte schließlich keinen Zweifel daran gelassen, dass ein Treffen für sie bloß infrage käme, wenn er sozusagen auf der Durchreise war. Und er hatte nichts dagegen. Auch wenn er oft an sie denken musste, so konnte er im Moment doch keine feste Beziehung in seinem Leben gebrauchen.

Im Gegenteil: Seit Jahren ging er an jedem Wochenende mit einer anderen aus. Nicht mit einer solchen Hartnäckigkeit wie Jared vielleicht, aber Derek war nicht der Typ, der sesshaft werden wollte. Im Augenblick hatte das Unternehmen absolute Priorität und nahm so gut wie seine ganze Zeit ein. Warum nicht aus dem bisschen Freizeit, die ihm blieb, das Beste machen? Zumal es in jeder Stadt mit einem Winston-Hotel Frauen gab, die sich nur allzu gerne um seine Bedürfnisse kümmerten.

Und die Tatsache, dass er im vergangenen Monat keine einzige davon angerufen hatte, hatte nichts mit der Nacht zu tun, die er mit Amanda verbracht hatte. Wieso auch? Sie war aus demselben Holz geschnitzt wie er: Sie wollte sich voll und ganz auf ihre Karriere konzentrieren und konnte keine Beziehung gebrauchen.

Genau so war es. Der einzige Grund für seine vorübergehende Frauenabstinenz war sein enger Terminplan gewesen. Er hatte sich ganz auf die Planung der neuen Abteilung und die Ausarbeitung des Angebots konzentriert, das er dem South Congress Motor Inn unterbreiten wollte. Hinzu kam, dass ihm in den vergangenen Wochen ohnehin keine Frau begegnet war, die interessant genug gewesen wäre, um ihn von der Arbeit abzuhalten.

*Ganz anders Amanda.*

Richtig, Amanda *war* interessant genug. Und aus diesem Grund war sie auch noch auf seinem Radar.

Er schrieb dem Butler eine knappe Nachricht, dass vor dem Haus ein Wagen auf ihn warten solle, und ging auf die Garage zu, um seine Tasche aus dem Kofferraum seines Mercedes zu holen. Er würde ihn hierlassen, um während der Fahrt zum Hangar der Winstons Mails zu lesen und Nachrichten zu beantworten.

Er war seit einer Viertelstunde unterwegs und hatte so gut wie alle E-Mails vom Morgen beantwortet, als sein Telefon klingelte. Er warf einen Blick aufs Display in der Absicht, nur abzunehmen, wenn es sich um seine Assistentin handelte, und las Jareds Namen.

»Wo treibst du dich herum?«

»In Aspen. Du solltest vorbeikommen. Es ist kalt hier oben, aber die Frauen sind heiß.«

Derek lachte leise. »Wahrscheinlich. Ich dachte, du wärst in L.A. Warst du nicht scharf drauf, die Option auf das Buch dieser einen Autorin für eine Kinoadaption zu kaufen?«

»Ja, die war auch heiß. Aber es hat nicht sein sollen.«

Derek stutzte. Etwas war seltsam an Jareds Tonfall. »Was ist los, Kumpel?«

»Was? Ach, vergiss es, nichts Besonderes.«

»Was ist nichts Besonderes?«

»Die Sache mit Carla. Der Autorin. Nicht weiter wild.«

Jareds Stimme ließ etwas anderes vermuten. »Was ist denn passiert?«

»Sie hat Schluss gemacht.«

Derek riss die Augen auf. »Mir war nicht klar, dass ihr zusammen wart.«

»Waren wir auch nicht. Vielleicht war das ja das Problem. Sie hat mich als Produzent abgelehnt. Weil sie mir, wie sie sagt, nicht vertraut. Ich sei unzuverlässig.«

In Dereks Ohren klang es, als sei diese Carla eine überaus vernünftige Person. Jared hatte noch nie in Hollywood gearbeitet, besaß aber das Geld, das es dazu bedurfte. Er hatte sich in den Kopf gesetzt, Produzent zu werden, was wunderbar funktionieren konnte, wenn er fähige Leute bezahlte, mit ihm zusammenzuarbeiten. Doch wie es bisher aussah, leistete Jared keine Arbeit, sondern tat nur so; er spielte den Produzenten, ohne irgendetwas zu erreichen, außer in den angesagtesten Klubs gesehen und hin und wieder im *Hollywood Reporter* erwähnt zu werden.

»Also dachte ich, was soll's, und bin nach Colorado gefahren. Komm nach. Ich habe ein paar wunderbare Frauen kennengelernt, die mich wärmen.«

»Geht nicht. Muss einen Flieger nach Austin erwischen.« Er wäre allerdings auch nicht nachgekommen, wenn er die Zeit gehabt hätte.

»Schade. Das ist das Leben, mein Freund. Hollywood nimmt sich viel zu wichtig. Wenn man die Kohle nicht braucht, ist es das nicht wert.« Aber zum ersten Mal schwang etwas in Jareds Stimme mit, und Derek hatte das dumpfe Gefühl, dass sein Freund selbst nicht glaubte, was er da sagte.

»Alles okay mit dir?«

»Ich bin bloß müde. Spaßhaben ist anstrengend.«

Nun hörte sich Jared wieder an wie immer, und der Schatten der Sorge, der sich über Derek gelegt hatte, verflüchtigte sich.

»Wie du meinst. Ich bin jetzt am Flughafen, ich melde mich später, okay?«

»Sieh zu, dass du bald wieder in die Stadt kommst. Wir haben uns ewig nicht gesehen.«

Damit hatte er recht, aber Derek hatte in letzter Zeit wenig Lust auf Manhattan. Dafür schien ihm Austin neuerdings sehr reizvoll.

»Wir hören uns«, sagte er.

# 4

In Amandas Augen bestand der einzige echte Nachteil ihres Berufs darin, dass sie es sich nicht leisten konnte, nicht ans Telefon zu gehen. Sie hatte sich schon vor langer Zeit gegen zwei Handys entschieden, was bedeutete, dass sie ihre Nummer auch an Kunden, potenzielle Kunden, andere Makler und Agenten herausgab. Doch weil sie dadurch so viele Nachrichten beantworten musste, hatte sie sich angewöhnt, Sprachnachrichten aufzunehmen. Die Alternative wäre gewesen, sich die Fingernägel kurz zu feilen, und das kam ja gar nicht infrage.

Anrufe waren allerdings am schlimmsten. Sie redete wirklich gerne über Immobilien – selbst mit Kunden, die absolut keine Ahnung hatten oder sich einfach nur umsehen wollten. Man konnte schließlich nie wissen, wann sich ihre Situation ändern würde und sie doch zu kaufen beabsichtigten, und Amanda wollte ganz oben auf ihrer Liste stehen. Aber das bedeutete, dass sie auch Anrufe von ihr völlig unbekannten Nummern annehmen musste, da es sich immer um einen potenziell neuen Klienten handeln mochte, dem sie irgendwann einmal ihre Karte zugesteckt hatte.

Weswegen sie Opfer von mehr Werbe- und automatischen Anrufen war, als ein gesunder Mensch ausgesetzt sein dürfte. Anrufe, mit denen man ihr Dinge anpreisen wollte, die sie nicht interessierten. Anrufe, mit denen man ihr Dinge zu verkaufen versuchte, die sie nicht haben wollte.

Manchmal betrafen solche Anrufe allerdings Dinge, die sie nicht wollen sollte. Wie der von heute Morgen. Den sie natürlich angenommen hatte, nur um von Dereks weichem texanischem

Akzent gestreichelt zu werden. »Guten Morgen, schönes Kind. Erinnerst du dich an mich?«

Tat sie das?

O ja. Und ihr Körper offenbar auch, denn nachdem er ihr gesagt hatte, er sei im Begriff, nach Austin zu fliegen, wäre geschäftlich um zehn Uhr heute Abend fertig und könne sie um Viertel nach zehn treffen, hatte sich in ihr eine ungewohnte, aber nicht unwillkommene Sehnsucht ausgebreitet.

Sie seufzte. Nun stand sie in der Lobby des Winston Hotels und blickte zum ungefähr tausendsten Mal auf die Uhr auf ihrem Handydisplay. Eine Minute später, als sie das letzte Mal nachgesehen hatte.

Wieder seufzte sie.

Es war inzwischen einen Monat her, seit Derek und sie sich vor dem The Fix begegnet waren und diese wunderbare Nacht zusammen verbracht hatten, und obwohl sie sich immer wieder gesagt hatte, dass es am besten war, wenn er nie wieder anrief, um sich gar nicht erst an ihn zu gewöhnen, konnte sie nicht leugnen, dass seit dem Gespräch heute Morgen flüssige Hitze durch ihren Körper strömte. Inzwischen konnte sie es kaum noch erwarten, ihn endlich wiederzusehen.

»Nummer 715«, hatte er gesagt, ein Zimmer auf derselben Etage, auf der sie das letzte Mal gewesen waren, und sie hatte versprochen, auf die Minute pünktlich dort zu sein.

Jetzt war es sieben Minuten nach zehn, und sie blickte wie eine dumme Kuh im Sekundentakt auf ihre Handyuhr. »Ein bisschen übereifrig, was?«, murmelte sie sich selbst zu, und – o ja, das war sie. Weswegen sie ihm heute Morgen auch beinahe einen Korb gegeben hätte.

Denn obwohl sie ihn tatsächlich nach ihrem ersten Mal förmlich aufgefordert hatte, sie anzurufen, sobald er in der Stadt war, hatte sie nicht erwartet, je wieder von ihm zu hören. Insgeheim war sie davon überzeugt gewesen, dass es auch besser so war.

Und doch hatte sie nicht Nein gesagt, sondern, ganz im Gegenteil, ohne zu zögern eingewilligt. Denn zwischen ihnen hatte es definitiv gefunkt. Sie fühlten sich nicht nur körperlich zueinander hingezogen, sondern hatten sich toll unterhalten und miteinander gelacht. Es passte einfach.

Und der Sex war phänomenal gewesen.

Was natürlich der Grund war, warum sie nun hier stand. Und eine Stimme am Rand ihres Bewusstseins schimpfte, sie solle lieber den Rückzug antreten, solange es noch ging.

Derek war jemand, den sie in ihr Herz schließen konnte, und sie hatte schlichtweg keine Zeit für eine Beziehung.

Zwar hatte sie es ihm das letzte Mal bereits gesagt, aber sie würde es heute noch einmal ansprechen. Sie brauchten klare Fronten. Falls solche Treffen öfter vorkommen sollten, durften sie sich nur um Sex drehen. Um nichts sonst.

Sie konnte bloß hoffen, dass sie zu einer Einigung kamen. Von einem überwältigenden Höhepunkt ganz zu schweigen.

Sie klopfte um genau zweiundzwanzig Uhr fünfzehn, und er öffnete die Tür zehn Sekunden später. Und als er es tat, wusste Amanda genau, dass es in Bezug auf den Höhepunkt keinerlei Schwierigkeiten geben würde. Barfuß, in schwarzer Jeans und engem hellgrauem T-Shirt, das seine gut trainierten Arme betonte, sah der Mann zum Anbeißen aus.

Allein das hätte vermutlich genügt, um sich ihm an den Hals zu werfen. Doch vor allem sein Gesichtsausdruck machte ihr klar, dass sie es nicht bereuen würde, sich mit ihm verabredet zu haben. Die fast animalische Intensität in seinen Zügen jagte ihren Puls hoch, und Schweißperlen bildeten sich in ihrem Nacken.

»Hi«, sagte sie. Oder versuchte es zumindest. Denn sie bekam das Wort kaum heraus, als er sie schon hineinzog, die Tür zutrat und sie gegen die Wand drückte.

Sofort lag sein Mund auf ihrem, seine Zunge drang ein, fordernd, verlangend, und es war genauso Sehnsucht wie Lust, es war purer Sex, es war der vielversprechendste Oralsex, den sie je gehabt hatte, und sie hätte ewig so weitermachen können.

Seine Finger wühlten sich in ihr Haar, um sie festzuhalten, während ihre Zungen miteinander rangen und ihre Zähne zusammenstießen. Sie schmeckte Blut, metallisch und animalisch, unbestreitbar erregend.

Er hielt sie gegen die Wand gedrückt, während sein Mund sich über sie hermachte, und allein die Tatsache, dass er die Kontrolle übernommen hatte – sie einfach nahm! –, erregte sie noch mehr, obwohl sie das kaum für möglich gehalten hätte. Ihr Höschen war durchweicht, und jeder Nerv in ihrem Körper fühlte sich an, als sei er zum Absprung bereit, als würde eine Berührung reichen, um sie in die Unendlichkeit zu katapultieren. Und, o Gott!, wie sehr sie bereit dazu war!

Plötzlich ließ er von ihr ab und sah ihr einen Moment in die Augen. Dann glitten seine Hände über ihre bloßen Arme, und sie schauderte. Sie sog die Luft ein, schloss die Augen, öffnete die Lippen, wollte nur noch fühlen. Seine Hände an ihren Armen. Sein Körper, schlank und stark, an ihrem. Seine Erektion in der Jeans, die sich an ihren unteren Bauch drückte.

Zum Glück trug sie einen Rock, denn sie hielt es nicht länger aus. »Bitte«, flüsterte sie. »Ich will dich jetzt. Hart und schnell und hier an der Wand.«

Seine Augen leuchteten auf, seine Hände tasteten nach ihrem Rock, und mit einem Ruck zerrte er den Stoff hinauf bis über ihre Hüften. Dann hob er sie hoch, sodass ihre Beine seine Hüften umklammerten und ihr Rücken sich an die Wand drückte. Zum Glück war er stark, und er löste eine Hand, um aus seiner hinteren Jeanstasche ein Kondom zu ziehen.

»Ich bin vorbereitet«, sagte er mit einem halben Grinsen.

»Dann zeig mir, was du alles draufhast, und zieh es dir schnell über.«

Er tat es, und sie hätte applaudiert, wenn ihr nicht ein Aufschrei entwichen wäre, als er sich, ohne zu zögern, in sie trieb und ihr die Luft nahm, sie ausfüllte und jede Faser ihres Seins zum Summen brachte.

Dann rammte er sich in sie, ihr Rücken stieß gegen die Wand, und ihre Münder prallten aufeinander. Es war wild und schmutzig und genau das, was sie wollte. Als sie kam, schrie sie seinen Namen heraus und klammerte sich an ihn, als sei er ihr Ein und Alles, und in diesem Augenblick war er das vielleicht sogar.

Langsam ließ er sich mit ihr im Arm zu Boden sinken, und sie ließ es geschehen, weil sie glaubte, sich nie wieder bewegen zu können. Sie wollte bloß noch daliegen und atmen.

O ja. Das tat gut.

»Hey«, murmelte er und stützte sich auf einen Ellenbogen. »Schön, dich zu sehen.«

Sie brach in Gelächter aus, doch es klang erstickt und kraftlos, da sie viel zu schlaff war, um die nötige Energie aufzubringen. »Gleichfalls«, brachte sie hervor. Mühevoll stemmte sie sich hoch und sah sich um. »Nanu? Ist das dasselbe Zimmer?«

Er schenkte ihr ein teuflisches Grinsen, als er sich aufrappelte. »Wir hatten damit doch beim ersten Mal solches Glück.«

»Und jetzt stell dir mal vor, wie umwerfend es sein muss, wenn es nicht nur im selben Zimmer, sondern auch im selben Bett geschähe.«

»Okay. Ich wäre so weit.«

Sie riss die Augen auf und blickte an ihm hinab. Er hatte nicht zu viel versprochen. Sie biss sich auf die Unterlippe, und er zuckte die Achseln.

»So bleibt es uns erspart, uns zum Plaudern anzuziehen, bloß um uns gleich wieder auszuziehen.«

Sie kämpfte neues Gelächter nieder. »Ich kapiere deine Logik zwar nicht, aber der Hintergedanke gefällt mir. Nach Ihnen.«

Derek trank einen Schluck Wein aus dem Glas, das noch auf dem Nachttisch stand. Gemeinsam hatten sie in Rekordzeit eine Flasche geleert, doch sie waren nach ihrer Trainingseinheit auch verflixt durstig gewesen. Nach der zweiten Einheit, wenn die schnelle Nummer an der Tür zählte. Und die zählte unbedingt.

Er erlaubte sich ein selbstzufriedenes Grinsen, dann streckte er sich wieder auf dem Bett neben Amanda aus, die ihm den Rücken zudrehte und döste. Sanft strich er ihr mit den Fingerspitzen über die Seite und schwelgte im Anblick der Gänsehaut, die er erzeugte.

»Hör auf«, murmelte sie. »Das kitzelt.«

»Vielleicht ist das ja mein Plan. Vielleicht will ich dich ja wecken.«

Sie wälzte sich herum, um ihn anzusehen. »Um mich rauszuwerfen?«

Ihre Antwort war wie ein Tritt in die Magengrube. »Unsinn. Du bleibst, solange du willst. Ich dachte eher an gewisse Aktivitäten, die nur im Wachzustand sinnvoll sind.«

»Du bist unersättlich.«

»Und du hast eine schmutzige Fantasie«, konterte er. »Ich meinte selbstverständlich eine Unterhaltung.« Er deutete mit dem Kopf zum Wohnbereich der Suite. »Magst du noch einen Wein? Sollen wir ein bisschen plaudern? Uns einen Film ansehen?«

Einen Moment lang sah sie aus, als wolle sie einwilligen. Doch dann schüttelte sie den Kopf. »Ich sollte besser aufbrechen.« Sie presste die Lippen zusammen, dann setzte sie sich auf und zog das Laken bis über ihre Brüste hoch. »Na ja, ich habe eine Besichtigung morgen früh um neun, und ich muss vorher noch eine Unmenge vorbereiten, daher …«

Er legte ihr einen Finger auf die Lippen. »Schon okay. Du musst nichts erklären.« Sie schien einen Einwand vorbringen zu wollen, doch er schüttelte sanft den Kopf. »Wirklich nicht.«

Sie betrachtete ihn einen Moment lang prüfend, dann nickte sie und stieg aus dem Bett. Er sah zu, wie sie sich anzog, und bereute, überhaupt etwas gesagt zu haben, denn vielleicht wäre sie dann einfach eingeschlafen, und er hätte mit ihr in den Armen erwachen können.

Andererseits wäre sie dann möglicherweise nicht mehr pünktlich zu ihrer Besichtigung gekommen. Immer vorausgesetzt, dass das kein Vorwand war. Es konnte ebenso gut sein, dass er sie aufgescheucht hatte und sie die Flucht ergriff.

Was auch in Ordnung war. Wenn sie sich ihm entziehen wollte, konnte er das hinnehmen. Im Augenblick wenigstens.

Hauptsache, sie kehrte zu ihm zurück, sobald er wieder in der Stadt war.

Als sie sich angezogen hatte, zog er sich seine Boxershorts über, schlüpfte in den Hotelbademantel und brachte sie zur Tür.

Die Hand am Türknauf, blieb sie stehen. »Es tut mir wirklich leid.«

»Das muss es nicht. Alles gut.« Er lehnte sich an die Wand. »Tatsächlich bin ich in ungefähr vier Wochen wieder hier in der Stadt. In der letzten Zeit habe ich regelmäßiger in Austin zu tun.« Was nicht ganz gelogen war, da er in Zukunft wirklich öfter herkommen würde. »Wir könnten jedes Mal spontan entscheiden.« Er schluckte und fasste sich dann ein Herz. »Oder im Voraus planen. Dieses Zimmer hier. Und ich schicke dir die Daten, sobald ich sie weiß.«

Grundgütiger, hatte er das gerade wirklich vorgeschlagen? Er brauchte mehr Schlaf. Oder weniger Alkohol.

Ihre Pupillen weiteten sich, und einen Moment lang verlor er sich im Goldschimmer ihrer braunen Iris.

»Dieses Zimmer? Wie willst du denn sicherstellen, dass du immer dieses Zimmer bekommst?«

»Ah, stimmt ja. Weißt du noch, dass du mir das Wort abgeschnitten hast, ehe ich sagen konnte, womit ich meine Brötchen verdiene?«

Sie nickte.

»Nun ja, zu meinem Job gehört mehr oder weniger, dass ich ein Winston bin.«

»Ähm … wie beliebt?«

Er schaffte es, sie ungerührt anzusehen. »Wie mir beliebt, könnte ich dir zeigen, wenn du noch ein bisschen bleibst.«

Sie verdrehte die Augen. »Benimm dich. Wovon sprichst du?«

Er streckte ihr die Hand hin. »Derek Winston, angenehm. Meiner Familie gehört das Hotel.«

»Oh. *Oh!*« Sie entzog ihm die Hand und drehte sich stattdessen eine Haarsträhne um den Finger, während sie die Information zu verarbeiten schien. »Du willst dieses Zimmer also als permanentes Quartier für heiße Nächte einrichten?«

Er hielt abwehrend die Hand hoch. »Moment, so war das nicht gemeint. Das klingt ja furchtbar.«

»Nein, nein, ich versteh schon.« Sie nickte nachdenklich und runzelte die Stirn.

Und überraschte ihn, indem sie auf ihn zutrat und ihn auf die Wange küsste. »Weißt du was? Ich denke, dass wir hervorragend miteinander auskommen werden.«

# 5

Im September stagnierte das Boutique-Projekt, und das war umso frustrierender, als sein Vater und der Vorstand das Interesse zu verlieren schienen.

»Ich werde die Sache nicht aufgeben«, sagte Derek am Freitagnachmittag zu seinem Vater.

»Wie du willst. Aber dann musst du ihr in der Freizeit nachgehen.«

Derek nickte und überlegte. Das war machbar. Er konnte an den Wochenenden runterfliegen, Termine machen, den widerwilligen Eignern beweisen, dass er ihre Immobilie verbessern wollte, nicht zerstören.

Und wenn ihm dann noch Zeit blieb, konnte er sich mit Amanda verabreden.

Der Gedanke ließ ihn innehalten. Es war im Juli gewesen, dass er sich mit seinem Freund Landon im The Fix getroffen hatte und Amanda ihm aufgefallen war. Seitdem hatte sie sich im Film seines Lebens von der schönen Statistin zur weiblichen Hauptrolle entwickelt.

Seit er sie kennengelernt hatte, interessierten ihn andere Frauen kaum noch, und nachdem er über diese für ihn untypische Entwicklung ausgiebig nachgedacht hatte, kam er zu dem Schluss, dass es ihm nichts ausmachte. Bisher hatte er einfach noch keine getroffen, die so aufregend, lustig und klug zugleich war wie sie.

Und das, obwohl er sie nur im Bett kannte und darüber hinaus praktisch nichts über sie wusste. Aber auch das störte ihn wenig – bedeutete es doch, dass es noch so viel zu entdecken gab.

Erneut nickte er. »Also gut. Dann machen wir es eben so. Und da morgen Samstag ist, fliege ich in der Früh.« Er wandte sich zum Gehen, doch sein Vater rief ihn zurück.

»Da ist noch etwas, über das wir sprechen müssen.«

Derek blieb stehen und zog fragend die Brauen hoch.

»Wie du weißt, übernimmt Lawrence das Europageschäft. Deshalb wird der Posten für Nordamerika frei, und ich möchte, dass du ihn besetzt.«

»Aha.«

Derek blieb äußerlich ruhig, doch sein Herz begann zu rasen. Die Stelle bedeutete eine gewaltige Verantwortung, aber auch verdammt viel Arbeit. Selbst wenn die Boutique-Sparte darunter fallen würde, wäre die Zeit, die er ihr widmen könnte, begrenzt.

Außerdem würde der Posten viele Reisen mit sich bringen, da er erforderte, allen Häusern im Rotationsverfahren persönliche Besuche abzustatten. Das war von seinem Urgroßvater als firmenpolitisches Prinzip eingeführt worden, als das Unternehmen zu expandieren begonnen hatte, und daran würde auch kein Winston rütteln.

Ein anstrengender Job. Aber eine wichtige Position.

Und er würde mindestens einmal im Monat nach Austin fliegen müssen. Vielleicht sogar öfter.

Er blinzelte, dann schüttelte er den Kopf, um den Gedanken zu verscheuchen.

Weder Amanda Franklin noch seine Libido sollte bei dieser Entscheidung eine Rolle spielen.

Dennoch ...

»Selbstverständlich tue ich das«, antwortete er schließlich und glaubte, Stolz in den Augen seines Vaters aufleuchten zu sehen.

»Danke für das Essen, Mom«, sagte Amanda, als sie sich erhob und die Teller abzuräumen begann. »Wie immer köstlich.« Amanda war davon überzeugt, dass ihre Mutter die weltbeste Lasagne machte.

»Lass das Geschirr doch stehen, Schätzchen«, antwortete ihre Mutter. »Komm, wir setzen uns ins Wohnzimmer.«

»Lass nur, Mom, das macht mir nichts. Ich erledige das rasch, dann gehe ich vielleicht noch kurz runter zum Wasser.«

Sie versuchte sich nichts anmerken zu lassen, aber sie war unruhig. Wie so oft hatten ihre Eltern sie und ihren Stiefbruder an diesem Freitagabend zum Essen eingeladen, und sie war vor drei Stunden hier eingetroffen. Während ihre Mutter gekocht hatte, war sie im Wohnzimmer, wo Vater und Bruder vor dem Fernseher gesessen hatten, ihre E-Mails durchgegangen.

Das war auch der Moment gewesen, in dem Dereks Nachricht eingetroffen war. Er sei am Samstag in Austin und ob sie Lust hätte, sich zum Frühstück zu ihm zu gesellen?

Sie hatte schnell »Ja« getippt, doch mit dem Senden gezögert. Man musste nicht übereifrig erscheinen; er sollte nicht den Eindruck bekommen, als habe sie es nötig. Zumal sie ja eigentlich nicht zusammen waren.

Es war genau dieses Nicht-Zusammensein, das ihr nun nicht mehr aus dem Kopf wollte, und sie war froh, dass sie sich mit dem Geschirr ablenken konnte. Sie hätte auch noch gerne die Spülmaschine eingeräumt, aber Nolan kam und bot ihr seine Hilfe an, und weil das so selten vorkam, konnte sie einfach nicht ablehnen.

Schweigend verrichteten sie die Arbeit, obwohl sie die ganze Zeit das unbestimmte Gefühl hatte, dass er sie etwas fragen wollte. Doch als sie fertig waren, kehrte er ins Wohnzimmer zu ihren Eltern zurück. Sie schenkte sich noch ein Glas Wein ein und ging hinaus zum Anleger, setzte sich und ließ die Füße ins Wasser hängen. Sie hätte gerne gewusst, was zwischen ihr und Derek denn nun bestand.

»Also – was ist los mit dir?«

Amanda fuhr heftig zusammen und drehte sich um. Nolan kam über den Rasen auf sie zu.

»Nichts. Ich genieße einfach nur die Stille hier draußen.«

»Aha?« Er betrat den Steg und setzte sich neben sie. »Wer ist denn der neue Freund?«

Sie bedachte ihn mit einem finsteren Blick. Nolan arbeitete als Radiomoderator morgens zur besten Pendlerzeit. Er war sehr lustig, aber weil sein Programm ziemlich schlüpfrig war, unterschätzten ihn die meisten Leute. Amanda hatte das nie getan. Sie wusste, wie clever Nolan war. Und dummerweise hatte er eine verdammt gute Menschenkenntnis. Eine zu gute, was sie betraf.

»Du hast vorhin eine SMS bekommen. Und definitiv von einem Kerl.«

»Aber er ist nicht mein neuer Freund. Bloß jemand, mit dem ich mich gelegentlich treffe.«

»Ein Gelegenheitsliebhaber also?«

Sie schnitt eine Grimasse. Wahrscheinlich traf es das recht gut, aber es klang so krass.

»Wir treffen uns. Machen was zusammen.« Sie hielt inne, weil sie in der Tat etwas zusammen machten, sie aber keine Lust hatte, es Nolan detailliert zu erklären. »Haben Spaß.«

»Im Bett?«

»Nolan.«

Er lachte leise. »Gelegenheitsliebhaber. Sag ich doch.«

Sie seufzte. »Was auch immer.«

»Schon lange?«

»Er lebt eigentlich in Dallas. Wir sehen uns, wenn er in der Stadt ist.«

»Und ich frage gerne noch mal. Schon lange?«

»Herrje. Wir haben uns im Juli kennengelernt. Aber morgen treffen wir uns erst zum dritten Mal.«

»Hm.«

Irgendwie gefiel ihr dieses »Hm« nicht. »Was ist?«

»Du magst den Kerl also eigentlich gar nicht?«

»Was?« Sie riss die Augen auf. »Im Gegenteil.« Der Mann war großartig.

»Warum versuchst du dann so angestrengt, einer echten Beziehung aus dem Weg zu gehen?«

»Halt die Klappe«, sagte sie, weil sie es nicht ausstehen konnte, wenn ihr Bruder sie durchschaute. »Was geht dich das überhaupt an?«

»Nach deinem letzten mysteriösen Date sind wir uns im The Fix begegnet, weißt du noch? Vor ungefähr vier Wochen?«

Sie nickte. Das war die Nacht gewesen, in der Derek die Vereinbarung vorgeschlagen hatte. Aber vorher hatte er sie zum Bleiben aufgefordert, was ihr einen solchen Schrecken eingejagt hatte, dass sie lieber geflüchtet war. Gleichzeitig jedoch hatte in ihrem Inneren etwas zu glühen begonnen, und das hatte sich unglaublich gut angefühlt ... und verdammt verwirrend dazu.

Sie hatte das Hotel verlassen, war eiligen Schrittes zum The Fix gegangen und hatte in rascher Folge zwei Jalapeño Margaritas getrunken. Die Drinks hatten die Verwirrung etwas gemildert, und sie war bis zur Sperrstunde geblieben und hatte mit Freunden gescherzt, getrunken und gelacht und insgeheim im postkoitalen Glühen ihrer Nacht mit Derek geschwelgt.

»Ja, weiß ich noch. Und?«

»Du hast glücklich gewirkt an diesem Abend. Ein bisschen daneben auch, ja, aber hauptsächlich glücklich. Wenn du diesen Kerl also magst, warum hältst du ihn auf Abstand?«

»Das fragt der Richtige. Du bist doch auch nicht gerade der Beziehungstyp.«

»Mag sein, aber um mich geht es gerade ja nicht.«

Sie verdrehte die Augen. »Schön. Aber was macht dich überhaupt so sicher, dass ich ihn auf Abstand halte? Vielleicht ist es ja genau umgekehrt?«

»Ist es denn so?«

Sie dachte darüber nach, war sich allerdings wirklich nicht sicher. Respektierte er ihre Grenzen, oder hatte er eigene Grenzen gezogen? Und spielte das überhaupt eine Rolle?

»Verdammt, Nolan, du verkomplizierst die ganze Sache. Wir haben Spaß, das ist alles. Lass es gut sein.«

Er zögerte, dann nickte er. »Okay.« Er streifte seine Sandalen ab und setzte sich neben sie auf den Steg. Eine Weile planschten sie nur mit den Füßen im Wasser. Sie war sich sicher, dass er eigentlich noch etwas sagen wollte, aber er hielt den Mund, und dafür liebte sie ihn umso mehr.

Nach einer Minute neigte sie sich ihm zu und stieß ihn mit der Schulter an. »Danke.«

»Wofür?«

»Dass du dir Sorgen um mich machst. Als Bruder bist du gar nicht so übel.«

Er lachte und schlang einen Arm um sie. »Das gebe ich gerne zurück, Schwesterherz.«

Diesmal hatte sie sich wirklich aufgelöst, dachte Amanda, als sich das Knistern der Funken eines spektakulären Orgasmus in ihren Zellen legte und ihr Körper sich langsam, aber sicher wieder zusammenfügte.

»Wow«, sagte sie, obwohl sie Schwierigkeiten hatte, sogar dieses schlichte Wort hervorzubringen.

»Du sprichst mir aus der Seele.«

Lächelnd wandte sie den Kopf. Derek lag neben ihr auf der Seite, den Kopf auf die Hand gestützt. Mit der anderen Hand zog er träge Kreise auf ihrer Brust, was ihr die Aufgabe, wieder zu sich zu kommen, ungeheuer erschwerte.

»Du hast die Latte verdammt hoch gelegt«, fuhr sie fort. »Wie willst du das beim nächsten Mal noch toppen?«

Sein Lächeln ließ sein Gesicht aufleuchten. »Mir fällt schon etwas ein.« Er rollte einen Nippel zwischen seinen Fingern, und sie sog scharf die Luft ein, als ihr Körper erneut erwachte. »Im Moment freue ich mich vor allem, dass du von einem nächsten Mal ausgehst.«

»Oh.« Sie biss sich auf die Unterlippe, als sie sich ihm reflexartig entziehen wollte. Ihr Körper dachte allerdings gar nicht daran; die Streicheleinheiten waren viel zu schön.

»Amanda?«

Was zum Teufel war denn los mit ihr? Dass er ein nächstes Mal erwähnt hatte, bedeutete schließlich noch keinen Heiratsantrag.

»Tut mir leid. Du lenkst mich ab. Und ja, wir haben noch einiges vor, denke ich.« Sie schenkte ihm ein spitzbübisches Grinsen. »Mach dir also am besten schon ein paar Gedanken.« Sie beugte sich vor und küsste ihn. »Allerdings sollte ich wohl besser aufbrechen. Du hast ja sicher einiges zu tun, und ich ...«

Sie hielt inne, als er ihre Hand griff und sie wieder zu sich zog. »Ja, ich habe zu tun, aber du könntest mir dabei helfen.«

»Oh.« Sie runzelte die Stirn. Als er ihr verraten hatte, dass er ein Winston war, war ihr erster Gedanke gewesen, dass er genau die Art von Kunde war, von der man in ihrer Branche nur träumen konnte. Er hatte Geld und die Verbindungen, die ihre Karriere ankurbeln konnten. Ihre Karriere, die durch ihre Beziehung zu Leo ernsthaft zum Stillstand gekommen war.

Bevor Leo und sie ein Paar geworden waren, war sie beruflich auf der Überholspur gewesen. Sie hatte sich nicht nur mit Riesenschritten auf ihre Maklerlizenz zubewegt, sondern auch die Zulassung als internationale Immobilienspezialistin angestrebt. Zeke, einer der Makler in der Agentur, in der sie angestellt gewesen war, hatte ihr angeboten, sie zu fördern und ihr bei seiner Pensionierung seinen nationalen und internationalen Kundenstamm zu übertragen. Außerdem wollte er sich dafür einsetzen, dass die Agentur die Kosten für ihre Zusatzqualifikationen übernahm.

Aber dann war Leo in ihr Leben getreten, und Zeke war der Meinung gewesen, sie sei ein wenig zu sehr auf diese neue Liebe fixiert. Das hatte sie geärgert, aber sie hatte den Mund gehalten. Schließlich befand sie sich in einer wunderbaren Beziehung, was machte es da schon, wenn ihr beruflicher Aufstieg ein bisschen langsamer lief?

Gott, war sie dumm gewesen. Dumm, Zeke zu gestatten, sie dafür abzustrafen, weil sie leben wollte. Und dümmer, als die Polizei erlaubte, Leos Worte für bare Münze zu nehmen.

Als sie sich irgendwann wieder aus dem tiefen Loch, in das sie gefallen war, herausgearbeitet hatte, war Zeke in den Ruhestand gegangen und hatte seine Kunden an einen der alleinstehenden Makler im Büro übertragen (Mistkerl!). Und Leo war auf und davon.

Nie wieder.

Nie wieder würde sie sich zugestehen, ihre Karriere für eine Beziehung aufzugeben. Sie hatte ihre Lektion gelernt. Sie dachte nicht daran, sich auf jemanden einzulassen und das Risiko einzugehen, am Ende mit gar nichts dazustehen.

»Hey.« Derek legte ihr einen Finger unter das Kinn. »Wo genau habe ich dich gerade verloren?«

»Entschuldige«, sagte sie. »Es ist wahrscheinlich dumm.« Sie wartete ab, aber da er nichts sagte, fuhr sie fort. »Dir muss klar sein, dass du der Traum jedes Maklers bist. Als du mir verraten hast, wer du bist, da … da … na ja. Ich wollte einfach nicht, dass du meinst, ich würde dich vielleicht ausnutzen.«

Sobald sie die Worte ausgesprochen hatte, konnte sie bloß staunen. Denn sie entsprachen der Wahrheit. Doch bisher hatte sie es nie gestört, wenn sich Privates und Berufliches in dieser Hinsicht mischten. Warum jetzt? Warum bei ihm?

Vielleicht weil er mehr als nur ein netter Zeitvertreib war?

Sie schob den Gedanken beiseite. Weder brauchte noch wollte sie eine Beziehung. Sie beide hatten Spaß miteinander, und das genoss sie in vollen Zügen. Die Arbeit mochte die Dynamik auf Dauer stören, das war alles.

»Wenn es dir nicht recht ist, kann ich es verstehen. Aber ich hätte wirklich gerne die Meinung von jemandem gehört, der sich mit Austins Immobilienmarkt auskennt. Es geht um ein Gewerbeobjekt, in diesem Fall spielt das allerdings, denke ich, keine Rolle.«

»In diesem Fall?«

Sein Grinsen war schelmisch, und sie hatte das dumpfe Gefühl, dass er sie bewusst zu verlocken versuchte. »Die Frage, zu der ich deine Meinung hören möchte.«

Sie verdrehte die Augen. »Okay, okay, du hast gewonnen. Wir verbringen also den Samstag mit Arbeit.«

Er lachte leise. »Nicht den ganzen Samstag, dachte ich. Im September ist tolles Wetter in Austin, und wir könnten rausgehen, ein bisschen Sonne tanken, Bewegung kriegen.«

»Bewegung?« Sie stieg aus dem Bett und sammelte ihre Sachen zusammen. »Ich würde sagen, wir haben gerade ein sehr intensives Work-out hinter uns gebracht. Und Sonne ist überbewertet – wozu gibt es Vitamin D?«

»Haha.« Er stand ebenfalls auf, trat zu ihr und zog sie in die Arme, und sein nackter Körper strahlte eine Wärme aus, die sofort durch ihre Haut drang. Sie seufzte zufrieden.

»Wir sollten aber unbedingt vorher duschen. Ich schrubb dir auch den Rücken«, murmelte er, als seine Hand abwärts zu ihrer Muschi glitt. »Und anderes, versprochen.«

Ein Stöhnen entwischte ihr, und sie nickte träge. »Ich denke, mit dieser Abmachung kann ich leben.«

# 6

»Bezaubernd, wirklich«, sagte Amanda. Sie standen auf der Straßenseite gegenüber und betrachteten das South Congress Motor Inn. »Zumindest wird es das sein, wenn du es renoviert hast. Man erkennt jedoch die solide Konstruktion.« Sie wandte sich ihm zu und schenkte ihm ein strahlendes Lächeln. »Ein echtes Schmuckstück hast du dir da ausgesucht.«

Er drückte ihre Hand und war lächerlich stolz auf ihr Lob. »Danke.«

»Ich lebe schon mein ganzes Leben lang in dieser Stadt, habe dem Hotel aber noch nie einen zweiten Blick gegönnt. Wann wirst du mit den Renovierungsarbeiten anfangen? Und was genau hast du dir vorgestellt?«

Die großen, schillernden Seifenblasen seiner Freude zerplatzten eine nach der anderen. »Tatsächlich ist das der Grund, warum ich deine Hilfe wollte. Ich brauche nämlich einen Plan.«

Sie wanderten über die Straße zu einem Food-Truck-Markt, setzten sich an einen Tisch und aßen, was durchaus das zarteste Stück Rinderbrust auf Gottes Erde sein mochte. Während sie ihre Mahlzeit mit großem Appetit verzehrten, umriss er ihr seine Idee der Boutique-Hotel-Abteilung und erklärte ihr, warum das Projekt momentan stagnierte.

»Du willst also einen Ableger eurer Kette gründen. Es sollen nicht die großen, pompösen klassischen Häuser sein, sondern kleine, schicke Hotels mit Stil und besonderem Flair. Dabei aber luxuriös.«

»Richtig.«

»Brillant, wenn du mich fragst.«

»Das sehe ich auch so«, antwortete er. »Und der Vorstand war gewillt, mein Projekt durchzuwinken, doch dann bekamen die Eigner des South Congress Motor Inn, die ursprünglich verkaufen wollten, kalte Füße, weswegen meine Pläne sich nun im Stand-by-Modus befinden.«

»Euer Unternehmen gibt dir kein grünes Licht, weil es dir vielleicht nicht gelingt, diese besondere Immobilie zu kaufen? Das ist doch Schwachsinn. Allein in Austin gibt es schon jede Menge hübscher Retro-Motels. Von Texas ganz zu schweigen.«

»Da gebe ich dir recht. Aber leider habe ich da nicht das Sagen.«

Sie ließ sich zurücksinken und stieß einen unwilligen Laut aus, und allein zu wissen, dass sie auf seiner Seite war, machte ihn froh.

»Vielleicht solltest du es im Alleingang versuchen«, sagte sie nachdenklich. »Auf die Konzernmentalität pfeifen, in die Fußstapfen deines Großvaters treten und ein eigenes Unternehmen gründen.«

»Urgroßvater, und ganz so einfach funktioniert das leider nicht. Aber grundsätzlich ist die Idee sehr reizvoll.«

Sie kräuselte die Lippen, als wollte sie Einwände erheben, tat es jedoch nicht, sondern seufzte nur. »Du hast natürlich recht. Aber wie genau könnte ich dir helfen?«

Sie hatten ihre Mahlzeit beendet, und er sammelte ihren Abfall ein und warf ihn in den Mülleimer an seinem Tischende. »Gehen wir ein Stück? Ich erzähle es dir unterwegs.«

Sie befanden sich im Süden des SoCo-Shopping-Bezirks und wanderten nun in Richtung Norden. Hier gab es die witzigsten Läden der Stadt, hier konnte man von Cowboystiefeln über Süßigkeiten bis zu Kunst so gut wie alles erstehen. Am anderen Ufer in der Ferne ragte das Kapitol auf, und obwohl die Strecke es in sich hatte, konnte man es durchaus schaffen.

Doch Derek stand heute nicht der Sinn nach einem langen

Marsch. Heute wollte er nur gemütlich mit Amanda an den Schaufenstern vorbeischlendern und über alles reden, was ihnen beiden in den Sinn kam.

»Also?«, hakte sie nach, als sie eine Weile gegangen waren. »Du wolltest mir erklären, was es mit dem Hotel auf sich hat.«

Er nickte. »Die Besitzer führen das South Congress Motor Inn schon gute fünfzig Jahre«, begann er. »Eigentlich wollen sie sich zur Ruhe setzen. Sie müssen beide über siebzig sein.«

»Keine Kinder?«

»Nein.«

Sie blieb stehen, und einen Moment lang glaubte er, sie sähe sich hübsche Katzenfiguren in einem Schaufenster an. »Ich denke, du irrst dich. Sie mögen keine echten Kinder haben, aber vielleicht ist das Hotel ihr Baby.«

»Ja, genau das ist das Problem.«

»Was hast du denn gemacht? Ihnen Geld angeboten?«

»Sicher. Und ihnen das Konzept unserer Hotels erklärt.«

»Hm. Und sie haben Nein gesagt.«

Er nickte, obwohl die Frage eindeutig rhetorisch gedacht war.

»Ich schätze, sie wissen nicht, ob es sich um *Mary Poppins* oder *Die Hand an der Wiege* handelt.«

»Wie bitte?«, fragte er.

»Okay, vielleicht nicht der beste Vergleich, aber in dem einen Film kommt das Kindermädchen in die Familie und verzaubert alles, im anderen sterben die Leute reihenweise«, erklärte sie. »Woher wollen sie wissen, wer ihr seid? Hast du *Die Hand an der Wiege* gesehen? Rebecca de Mornay wirkt nett, freundlich und kompetent, aber tatsächlich ist sie ein irres, mörderisches Biest.«

»Den Film muss ich mir unbedingt ansehen«, antwortete er trocken, als sie sich wieder in Bewegung setzten. »Aber welche Schlüsse soll ich daraus ziehen?«

»Gib ihnen etwas Konkretes an die Hand. Ich kenne eine Frau, die beruflich Gewerbeimmobilien optimiert. Sie hilft mir öfter dabei, Objekte aufzupolieren, ehe wir sie auf den Markt bringen. Vielleicht kann sie dir eine Zeichnung anfertigen. Oder – noch besser – mit den Besitzern durchs Haus gehen und anschaulich erklären, was du mit dem Hotel im Sinn hast.« Sie sprach nachdenklich und langsam und schien während des Gehens auf immer neue Möglichkeiten zu kommen. »Das ist persönlicher, und sie können sich viel besser vorstellen, was aus ihrem Hotel werden soll. Wenn du willst, stelle ich den Kontakt her.«

Er blieb stehen und hielt sie fest. »Würdest du das für mich tun?«

»Na klar.«

»Großartig.« Und nicht nur, weil es ihm wirklich gute Dienste leisten mochte. Ihm gefiel der Gedanke, dass sie und er auch in einem anderen Lebensbereich etwas miteinander zu tun haben würden. Sie hatte sich definitiv in sein Herz geschlichen, und obwohl er keine Ahnung hatte, in welche Richtung sie sich bewegten, genoss er die Reise dorthin bislang in vollen Zügen.

»Die Frau, von der ich gesprochen habe, heißt Brooke Hamlin. Soll ich vielleicht direkt einen Termin mit ihr ausmachen?«

»Gerne«, sagte er und küsste sie rasch, ehe sie sich beschweren konnte, weil er es in aller Öffentlichkeit tat. »Das wäre toll.«

»Amanda! Wie schön!«

Mit einem strahlenden Lächeln öffnete Brooke Hamlin die Tür und führte Amanda und Derek nach hinten in ihr Büro, das sich in ihrem kürzlich neu gestalteten Gartenhaus befand. Mit ihrer großen, kurvigen Gestalt und dem blonden Haar hätte Brooke glatt dem Cover der Bademoden-Ausgabe von *Sports Illustrated* entsprungen sein können.

Okay, heute vielleicht nicht. Ihr Pferdeschwanz sah etwas zerrupft aus, sie trug ein Festival-T-Shirt und eine mit Farbklecksen übersäte Jeans, und verschmierte Farbe verzierte auch ihr Gesicht.

»Danke, dass du dir Zeit für uns genommen hast«, sagte Amanda. »Das ist Derek Winston.«

»Freut mich«, sagte Derek, als sie sich die Hände schüttelten. »Und wie Amanda schon sagte: Danke, dass wir heute vorbeikommen konnten.«

»Kein Problem. Wenn Sie mir meine etwas unprofessionelle Aufmachung verzeihen. Ich streiche gerade hinten im Garten eine Kommode neu.«

»Na ja, am Sonntag sollte man sich etwas gehen lassen dürfen«, bemerkte Derek.

»Schon, aber ich bin noch nicht so lange selbstständig unterwegs, daher muss ich immer bereit für neue Aufträge sein. Oder potenzielle Auftraggeber«, fügte sie mit einem Grinsen hinzu. »Und Freunden helfe ich natürlich sowieso immer gerne. Amanda sagte, Sie seien ein Kunde von ihr und hätten Probleme mit einer Gewerbeimmobilie?«

Derek warf Amanda einen raschen Blick zu. »Stimmt.«

Amanda atmete behutsam aus. Die Sache mit dem Kunden war ihr spontan in den Sinn gekommen, denn sie fand, dass es niemanden etwas anging – im Moment nicht einmal eine Freundin –, mit wem sie zusammen war.

Oder, besser gesagt, ins Bett ging. Denn sie waren ja nicht zusammen. Das war immer noch ein Unterschied.

Plötzlich wurde ihr bewusst, dass Brooke sie mit hochgezogenen Brauen ansah. »Oh, entschuldige. Was war?«

»Ich sagte, kommt mit an den Tisch. Ich habe da ein paar Ideen.«

Das kleine Arbeitszimmer wurde beherrscht von einem langen Eichentisch. Auf der einen Seite stand ein Computer, dessen riesiger Monitor an der Wand montiert war, doch der Rest der Arbeitsfläche war übersät mit Katalogen, Musterbüchern und Zeichnungen, Entwürfen und Bauplänen aller Art.

»Ich habe ein bisschen rumgeschnüffelt, seit ihr angerufen

habt«, sagte Brooke. »Schaut mal.« Sie setzte sich an den Computer, deutete allerdings auf den Bildschirm an der Wand. »Den habe ich gerade erst eingerichtet. Cool, nicht wahr?«

Dem musste Amanda zustimmen. Der Monitor erwachte zum Leben und zeigte das Motel, das Derek kaufen wollte.

»Da ich keine Entwürfe von Ihnen hatte«, sagte Brooke an Derek gewandt, »habe ich einfach ein bisschen rumgesponnen.« Das nächste Foto zeigte dasselbe Motel, aber saniert und renoviert, wobei die Retro-Elemente beibehalten oder sogar hervorgehoben worden waren. »Das ist natürlich nur ein grober Erstentwurf«, bemerkte sie, obwohl Amanda fand, dass es ganz großartig aussah. »Außerdem habe ich im Netz ein paar Bilder von der Einrichtung gefunden. Hier ... und hier ...« Sie tippte ein paar Befehle ein, und kurz darauf sah man von der Lobby und einem Zimmer ebenfalls Vorher/Nachher-Fotos.

»Ich hatte nicht genügend Zeit, um mir etwas für den Garten einfallen zu lassen, habe aber ein Haus gefunden, das ganz wunderbar als Beispiel für das herhalten kann, was ich mir vorstellen würde.« Das Foto erschien auf dem Bildschirm. »Und ich habe eine Firma ausfindig gemacht, die auf alte Reklameschilder spezialisiert ist. Sie könnte das Aussehen des ehemaligen Hotelschilds beibehalten und nur das Winston-Logo einfügen.« Sie setzte sich zurück. »Das ist leider so ziemlich alles, was ich in der Zeit zustande gebracht habe, aber ...«

Amanda brach in lautes Gelächter aus.

»Was ist denn?«

»Wir haben doch erst vor einer halben Stunde angerufen.«

Ein Hauch von Röte überzog Brookes Wangen. »Na ja, ich fand die Idee spannend. Und als ich erst einmal angefangen hatte, konnte ich nicht mehr aufhören.«

»Es ist großartig«, versicherte Amanda ihr. »Oder?«

Derek nickte. Er wirkte etwas betäubt. »Mehr als das. Es ist unglaublich. Ich würde Sie gerne für einen Termin mit den Besitzern engagieren. Sobald ich einen arrangiert habe, können wir ja vielleicht ein Videoangebot erstellen.«

»Und die möglichen Veränderungen mit Morphing-Software darstellen? Ja, das wäre klasse.«

Sie tauschten Telefonnummern aus und verabredeten, in Kontakt zu bleiben, und Amanda war ausgesprochen zufrieden mit sich und ihrer Idee, die beiden zusammenzubringen.

»Was ist?«, fragte Derek, als sie im Auto saßen.

»Ich weiß nicht. Normalerweise bin ich diejenige, die Verhandlungen führt. Es macht Spaß, euch beiden zuzusehen.«

»Sie scheint es wirklich draufzuhaben«, bemerkte er.

»Unbedingt«, stimmte Amanda ihm zu.

Er lehnte sich zu ihr und küsste sie. »Aber du auch.«

»He, pass auf«, schalt sie ihn. »Sie könnte uns sehen.«

»Was wäre denn so schlimm daran?«

Amanda zuckte die Achseln. Sie war sich nicht sicher, was sie darauf antworten sollte. »Dann wüsste sie, dass ich gelogen habe und du nicht mein Kunde bist.«

»Ich könnte ja einer werden.«

Sein Tonfall klang plötzlich sehr geschäftsmäßig, und sie musterte sein Gesicht, während er sich darauf konzentrierte, von der Ausfahrt auf die Straße zurückzusetzen. »Was meinst du damit?«, hakte sie nach, als sie wieder auf dem Riverside Drive waren.

»Ich will eine Wohnung kaufen. Und ich brauche eine Agentur, die meine Interessen hier wahrnimmt und auf potenzielle Angebote achtet, wenn ich nicht in der Stadt bin. Komischerweise kann ich mir allerdings nur eine Person vorstellen, mit der ich arbeiten möchte.«

»Im Ernst jetzt? Hier?«

»Das ist dein Markt, oder etwa nicht?«

»Na ja, schon. Aber warum? Willst du nach Austin ziehen?«

Er schüttelte den Kopf, und obwohl Amanda klar war, dass sie eigentlich erleichtert hätte sein sollen, war sie leicht enttäuscht.

»Da ich mit dem Boutique-Projekt möglicherweise nicht weiterkomme, übernehme ich den Posten der Nordamerika-Verwaltung.«

»Wow. Klingt wichtig.«

Er grinste. »Er ist zumindest nicht übel. Aber die Stelle bringt viele Reisen mit sich. Ich habe bereits eine Unterkunft in Dallas, Los Angeles, New York und Chicago. Ich brauche auch eine in Austin. Das Zimmer im Hotel ist Mitarbeitern vorbehalten, ich kann also keine persönlichen Sachen dort lassen.«

Sie nickte. Es musste nett sein, sich eine Wohnung kaufen zu können, wann immer man eine brauchte.

»Ich dachte, du könntest vielleicht mal den Markt sondieren und mir ein paar Vorschläge unterbreiten. Drei Zimmer, zwei Bäder. Eine Wohnung von der Größe lässt sich später auch wieder besser verkaufen, nicht wahr?«

Sie nickte. »Wird gemacht. Was willst du ausgeben?«

»Ich habe mich bisher nur flüchtig auf dem hiesigen Markt umgesehen, aber bis drei Millionen würde ich gehen.«

»Dafür bekommst du schon etwas Außergewöhnliches. Aber auch für bedeutend weniger, wenn wir die Augen offen halten.«

»Abgemacht. Du konzentrierst dich auf den Markt, und ich konzentriere mich auf dich.«

Sie konnte nicht anders, sie musste lächeln. »Das klingt nach einem Plan, mit dem ich leben kann.«

Mit einem Seufzen ließ sie sich an die Rückenlehne sinken und genoss die Fahrt. Sie hatten beschlossen, den Rest des Sonntags zu nutzen und in den Botanischen Garten zu fahren, und bis zum Zilker Metropolitan Park war es nicht weit. Schon bald schlenderten sie entspannt durch die schöne Anlage, und als Derek ihre Hand nahm, protestierte sie nicht.

Doch ein Gedanke überschattete ihre friedliche Stimmung. Diese anderen Wohnungen. In den anderen Städten. Als sie sich dem Japanischen Garten näherten, entzog sie ihm die Hand und schob sie in ihre Tasche.

»Du hast also auch noch in anderen Städten Wohnungen? Wieso eigentlich? Hast du nicht gesagt, du hättest die Nordamerika-Direktion gerade erst übernommen?«

Er warf ihr einen Seitenblick zu, aber sie konnte seine Augen hinter der Sonnenbrille nicht sehen. »Meine Arbeit hat immer schon viele Reisen mit sich gebracht. Trotzdem gehören die Wohnungen mir nicht alle. Die in Chicago gehört meiner Mutter, obwohl sie nie da ist. Mellie und ich nutzen sie.«

Es musste sich um eine Verwandte handeln, doch der kleine gemeine gelbe Kobold pikste sie bereits in die Eingeweide. »Wer ist Mellie?«, entfuhr es ihr, ehe sie es verhindern konnte.

Seine Lippen zuckten. Vermutlich konnte er ihre Gedanken lesen. »Meine Schwester.«

»Oh.« Sie musste diesen Mann endlich googeln.

»Noch etwas, was du mich fragen willst?«

»Nein. Doch.« Mist. »Ich ... ich habe mich nur gefragt, ob es noch andere Frauen wie mich gibt. Ich meine, wie viele Winston-Hotels haben Mitarbeiterzimmer?«

O nein. Hatte sie das wirklich gefragt? Falls es möglich gewesen wäre, hätte sie diesen verfluchten gelben Kobold zu Boden geschlagen und in die Erde gestampft.

»Ah. Tja – alle.«

Sie schluckte.

»Alle Hotelfilialen haben Zimmer, die für die Mitarbeiter reserviert sind«, fuhr er fort. Er griff nach ihrer Hand und zog sie in den Schatten. »Aber es gibt keine anderen Frauen. Weder in irgendeinem Hotelzimmer noch in meiner Wohnung.«

»Oh.« Erleichterung durchströmte sie, und sie schämte sich fast dafür. »Okay. Ich war bloß neugierig.«

»Neugierig? Oder eifersüchtig?«

Sie fuhr sich mit der Zunge über die Lippen und blickte auf ihre Schuhe. »Beides wahrscheinlich.«

»Schau an«, sagte er, und als sie zu ihm aufblickte, lächelte er.

»Weißt du, was wir tun sollten?«

»Nein, was?«

Er beugte sich vor, und sie schauderte, als seine Lippen ihr Ohr berührten. »Wir sollten ins Hotel zurückfahren, damit ich dir beweisen kann, dass du keinerlei Grund hast, eifersüchtig zu sein.«

Der Atem entwich ihr in einem Schub. »Ja«, brachte sie schließlich hervor. »Das sollten wir wohl.«

# 7

Etwas verschob sich unter ihr, und Amanda schreckte keuchend auf. Einen Moment lang blickte sie sich orientierungslos um, dann begriff sie, was sie geweckt hatte. Derek hatte sich auf die Seite gewälzt, und ihr Kopf musste von seiner Brust gerutscht sein.

Sie lächelte, als sie sich daran erinnerte, wie er ihren ganzen Körper mit Küssen bedeckt hatte, bis das Summen ihrer Nerven beinahe nicht mehr zu ertragen gewesen war. Dann hatte er sich zwischen ihre Beine gelegt und dort weitergeküsst, bis sie dreimal hintereinander gekommen war und ihr Körper nicht mehr nur gesummt, sondern unter Starkstrom gestanden hatte.

Er hatte ihr verwehrt, den Gefallen zu erwidern. Stattdessen hatte er sie an sich gezogen, und befriedigt war sie an seiner Brust eingeschlafen.

Jetzt war es Zeit, wieder in die Wirklichkeit zurückzukehren.

Sie stieß den Atem aus, fuhr sich mit einer Hand durchs Haar, warf einen Blick auf die Uhr und seufzte.

Es war schon nach zehn Uhr.

Am liebsten wäre sie wieder unter die Decke geschlüpft und hätte sich an ihn gekuschelt. Doch ihre Stimme der Vernunft hatte ihren Schwur, sich nicht zu binden, nicht vergessen und mahnte sie nun streng, den Hintern hochzukriegen, sich anzuziehen und nach Hause zu fahren.

Blöde Stimme der Vernunft …

Leise sammelte sie ihre Kleidungsstücke ein und tappte ins Bad, um Derek nicht zu stören. Erst als sie die Tür geschlossen hatte, machte sie Licht und zog sich an.

Nach einem letzten Blick auf Derek, der tief und fest zu schlafen schien, schlüpfte sie hinaus und zog die Tür hinter sich zu. Das Klicken war gedämpft, und sie hoffte, dass es ihn nicht geweckt hatte. Er hatte den Schlaf bitter nötig – und sie im Grunde auch.

Und warum? Der Gedanke daran entlockte ihr ein Lächeln, während sie an der Wand lehnte und auf den Aufzug wartete. Sekunden später stieg sie ein, und als sie kurz darauf im Erdgeschoss aus der Kabine trat, ging sie mit gesenktem Kopf durch die Lobby zum Ausgang.

»Amanda?«, rief eine tiefe Stimme.

Sie blieb verblüfft stehen und sah sich um. Easton Wallace stemmte sich aus einem der dick gepolsterten Ledersessel in der Bar hoch.

»Easton!« Sie ging ihm entgegen und ließ sich von ihm an sich drücken. »Dich habe ich ja seit Monaten nicht mehr gesehen. Wo bist du gewesen?«

»Ich war eine Weile in Los Angeles. Urkunden aufsetzen, Verträge aushandeln.« Er schüttelte sich wie ein Hund. »Zum Glück ist das vorbei. Übrigens habe ich dort Jenna getroffen.«

»Und was machst du jetzt hier allein?«

»Ich war verabredet, aber mein Date hatte Bereitschaft und musste zur Arbeit. Chirurgin«, fügte er auf ihren fragenden Blick hinzu.

Sie betrachtete die beiden Gläser auf dem Tischchen vor ihm, und er lachte. »Scotch für mich, Saft für sie.« Er deutete auf den Sessel gegenüber. »Wir hatten gerade Tortillas und Guacamole bestellt. Magst du dich zu mir setzen? Ich gebe dir gerne einen Drink aus.«

Sie zögerte, weil sie sich seltsam schuldbewusst fühlte, sich hier zu einem anderen Mann zu setzen, während Derek oben im Zimmer schlief. Zumal es sich um Easton handelte. Nicht, dass zwischen ihnen noch etwas gewesen wäre, aber vor ein paar Monaten hatten sie es probiert. Es war allerdings nichts Ernstes gewesen –

schließlich wollte Amanda nichts Ernstes –, und nun waren sie einfach bloß noch gute Freunde. Und Easton hatte ihr schon den einen oder anderen Kunden vermittelt.

Amanda war sich ziemlich sicher, dass Jenna glaubte, Easton und sie hätten miteinander geschlafen, und Amanda hatte sich nie die Mühe gemacht, sie aufzuklären. Denn Jenna war im Grunde genommen überzeugt, dass Amanda nur über Leo hinwegkommen würde, wenn sie Trost bei anderen Männern suchte. Und wahrscheinlich hatte sie damit sogar recht, aber das würde sie ganz sicher nicht zugeben.

»Und was machst du hier?«, fragte Easton, als der Kellner die Tortillas gebracht und Easton ihr einen Drink bestellt hatte. »Ein heißes Date?«

»Ich habe einen Freund besucht«, sagte sie zurückhaltend.

»Uh-oh. Lass mich raten. Du hast irgendeinen armen Kerl aufgerissen und willst ihn jetzt umgarnen, damit er eine völlig überteuerte Villa kauft.«

»Blödmann.« Sie meinte es als Scherz, weil sie ganz genau wusste, dass auch er es scherzhaft gemeint hatte. Dennoch war er näher an der Wahrheit, als ihr lieb war. Immerhin wollte sie Derek eine Wohnung verkaufen. Und schlief mit ihm. Nun, natürlich hatte sie nicht vorgehabt, ihn sich als Kunden an Land zu ziehen, als sie das erste Mal mit ihm ins Hotel gegangen war, aber mittlerweile …

»War 'n Witz«, sagte er und hob ergeben die Hände.

»Themawechsel«, sagte sie. »Was für einen Eindruck hat Jenna gemacht, als ihr euch getroffen habt?« Amanda hatte nämlich beim letzten Telefonat mit ihrer Freundin das Gefühl gehabt, dass Jenna Heimweh nach Texas hatte.

»Sie ist nicht ganz so glücklich mit der Stelle. Sie hat sich das alles wohl anders vorgestellt. Aber sie wird sich schon wieder sammeln.«

Amanda seufzte und nickte, und so plauderten sie eine Weile

über gemeinsame Freunde, Filme und verschiedene andere Themen. Als Amanda ihr Glas ausgetrunken hatte, stellte sie es ab und machte Anstalten aufzustehen. »Es war schön, sich mal wieder austauschen, aber ich muss jetzt wirklich gehen. Ich wollte noch …«

*Derek.*

Er stand in einiger Entfernung in der Lobby und betrachtete sie mit ausdrucksloser Miene.

Amanda wurde flau im Bauch. »Ich …«

Mehr brachte sie nicht hervor.

»Amanda?« Easton stand ebenfalls auf, aber als sie sich nicht regte, folgte er ihrem Blick. »Wer ist das?«

Die Frage riss Amanda aus ihrer vorübergehenden Lähmung. »Tut mir leid. Ich muss jetzt los.« Sie schnappte sich ihre Tasche und ging so schnell sie konnte auf Derek zu, doch er machte kehrt und ging zum Fahrstuhl. Ehe sie ihn erreichte, öffneten sich die Türen, und er trat ein und wandte sich zu ihr um.

Sie wollte ihm folgen, aber er blockierte sie, indem er ihr die Handfläche entgegenstreckte.

»Derek, es ist nicht so, wie …«

Doch weiter kam sie nicht. Die Tür schloss sich, und weg war er.

Sie rang um Luft und versuchte sich zu sammeln. Sie hatte nichts Böses getan. Sie hatte sich bloß mit einem alten Freund unterhalten. Schließlich hatten Derek und sie keine feste Beziehung. Nicht einmal Zusagen hatten sie gemacht.

Und, ja, all das entsprach der Wahrheit.

Warum also hatte sie dann so ein schlechtes Gewissen?

Sie konnte nicht schlafen, und um ein Uhr nachts gab sie letztendlich ihrem Drang nach und griff nach dem Telefon, um ihm eine Nachricht zu schreiben.

Bloß um festzustellen, dass er ihr bereits geschrieben hatte –

und zwar nicht nur einmal! Sie hatte nicht daran gedacht, dass ihr Handy um elf auf den »Nicht stören«-Modus umgeschaltet hatte.

Derek: *Tut mir leid. Ich hätte bleiben und reden sollen. Das war eine dämliche Reaktion von mir. Kannst Du mir verzeihen?*
Derek: *Möge die Pest meine Seele befallen.*
Derek: *Mögen die Flöhe von zehntausend Kamelen meine Achseln befallen.*

Tränen brannten in Amandas Augen, aber es waren schöne Tränen, in denen sich Erleichterung mit blubberndem Lachen mischte.

Amanda: *Ich versuche zu entscheiden, ob ich etwas sagen oder lieber abwarten soll, ob es noch eskaliert.*
Derek: *Stehe kurz vor den zehn Plagen Israels. Rette mich.*
Amanda: *Mir tut es auch leid.*
Derek: *Muss es nicht. Du hast nichts gemacht.*
Derek: *Ignorier das bitte. Wir haben abgemacht, keine Erwartungen an den anderen zu stellen. Geht mich nichts an.*

Amanda tippte eine Antwort – *Willst Du das?* –, löschte sie aber wieder und schrieb noch einmal neu.

Amanda: *Hab einen alten Freund getroffen. Sein Date musste weg. Gab einiges zu erzählen.*
Derek: *Erleichtertes Stirntrocknen*
Amanda: *Also wieder alles gut zwischen uns?*

Sobald sie auf »Senden« getippt hatte, zog sie mental den Kopf ein. Die Frage klang schrecklich – viel zu eifrig und weinerlich, aber jetzt war es zu spät; zurückholen ließ sich die Nachricht nun einmal nicht. Tja, manches war früher leichter gewesen. Einen

Brief hätte sie zur Not wieder aus dem Briefkasten fischen können.

Aber abgesehen davon: Natürlich war wieder alles gut zwischen ihnen. Das war der Tonus dieser ganzen Unterhaltung gewesen.

Doch wenn dem so war, warum antwortete er dann nicht mehr?

Stirnrunzelnd schloss sie die App, öffnete sie wieder, schaute nach der Signalstärke – alles war in Ordnung.

Verdammt.

Sie wollte gerade das Telefon ausschalten, als es an der Tür klingelte.

Sie blickte auf ihre Armbanduhr, beschloss, das Klingeln zu ignorieren, und spürte plötzlich ihr Telefon vibrieren. Sie blickte aufs Display.

Derek: *Klopf, klopf*

Grinsend lief sie zur Tür und öffnete sie. »Wer ist da?«

»Ein Arschloch?«

Sie schüttelte den Kopf und zog ihn herein. »Nein, ganz sicher nicht. Wie hast du mich gefunden?« Zum ersten Mal wurde ihr bewusst, dass sie ihm nie ihre Adresse gegeben hatte.

»Wir megawichtigen Managertypen haben alle möglichen unsauberen Methoden, so was herauszufinden.«

»Uh-oh. Na ja, wie auch immer, ich bin jedenfalls froh, dass du hier bist.« Sie holte tief Luft und stellte die Frage, die ihr nicht aus dem Kopf ging. »Alles wieder gut, oder? Wir sehen uns nächsten Monat?«

»Leider nein.«

Der Schock durchfuhr sie wie elektrischer Strom. »Es ist nicht wieder gut? Aber … aber ich dachte …«

Er nahm ihre Hände. »Wir sehen uns leider nächsten Monat nicht. Ich bin den ganzen Oktober in Europa.«

»Oh.« Das Ausmaß ihrer Enttäuschung überraschte sie. Sie fuhr sich mit der Zunge über die Lippen. »Du versuchst nicht, mich loszuwerden, oder?«

Er lächelte leicht. »Hast du meine kriecherischen SMS nicht gelesen? Glaub mir, das wird kein Spaß. Zwanzig Hotels in fünfundzwanzig Tagen. Bemitleide mich bitte.«

»Wenn du wiederkommst, habe ich vielleicht schon eine Wohnung für dich, in der du dir den europäischen Staub abklopfen kannst.«

Er trat näher an sie heran. »Das wäre schön.«

Mit einem Mal war sie sich ihrer eigenen Atmung sehr bewusst. »Wann, ähm, bist du denn zurück?«

»Dienstag vor Erntedank. Bist du dann in der Stadt oder unterwegs?«

»Ich bin hier.« Sie grinste. »Und das ist es dann, wofür ich dankbar sein werde.« Hatte sie das wirklich gerade gesagt? Es stimmte, ja, aber hatte sie es *wirklich* gesagt?

So breit, wie er grinste, hatte sie das wohl.

»Schön. Wir haben also ein Date. Aber da wir ja nichts Ernsthaftes miteinander haben, ein Nicht-Date.«

»Ganz genau«, stimmte sie ihm mit unbewegter Miene zu. »Ein echtes Nicht-Date.«

Er wich wieder einen Schritt in Richtung Tür zurück. »Wegen vorhin. Ich weiß, wir wollten uns keine Versprechungen machen.«

»Stimmt.«

»Und keine Verpflichtungen eingehen.«

Sie nickte.

»Es gefiel mir aber trotzdem nicht«, sagte er. »Dich mit einem anderen zu sehen.«

Sie leckte sich über die trockenen Lippen und spürte das Pochen ihres Pulses am Hals. »Und ich hatte ein schlechtes Gewissen, als ich dich sah, was total verrückt ist, weil ich mich ja bloß mit einem alten Freund unterhalten habe.«

»Weißt du, alles in allem hört sich das fast so an, als wären wir doch zusammen.«

Sie hob die Schultern und gab sich unbeeindruckt, obwohl sie sich ganz und gar nicht so fühlte. »Manchmal schmeckt das Nachahmerprodukt so wie das Original, ist es aber trotzdem nicht.«

Er betrachtete sie einen Moment stumm, dann nickte er. »Wenn du meinst.« Er beugte sich herab und küsste sie auf die Wange. Dabei flüsterte er ihr zu: »Solange du nicht vergisst, dass das Nachahmerprodukt auch besser sein kann.«

# 8

Obwohl Derek Tausende von Meilen entfernt war, schaffte Amanda es, engeren Kontakt zu ihm zu halten, als ihr das zu den meisten Freunden in Austin gelang. Sie schickten sich Nachrichten – darunter einige, die wohl als pornografisch gegolten hätten –, telefonierten, skypten, um einander sehen zu können, und tauschten sogar ein paar E-Mails aus.

Natürlich ging es Amanda hauptsächlich um die Wohnung, die sie für ihn suchen sollte. Jedenfalls redete sie sich das ein. Er hatte ihr gesagt, dass er den Kaufvertrag auch unterschreiben würde, ohne das Objekt zu sehen, solange sie damit glücklich und zufrieden wäre, und sein Vertrauen ehrte sie ungeheuer. Gleichzeitig hatte er sie damit unbewusst mehr unter Druck gesetzt als jeder andere Kunde zuvor, und sie kniete sich richtig hinein.

Nach fünf Wochen glaubte sie, endlich das ideale Objekt für ihn gefunden zu haben. Ein Drei-Zimmer-Penthouse mit Eckaussicht auf den Fluss, einer Dachterrasse, einem Infinity-Pool und mehr Security, als ein Staatsmann benötigte. Als zusätzlicher Pluspunkt wurde es vollständig eingerichtet angeboten, und der Vorbesitzer hatte einen exzellenten Geschmack gehabt. Die modernen Möbel unterstrichen das Glas- und Stahlambiente der Wohnarchitektur, ohne unterkühlt zu wirken. Im Gegenteil: Der vorherrschende Eindruck war Gemütlichkeit bei viel Licht und Platz. Ein Traum, der sich nach einem Zuhause anfühlte.

Wie angekündigt, schaute er sich die Fotos an, verhandelte den Preis und fragte sie anschließend, ob er annehmen solle. Als sie ihm den erhobenen Daumen zeigte, gab er ein Bargeldangebot ab, und siebzehn Tage später war der Deal abgeschlossen. Die ehemaligen Besitzer waren in Hawaii, der Käufer war in Prag und die Immobilienmaklerin bei BookPeople, Austins größtem unabhängigen Buchladen, wo sie jede Zeitschrift kaufte, die Derek interessieren könnte, um die Wohnung noch wohnlicher zu gestalten.

Selbstverständlich kaufte sie auch neue Bettbezüge.

Nun stand seine Rückkehr nach Austin unmittelbar bevor, und sie fand kein Ende mit den Vorbereitungen. Sie war mindestens neunmal die ganze Wohnung abgelaufen, um zu kontrollieren, ob alles so war, wie es sein sollte, und immer wieder sah sie nach dem Glückwunschkuchen im Kühlschrank, arrangierte die Blumen im Korridor neu und machte sich generell selbst verrückt. Hatte sie etwas vergessen? Fehlte etwas? War alles gut?

Vor allem aber freute sie sich auf ihn.

Und auf die neuen Bettbezüge.

Und endlich hörte sie das »Ping« des Sicherheitssystems, das ankündigte, dass jemand den Fahrstuhl zum Penthouse betreten hatte. Sie öffnete schnell die Flasche Champagner, schenkte zwei Gläser ein und positionierte sich vor der Tür. Ein paar Augenblicke später piepte es an der Eingangstür, als er den Code eingab, den sie ihm geschickt hatte. Sie eilte zur Tür und drückte ihm zur Begrüßung das Glas in die Hand.

»Sagenhaft«, sagte er mit Blick auf sie.

»Du hast dich doch nicht einmal umgeschaut.«

Er neigte den Kopf, um sie zu küssen. »Ich rede ja auch nicht von der Wohnung.«

Sie spürte, wie sie rot wurde. Seine Worte freuten sie mehr, als sie es sollten, und um ihre Verlegenheit zu überspielen, hob sie ihr Glas.

»Auf ein neues Zuhause.«

»Auf einen Neuanfang.«

»Ähm, du solltest den Code für die Tür ändern«, sagte sie, als sie ihn in die Küche führte.

»Warum? Wer kennt ihn denn?«

»Na ja, ich.«

»Sonst noch jemand?«

Sie schüttelte den Kopf.

»Dann ist ja alles in Ordnung.«

»Aber es ist doch ein Zufallscode. Du solltest dir einen aussuchen, den du dir merken kannst.«

»Und du meinst, ich kann mir das Datum, an dem wir uns kennengelernt haben, nicht merken?«

Sie erstarrte. Sie hatte die Zahlen aus einem Impuls heraus eingegeben und wäre nie auf die Idee gekommen, dass ihm die Bedeutung der Kombination auffallen würde. Sie bedachte ihn mit einem aufgesetzt arglosen Lächeln. »Ach, das ist das Datum? Was für ein Zufall.«

Er griff nach ihrer Hand, zog sie zu sich, dann hob er sie hoch und warf sie sich über die Schulter, während sie quiekte und mit den Fäusten auf seinen Rücken trommelte.

»Lass mich runter!«

»Nicht, ehe du nicht zugibst, dass das Datum eine Bedeutung hat. Für die Geschichtsbücher. Dass es sich um einen Tag handelt, den man sich im Kalender anzukreuzen hat.«

»Derek!« Sie strampelte mit den Beinen, doch er hielt sie fest.

»Nein? Nun, dann muss ich mich wohl selbst herumführen. Am besten fange ich im Schlafzimmer an, was meinst du?«

»Lass. Mich. Runter.«

»Ja, Ma'am.« Er beugte sich vor und ließ sie aufs Bett plumpsen. Ehe sie die Chance hatte, sich aufzurappeln, war er schon über ihr und stützte sich links und rechts von ihrem Kopf ab. »Gib's zu.«

Sie schüttelte den Kopf und presste die Lippen zusammen, um nicht laut loszuprusten.

»Ich werde dir die Wahrheit schon entlocken.«

»Aha, und wie?«

»Ich könnte dich kitzeln.«

Sie schüttelte den Kopf. »Untersteh dich. Ich trete. Ich könnte etwas Wichtiges treffen.«

»Übers Knie legen?«

Sie begegnete seinem Blick und sah die Glut darin. »Ich mache von meinem Recht zu schweigen Gebrauch.«

Er hielt ihren Blick noch einen Moment lang fest, dann erschien ein träges Lächeln auf seinem Gesicht. »Ich denke darüber nach.«

Dann senkte er sich langsam auf sie herab.

Diesmal rissen sie sich nicht die Kleider vom Leib, diesmal ließen sie sich Zeit. Ihr Liebesspiel war langsam und innig und von tiefer Leidenschaft geprägt, und es war, als würden sie wahrhaft miteinander verschmelzen.

Es war wunderbar, so zärtlich und intensiv, gleichzeitig aber auch erschreckend.

Doch Amanda wollte es genau so. Hatte sich danach gesehnt, seit er das letzte Mal abgereist war. Eine sexuelle Begegnung, die nicht wilder Lust entsprang, sondern einem echten Bedürfnis nach Nähe und Intimität.

Die Erkenntnis, dass sie danach verlangte, machte ihr Angst, und das würde sie ihm nicht eingestehen. Aber als er sie zum Höhepunkt brachte und sein Körper den ihren bis zu den Sternen hinaufkatapultierte, flüsterte sie ihm etwas ins Ohr, das selbst ein Eingeständnis war.

»Du hast mir gefehlt«, hauchte sie, und dann ließ sie los.

Amanda konnte sich nicht erinnern, eingeschlafen zu sein, doch als sie erwachte, schien die Sonne durch die Fenster, deren Vorhänge sie nicht geschlossen hatten, und Dereks Wecker-App plärrte.

Derek allerdings schlief tief und fest weiter.

»Hey«, rief sie und rüttelte ihn an der Schulter. »Dein Wecker.«

Nichts.

»Du verpasst dein Flugzeug.«

Das zeigte Wirkung, und er wälzte sich auf den Rücken und presste sich den Handballen an die Stirn. »Sorry. Ist spät geworden gestern Nacht.« Er schenkte ihr ein hinterhältiges Grinsen. »Na, so was. Sie kenne ich doch …«

Sie schlug mit dem Kissen nach ihm. »Zieh dich an, und ich bringe dich zum Flughafen, ehe ich zu meinen Eltern fahre.«

»Okay. Gibt's Kaffee?«

Sie lachte, als ihr bewusst wurde, dass es ihr erster gemeinsamer Morgen war. Bisher war sie immer noch vor Tagesanbruch zu sich nach Hause zurückgekehrt. Anscheinend brauchte Derek lange, um in Gang zu kommen.

»Ich mach uns einen«, versprach sie und ließ ihn allein, damit er in Ruhe wach werden konnte.

Ein paar Minuten später gesellte er sich in der Küche zu ihr.

»Das mag ich.«

»Die Küche?«

»Den Anblick von dir in der Küche.«

Sie zog eine Braue hoch, aber er hob nur unschuldig die Schultern.

»Warum bist du noch nicht angezogen?«, fragte sie, während sie ihn betrachtete. Sie fand ihn zerknittert und zerzaust mindestens genauso anziehend wie frisch rasiert, frisiert und im Anzug.

»Mein Flug wurde storniert«, erklärte er. »Die Maschine hat Triebwerkprobleme. Und die Fluglinien sind alle ausgebucht. Meine Assistentin hat mir einen Flug für morgen früh gebucht, also komme ich zumindest noch rechtzeitig zu Thanksgiving auf die Ranch.« Er zuckte die Achseln. »Halb so wild. Dann genieße ich meine neue Wohnung.«

»Das tut mir leid für dich. Wolltest du den Tag heute nicht mit deiner Schwester verbringen?« Er hatte erwähnt, dass er Mellie seit Monaten nicht mehr gesehen hatte, weil sie in einem Winston-Hotel in Australien arbeitete.

»Wir sehen uns ja morgen.«

»Dennoch ...«

Sie hielt ihren Becher in beiden Händen und betrachtete ihn nachdenklich. »Es ist doch blöd, allein zu sein. Willst du nicht mit zu mir kommen und Thanksgiving bei uns verbringen?«

»Das ist doch erst morgen.«

Sie schüttelte den Kopf. »Nicht in meiner Familie. Den Donnerstag verbringen wir immer ehrenamtlich in einem Zentrum für unterprivilegierte Kinder mit Lernbehinderung. Wir haben es vor Jahren angefangen, und es ist längst zur Tradition geworden.«

»Das heißt, ihr feiert also heute schon? Aber ich will euch nicht stören.«

Sie machte eine abwehrende Geste. »Oh, bitte. Es sind nur meine Eltern, mein Bruder und ich, und meistens ist es sehr lustig. Obwohl ich dich vor Nolan lieber warnen möchte. Man muss sich erst an ihn gewöhnen.«

Ein Augenblick verstrich, dann noch einer, und er sah sie schweigend an, als müsse er sich ihr Gesicht einprägen.

»Hör zu, Derek, wenn du nicht willst, dann ist das völlig in ...«

»Ich würde sehr gerne kommen.«

»Wirklich?«

»Ja«, sagte er inbrünstig. »Wirklich.«

Derek war seit der Schulzeit nicht mehr so nervös gewesen, den Eltern eines Mädchens gegenüberzutreten. Die ganze Fahrt über von seiner Wohnung in der Innenstadt bis zum Haus ihrer Eltern draußen am Fluss war es immer schlimmer geworden, bis sie an der Tür standen und darauf warteten, dass jemand öffnete, und er am liebsten Reißaus genommen hätte.

Dann traten sie ein, und er lernte Huey und Martha Franklin und Amandas Stiefbruder Nolan kennen, und seine Nervosität war wie weggeblasen.

Amanda hatte ihn als Klienten vorgestellt, obwohl Derek stark bezweifelte, dass auch nur einer der drei es ihr glaubte. Nichtsdestotrotz hakte keiner nach. Im Gegenteil: Sie verwöhnten ihn nach Strich und Faden, drängten ihn, es sich mit Huey und Nolan vor dem Fernseher bequem zu machen und Football zu schauen, und versorgten ihn mit ausreichend Bier, dass das Kribbeln in seinen Eingeweiden in Windeseile gemildert wurde.

»Hüte dich vor meinem Bruder«, hatte Amanda ihn gewarnt, ehe sie in der Küche verschwunden war. »Weil jemand ihn dafür bezahlt, sich im Radio zum Narren zu machen, hält er sich für lustig.«

»Unsinn«, kommentierte Nolan. »Lustig ist vor allem, dass jemand mich dafür bezahlt.«

Sie verdrehte die Augen. »Wenn du schon in Anwesenheit meiner Freunde Witze reißen musst, dann bitte clevere.«

Er zeigte ihr den Mittelfinger.

»Nolan«, sagte Huey in einem Tonfall, mit dem gemeinhin Kinder ermahnt wurden.

Nolan und Amanda tauschten einen Blick aus und kicherten. Derek beobachtete Amanda und erkannte plötzlich, dass er es kaum erwarten konnte, ihr seine Schwester vorzustellen.

Was sicher nicht der sinnvollste Gedanke war, wenn man sich vor Augen hielt, dass sie ja gar keine Beziehung hatten. Doch sie hatte seine Tür mit dem Datum ihrer ersten Begegnung codiert. Und ihn zu Thanksgiving zu ihren Eltern nach Hause eingeladen.

Vielleicht noch kein hieb- und stichfester Beweis, dass sich zwischen ihnen etwas zu entwickeln begann, aber es war etwas da.

Obwohl es eine Weile gedauert hatte, musste er sich eingestehen, dass er das, was er gerade sah, wollte. Nicht nur sie, sondern *das*. Das alles. Ihre Familie, seine Familie. Das wahre Leben. Die Nähe.

Er wollte eine Beziehung mit allem, was dazugehörte.

Selbst wenn sie es im Augenblick nicht zugab, war er sich sicher, dass auch sie es wollte.

»Es reicht, ihr zwei«, sagte Martha, kam ins Wohnzimmer und schubste ihre Tochter sanft in Richtung Küche.

»Hier wird noch brav nach Genderrollen agiert«, grinste Amanda. »Geh ruhig, sei ein Mann und sieh Football.«

»Sie kann Football nicht ausstehen und liebt es, mit Mom in der Küche zu hantieren«, klärte Nolan Derek auf. »Also lass dir von ihr nichts erzählen. Sie tut bloß so.«

»Das hab ich gehört, Bruder«, rief Amanda aus der Küche, und Nolan zwinkerte Derek verschwörerisch zu.

Zur Halbzeit winkte Nolan ihn hinaus, um ihm den Anleger zu zeigen, und weil der Anleger nicht durchschnittlicher hätte sein können, ging Derek davon aus, dass Nolan einfach nur den Aufpasser herauskehren wollte. Als Nolan ihm daraufhin ohne Umschweife erklärte, er kenne Möglichkeiten, ihn in den sozialen Medien zu kreuzigen, falls er seiner Schwester auch bloß ein Haar krümmte, sah Derek sich in seiner Annahme bestätigt.

»Hoffen wir, dass es nicht dazu kommt«, erwiderte er trocken.

»Es liegt an dir. Sie hat mit diesem Mistkerl Leo schon genug durchgemacht. Noch ein Arschloch überlebt sie nicht.«

»Ich würde mir eher meinen Arm abtrennen, als ihr ein Haar zu krümmen«, sagte Derek und speicherte den Namen Leo in seiner Erinnerung ab. Er würde sich über ihn erkundigen.

»Okay, das kriegen wir hin«, bemerkte Nolan.

Derek lachte. »Du bist in natura mindestens so witzig wie im Radio.«

Nolan riss die Augen auf. »Du hörst meine Sendung?«

»Sicher. Wann immer es geht.«

»Verdammt, Mann, so was aber auch.« Er klopfte Derek auf den Rücken. »Vergiss, was ich gesagt habe. Du gehörst ja förmlich zur Familie.«

»Was macht ihr zwei da unten eigentlich?«, erklang Amandas Stimme quer durch den Garten.

Die beiden sahen einander an, dann wandten sie sich mit unschuldigen Mienen Amanda zu.

»Nichts«, sagte Nolan. »Ich erkläre meinem Kumpel hier gerade bloß, dass er lieb zu dir sein soll.«

»Schön, freut mich«, antwortete sie, während sie näher kam. »Aber hast du nicht gehört, dass ich sagte, wir seien nur Freunde?«

»Oh, du meinst den Blödsinn, den du Mom und Dad erzählt hast? Nee, den habe ich nicht gehört.« Er wackelte mit den Augenbrauen, und Derek hätte nicht sagen können, ob Amanda belustigt oder entnervt war.

Schließlich wandte sie sich ihm zu und verdrehte die Augen. »Hör einfach nicht auf ihn«, sagte sie. »Er ist und bleibt ein Arschloch.«

»Vielleicht«, sagte Nolan und grinste. »Aber wenigstens sieht er gut aus.«

# 9

»Wo bist du heute?«, fragte Amanda, sobald sie abgenommen hatte.

Derek grinste. Es gefiel ihm, dass sie stets ohne Umschweife zur Sache kam. »Was – nicht einmal ein Hallo?«

»Mit *hallo* fängt man Gespräche an, die mit *leb wohl* enden. Und bei deinen vielen Reisen nehmen wir viel zu oft Abschied.«

Das konnte er nicht widerlegen. »Ob du es glaubst oder nicht: Disney World. Die Winston-Hotelfamilie wird nämlich vor den erhabenen Mauern ein gar zauberhaftes Resort bauen. Mit Shuttle-Service zum Land der großen Maus!«

»Schick. Muss nett sein, am glücklichsten Ort der Welt zu arbeiten. Oder war das Disney*land*?«

»Weder noch, was mich betrifft. Schließlich bist du nicht hier. Aber selbst wenn du versucht wärst, eine Maschine nach Orlando zu nehmen, ich fliege morgen früh schon nach St. Louis.«

»Da schneit es, glaube ich. Hast du einen Mantel dabei?«

»Ich packe immer für alle Gelegenheiten.« Aber es gefiel ihm, dass sie sich Sorgen machte. Und tatsächlich fing er an, es sattzuhaben, aus dem Koffer zu leben. Doch wenn einige der geplanten Änderungen im Unternehmen durchgeboxt wurden – was zum Wohl der Firma geschehen sollte –, würde er demnächst mindestens noch sieben weitere Tage unterwegs sein.

Prestigeträchtiger Job. Blöde Situation.

Und abgesehen von den zwei Terminen im Motel, zu denen er mit Brooke erschienen war, lief sein Herzensprojekt nur langsam an.

Wenigstens war der Ball jetzt im Feld der Besitzer. Derek und

Brooke hatten ihnen ihren Vorschlag unterbreitet. Nun blieb ihnen bloß abzuwarten.

»Bist du vielleicht Silvester in Austin? Ich weiß ja, dass wir eigentlich nicht zusammen sind, aber ich bin da neulich über ein Kleid gestolpert, dem ich nicht widerstehen konnte, und ich dachte, du wolltest es vielleicht an mir bewundern.«

Mit jedem Wort von ihr schlug sein Herz einen Purzelbaum. »Du kannst dir nicht vorstellen, wie gerne ich das täte.«

»Du kannst also nicht?« Die Enttäuschung in ihrer Stimme tat ihm körperlich weh und machte ihn gleichzeitig glücklich. »Ich dachte ja nur, weil ich in der Zeitung gelesen habe, dass im Winston eine riesige Silvesterparty stattfindet. Du könntest doch quasi als offizieller Vertreter eures Konzerns teilnehmen.«

»Das ist grundsätzlich eine großartige Idee«, antwortete er. »Bloß leider nicht exklusiv.«

»Was meinst du damit?«

»In jedem Winston findet Silvester ein Ball statt. Ich nehme als Firmenvertreter an dem in Chicago teil. Für mich ist das ein Arbeitstag.«

»Macht ja nichts. War nur so eine Idee.«

»Aber es freut mich, dass du daran gedacht hast«, sagte er sanft. »Das tut mir gut.« Er sah vor sich, wie sie errötete, und wieder ging ihm das Herz auf. »Du solltest aber unbedingt auf den Ball gehen«, fügte er hinzu. »Es macht Spaß. Das Essen ist gut, die Musik großartig.«

»Ach, ich weiß nicht. Ich …«

»Ich reserviere dir einen VIP-Tisch. Wenn du ihn nicht nutzt, macht das auch nichts. Aber das Kleid nicht auszuführen wäre doch eine Schande. Du könntest Brooke mitnehmen, und ihr macht einen Mädelsabend. Von mir aus auch Nolan.«

»Mal sehen.«

»Mach bloß kein Date draus«, fügte er hinzu, und sie lachte.

»Abgemacht.«

»Noch eines.«

»Ja?«

»Schick mir ein Bild von dir auf dem Ball. Ich will dich in dem Kleid sehen, insbesondere, da ich dich ja nicht ohne erleben werde.«

»Okay«, sagte sie leise. »Das mach ich.«

Als die Verbindung getrennt war, lächelte er. Was den turmhohen Stapel Papiere, den er zu bearbeiten hatte, etwas erträglicher wirken ließ.

Seufzend machte er sich an die Arbeit und hatte tatsächlich ein wenig geschafft, als das Telefon erneut klingelte. Er griff sofort danach, weil er hoffte, dass es Amanda war, doch stattdessen meldete Jared sich.

»Hey, Kumpel, frohes neues Fast-Neujahr.«

»Das würde ich dir auch wünschen, wenn es nicht so absolut fruchtlos wäre«, antwortete Jared. »Was soll am neuen Jahr schon froh sein?«

»Du scheinst nicht gerade in Feierlaune zu sein. Was ist los?«

»Nichts. Oder immer dasselbe. Ich stecke im Hamsterrad fest. Und du auch, mein Freund. Mit dem Job von Daddy kommen wir nicht weiter. Es sei denn, du verstehst unter Weiterkommen, kreuz und quer durch die USA zu jetten.«

Derek lehnte sich auf seinem Stuhl zurück. »Wie viel hast du getrunken?«

»Nicht genug.«

»Bist du Silvester verabredet?«

»Ich war's. Jetzt nicht mehr.«

Das war nicht der richtige Zeitpunkt, Jared eine Standpauke zu halten – weder was seine Arbeitsmoral noch seine Beziehungen anging. »Komm nach Chicago. Ich spiele den Gastgeber, deshalb bist du auf dich allein gestellt, aber das macht ja nichts.« Anders als Amanda kannte Jared genug von den Gästen am VIP-Tisch, sodass er sich auch ohne Derek gut unterhalten konnte.

»Ich weiß nicht, mal sehen. Aber schick mir eine Karte, okay?«

»Mach ich.«

Ein Schweigen entstand, dann seufzte Jared schwer. »Warum machen wir das alles eigentlich?«

»Was denn?«

»Ist schon gut«, sagte Jared. Und dann legte er auf.

Amanda hatte sich eigentlich schon dagegen entschieden, auf den Ball im Winston zu gehen. Welchen Sinn hatte es, wenn Derek nicht dabei war?

Letztlich aber ging sie doch. Und sie fand sogar vier Gründe dafür. Erstens hatte er es vorgeschlagen und ihr extra einen Platz an einem VIP-Tisch reserviert. Zweitens hatte er sie um ein Bild von ihr in dem neuen Kleid gebeten, und ein Kleid nur anzuziehen, um ein Foto davon zu machen, ohne darin auszugehen, kam ihr albern vor. Drittens wollte sie das Kleid wirklich gerne ausführen, und die Silvestergala war der ideale Rahmen dafür. Man machte in großer Robe schließlich keine Führung durch eine Vier-Zimmer-Wohnung mit kleinem Balkon.

Vor allem aber wollte sie – viertens! – Derek nah sein. Auch wenn diese Empfindung ihr eine Heidenangst einjagte. Sie hatte in die Beziehung mit Leo so viel investiert, und was war ihr am Ende geblieben? Nichts außer einer ruinierten Karriere und einem gebrochenen Herzen.

Dennoch. Mit Derek war es anders. Vielleicht war es dumm von ihr, sich mit Haut und Haaren auf ihn einzulassen, aber was sollte ihr schon passieren? Sie sahen sich doch nur einmal im Monat, da konnte von einem Gewöhnungseffekt schließlich keine Rede sein. Er war ihre Daueraffäre. Ein sich wiederholender One-Night-Stand. Ein Freund mit besonderen Qualitäten.

Das jedenfalls redete sie sich ein.

Aber an Abenden wie diesen wollte sie ihn einfach nur bei sich wissen. Und wenn er schon nicht körperlich anwesend war, dann musste es eben reichen, in einem Hotel zu feiern, das seinen Namen trug.

»Und? Was denkst du?«, fragte sie Reece im The Fix und drehte sich vor ihm, sodass der Rock schwang. Da auch die Bar eine Silvesterparty gab, war es proppenvoll, und Amanda war Reece dankbar, dass er sich die Zeit nahm, um sie zu begutachten.

»Du siehst atemberaubend aus«, sagte Reece, und sie knickste.

»Ihr seid zu freundlich, Sir.«

Trotzdem hatte er recht. Sie sah wirklich großartig aus, sie wusste es, und sie hatte mit dem Handy zwei Fotos gemacht, während sie sich anzog. Das erste, auf dem sie bloß einen Spitzen-BH, ein dazu passendes Höschen, Strumpfhalter und Strümpfe trug, hatte sie Derek schon geschickt. Wenn schon, denn schon.

Prompt war seine Antwort gekommen – wie sie so grausam sein könne, ihn so zu quälen? –, und sie hatte sich mit einem breiten Grinsen im Gesicht zu Ende angezogen.

Das zweite Foto zeigte sie, wie sie nun aussah. Sie hatte ihr Haar aufgesteckt, sodass nur einzelne Strähnen auf ihre Schultern herabfielen und die zarte Nackenpartie entblößt war. Das Kleid selbst bestand aus einem eng anliegenden Oberteil in gedecktem Weiß mit einem Reißverschluss im Rücken und einem schwingenden weiten Rock aus mehreren Lagen fließenden Materials, der optisch durch einen schlichten Ripsbandgürtel abgesetzt wurde.

Für Amanda war es Liebe auf den ersten Blick gewesen, und sie fühlte sich darin so anmutig wie Grace Kelly.

Eine Schande, dass Derek nicht hier sein konnte. Aber sie hatte ihm auch das zweite Foto geschickt.

Jetzt brauchte sie nur noch eins von sich auf der Gala selbst. Auch wenn sie recht früh wieder ging, sollte er sich doch überzeugen können, dass sie da gewesen war. Denn eigentlich hatte sie keine Lust, bis Mitternacht zu bleiben; sie hatte das dumpfe Gefühl, dass es sie deprimieren würde.

»Du willst doch nicht zu Fuß rübergehen, oder?«, fragte Reece nun.

Sie schüttelte den Kopf. »Nolan organisiert uns gerade eine Kutsche. Das wird bestimmt witzig.«

Reece lachte. »Und du wirst aussehen wie Cinderella.«

»Apropos. Hast du etwas von Jenna gehört? Als wir das letzte Mal gesprochen haben, war sie nach dem Desaster mit der Firma, wegen der sie nach L. A. gegangen war, noch auf Arbeitssuche.«

»Wir haben heute Morgen telefoniert«, antwortete Reece. »Kein guter Zeitpunkt, um nach einem Job zu suchen.«

Er sah plötzlich so besorgt aus, dass Amanda es bereute, das Thema überhaupt angeschnitten zu haben. »Ach, sie schafft das schon. Sie ist talentiert und sie ... oh, da ist Nolan.«

Reece scheuchte sie mit einer Handbewegung fort. »Ja, geh nur. Amüsier du dich in edlem Ambiente, während das niedere Volk hier in Jeans und Stiefeln feiert.«

»Heul nicht. Hier gibt es die besten Cocktails der Stadt.«

»Womit du recht hast«, sagte er, als sie ihm winkte, zur Tür lief und sich von ihrem Stiefbruder in die Kutsche helfen ließ.

»Eine sehr coole Idee«, gab sie zu, als sie saß.

»Nicht wahr? Selbst ich habe meine Sternstunden«, bemerkte er. »Außerdem dachte ich, dass du etwas aufgeheitert werden musst, wenn dein Freund nicht anwesend ist.«

»Er *ist* nicht mein Freund.«

»Ja, ist klar. Erzähl mir doch nichts.«

Sie verdrehte die Augen, legte aber ansonsten keinen Widerspruch ein. Er hatte vielleicht mit der Bezeichnung unrecht, aber sie wünschte sich Derek ja wirklich her.

Die Fahrt zum Hotel dauerte nicht lange, und sobald sie sich im Ballsaal befanden, winkte Nolan ihr. »Diese Veranstaltung ist ein gefundenes Fressen für meine Sendung. Ich habe Notizblock und Aufnahmegerät mitgenommen.« Er klopfte auf seine Taschen. »Ich bin auf alles vorbereitet.«

Sie lachte und scheuchte ihn weg. Und stand dann wie eine Närrin eine Weile einfach bloß herum, ohne zu wissen, was sie tun sollte. Sie hatte gerade in der Ferne Brooke ausgemacht, als Martin Arand hinter ihr auftauchte. Sie waren nicht befreundet, aber sie kannte Namen und Gesicht nur allzu gut, denn er war der Mann, dem Zeke seinen Kundenstamm anvertraut hatte. Der Mann, der an ihrer Stelle von Zeke gefördert worden war. Der Mann, der ihr Leben geklaut hatte.

Und alles nur, weil Leo ein Mistkerl war. Und ein Arschloch. Ein mieses. Gemeines.

Sie zwang sich, die Stirn zu glätten, und schenkte ihm ein Lächeln. »Martin, du auch hier. Wie nett.«

»Gleichfalls. Ich wollte dir nur rasch Hallo sagen. Hör mal ... Ich weiß, dass du die Maklerlizenz noch nicht hast. Wenn du je einen Förderer brauchst, ruf mich an, okay?«

Sie blickte ihn eisig an. »Wirklich nett von dir. Vielen Dank.«

»Ach, kein Ding. Jederzeit.«

Sie widerstand dem Drang, ihm auf die Nase zu boxen – es war Zekes Gedankenlosigkeit gewesen, nicht Martins –, und der Abend nahm seinen Lauf.

Positiv war allerdings, dass Martin sie an ihre Prioritäten erinnert hatte, und da Derek nicht anwesend war, konnte sie ebenso gut Kontakte knüpfen und pflegen.

Sie hatte einige Wohnungseigentümer in Dereks Haus kennengelernt, und ein paar davon waren ebenfalls zu dem Ball erschienen, also mischte sie sich unters Volk, machte Small Talk, plauderte und flirtete ein wenig. Aber bald schon musste sie sich eingestehen, dass sie eigentlich keinen Spaß daran hatte.

Sie wollte nicht potenziellen Kunden Honig um den Bart schmieren. Sie wollte ...

Nun, was sie wollte, spielte keine Rolle, da Chicago weit, weit weg war.

Sie steuerte auf ihren Tisch zu, um eine Nachricht für Nolan und Brooke zu hinterlassen. Sie hatte genug von Glitzer, Glamour und den vielen Leuten und wollte einfach bloß nach Hause. Aber natürlich hatte sie weder Stift noch Papier, also blickte sie sich nach einem Kellner um.

Und sah ihn.

Was nicht sein konnte, weil er ja in Chicago war. Aber er war es, kein Zweifel, und obwohl sie am liebsten auf ihn zugerannt wäre, hielt sie sich zurück. Zu auffällig. Außerdem würde sie wahrscheinlich stolpern und stürzen. Ihre Pumps waren nicht gerade zum Laufen gemacht.

Also wartete sie und sah ihm atemlos entgegen.

»Hallo, schöne Frau. Das Kleid steht dir ungeheuer gut.«

»Das sagst du nur, weil du weißt, dass ich es hören will.«

»Und weil es stimmt.«

Sie grinste so breit, dass ihr die Wangen schmerzten.

»Mir gefielen deine Fotos.«

»Tatsächlich?«

»Hm-hm«, sagte er und kam näher.

»Wieso bist du hier?«

Er hob die Schultern. »Ich habe im Büro Bescheid gegeben, dass ich mir Silvester freinehme.«

»So einfach?«

Er schüttelte den Kopf. »Nein. Aber so wichtig.«

Plötzlich brannten Tränen in ihren Augen. »Danke.«

Er strich ihr mit dem Daumen über die Unterlippe, und sie schluckte.

»Was hast du nun vor?«

»Der Weg hierher war ziemlich lang. Im Augenblick möchte ich dich einfach bloß festhalten. Magst du tanzen?«

Sie nickte und schmiegte sich in seine Arme. »Danke«, sagte sie erneut.

»Wofür?«

»Das war der beste Abend meines Lebens.«

Er zog die Brauen hoch. »Das *war* er? Aber er ist doch noch nicht vorbei.«

»Ich weiß. Aber ich dachte, ich sag's dir lieber jetzt, ehe ich es nachher noch vergesse.« Sie legte ihren Kopf an seine Brust, während sie sich sanft zur Musik bewegten. »Denn ich weiß ganz genau, dass dies einer von den absolut seltenen Fünf-Sterne-Abenden wird.«

# 10

Es gab nichts am Frühling in Austin, was Amanda nicht gefiel. Dieses Jahr toppte jedoch alles. Seit Silvester hatte sie Derek mindestens einmal monatlich gesehen, die Gegend war überzogen von der blauen Farbenpracht der Lupinen, und Jenna war aus L.A. zurückgekehrt.

»Ich weiß ja, dass ich mich wiederhole«, sagte Amanda, als sie im The Fix an einem Tisch am Fenster saßen, »aber ich freu mich so, dass ich dich wiederhabe. Auch wenn der Grund dafür mehr als blöd gewesen ist.«

»Das ist er allerdings«, sagte Jenna und nahm einen Schluck von ihrem Loaded Corona, eine Spezialität des The Fix und Jennas Lieblingsdrink. »Wer kommt schon gerne mit eingeklemmtem Schwanz, arbeitslos und arm wie eine Kirchenmaus nach Hause?«

»Komm schon«, sagte Amanda. »Das war ja bloß eine kurze Durststrecke. Schau dich doch nur mal an: Jetzt bist du Teilhaberin des The Fix und machst genau den Job, den du schon immer machen wolltest: Marketing und Eventplanung. Für mich hört sich das nach einem verdammt guten Karma an, liebe Freundin.«

Jenna grinste breit. »Cool, nicht wahr? Und total unerwartet. Ich kann es noch gar nicht fassen.«

»Was kannst du nicht fassen? Dass Reece und Brent dich dabeihaben wollten? Ihr drei seid doch wie … wie eine Planetenkonstellation. Eine Einheit. Natürlich wollten sie dich dabeihaben. Zumal sie dein Fachwissen brauchen. Von Marketing hat weder Reece noch Brent eine Ahnung. Von Tyree ganz zu schweigen.«

Tyree Johnson war ursprünglich der alleinige Eigner des The Fix on Sixth gewesen, und Amanda kam sich vor wie eine Idiotin, dass sie nicht bemerkt hatte, wie schlecht es finanziell um den Laden bestellt war. Aber es gab offenbar massive Probleme, denn obwohl Tyree inzwischen drei Partner mit ins Boot geholt hatte, hatte er angekündigt, dass das The Fix Ende des Jahres verkauft werden würde, wenn es bis dahin nicht schwarze Zahlen schrieb. Und Amanda kannte den Markt gut genug, um sich denken zu können, dass der wahrscheinlichste Käufer Bodacious sein würde, eine Gastronomie-Kette mit infantilem Geschäftsmodell, die verwässerte Drinks und fettiges Fast Food anbot.

Brent und Reece hatten sich eingekauft, um das Kapital zu liefern, mit dem bis Jahresende gearbeitet werden konnte. Jenna brachte nur ihr Fachwissen mit ein. Doch in Amandas Augen hatte es sich bereits bezahlt gemacht. »Deine Idee mit dem ›Mann des Monats‹ ist wirklich brillant«, sagte sie nun zu Jenna. »Obwohl ich behaupten möchte, dass ein Hauch Inspiration auf meine Kappe geht.«

Bei dem »Mann des Monats« handelte es sich um einen Wettbewerb, bei dem Männer für einen Kalender gewählt werden sollten. Was bedeutete, dass sich bald auf regelmäßiger Basis viele schöne Männer auf der Bühne des The Fix präsentierten, wodurch der weibliche Anteil der Gäste steigen und mehr Umsatz gemacht werden würde.

Brillant eben.

Jenna lachte. »Ich hoffe nur, dass ich die Idee wirklich so umsetzen kann, wie ich es mir denke.«

Der Wettbewerb befand sich noch in der Planungsphase; die erste Wahl würde erst in ein paar Wochen stattfinden. »Wenn nicht du, wer dann? Warte ab, es wird ein Riesenerfolg.« Sie lehnte sich auf ihrem Stuhl zurück und trank einen Schluck von ihrer Jalapeño Margarita. »Und sonst?«

Jenna riss die Augen auf. »Was meinst du damit?«

»Du und Reece. Willst du wirklich behaupten, dass zwischen euch nichts ist?«

Jenna verdrehte sie Augen. »Ja, das will ich wirklich behaupten. Er ist mein bester Freund, und das schon seit unserer Kindheit, Punkt.«

»Uh-oh.«

»Bitte lass es.«

»Okay.« Amanda hatte das Thema schon öfter angeschnitten, und sie würde es ganz sicher noch einmal tun. Im Augenblick jedoch musste es nicht sein.

»Aber was ist mit dir?«, konterte Jenna. »Du hast doch gerade jemanden, nicht wahr?«

»Oh, bitte.« Amanda musste gegen den Drang ankämpfen, die Finger unterm Tisch zu kreuzen. »Du solltest mich besser kennen.«

»Eben. Seit ich zurück bin, erzählst du viel weniger über neue Eroberungen als sonst. Also? Hast du einen Kerl in der Besenkammer versteckt?«

»Ertappt. Ich hole ihn einmal im Monat hervor und staube ihn ab.«

»Ich meine es ernst«, sagte Jenna.

Amanda blinzelte, ganz die Unschuld in Person. »Und ich nicht, oder was?«

»Na gut. Wie du meinst.« Sie trank ihr Glas aus. »Noch einen?«

»Gerne.« Einen Moment lang überlegte sie, Jenna die ganze Wahrheit zu erzählen. Von dem Mann zu berichten, den sie gerne öfter um sich hätte. Der ihr das Gefühl gab, etwas Besonderes zu sein, ja, geliebt zu werden.

Aber dann tat sie es doch nicht. Denn was sie empfand, machte ihr Angst. Wenn sie danach handelte, würde sich das Verhältnis zwischen Derek und ihr unweigerlich ändern, und das wollte sie im Augenblick nicht riskieren.

»Wir haben uns viel zu lange nicht mehr gesehen«, sagte Derek, als er Landons Blick im Spiegel der Umkleide begegnete. Sie hatten eine rasante Squash-Partie gespielt und waren beide vollkommen durchgeschwitzt. »Dafür hast du mich fertiggemacht.«

»Und du mich.« Detective Landon Ware war derjenige, mit dem Derek im The Fix gesessen hatte, als ihm Amanda zum ersten Mal aufgefallen war. Landon und er hatten sich zehn Jahre zuvor kennengelernt, als Landon für die Polizei von Dallas in einem undurchsichtigen Todesfall ermittelt hatte, der in einem Winston-Hotel geschehen war. Mord, wie sich schließlich herausstellte. Eine Frau hatte das Wasser in der Trinkflasche vergiftet, die ihr Mann immer zur Arbeit mitnahm, weil sie sich sicher war, dass er eine Affäre hatte. Sie sollte recht behalten. Ihr Mann und seine Geliebte waren im Penthouse des Hotels gestorben.

»Triffst du dich eigentlich noch mit der süßen Kleinen, auf die du vergangenes Jahr ein Auge geworfen hast?«

Er nickte. »Kaum zu glauben, dass es schon so lange her ist.«

»Die Zeit rennt«, sagte Landon. »Scheint ja was Ernstes mit euch zweien zu sein.« Landon war ein starker Mann, und man sah es ihm an. Er war kein Koloss, aber kräftig gebaut und kantig, und seine schwarze Haut war tätowiert. Doch er hatte außergewöhnlich gütige Augen, und Derek war sich sicher, dass gerade diese Kombination ihn zu einem derart guten Detective machte. Wenn sich Landon im Verhörraum befand, fing jeder an zu reden.

Ähnlich wie Derek jetzt redete. »Ich glaube, ja. Aber es ist schwer zu sagen.«

»Warum? Ich bin in letzter Zeit nicht gerade oft mit Frauen aus gewesen – seit Vanessa jedenfalls nicht –, aber ich glaube mich zu erinnern, dass die Frage nicht allzu schwammige Antworten zulässt.«

»Wenn Frauen im Spiel sind, sind schwammige Antworten praktisch vorprogrammiert.« Er setzte sich auf die Bank und zog die Schuhe aus. »Ich muss los. Ich treffe sie nämlich in ungefähr einer Stunde. Ein arbeitsfreier Samstag für uns beide.«

»Ruf mich an, falls sie dich nicht vollkommen mit Beschlag

belegt.« Landon zwinkerte ihm zu, warf den Spindschlüssel hoch und fing ihn auf. »Ich hätte Lust auf eine Revanche.«

»Mach ich.«

Derek duschte und verließ das Sportstudio in Rekordzeit. Er winkte dem Besitzer, Matthew Herrington, zum Abschied, dann trat er in einen strahlenden Frühlingstag hinaus. Beschwingt ging er auf der South Congress Avenue nach Hause, als ihm jemand entgegenkam, dessen Gesicht ihm vertraut erschien.

Er brauchte einen Moment, erkannte den großen Mann mit dem dunklen Haar und dem Aussehen eines Filmstars aber schließlich wieder. »Parker? Parker Manning?«

Der andere sah ihn verwirrt an, dann erhellte sich seine Miene, und er schüttelte den Kopf. »Derek, ich hätte dich fast nicht wiedererkannt. Wie lange ist es jetzt her – zehn Jahre?«

»Ungefähr, ja. Ich weiß nicht einmal mehr, zu welchem Anlass wir uns zum letzten Mal gesehen haben.«

»Es hatte etwas mit unseren Eltern zu tun, dessen bin ich mir sicher.«

Parker wie Derek entstammten texanischem Geldadel: Was die Winstons in der Hotel- und Viehwirtschaft waren, bedeuteten die Mannings für die Öl- und Gasbranche. Und entgegen der landläufigen Meinung war der Klub der Reichen in Texas gar nicht so überfüllt. Die meisten Leute, die ganz weit oben spielten, kannten einander, und Parker und Derek hatten schon viele Nachmittage zusammen in Country Clubs verbracht oder wo auch immer sich das alte Texasgeld traf.

»Wohnst du jetzt hier?«, fragte Derek. »Ich war der Meinung, du wärst in Los Angeles.«

»Ich bin gerade erst hergezogen.« Er hob die Schultern. »Na ja, mein Unternehmen ist schon etwas länger hier ansässig, aber ich selbst bin noch nicht so lange hier.«

Während er sprach, blickte er über Dereks Schulter und machte plötzlich einen großen Schritt zur Seite, sodass er hinter Derek stand. Dann wich er in den Schatten eines überdachten Gebäudeeingangs zurück.

»Probleme?«

Parker schüttelte den Kopf. »Ich möchte nur nicht gesehen werden.«

Derek warf einen Blick über die Schulter und entdeckte eine dunkelhaarige Frau mit Schmetterlingsbrille. »Üble Trennung?«

»Nein, gar nicht. Sagen wir einfach, ich bleibe im Moment lieber auf dem Beobachtungsposten.« Auf Dereks fragenden Blick hin fügte er hinzu: »Ich glaube, sie braucht etwas Freiraum.«

»Du hast dich ja zu einem echten Gentleman entwickelt.«

Parkers Lippen zuckten. »Soll vorkommen. Und wie sieht's bei dir aus?«

»Arbeit. Viel unterwegs. Ich habe gerade ein kleines Motel erstanden, das ich renovieren will.« Die Eigner des South Congress Motor Inn hatten das Angebot endlich akzeptiert, und Derek konnte es kaum erwarten, die neue Abteilung Winston Boutiques an den Start zu bringen.

Sein Telefon klingelte, und er runzelte die Stirn, als er aufs Display blickte. Seine Assistentin. »Entschuldige, aber da muss ich rangehen. Entweder handelt es sich um einen Notfall, oder ich muss meine Assistentin feuern.« Sie wusste genau, dass sie am Wochenende nur SMS oder E-Mails schicken sollte. Anrufe waren echten Krisen vorbehalten.

»Kein Problem. Wir sprechen uns bald.«

»Unbedingt«, sagte Derek und nahm den Anruf an. »Elizabeth? Es ist Samstag, das wissen Sie.«

»Ja, Mr. Winston, und es tut mir leid. Aber Mr. Ingrams Vater hat gerade angerufen. Jared hat versucht, sich das Leben zu nehmen.«

Es dauerte eine ganze Weile und unzählige Anrufe, aber schließlich konnte sich Derek zusammenreimen, was genau geschehen war. Sein Freund hatte eine Überdosis Tabletten eingenommen und befand sich gegenwärtig in der Psychiatrie einer Privatklinik in Vermont.

Derek hatte den nächsten Flug für den kommenden Tag gebucht.

Und nun lag er auf der Couch und tat nichts außer warten. Nicht auf morgen, sondern auf Amanda. Sie sollte jeden Moment hier eintreffen, und obwohl sein erster Impuls gewesen war, ihre Verabredung abzusagen, hatte er es doch nicht getan. Denn wenn er sich an diesem schrecklichen Tag einer Sache sicher war, dann, dass sie der einzige Mensch war, den er momentan sehen wollte.

Einen Augenblick später hörte er auch schon das Piepen, als sie den Code eingab. Sie trat ein, kam ein paar Schritte lächelnd auf ihn zu, hielt dann aber inne.

»Derek, was ist passiert?«

Sofort überkam ihn ein schlechtes Gewissen. Er hatte ihre Verabredung nicht abgesagt, weil er sie unbedingt sehen wollte, aber hatte er überhaupt das Recht, sie in die Sache hineinzuziehen?

»Schon gut«, sagte er und stemmte sich auf die Unterarme. »Ich hätte dich anrufen sollen. Ich bin heute keine besonders gute Gesellschaft. Ich will dir nicht den Samstag verderben.«

»Hm.« Sie stellte ihre Tasche auf den Tisch neben dem Eingang, kam zu ihm und kniete sich vor die Couch. Mit einer Hand fühlte sie seine Stirn. »Aber Fieber scheinst du keins zu haben.«

»Nein, ich bin nicht krank.« Er nahm ihre Hand und beschloss, es ihr zu sagen. »Jared hat einen Selbstmordversuch unternommen.«

Sie erstarrte. »Dein Freund? Der aus dem Internat? Von dem du mir erzählt hast?«

Er nickte.

»O Gott, Derek, das tut mir so leid.«

»Ich will dich damit nicht belasten. Vielleicht solltest du lieber gehen. Ich kann schließlich …«

»Nein«, unterbrach sie ihn streng. »Und jetzt rutsch rüber.«

Er hatte nicht die Kraft, Einwände zu erheben, also gehorchte er.

Sie legte sich neben ihn und zog seinen Kopf an ihre Brust. »Willst du darüber reden?«

»Eigentlich nicht. Er ist einer meiner besten Freunde, und ich fürchte, dass ich es eigentlich hätte kommen sehen müssen.«

»Aber es ist dennoch nicht deine Schuld.«

»Das weiß ich auch.«

Sie sahen einander an. Die Besorgnis in ihren Augen gab ihm das Gefühl, geschätzt zu werden, und er wünschte, Jared hätte etwas Ähnliches empfunden.

»Da wäre noch eine Sache ...«

»Sag's mir.«

»Ich bin todmüde.«

»Dann mach die Augen zu und schlaf.«

»Bleibst du?«

»Aber ja, Derek, natürlich. Ich gehe nirgendwohin.«

»Danke.«

»Schsch«, murmelte sie und streichelte ihm über das Haar. »Mach einfach die Augen zu. Lass los.«

Also tat er genau das. Und während er vergeblich versuchte zu verarbeiten, was heute geschehen war, kristallisierte sich nur eine Tatsache heraus. Amanda war bei ihm. Sie war geblieben, obwohl er ihr gesagt hatte, sie solle gehen. Obwohl er verletzlich, verwirrt und nichts als ein Häufchen Elend war.

Sie war bei ihm geblieben.

Gott sei Dank, dachte er.

Gott sei Dank.

# 11

Selbst im Staate New York war im Juli eine Affenhitze, und Derek wischte sich den Schweiß aus dem Nacken, während er neben Jared durch den Klinikpark wanderte. Seit Jareds Selbstmordversuch war Derek mindestens ein halbes Dutzend Mal hier gewesen, was angesichts seines immer enger werdenden Terminkalenders nicht einfach war. Seine Flüge nach Austin waren ihm jedenfalls heilig.

Wenn sie ihn auch zunehmend frustrierten.

Denn obwohl sie sich nun schon seit einem Jahr kannten und regelmäßig trafen, waren sie offiziell noch immer kein Paar. Jeder Jurist würde das, was zwischen ihnen bestand, als Beziehung bezeichnen, doch sie weigerte sich nach wie vor standhaft, es auch so zu nennen. Oder etwas zu unternehmen, was sie weiterbrachte.

Aber das war kein Thema für heute.

Wenn Derek seinen Freund besuchte, gingen sie normalerweise ein Stück spazieren, spielten eine Partie Schach und unterhielten sich ausschließlich über Belanglosigkeiten. Beim letzten Mal hatten sie tatsächlich über den Einsatz von Licht als Stilmittel in *Citizen Kane* diskutiert, was umso spannender gewesen war, als dass Derek den Film nie gesehen hatte. Jared eigentlich auch nicht, doch Derek hatte keinen Sinn darin gesehen, ihn unter diesen Umständen darauf hinzuweisen.

Mit anderen Worten: Sie hatten sich nur auf abgesichertem Terrain bewegt, jedes ernste Thema gemieden und alles ausgeklammert, was der Wahrheit nahekommen konnte.

Heute hatte Derek Jared allerdings nach dem Warum gefragt.

»Aus vielen Gründen«, sagte Jared. »Einige davon kriege ich

nicht mehr zusammen. Und Dr. Crowley meint, dass ich einige auch nie wirklich verstehen werde. Aber unterm Strich habe ich keine Möglichkeit mehr gesehen, aus dem Hamsterrad auszubrechen. Ich meine, du kennst mein Leben. Wo ist der Sinn?«

»Ich denke, du bist der Sinn«, sagte Derek, und Jared hob die Schultern, doch ein winziges Lächeln erschien auf seinen Lippen.

»Tja, vielleicht. Aber ich fürchte, ich habe noch ein Stück Weg vor mir, ehe ich wieder zu jemandem werde, mit dem ich befreundet sein wollte. Weißt du, was ich meine?«

»Ich glaube schon. Wie lange wirst du hierbleiben?«

»Drei Wochen noch. Es wurde Zeit für eine Runderneuerung, findest du nicht?«

Derek lachte. »Auf jeden Fall.« Er wurde wieder ernst. »Ich habe mir Sorgen um dich gemacht.«

»Ich weiß. Und es tut mir leid.«

»Muss es nicht. Ich versteh es schon.«

Jared musterte ihn eine Weile. »Tust du das wirklich?«

»Klar.« Derek runzelte die Stirn. »Wieso?«

Jared winkte ab. »Ach, wenn man viel Zeit mit Psychiatern verbringt, übernimmt man wahrscheinlich gewisse Denkmuster. Ich muss nur immer daran denken, dass du auch im Hamsterrad steckst. Deins ist vielleicht nicht so klapprig wie meins, aber dennoch.«

Er dachte an Amanda. Und an die endlosen Reisen kreuz und quer über den Kontinent und die Renovierung des Motels, die nicht vorwärtsging, weil er keine freie Sekunde hatte, um sich seinem Herzensprojekt zu widmen.

All das ging ihm durch den Kopf, während er dem Blick seines Freundes standhielt. Schließlich nickte er.

»Ja. Ich weiß.«

Als Amanda am Mittwochabend das The Fix betrat, staunte sie nicht schlecht über das Gedränge. Heute wurde die sechste der alle zwei Wochen stattfindenden Wahlen zum Mann des Monats abgehalten, und jedes Mal schienen mehr Gäste zu kommen.

»Amanda!«

Amanda drehte sich um, nur um von Megan Clark überschwänglich umarmt zu werden. Megan war Maskenbildnerin, arbeitete aber seit Kurzem für Jenna und hatte einen Werbeflyer erdacht, der eindeutig Wirkung zeigte.

»Hey«, sagte Amanda. »Heute könnte der bisher beste Abend werden. Deine Aktion hat das Interesse an dem Wettbewerb definitiv noch einmal gesteigert, und was im Flyer abgedruckt ist, ist auch nicht schlecht. Parker ist wirklich rattenscharf.« Irgendwie war es Megan gelungen, Parker Manning – *den* Parker Manning – zu überreden, teilzunehmen, und Amanda konnte bloß raten, welche Form der Bestechung es bedurft hatte, um einen solchen Coup zu landen.

Griffin Draper war mit Megan hereingekommen und verdrehte nun die Augen. Der aufstrebende Synchronschauspieler und Web-Showrunner war extrem talentiert, aber durch die schlimmen Brandnarben, die er sich bei einem Unfall als Kind zugezogen hatte, auch extrem öffentlichkeitsscheu. Megan war ihm eine enge Freundin geworden, wie Amanda wusste.

Megan ignorierte ihn, lachte und schob sich eine dunkle Locke aus der Stirn. »Das ist er«, sagte sie.

»Ernsthaft jetzt – wenn es sich hierbei um eine Junggesellenauktion handeln würde, müsste ich wohl mitbieten.« Amanda wedelte sich Luft zu, doch als Megan sich in einem offensichtlichen Versuch, nicht laut loszulachen, die Hand vor den Mund schlug, drehte sie sich um – und riss die Augen auf.

Da stand Parker Manning, ja. Ihre momentane Erstarrung hatte allerdings wenig mit Verlegenheit zu tun. Zum einen war ihr Urteil über den Mann schließlich gerechtfertigt, also war es ihr auch nicht peinlich, dass er sie mit Sicherheit gehört hatte.

Zum anderen nahm sie Parker gar nicht richtig wahr.

Wohl aber den Mann, mit dem er gekommen war – Derek. Was zum Teufel tat er heute Abend hier?

Sie hörte die anderen reden, war jedoch zu schockiert über seine unerwartete Gegenwart, daher beteiligte sie sich nicht mehr am Gespräch, bis Megan laut fragte: »Wen haben Sie uns denn da mitgebracht?«

»Entschuldigung«, sagte Parker. »Wie unhöflich von mir. Das ist Derek Winston.«

Die anderen stellten sich vor, und man schüttelte Hände. Dann war Amanda an der Reihe. Sie begegnete seinem Blick und wusste, dass in ihren Augen Fragen standen, doch sie stellte sie nicht. Einige wenige Leute wussten, dass er und sie sich kannten. Brooke war allerdings nicht in der Nähe, und so fand Amanda es einfacher, seine Hand zu nehmen, den üblichen Elektroschock bei seiner Berührung zu ignorieren, ihren Namen zu murmeln und so zu tun, als wäre nichts.

Sie war sich sicher, dass alle sie durchschauten, aber tatsächlich schien keiner auf sie zu achten.

»Winston Hotels, richtig?«, fragte Griffin gerade. »Schicke Etablissements.«

»Danke«, sagte Derek. »Es ist ein Familienunternehmen, aber ich leite inzwischen die Nordamerika-Geschäfte. Ich bin nach Austin gekommen, um unseren hiesigen drei Häusern einen Besuch abzustatten. Und da Parker und ich uns schon lange kennen, wollte ich mir persönlich ansehen, wie er heute hier den Laden zum Kochen bringt.«

»Falls ich heute noch etwas zum Kochen bringe«, entgegnete Parker, »dann bestimmt nicht den Laden.« Obwohl Amanda es sich möglicherweise einbildete, hätte sie schwören können, dass er dabei Megan angesehen hatte.

»Da sind Sie ja!« Taylor D'Angelo drängte sich mit hüpfendem Pferdeschwanz durch die Menge und packte Parkers Arm. »Kommen Sie, ich brauche Sie hinter der Bühne. Es geht gleich los.«

»Wir sehen uns später«, sagte Parker, als Taylor ihn auch schon mit sich zog.

Einen Moment später strebte auch Megan in Richtung Bühne, und Amanda stand allein vor Derek und blickte wortlos zu ihm auf. Sie versuchte noch immer, sich wieder zu sammeln, als jemand sich zu ihnen gesellte, der ihr bekannt vorkam. Dann fiel es ihr wieder ein: Es war der Mann, mit dem Derek im The Fix gewesen war, als sie ihn zum ersten Mal gesehen hatte.

»Hey«, sagte er, an Derek gewandt. »Dich hätte ich heute hier nicht erwartet.«

»Ich wollte unbedingt zusehen, wie Parker sich zum Narren macht.«

»Wollen wir das nicht alle?« Er wandte sich an Amanda und hielt ihr die Hand hin. »Ich bin übrigens Landon. Ein alter Freund von Derek.«

»Oh. Okay. Dann lass ich euch zwei mal reden. War nett.«

Sie sah noch, wie sich Dereks Pupillen weiteten, zögerte jedoch nicht, sondern drängte sich durch die Menge und steuerte den hinteren Teil der Bar an. In all den Monaten, die sie sich nun schon trafen, waren sie nie zusammen im The Fix gewesen. Sie hatten es nicht ausgemacht; es war wie eine unausgesprochene Regel.

Ihn hier zu sehen war seltsam beunruhigend. Nein, dachte sie. Nicht beunruhigend. Verwirrend. Denn obwohl sie dringend Zeit zum Nachdenken brauchte, konnte sie doch nicht abstreiten, dass sie sich am liebsten mit ihm an einen Tisch niederlassen, die Köpfe zusammenstecken und den Wettbewerb mit ihm gemeinsam sehen würde. Und dieser Wunsch – der Wunsch, immer mehr von ihm zu bekommen, als sie bisher hatte – war in den vergangenen Monaten kontinuierlich stärker geworden.

Und, ja, das machte ihr Angst. Und wie.

Frustriert fuhr sie sich mit den Fingern durchs Haar. Kurz gesagt: Sie wollte Derek. Aber sie wollte die Parameter ihrer Beziehung – sofern sie denn eine hatten – so zugeschnitten, dass es exakt für sie passte.

Tja.

Zum Glück hatte er bisher noch keine Änderung eingefordert. Dass er heute Abend hier war, musste ein Zufall sein.

Wahrscheinlich war er sogar genauso überrascht gewesen wie sie, was zumindest gut zu der merkwürdigen Spannung passte, die sie an ihm gespürt zu haben glaubte.

Sie verbiss sich ein Grinsen, während sie sich durch die Menge auf den Hinterausgang zudrängte. Niemand außer Derek würde sie vermissen, und er würde sich denken können, dass sie in seiner Wohnung auf ihn warten würde.

Doch noch ehe sie in den Korridor flüchten konnte, hörte sie seine Stimme hinter sich.

»Amanda.«

Sie drehte sich um. Sein Anblick verschlug ihr den Atem, und sein leidenschaftlicher Blick bewirkte prompt, dass ihr Höschen feucht wurde. Wenn es nicht so verdammt gefährlich gewesen wäre, hätte sie ihn in die Damentoilette gezerrt und hier und jetzt vernascht.

Tja. Stattdessen sagte sie nur: »Hey. Tut mir leid, dass ich deinen Freund so abgefertigt habe. Ich war bloß so überrascht, dich zu sehen, dass ich befürchtet habe, er könnte mir etwas anmerken.«

»Schon gut, Baby, darum ging es mir absolut nicht. Sehen wir uns in einer Stunde?«

»Und ob«, antwortete sie.

»Ich habe Neuigkeiten«, sagte er. »Ich wollte es dir erst nachher sagen, bin aber viel zu aufgeregt.«

»Aha?« Sie hatte keine Ahnung, worum es gehen könnte. Vielleicht um Eintrittskarten zu einer Show? Sie hatten davon gesprochen, dass sie sich in diesem Sommer etwas ansehen wollten.

Er nahm ihre Hand und beugte sich vor, und sein Atem strich

über ihr Ohr. »Ich ziehe nach Austin, Süße. Keine Warterei mehr. Von nun an kannst du mich haben, wann immer du mich willst.« Er zog den Kopf gerade so weit zurück, dass er ihr in die Augen sehen konnte. »Und ich, Baby, ich will dich immer!«

# 12

Derek hatte erwartet, dass die Neuigkeit eine starke Wirkung auf sie haben würde, und deshalb lange überlegt, ob er ihr alles auf einmal erzählen oder häppchenweise vorgehen sollte. Letztlich hatte er beschlossen, beides zu tun. Zuerst würde er mit dem Umzug nach Austin herausrücken und sich den Rest für den Moment aufsparen, wenn sie bei ihm waren.

Nicht erwartet hatte er allerdings, dass sie derart aufgebracht reagieren würde. Doch nun lief sie bereits seit einer ganze Weile auf und ab, ohne viele Worte zu machen.

»Ich glaube, ich verstehe nicht wirklich«, sagte sie schließlich. »Du hast also einfach deinen Job geschmissen?«

»Meinen Job, für den ich ständig reisen musste, ja. Eine Arbeit habe ich natürlich immer noch.« Zumindest hoffte er es. Diese Thematik gehörte eigentlich zu den Neuigkeiten, die er ihr häppchenweise nahebringen wollte, aber er hatte nicht den Eindruck, als wäre sie momentan für solche Feinheiten aufnahmebereit.

»Aber ...«

»Amanda, bitte. Setz dich hin.«

Sie bedachte ihn mit einem finsteren Blick, ließ sich daraufhin jedoch an einem Ende der Couch nieder. Da er ihre Miene beobachten wollte, setzte er sich ihr gegenüber auf den Sessel. »Hör zu. Nach Jareds Selbstmordversuch habe ich viel nachgedacht«, begann er und versuchte in Worte zu fassen, wie gut er Jareds Gefühl der Sinnlosigkeit seines Lebens nachvollziehen konnte. Dann nahm er ihre Hand. »Aber ich bin nicht Jared. Ich habe dich. Und ich will mehr von dir, was allerdings nur geht, wenn ich in meinem Leben einiges verändere. Ich dachte – oder ich hoffte! –, dass auch du mich in deinem Leben wissen willst. Und zwar nicht nur als jemand, der sporadisch darin auftaucht und anschließend wieder verschwindet.«

Sie schluckte, zögerte jedoch nicht. Und als sie »Ja, natürlich will ich das« sagte, waren das die schönsten Worte, die er je gehört zu haben glaubte.

»Jared nennt es immer das Hamsterrad, und er hat recht. Um hinauszukommen, gibt es nur eine Methode. Man muss sich selbst befreien. Den Sprung wagen.«

»Tja«, sagte sie, und ihre Stimme klang plötzlich dünn. »Aber du hast es leichter als die meisten Menschen. Du hast das Geld im Rücken, das Familienunternehmen. Falls du fällst, fängt dich ein starkes Sicherheitsnetz auf.«

»Das stimmt«, sagte er. Und es stimmte auch wieder nicht, aber das würde er ihr noch nicht sagen. Es hatte keinen Sinn, die Dinge zu verkomplizieren, ehe es nötig wurde.

Er holte tief Luft und fuhr fort. »Aber worum es mir eigentlich geht, ist Folgendes. Es ist nicht nur, dass ich das Reisen satthabe. Ich will auch dich mehr sehen. Und zwar nicht einfach bloß öfter, sondern intensiver. Dass du mehr von dir preisgibst, deinem Leben, deiner Persönlichkeit. Versteh mich nicht falsch, unser Arrangement ist wunderbar, und ich will es ganz sicher nicht aufkündigen. Aber ich will auch nicht, dass wir in ein Hamsterrad geraten. Ich möchte einen Highway vor mir sehen. Oder eine Landstraße, die sich in der Ferne verliert. Ich will einen Horizont und eine Zukunft.«

»Du willst eine Beziehung.«

»Ja. Nein. Denn wir haben bereits eine Beziehung. Ich will den Stempel der Anerkennung darauf, damit wir sie unseren Freunden, unserer Familie präsentieren können.«

Sie presste die Lippen zusammen. »Und wenn ich dazu nicht bereit bin?«

Er beugte sich vor und legte ihr beide Hände auf die Knie.

»Aber wieso solltest du es nicht sein? Was macht dir denn solche Angst?«

Sie sog die Luft ein. »Ich weiß nicht.«

Er ließ sich vom Sessel rutschen, sodass er auf dem Boden vor ihr saß. »Ich glaube, doch. Ich habe mit Nolan gesprochen, und Leo war ein Arschloch. Er ist einfach abgehauen, und das willst du nicht noch einmal erleben. Aber ich bin nicht Leo. Du müsstest dich verdammt anstrengen, um mich loszuwerden.«

Ihre Blicke begegneten sich, und einen Moment lang konnte er ihr bis in die Seele schauen und sah ihre Zukunft darin. Doch dann schlang sie die Arme um ihren Oberkörper und schüttelte den Kopf.

»Verdammt, Amanda, aus Angst, dass etwas schiefgehen könnte, tust du es gar nicht erst? Dann steckst du hoffnungsloser im Hamsterrad fest, als ich es je getan habe.«

»Vergiss dein blödes Hamsterrad«, fauchte sie und sprang auf. »Und, verdammt, du bist doch nicht besser! Oder hast du das South Congress Motor Inn vergessen? Denn auch das ist ein ziemlich riskantes Projekt, und seit gut einem Jahr liegt es brach.«

»Tja, das war das andere, worüber ich mit dir sprechen wollte. Denn auch den Sprung habe ich gemacht.«

Sie blinzelte, dann ließ sie sich langsam wieder auf die Couch sinken. »Was meinst du damit?«

»Wie du schon sagtest, das Projekt lag brach, und das, was mir beruflich etwas bedeuten könnte, wurde einfach ignoriert. Und da der Vorstand die Abteilung offenbar nicht wollte, habe ich mein eigenes Unternehmen gegründet – DW Boutiques. Die Winston Corporation fungiert als Investor, anders würde mir selbstverständlich das Kapital fehlen. Aber nun liegt es an mir. Wenn ich das versaue, ist mein Name in der Geschäftswelt einen feuchten Dreck wert, und mein Vater steckt mich wahrscheinlich in die Poststelle.«

Etwas flammte in ihren Augen auf, und ihm ging das Herz auf.

»Derek, das ist ja großartig. Ich gratuliere dir!« Doch dann fiel sie in sich zusammen, und seine Hoffnung tat es auch. »Dennoch – ich kann das nicht. Ich habe kein Sicherheitsnetz, das mich im Notfall auffängt.«

»Natürlich hast du das. Du hast mich.« Er grinste. »Und ich brauche unbedingt eine gute Maklerin.«

»Aber das gilt ja nur in beruflicher Hinsicht.« Eine Träne rann ihr über die Wange. »Ehrlich gesagt habe ich Leo nicht einmal geliebt. Es war mein Stolz, der verletzt wurde, und meine Karriere hat ebenfalls darunter gelitten, was alles andere als lustig war. Aber wenn ich mich auf dich einlasse und wieder verliere …« Sie stand auf und begann erneut, auf und ab zu gehen.

Verdammt. Er hatte genug.

»Amanda, Herrgott noch mal, ich liebe dich. Ich liebe dich genug, um mehr als ein Risiko einzugehen. Ich will mich mit dir an meiner Seite der Welt präsentieren und allen zeigen, dass wir zusammengehören. Und uns den Herausforderungen gemeinsam stellen, sei es im Hamsterrad oder auf dem Highway.« Er brach ab, sah sie eindringlich an und fuhr leise fort: »Kapierst du das denn nicht, Baby? Mir geht es nur um dich. Denn ich liebe dich wirklich.«

Tränen liefen ihr über die Wangen, und wieder schlang sie die Arme um ihren Oberkörper, als müsse sie sich schützen. »Vielleicht liebe ich dich ja nicht.«

Er schnaubte. »Blöde Ausrede. Ich weiß es besser.«

Ein ersticktes Lachen blubberte in ihr auf. »Ja«, sagte sie schlicht. »Du hast recht, ich liebe dich.« Sie fuhr sich mit der Zunge über die Lippen. »Aber vielleicht zählt das gar nicht so sehr. Es tut mir leid, Derek«, fügte sie hastig hinzu, während sie schon auf die Tür zustürmte. »Wirklich. Aber ich muss gehen.«

# 13

»Ich will ihn«, sagte Amanda zu Jenna, als sie kurz vor dem Mittagsbetrieb im The Fix im Büro saßen. Amanda hatte die letzten vierundzwanzig Stunden nichts anderes gemacht, als kitschige Filme anzusehen und Wein zu trinken, aber im Gegensatz zur landläufigen Meinung hatte sie das keinen Schritt weitergebracht.

»Ich will ihn wirklich. Und ich war sogar auf dem besten Weg, das anzuerkennen. Und dann kommt er einfach daher und schmeißt mir seine Erkenntnis ohne Vorwarnung vor die Füße. In dem Moment war ich einfach noch nicht so weit.«

»Dann sag ihm das doch.«

Amanda seufzte. »Ich dachte, das hätte ich. Aber ich fürchte, er hat nur das ›Nein‹ herausgehört.«

Und vielleicht hatte sie auch Nein gesagt. Denn die Metaphern, die er benutzt hatte – der endlose Highway, eine Landstraße, die sich in der Ferne verliert, einen Horizont, eine Zukunft –, klangen für sie verdächtig nach »bis der Tod uns scheidet«, und der Sprung von einem Verhältnis, von dem nicht einmal die beste Freundin wusste, bis zur Planung einer gemeinsamen Grabstätte war etwas mehr, als sie ohne Vorbereitung verkraften konnte.

Vielleicht suchte sie aber auch nur nach einer Ausrede.

»Warum suche ich nach einer Ausrede?«, fragte sie. »Ich meine, wenn ich wirklich bereit wäre – wenn ich ihn so liebte, wie es sein sollte –, müsste ich dann nicht die Gelegenheit beim Schopf packen?«

Jenna schüttelte den Kopf. »Reece hatte auch tausend Ausreden. Aber jetzt ist alles gut. Vielleicht hast du einfach nur Angst.«

»Und ob«, antwortete Amanda. »Ich *habe* Angst. Dass es nicht funktioniert. Dass ich beruflich wieder auf der Stelle trete.«

»Wieso denn das?«

»Ich …« Sie warf frustriert die Hände in die Luft. Weil sie, seit sie Derek kannte, nicht mehr cocktailtrinkend auf Kundenfang gewesen war, aber nichtsdestoweniger mehr Klienten hatte denn je – und das bloß durch die Leute, die sie in seinem Wohnhaus kennenlernte. »Ach, verdammt«, flüsterte sie, als sich eine Träne aus ihrem Augenwinkel löste. »Wenn ich nicht einwillige, kann ich auch nicht falschliegen.«

Jenna runzelte die Stirn. »Was war das gerade?«

»Na ja, das ist es doch. Ich denke, das ist es, was mich zurückhält.« Nervös begann sie, sich eine Haarsträhne um den Finger zu wickeln. »Ich habe geglaubt, Leo zu lieben, doch das war keine Liebe, sondern nur Lust, aber mir war der Unterschied damals nicht klar. Ich war der Meinung, dass wir eine gemeinsame Zukunft planten, und dann ging er einfach und – BUMM! Alles, was ich geglaubt hatte, stimmte einfach nicht.«

»Du befürchtest also, dass du dich bei Derek ebenso irrst?«

Amanda atmete kontrolliert aus. »Und was, wenn er feststellt, dass *er* mich doch nicht liebt? Ich meine, ich bin offensichtlich ein Fall für die Klapse. Vielleicht haut er ja ganz schnell wieder ab.«

»Vielleicht bleibt er aber auch.«

»Aber wie kann ich mir sicher sein?«

Jenna hob die Schultern. »Kannst du nicht. Also stellt sich die Frage, ob du gewillt bist, das Risiko einzugehen.«

Amanda nickte nachdenklich. Vielleicht hatte Jenna ja recht, und es gab schlichtweg keine Sicherheit. Was auf dieser Welt war schon sicher? War es nicht besser, sich auf das zu konzentrieren, was man wusste? Da war zum Beispiel die Tatsache, dass Derek vom ersten Tag an für sie da gewesen war. Dass er sie offenbar liebte. Dass er sie definitiv respektierte. Sie war nicht nur hübsche Deko an seiner Seite, als die sie sich bei Leo häufig gefühlt hatte.

Derek sah wirklich *sie*. Achtete sie und ihre Grenzen. Er unterstützte sie bei ihren Bestrebungen und half ihr dabei, Träume wahr zu machen. Er nahm an ihrem Leben teil.

Sie runzelte die Stirn. Vielleicht war das Liebe. Klarzusehen und dennoch zu bleiben. Sie wollte diese Erkenntnis gerade Jenna mitteilen, als Tiffany Russell, eine der Kellnerinnen, ins Büro kam. »Oh, Entschuldigung. Ich wollte nicht stören, aber ich habe dich gesucht, Jenna.« Sie hielt ihr ein Schlüsselbund hin. »Von Taylor. Sie sagte, du wolltest dir ihren Wagen ausleihen? Ich hatte ihn benutzt, während meiner in der Werkstatt war, brauche ihn jetzt aber nicht.«

»Danke. Reece hat den Volvo genommen, und ich muss schnell mal in den Supermarkt.«

»Brauchst du Hilfe?«, fragte Amanda.

»Nein, geht schon, aber danke. Geht's dir ein bisschen besser?«

»Ja, sehr viel besser sogar, du bist ein Schatz.«

»Hab dich lieb«, sagte Jenna.

»Ich dich auch.«

Parker nippte an seinem Whiskyglas. »Ich denke, es läuft alles darauf hinaus, dass Frauen seltsam sind.«

»Darauf trinke ich«, sagte Derek und hob sein Glas, um mit Parker und Landon anzustoßen. »Du stimmst uns doch zu, oder?«, fragte er Eric, den Barkeeper, der allerdings gerade zu einer hübschen Kellnerin blickte, die Gläser abräumte. Eric murmelte etwas von Arbeit und eilte die Bar entlang.

»Also, meine Herren? Was soll ich tun?«, fragte Derek.

»Liebst du sie?« Landon trank den Rest aus seinem Glas.

»Ja. Ohne den Hauch eines Zweifels.«

»Dann bleib dran«, sagte Parker.

»Lauf um dein Leben«, scherzte Landon.

»Mein Freund hatte bisher in der Liebe nicht viel Glück«, erklärte Derek, an Parker gewandt. »Aber tatsächlich werde ich wohl wirklich dranbleiben müssen. Denn sie hat mir mein Herz gestohlen, und wenn ich weglaufe, bin ich es vermutlich für immer los.«

»Herrgott noch mal. Die Liebe tut dir anscheinend nicht gut. Seit wann bist du so poetisch? Oder pathetisch?« Landon runzelte die Stirn. »Könnte auch ein und dasselbe sein.«

»Sprich mit ihr«, sagte Parker. »Wenn du dranbleiben willst, sag ihr das. Vielleicht wartet sie darauf. Und wenn sie merkt, dass sie dich nicht loswird, ist sie vielleicht gewillt, es zu probieren.«

»Na toll«, erwiderte Derek.

»Wo ist sie überhaupt?«

Derek zuckte die Achseln. »Ich habe keine Ahnung. Dabei wollte ich doch nur, dass sie sich vor Augen hält, wie verdammt gut wir zwei zusammenpassen. Ist denn das zu viel verlangt?«

»Ich finde nicht«, antwortete Landon. »Aber wie gesagt – Frauen sind seltsam. Weswegen ich auch bestens ohne sie auskommen kann.«

»Ich sollte sie anrufen, denkst du nicht?« Derek stellte Parker die Frage, da Landon sich als wenig hilfreich erwies. »Oder sollte ich sie lieber nicht anrufen und ihr Zeit lassen?«

Parker schüttelte den Kopf. »Keine Ahnung. Ich glaube kaum, dass es ein Regelwerk ...«

Das grässliche Geräusch von quietschenden Reifen und knirschendem Blech störte die mittägliche Ruhe der Bar, und fast augenblicklich setzte draußen ein Hupkonzert von Alarmanlagen ein. Die wenigen Leute, die im Schankraum saßen, sprangen auf und rannten zur Tür, vorneweg Landon, der nun stocknüchtern wirkte. »Wähl den Notruf«, brüllte er Derek zu. »Wir brauchen einen Krankenwagen, und zwar schnell.«

»Wer ist denn verletzt?«, fragte Derek, während er wartete, dass die Verbindung zustande kam, doch Landon war schon nach draußen gelaufen.

Parker dagegen stand am Fenster. »Ich hole Reece«, sagte er gepresst. »Es ist Jenna.«

»Was?« Der Schrei kam von Tiffany, die jetzt zur Tür rannte, gefolgt von Amanda, die ihm im Vorbeilaufen einen derart niedergeschmetterten Blick zuwarf, dass er beinahe das Gespräch mit der Zentrale beendete hätte, nur um sie trösten zu können.

Aber schon meldete sich die Vermittlung, und er gab rasch alle Daten durch, legte auf und rannte den anderen nach ins Freie.

Sobald er hinaustrat, warf Amanda sich an seine Brust. Er zog sie fest in die Arme, während er den Wagen musterte. Die zusammengesunkene Jenna am Steuer. Das Loch in der Heckscheibe, das eigentlich unmöglich durch einen Unfall entstanden sein konnte.

Landon hockte an der Fahrerseite neben ihr, und Tiffany ging mit dem Smartphone in der Hand aufgeregt auf und ab, sprach mit einer Taylor und fragte immer wieder, wieso der Airbag nicht aufgegangen war.

Warum war der Airbag nicht aufgegangen?

Kurz darauf waren in der Ferne Sirenen zu hören, und beinahe gleichzeitig kam Reece im Sprint auf den Parkplatz. Mit Entsetzen in der Miene drängte er sich durch die Schaulustigen und ging neben Jenna auf die Knie, als auch schon der Krankenwagen zum Stehen kam.

Landon wich zurück und sprach auf einen der Sanitäter ein, dann kehrte er zu Derek zurück, der mit Amanda im Arm noch immer fassungslos dastand.

»Ihr ist wahrscheinlich nichts passiert. Die Sanitäter nehmen sie aber, um sicherzugehen, dennoch mit.«

»Ich glaube, sie ist schwanger«, sagte Amanda. »Sie hat niemandem etwas gesagt, aber …«

»Dem Sanitäter hat sie es gerade gesagt. Auch aus diesem Grund bringen sie sie vorsichtshalber ins Krankenhaus.«

Amanda nickte, wirkte allerdings nicht wirklich beruhigt.

»Aber da ist noch was. Jemand hat einen Backstein durch die Heckscheibe geworfen. Deshalb hat sie die Kontrolle über das Fahrzeug verloren.«

»*Was?*«

»Wer macht denn so was?«

»Keine Ahnung. Aber ich höre mich um. Vielleicht hat jemand etwas gesehen.« Er blickte von Amanda zu Derek und zurück. »Ihr zwei solltet nach Hause gehen.«

»Sollten wir«, sagte Derek, sobald Landon außer Hörweite war. »Willst du mit zu mir nach Hause kommen?«

»Nein.« Sein Herz brach einmal mehr. Dann fügte sie allerdings hastig hinzu: »Ich meine, doch. Aber ich muss dir erst etwas sagen.«

»Was? Was denn jetzt? Was musst du ...?«

Doch er konnte die Frage nicht zu Ende stellen, denn sie brachte ihn mit einem innigen Kuss zum Schweigen. »Ich liebe dich«, sagte sie, als sie sich von ihm losmachte. »Noch wichtiger: Ich weiß, dass du mich liebst. Und ich weiß jetzt, was das bedeutet. Ich meine, du bist hier. Bei mir. An meiner Seite. Sozusagen für immer, stimmt's?«

Er nickte. Plötzlich fühlten seine Knie sich ungewohnt schwach an. »O ja, Baby, nirgendwo anders.«

»Das ist es, was ich will«, sagte sie und deutete mit dem Kopf auf den Krankenwagen. »Natürlich nicht den Unfall. Aber diese Verbundenheit, die Jenna und Reece haben. Und meine Eltern auch. Und mein Bruder mit Shelby.« Sie fuhr sich mit der Zunge über die Lippen. »Einen Mann, der an meiner Seite ist. Das ist es, glaube ich. Nein, *weiß* ich.«

»Baby ...« Er nahm ihre Hand und wollte sie küssen, doch sie sprach weiter.

»Verzeih, dass ich solche Angst hatte. Oder so dumm war. Oder beides. Aber ich liebe dich.« Plötzlich schniefte sie. »Ich dachte, dass ich in Sicherheit bin, wenn ich den Kopf in den Sand stecke.« Sie blickte auf das Autowrack. »Aber das ist nicht gut.«

»Nein, ist es nicht.«

»Tja. Wenn ich mich also auf diese langen Straßen begebe, von denen du immer sprichst, dann brauche ich jemanden neben mir, der stark ist und dem ich vertrauen kann.« Sie sah zu ihm auf. »Und meine Wahl fällt auf dich.«

»Oh, das trifft sich gut. Denn ich habe dich schon vor einiger Zeit gewählt.«

»Sag das noch mal«, flehte Amanda, als Derek tief in sie stieß. Es war noch früh am Abend, doch sie hatten den größten Teil des Nachmittags im Bett verbracht und sich geliebt. Schnell und hart. Langsam und träge. Was auch immer. Sie wollten einander nur spüren.

»Sag es«, bettelte sie erneut.

»Ich liebe dich«, murmelte Derek und versenkte sich umso tiefer in sie. »Ich liebe dich, Amanda. Ich werde dich immer lieben.«

»Ich liebe dich auch«, sagte sie, aber mehr bekam sie nicht heraus, denn er näherte sich dem Höhepunkt und steigerte sein Tempo, stieß immer tiefer und tiefer in sie, und bald wusste sie nicht mehr, was zu ihm gehörte und was zu ihr.

»Fass dich an«, verlangte er. »Komm mit mir.«

Mit einem Stöhnen schob sie eine Hand zwischen sich und liebkoste ihre Klitoris, und ihre Lust steigerte sich, als sie spürte, wie er zu erstarren begann. Schneller als erwartet kam auch sie, und ihr Geschlecht zog sich fest um seine Erektion zusammen. Gemeinsam schwangen sie sich empor und explodierten, sanken Arm in Arm wieder in die Wirklichkeit herab und blieben glücklich und befriedigt aneinandergeklammert liegen.

»Das war spektakulär«, seufzte sie.

»*Du* bist spektakulär.«

Sie lächelte, tat aber sonst nichts. Sie war zu erschöpft, um sich zu regen.

Dachte sie zumindest, bis das Telefon klingelte. Mit einem Satz war sie dran und sprach ein stummes Gebet, als sie Reece' Namen auf dem Display sah. »Wie geht's ihr?«

»Gut«, antwortete er. »Und dem Baby auch.«

»Gott sei Dank.« Sie zeigte Derek den erhobenen Daumen.

»Jenna möchte Derek übrigens um etwas bitten«, fuhr Reece fort. »Sie meint, er würde einer Schwangeren, die einen Unfall gehabt hat, doch bestimmt keinen Gefallen verwehren.«

»Aha? Worum geht es?«

»Bei der nächsten Wahl zum Mann des Monats fällt ein Teilnehmer aus. Jenna möchte, dass Derek einspringt.«

Amanda betrachtete den nackten Mann neben sich genüsslich und entschied, dass sie großzügig sein und zumindest den Anblick seines Oberkörpers mit dem Rest der Welt teilen konnte – solange niemand anfasste, was ihr gehörte. »Er ist dabei«, sagte sie und bedachte ihn mit einem frechen Grinsen.

»Solltest du ihn nicht wenigstens fragen?«, ließ sich Reece vernehmen.

»Nö«, sagte sie und rutschte zurück, als Derek ihr das Telefon abzunehmen versuchte. »Er hat behauptet, dass er mich liebt und alles für mich tun würde. Ich nehme ihn einfach beim Wort. Moment!«, kreischte sie, doch Derek hatte sich das Telefon schon geschnappt, und sie hörte bloß noch den Nachhall von Reece' Gelächter.

Knappe zwei Wochen später stand sie in der Menschenmenge im The Fix on Sixth und freute sich diebisch über die Begeisterung, die ihr atemberaubender Freund auf der Bühne weckte.

»Die Frauen hier wissen aber schon, dass er mir gehört, nicht wahr?«, sagte sie zu Jenna, die sich zwar noch auf eine Krücke stützte, sonst aber vollkommen gesund und munter war.

»Das wissen sie, keine Sorge.«

Amanda nickte zufrieden. »Mir war natürlich klar, dass er gewinnen würde.«

»Ach ja? Wie kommt das nur?«

Amanda zuckte die Achseln. »Nun ja, das ganze vergangene

Jahr über war er mein Mann des Monats. Es war einfach an der Zeit, dass er den Titel offiziell bekam.«

Dann pustete sie ihm einen Kuss auf der Handfläche zu und seufzte beglückt, als er ihn fing und zurückschickte.

# EPILOG

»Entweder du lässt mich jetzt in deine Wohnung, damit ich sie überprüfen kann, oder du schläfst bei mir. Deine Entscheidung.« Landon starrte finster auf das Mädchen herab. Und in Anbetracht der Tatsache, dass es zehn Jahre jünger war als er, musste er es unbedingt auch weiterhin als Mädchen betrachten. »Ich werde kein Risiko eingehen. Wenn dir irgendetwas zustößt, reißt Brent mir den Kopf ab.«

»Brent ist nicht mein Vorgesetzter.« Taylor strich sich das Haar aus dem Gesicht und zuckte die Achseln, aber sie konnte Landon nichts vormachen. Sie tat so, als sei sie ungerührt, in Wahrheit jedoch hatte sie Angst.

Und bei allem, was in der vergangenen Woche geschehen war, war das nur verständlich.

Zuerst ihr Auto, in dem Jenna gesessen hatte. Dann die beunruhigenden Nachrichten. Und nun hatte sie bei der Heimkehr feststellen müssen, dass die Tür nicht abgeschlossen war, und obwohl es sein mochte, dass sie es einfach vergessen hatte, würde er sich nicht darauf verlassen.

Er legte ihr eine Hand auf die Schulter, merkte, wie sie sich versteifte, und bereute sofort, dass er es getan hatte. Er hatte diese besondere Chemie zwischen ihnen vom ersten Moment an gespürt, als sie ihn auf der Sixth Street fast umgerannt hatte.

Es war genau diese besondere Chemie, wegen der er den Auftrag beinahe nicht angenommen hätte.

Und es war genau diese besondere Chemie, wegen der er es getan hatte.

Denn er traute schlichtweg niemand anderem zu, für ihre Sicherheit zu sorgen. Deshalb war er jetzt ihr Begleiter. Vierundzwanzig Stunden am Tag.

»Warte hier«, sagte er und bewegte sich langsam und behutsam, die Waffe im Anschlag, durch ihre Wohnung. Er überprüfte jedes Zimmer, jeden Schrank, jede Ecke, jeden Winkel. Nichts.

»Taylor?«

»Ich bin noch hier, an der Tür, alles in Ordnung. Aber kannst du vielleicht – AAAH!«

Im Handumdrehen war er an ihrer Seite. »Was ist los?« Rasch führte er die Pistole in einem ausladenden Bogen herum und sicherte den Raum erneut. Auch hier nichts. »Was war denn? Vielleicht hast du dir etwas eingebildet?«

Doch noch während er sprach, entdeckte er eine kleine getigerte Katze, die in diesem Augenblick vom Kühlschrank sprang, und unwillkürlich wich er einen Schritt zur Seite aus. Taylor, die die Katze offenbar noch nicht wahrgenommen hatte, sprang hinter ihm her ... und landete in seinen Armen.

Ihr Körper schmiegte sich warm und weich an ihn und war nach einer so langen Durststrecke mehr als willkommen. Streng befahl er sich, sie loszulassen. Weil es aus tausend Gründen eine ganz dumme Idee war. Er schalt sich einen Idioten, einen Blödmann, der es am nächsten Tag bitter bereuen würde. Doch ihre Wärme durchdrang ihn, und ihre Brust hob und senkte sich an seiner.

»Landon«, hauchte sie, und es klang wie die Sünde pur.

Und das war's. Das reichte aus, um alle Skrupel zu verdrängen. Jede Regel zu brechen, die er selbst für sich aufgestellt hatte. Mit einem Ruck zog er sie fester an sich, neigte den Kopf und nahm ihren Mund in Besitz.

# YEAR *of* PASSION

## AUGUST

*Es gibt eine Million Gründe, warum ich aufhören muss, mir Taylor D'Angelo nackt vorzustellen.*

*Sie ist zu jung für mich. Zu ambitioniert. Und ich arbeite für sie.*

*Eine Romanze war das Letzte, das ich im Sinn hatte, als ich zusagte, mich um ihren Stalker zu kümmern.*

*Und jetzt kann ich an nichts anderes mehr denken als an sie in allen erdenklichen Posen.*

*Ich bin allerdings nicht der Einzige, dem sie nicht aus dem Kopf geht.*

*Wenn ich zulasse, dass unsere körperliche Anziehung gewinnt, könnte ich ihren Stalker aus der Reserve locken.*

*Unsere Leidenschaft könnte sie retten. Oder uns beide zerstören.*

# 1

Taylor D'Angelo verzog das Gesicht, als sie ihre Kreditkarte über den Ladentisch reichte. Sie war wiederaufladbar, und am Anfang eines jeden Monats füllte sie sie wieder mit ihrem monatlichen Budget. Danach kreuzte sie dann immer die Finger, zündete eine Kerze an und betete zu den Göttern aller finanziellen Obliegenheiten, dass sie einen weiteren Monat ohne Krise durchstehen würde.

Diesen Monat jedoch waren die Götter offenbar angepisst, denn sobald die Kassiererin diese Karte durch den Automaten gezogen hatte, würde Taylor ihr Monatsbudget um einhundertfünfzig Dollar überzogen haben.

Und das alles, weil irgend so ein Idiot ihr einen dicken Stein durch die Windschutzscheibe ihres ramponierten, aber zuverlässigen Toyota Corolla geworfen hatte.

Vor sechs Jahren hatte sie sich dazu durchgerungen, den glänzenden, grauen Wagen ganz hinten auf dem Parkplatz des Gebrauchtwagenhändlers zu kaufen. Sie hatte kein Autohaus aufgesucht. Nein, sie war in so einen Laden gegangen, der entweder nur Bargeld nahm oder einen Typen namens Guido zur Finanzierung vorschlug. Sie hatte einen geschlagenen Nachmittag gebraucht, um die Entscheidung letztlich zu treffen, aber sie hatte sie nie bereut. Das Auto war einfach, ohne jeden Schnickschnack, aber es gehörte ihr. Und es stand für Freiheit.

Das war eines der wenigen Male gewesen, dass sie an das Geld von ihrem Dad gegangen war. Immerhin war sie der Ansicht, dass es sich um Blutgeld handelte. Jahrelang hatte sie versucht, so zu tun, als gäbe es das Geld überhaupt nicht. Aber dann stand das College an, und sie musste knallhart entscheiden. Wollte sie die

Uni aufschieben, um zu arbeiten und sich das Studiengeld zusammenzusparen, oder wollte sie sich einschreiben und die schmutzigen Dollars für etwas Gutes einsetzen?

Sie hatte sich eingeschrieben. Und sie hatte das Geld für die Studiengebühren ihres ersten Semesters und die Kaution für ihre Wohnung ausgegeben.

Im zweiten Studienjahr hatte sie ziemlich gute Noten und konnte einige Stipendien ergattern. Durch dieses Geld und ihr kleines Einkommen von ihrem Job als wissenschaftliche Assistentin kam sie durch. Ihretwegen konnte das restliche Geld ihres Vaters jetzt auf der Bank verrotten.

Sobald sie ihren Master in der Tasche hatte, konnte sie theoretisch alles einem wohltätigen Zweck spenden.

Aber das würde sie nicht tun. Unter keinen Umständen. Denn eines Tages brauchte sie das Geld vielleicht doch. Nicht für ihre Ausbildung, sondern zum Überleben.

Eines Tages musste sie vielleicht untertauchen.

*Bitte, lieber Gott, nein. Lass es vorbei sein. Lass mich in Sicherheit sein.*

Auf der anderen Seite des Ladentisches spuckte die Kasse einen Bon aus, begleitet von einem elektronischen Piepsen, das Taylor aus ihren Gedanken riss. Die Kassiererin schob ihr den Beleg zu, und Taylor zögerte einen Augenblick. Es wäre so leicht gewesen, für diesen Betrag an ihre Notreserven zu gehen. Damit sie Miete und Einkäufe bestreiten konnte. Wäre das wirklich so schlimm gewesen?

Ja. Ja, es *wäre* schlimm gewesen.

Taylor seufzte, den Stift unentschlossen in ihrer Hand.

»Stimmt etwas nicht?« Das Mädchen hinter dem Ladentisch hatte reine Haut, perfekt manikürte Nägel und ebenso perfekt gestyltes blondes Haar. Wahrscheinlich führte sie zu allem Überfluss auch noch ein perfektes Leben, ganz zu schweigen von den Eltern, die ihr nicht nur das Studium finanzierten, sondern sie tatsächlich sogar liebten.

Verdammt bitter, was?

Taylor schüttelte den Kopf. »Nein. Kein Problem. War nur eine beschissene Woche. Von der teuren Sorte.«

»Ich weiß, was Sie meinen. Ich wollte eigentlich mit ein paar Freunden nach San Antonio fahren, aber ich bekam meine Miete nicht zusammen, also musste ich eine Sonderschicht übernehmen.« Mit einer Handbewegung deutete sie auf das Innere der Autoglaserei. Ein Mann im Anzug saß im Wartebereich und las eine Fachzeitschrift. Ein Typ in Bikerboots mit kleinen Knopfaugen reinigte sich mit einem Taschenmesser die Nägel. »Aber ist schon okay. Man kann ja trotzdem Spaß haben.«

Taylor lachte und kam sich wegen ihrer gehässigen Gedanken von vorhin wie die totale Bitch vor. Normalerweise pflegte sie andere Leute nicht so schnell zu verurteilen. Immerhin wusste sie besser als jeder andere, dass das Äußere eines Menschen selten mit seinem Innenleben übereinstimmte.

Sie unterschrieb den Bon und schob ihn der Kassiererin wieder zu, die ihn gegen ihre Autoschlüssel eintauschte.

Ihr Auto stand hinter der Werkstatt, und sobald sie drinsaß, schloss sie die Augen und sagte sich, dass sie das Richtige getan hatte und dass alles gut war. Das stimmte zwar, aber trotzdem war sie es leid, ständig pleite zu sein. Denn offen gesagt, immer das Richtige zu tun brachte ums Verrecken nichts ein.

Doch sie kam klar. Sie hatte einen tollen Job als wissenschaftliche Angestellte am Lehrstuhl für Theaterwissenschaften, und das glich vieles wieder aus. Zwar verdiente sie dort nicht allzu viel, aber die Erfahrung war Gold wert. Diesen Job hatte sie seit ihrem zweiten Studienjahr, und jetzt stand sie kurz davor, ihren Master zu machen, weshalb sie meist bei den interessanten Projekten eingesetzt wurde.

Außerdem verdiente sie sich als Bühnenmanagerin beim Mann-des-Monats-Wettbewerb im The Fix on Sixth noch etwas dazu. Das machte Spaß und war wenig Arbeit gegen anständige Bezahlung. Der Kalender-Wettbewerb war vor ein paar Monaten ins Leben gerufen worden, um mehr Kundschaft ins The Fix zu locken, denn damals war die Bar in ernsten finanziellen Schwierigkeiten gewesen. Es hatte sogar noch besser funktioniert als erwartet, und mittlerweile war es dort jeden Abend rappelvoll, und nicht nur an jedem zweiten Mittwoch, wenn der Contest stattfand.

Sie sah auf die Uhr. Nur noch drei Stunden bis Showtime. Sie fluchte. Sie hatte gern volle drei Stunden Zeit, bis es auf die Bühne ging; heute Abend würde es also knapp werden.

Frustriert drehte sie den Schlüssel im Zündschloss. Der Wagen erwachte knatternd zum Leben, und sie reihte sich in den Fünf-Uhr-Verkehr ein, der sich auf der Burnet Road staute, um dann den Weg zum The Fix einzuschlagen.

Durch den dichten Verkehr brauchte sie beinahe fünfundvierzig Minuten, bis sie die Innenstadt erreicht und einen Parkplatz ergattert hatte, der nicht teurer war als ihre Monatsmiete. Von dort aus sprintete sie zum The Fix, preschte atemlos durch die Türen, nur um festzustellen, dass schon jemand den Scheinwerfer aus dem Lagerschrank geholt und genau so aufgestellt hatte, wie sie es gern hatte.

Sie schlug also nicht den Weg links auf die Bühne ein, sondern wählte den Umweg nach rechts zur Bar, wo sie sich neben Jenna zwängte, die nicht nur eine der Mitbesitzerinnen des The Fix war, sondern auch die Frau, die für den Wettbewerb verantwortlich war. »Hast du das gemacht?«

Jenna schob sich eine Strähne ihres langen roten Haars hinters Ohr und schüttelte den Kopf.

Bevor Taylor weiterfragen konnte, kam Cameron Reed hinter der Bar zu ihr und schob ihr eine Diätcola hin. »Als Mina gemerkt hat, dass du dich verspätest, ist sie eingesprungen.«

»Da bin ich ihr aber dankbar«, sagte Taylor. Mina war Camerons Freundin und hatte vor Kurzem ihren Master im Studiengang Film gemacht. »Aber noch dankbarer wäre ich natürlich, wenn du ein bisschen Rum hier hineingegeben hättest.« Sie schüttelte das Eis in ihrem Glas. »War ein ganz schön verrückter Tag.«

»Was ist denn los?«, fragte Jenna.

»Nichts, was der Anblick von zwölf Jungs, die ihre Shirts ausziehen und in meinem Scheinwerferlicht über die Bühne stolzieren, nicht wiedergutmachen könnte.«

Jenna lachte, und Taylor warf Cam mit seinen breiten Schultern und den meerblauen Augen ein Grinsen zu. »Vielleicht sollten wir die ganzen ehemaligen Kalenderboys, die hier arbeiten, einfach dazu bringen, stets mit nacktem Oberkörper zu erscheinen.«

»Ich bin dagegen«, rief Cam – Mr. März. »Und ich vermute mal, Reece und Tyree wären es ebenfalls.«

»Veto auch von mir«, rief Jenna und legte die Hand auf ihren Bauch, der mittlerweile schon beträchtliche Ausmaße angenommen hatte. »Ich persönlich finde, dass abgesehen von seinem Kalenderfoto und den paar Minuten auf der Bühne niemand Reece ohne Shirt sehen sollte.«

Taylor lachte, aber Cam deutete mit dem Soda-Siphon auf sie: »Hätte ich fast vergessen. Taylor, jemand hat eine Nachricht für dich hinterlassen. Ich hab den Zettel ins Büro gelegt. Eine Sekunde, dann hole ich ihn dir.« Er verließ seinen Platz und überließ die Gäste Eric Shay, dem anderen Barkeeper, der heute Abend Dienst hatte.

Taylor sah ihm hinterher, und ihre Nackenhaare stellten sich auf, während Cam in dem kurzen Flur verschwand, der ins Backoffice der Bar führte. Sie nippte an ihrer Diätcola und versuchte sich einzureden, dass das sicher nichts zu bedeuten hatte. Genau wie die erste Notiz, die sie erhalten hatte, nichts zu bedeuten hatte.

Aber sie konnte die Angst nicht abschütteln.

Vor etwa zwei Wochen hatte sie in ihrem Rucksack eine anonyme Grußkarte gefunden. Irgendjemand hatte sie dort hineingesteckt, während sie in der Uni gewesen war. Sie hatte vorher an jenem Morgen die Rucksäcke getauscht, und wenn ihrer nicht gerade während des Bühnenbild-Workshops in jenem höhlenartigen Raum auf dem Boden gestanden hatte, hatte sie ihn über die Schulter getragen oder im Kofferraum ihres Autos aufbewahrt. Die Karte war also eindeutig an jenem Morgen hineingelangt.

Sie hatte den Umschlag erst spät am Abend gefunden, als sie ihre ganzen Klamotten aus dem Rucksack geholt hatte, um sich an ihrem Küchentisch niederzulassen und noch zu arbeiten. Er steckte zwischen zwei Drehbüchern und einem gebundenen Sammelband Klassischer Komödien, den sie noch lesen musste. Ihr Name funkelte sie in blauer Tinte wütend an, wobei die stilisierten Buchstaben einen Großteil des Umschlags einnahmen. Erst hatte sie geglaubt, es handele sich um eine Einladung zu einer After-Show-Party.

In dem Umschlag fand sie eine altmodische Grußkarte, auf der ein Fenster mit hauchzarten Vorhängen zu sehen war, die sich im Wind bauschten. Die Nachricht im Innern der Karte lautete: *Gerade jetzt bin ich an deinem Fenster.*

Die Zeile wäre unheimlich gewesen, wenn Taylor die Anspielung nicht verstanden hätte – es war eine Zeile aus einem Song aus dem Musical *Sweeney Todd*. Deshalb war sie sich auch sicher gewesen, dass Reggie der Urheber der Karte war.

Reggie Jones war zwar schon älter, gehörte aber dennoch zu den fünfzehn Erstsemestern in Dr. Bishops Seminar zu Bühnen- und Kostümbild. Taylor arbeitete nicht offiziell als Bishops wissenschaftliche Hilfskraft, aber er war ihr Tutor in Examensfragen. Deshalb hatte sie sich mit Feuereifer auf ihre Aufgabe gestürzt, als er sie gebeten hatte, eine Präsentation zu minimalistischen Bühnenbildern zu halten.

Anschließend hatte Reggie zu den Studenten gehört, die noch geblieben waren, um zu fachsimpeln, und als sie ihn zufällig im Gemeinschaftsbereich wiedergetroffen hatte, hatten sie sich über ihrer beider Begeisterung fürs Musical und für Sondheims Arbeit im Speziellen unterhalten.

Zwei zufällige Treffen später hatte er ihr gestanden, dass er die ganze Zeit schon den Mut aufzubringen versucht hatte, sie zu fragen, ob sie mit ihm ausgehen wollte.

Sie hatte ihn natürlich abgewiesen. Zum einen fand sie ihn absolut nicht anziehend. Aber da man so etwas einem Typen nicht geradewegs ins Gesicht sagte, hatte sie einfach nur behauptet, dass sie sich momentan nicht auf Dates einließ. Dass sie momentan keine Zeit für eine Beziehung habe.

Was zwar stimmte, aber keineswegs die ganze Wahrheit war. Sie hatte kein Interesse, sich auf eine Beziehung einzulassen, und ihr Leben war viel zu kompliziert dazu. Einem gelegentlichen One-Night-Stand hingegen stand sie immer aufgeschlossen gegenüber. Nur nicht mit Reggie. Mit überhaupt keinem Typen, der womöglich auf etwas Festes aus war.

»Taylor?« Vor Schreck fuhr ihr Kopf in die Höhe, und sie starrte Jenna an. Sie merkte, dass sie wie hypnotisiert die Bläschen in ihrem Glas angestarrt hatte. »Was? Oh, sorry. Ich war nur in Gedanken. Alles in Ordnung.« Sie lächelte strahlend und versuchte, fröhlich zu wirken.

Aber kaum kam Cam mit der Nachricht zurück, fiel ihre Maske vollends. Der Umschlag war wieder der gleiche. Und hatte die Größe einer Grußkarte. Qualitativ hochwertiges Papier, ihr Name in stilisierter Handschrift. Sie schluckte. Wahrscheinlich noch immer Reggie. Er wusste, dass sie hier arbeitete. Vielleicht hielt er das für süß, dass er ihr mit Karten den Hof machte. Vielleicht hatte er sich eine ganze Kampagne ausgedacht. Karte um Karte, und dann würde er eine mit einem Strauß Rosen schicken und sie nochmals bitten, mit ihm auszugehen.

Ganz bestimmt war es Reggie. Denn, verdammt, über die Alternative wollte sie gar nicht erst nachdenken.

Langsam schob sie den Finger unter die Lasche, öffnete den

Umschlag und zog vorsichtig die Karte heraus. Ein geschlossenes Augenpaar zierte die Vorderseite. Im Innern der Karte hatte jemand die Worte *Du gehörst zu mir* geschrieben.

Sie ließ die Karte sinken und leckte sich über die Lippen.

»Hey, Cam?« Wie dünn ihre Stimme klang. »Hast du gesehen, wer diese Nachricht hinterlassen hat?«

»Sorry. War gestern Abend. Hier steppte der Bär, und ich bin für Eric eingesprungen. Ich war also hier allein.«

»Ja. Klar.« Sie räusperte sich. »Weißt du noch, ob es ein Typ mit richtig gelben Haaren war. Zerstrubbelt?« Vielleicht war es ja tatsächlich Reggie. Immerhin gab es im *Phantom der Oper* einen Song, dessen Text passte. *Schließ die Augen*, sang das Phantom, und dann später zu Christine: *Du gehörst zu mir.*

Zwar nicht Sondheim, aber dennoch ein Musical.

Cam schüttelte den Kopf. »Sorry. Da klingelt nichts bei mir.«

Jenna legte die Hand über ihre. »Du machst mir Angst. Was ist los? Wer hat gelbes Haar?«

Taylor versuchte, das Ganze mit einem Achselzucken abzutun. »Nur ein Typ am College. Er hat sich in mich verknallt und lässt einfach nicht locker.« Sie hob die Schulter. »Und ich habe eigentlich wirklich absolut kein Interesse.«

Sie merkte, dass Jenna nicht überzeugt war, und bevor sie das Thema weiterverfolgen konnte, warf Taylor einen Blick auf Jennas Bauch. »Ich bin so froh, dass dem Baby nichts passiert ist. Tut mir so leid.«

»Machst du Witze?« Jenna legte schützend die Hand auf ihren Bauch. »Schließlich war es nicht dein Fehler. Uns geht es gut. Und im Gegenteil: *Mir* tut es leid. Ich meine, das mit deinem Auto. Du schickst mir doch die Rechnung für die Windschutzscheibe, oder?«

»Sei nicht albern. Die hat die Versicherung komplett bezahlt.« Das war gelogen, aber sie wollte Jennas Gewissen nicht noch mehr belasten, auch wenn sie das hundertfünfzig Dollar kostete.

»Außerdem hätte mir das doch genauso gut passieren können. Ich meine, wenn ich …«

*Natürlich. Wie hatte sie nur so dumm sein können?*

Dieser Ziegelstein war kein Zufall gewesen, und er war verdammt sicher nicht für Jenna bestimmt gewesen. Das war ein Warnschuss für sie selbst gewesen.

Sie sah hinab und merkte, dass sie die Karte zusammengeknüllt hatte und nun fest in der Faust hielt.

*Nicht Reggie. Natürlich war es nicht Reggie gewesen.*

*Er hatte sie gefunden. Irgendwie hatte er sie gefunden.*

»Okay, Taylor. Wie ich schon sagte, so langsam machst du mir Angst.«

»Was? Warum denn?«

»Brütest du irgendwas aus?« Jenna streckte die Hand aus und befühlte Taylors Stirn. Beinahe hätte Taylor laut aufgelacht.

»Du wirst sicher mal eine gute Mom.«

»Und du bist eine beschissene Patientin.« Mit einer Handbewegung bedeutete sie irgendjemandem hinter Taylor herzukommen.

»Was ist los?«, fragte Mina, kam eilig zu beiden Frauen herüber und legte ihnen die Arme um die Schultern. Sie trug einen frechen Kurzhaarschnitt und warf beiden ein schelmisches Grinsen und Cam einen Luftkuss zu.

»Ich schicke Taylor nach Hause«, antwortete Jenna. »Sie ist heute nicht fit. Kannst du heute Abend den Stage-Manager machen?«

»Oh, das klingt ja, als sei das, was ich mache, Peanuts«, warf Taylor spitz ein.

Mina richtete sich kerzengerade auf und rieb sich die Hände. »Und ob ich das kann. Ich richte den Scheinwerfer einfach auf den heißesten Typen, und …«

»Ja, ja«, unterbrach Jenna sie. »Wenn ich mich darauf einlasse, beleuchtest du wahrscheinlich ausschließlich Cam an der Bar.«

»Ganz sicher nicht«, erwiderte Mina, während Cam die Schultern straffte und sich die Nägel an der Brust polierte. »Ich will die Aufmerksamkeit der Welt nicht mehr als nötig auf ihn richten. Du gehörst nämlich mir«, fügte sie an Cam gewandt hinzu.

»Anders wäre auch schlecht.«

Die Frauen lachten. »Gute Antwort«, meinte Mina.

»Du hast also sicher nichts dagegen?« Taylor sah Mina an. »Ich fühle mich heute tatsächlich nicht wohl.«

»Machst du Witze? Das macht doch Spaß.«

»Danke.« Sie glitt vom Barhocker und legte einen Geldschein für die Cola inklusive Trinkgeld hin. »Ich mach mich jetzt vom Acker, bevor es zu voll wird.«

Es war Anfang August, und die Sonne war noch nicht untergegangen, obwohl sie schon tief am Himmel hinter ihr stand und lange Schatten warf, während sie auf der Sixth Street nach Osten zum Parkplatz lief. Sie hielt die Augen auf ihren eigenen Schatten gerichtet und merkte erst, wie schreckhaft sie war, als ein weiterer Schatten auftauchte, weil jemand hinter ihr war.

Zweimal wirbelte sie herum, um nachzusehen, wer das war. Einmal erschreckte sie dabei einen Mann im Anzug und anschließend eine hochgewachsene, junge Frau in Jeans und Tanktop, die zur Musik aus ihren Kopfhörern vor sich hin wippte.

»Entspann dich«, befahl sie sich selbst und zuckte dann heftig zusammen, als das Piepen ihres Handys eine eingehende Textnachricht signalisierte. Sie verfluchte ihre angespannten Nerven erneut, öffnete die Nachricht und erstarrte.

Es war ein Bild von ihr selbst, wie sie die Wohnung verließ, in Skinny Jeans und einem T-Shirt mit *Phantom der Oper*-Aufdruck. Ihr langes braunes Haar fiel ihr lose auf die Schultern. Es war einer jener seltenen Tage, da sie es nicht zusammengefasst trug. *Gestern.*

Sie stand da, wartete auf eine weitere Nachricht. Oder ein Emoji. Irgendetwas, was ihr sagen würde, was das alles zu bedeuten hatte. Oder was ihr sicher sagen würde, von wem es kam.

Nur dass sie die Antwort auf diese Frage eigentlich schon kannte. Oder nicht?

Und wenn sie recht hatte, hatte sie nur zwei Möglichkeiten: zu flüchten oder sich Hilfe zu suchen.

Sie dachte über einen möglichen Neuanfang nach. Über die logistischen Schwierigkeiten, die es mit sich bringen würde, ein sicheres Versteck zu finden. Darüber, wie es sein würde, allein, ohne ihre Freunde zu sein. Ohne Job. Mit absolut nichts außer ihrem Verstand. Und natürlich dem Geld ihres Vaters.

Sie erschauerte, und sie wusste, was sie zu tun hatte.

Sie drehte um und kehrte – immer einen Schritt nach dem anderen – über die Sixth Street zum The Fix zurück.

# 2

Vor der Tür des The Fix angelangt, war sie sich immer noch unsicher und blieb stehen. Aber was hatte sie für eine Wahl? Sie konnte entweder flüchten oder sich Hilfe suchen. Und …

»Taylor!«

Sie wandte sich um und entdeckte Megan Clark hinter sich. Die ausgebildete Visagistin arbeitete seit Kurzem ebenfalls im The Fix, um sich etwas dazuzuverdienen. Falls das Loch auf ihrem Bankkonto es erforderte, konnte sie selbst das sicher auch.

»Warum bist du nicht drinnen? Musst du heute nicht arbeiten?«, fragte Megan.

»Mina hat meine Schicht heute übernommen. Ich fühle mich beschissen, weshalb Jenna mich nach Hause geschickt hat. Aber ich muss dringend mit Brent reden. Deshalb mache ich mich jetzt auf die Suche nach ihm, bevor ich mir eine Riesendosis von irgendeinem Anti-Schnupfen-Mittel einverleibe und auf dem Bett zusammenbreche.« Kaum hatte sie das gesagt, bedauerte sie ihre Worte auch schon. Megan würde wissen wollen, was denn so wichtig war, dass Taylor Brent aufsuchte. Nicht weil sie von Natur aus neugierig war, sondern weil sie mittlerweile gute Freundinnen geworden waren. Und gute Freundinnen vertrauten sich einander nun einmal an.

Sie räusperte sich und fuhr, um jede Frage im Keim zu ersticken, eilig fort: »Gehen wir am Wochenende wieder zusammen laufen?« Megan, Mina und Taylor hatten angefangen, zusammen für einen Fünftausend-Meter-Lauf zu trainieren. Das Ziel bestand darin, im nächsten Jahr am Zehntausend-Meter-Lauf, dem Capitol 10K, teilzunehmen. Ein Ziel, das sie wahrscheinlich nicht erreichen würden, denn meist waren ihre Trainingszeiten zu kurz und ihre Frühstückssessions zu lang.

Ein Paar umrundete sie und öffnete die Tür zur Bar.

»Wir stehen im Weg.« Megan schob ihre Cateye-Brille die Nase hinauf und streckte die Hand nach der Tür aus, die sich hinter dem Paar schloss. »Und ja«, antwortete sie und hielt sie Taylor auf. »Wir laufen ganz bestimmt wieder miteinander. Und danach gehen wir in diesen neuen Laden, der angeblich ein fantastisches Tex-Mex-Frühstück serviert. Den sollten wir uns mal ansehen.«

Taylor verkniff sich ein Lächeln, denn das hatte sie auch schon gedacht. »Klingt gut«, sagte sie und trat ein. Sofort war sie vom Lärm umgeben. Das vertraute ständige Summen einer Bar voller sorgloser Menschen, die hier waren, um sich zu amüsieren. »Ich suche mal nach Parker«, meinte Megan, womit sie ihren megasexy Freund meinte. »Eigentlich wollten wir uns schon vor fünf Minuten treffen. *Oh.* Da ist ja Brent.«

Taylors Blick folgte Megans ausgestrecktem Finger. Dann verkündete sie ihrer Freundin, sie später noch treffen zu wollen, und schlängelte sich durch die Menge zu Brent, der im hinteren Bereich der Bar neben Tyree und Reece stand. Na toll. So viel zum Thema, dass sie den Ball flach halten wollte.

»Ich dachte, Jenna hätte dich nach Hause geschickt«, begrüßte Reece sie.

»Hat sie auch. Aber ich musste noch mal zurückkommen.« Taylor blickte zwischen den dreien hin und her und fasste sich ein Herz. Sie wusste, dass sie Brent einweihen musste, und je schneller sie es hinter sich brachte, umso besser. Sie war jetzt schon ruhiger als eben, nur weil sie in der Nähe dieser drei Männer stand.

Kein Wunder bei dieser geballten Ladung an Testosteron. Sicherlich war jeder Einzelne der drei bereit, ihr zu helfen und sie, wenn nötig, auch zu beschützen. Das lag in ihrer Natur. Reece – der Manager der Bar – mit seinem fantastischen Körper, der mit komplizierten Tattoos bedeckt war, mit dem rasierten Schädel und dem Bart, der ihm so perfekt stand. Tyree – der Besitzer und Gründer des The Fix –, ein Bär von einem Mann, umgeben von einer Aura aus Kraft und Geduld. Und dann Brent – ein früherer Cop und alleinerziehender Vater –, der nicht zum Mann des Monats angetreten war, obwohl Taylor zufällig wusste, dass es an Überredungsversuchen nicht gemangelt hatte. Jenna bedrängte ihn ständig, dass er mitmachen sollte, und seit Kurzem stimmte auch Megan mit ein.

Irgendwann würden sie sicher Erfolg haben. Und dann würde Brent auch den Wettbewerb gewinnen. Hollywoods Casting-Agenturen hätten ihn bei seinem guten Aussehen sicher sofort als *Leading Man* eingestuft. Und das Beste war, dass er das noch nicht mal zu bemerken schien. Er konzentrierte sich auf seinen Job, seine Tochter und seine Freunde.

Heute hoffte Taylor inständig, dass er auch sie zu Letzteren zählte, denn seine Hilfe war immerhin der Grund, warum sie zurückgekehrt war.

»... okay?«

Sie schüttelte den Kopf, um wieder klar denken zu können, und merkte dann, dass sie nur die Hälfte dessen mitbekommen hatte, was Reece gesagt hatte. »Sorry. Was?«

»Ich sagte, mach voran und schieß los. Und dann solltest du so schnell wie möglich wieder verschwinden. Glaub mir.«

»Er meint, dass Jenna im ausgewachsenen Glucken-Modus ist«, feixte Brent. »Wenn sie dich nach Hause geschickt hat, dann will sie auch, dass du zu Hause bleibst.«

»Kapiert«, antwortete Taylor. »Aber könnte ich erst mal allein mit dir reden?«

Brents whiskey-braune Augen weiteten sich. »Na klar. Aber der Wettbewerb ...«

»Ich weiß«, räumte sie ein. »Aber es ist wichtig. Es ist eine, hmm, Sicherheitsangelegenheit.«

Sofort reagierte er nicht mehr lässig, sondern geschäftsmäßig.

»Wir können uns in Tyrees Büro unterhalten. Ich stoße später wieder dazu«, fügte er an die beiden anderen gewandt hinzu, die zu Taylors Erleichterung keine Fragen stellten.

Kaum hatten sie den Raum betreten, schloss sie auch schon die Tür hinter sich. Brent entging das nicht, aber er sagte nichts, sondern deutete nur mit einem Kopfnicken auf den Besucherstuhl vor Tyrees Schreibtisch. Sie setzte sich und erwartete, dass er auf Tyrees Sessel Platz nehmen würde. Doch er lehnte sich nur gegen den Schreibtisch und runzelte besorgt die Stirn. »Also, was ist los?«

»Es geht nicht ums The Fix«, versicherte sie ihm schnell. »Tut mir leid, wenn du gedacht hast, es gäbe hier in der Bar ein Problem. Das ist nicht der Fall. Oder sagen wir, wenn es eins gibt, dann weiß ich nichts davon.« Sie wollte ihm alles erzählen. Aber stattdessen redete sie dummes Zeug. Warum fiel ihr das nur so schwer?

Doch diese Frage war lächerlich; sie wusste verdammt genau, warum. Weil sie so lange auf sich allein gestellt gewesen war, dass um Hilfe zu bitten sich beinahe anfühlte, als bräche sie einen geheimen Pakt, den sie mit sich selbst vor vielen Jahren geschlossen hatte. Das tat sie gewissermaßen ja auch. Aber die Lage hatte sich verändert, und sie liebte dieses Leben. Und verdammt, sie würde es nicht einfach kampflos aufgeben.

»Vielleicht ist es leichter, wenn du die Augen schließt«, meinte Brent sanft.

Da musste sie lachen. »Erzählst du so was auch Faith?«, fragte sie, womit sie seine fünfjährige Tochter meinte.

»Manchmal. Und es wirkt.«

Sie schüttelte den Kopf. »Mir geht es gut. Ich weiß nur nicht genau, wo ich anfangen soll.«

»Am besten mit dem, was dich hergeführt hat. Danach kannst du die Hintergründe erklären.«

»Ich werde gestalkt.« Da. Jetzt war es heraus.

Brent verzog keine Miene. Er war sicher früher ein verdammt

guter Cop gewesen, der sich bei Zeugen oder Verdächtigen nie auch nur das Geringste hatte anmerken lassen. »Bist du dir sicher?«

Sie nickte.

»Erzähl mir, was passiert ist.«

Sie gab ihm den zusammengeknüllten Zettel, den sie in die lederne Kuriertasche geschoben hatte, die sie als Handtasche benutzte. »Das hier hat jemand für mich in der Bar hinterlassen. Cam hat es mitbekommen und mir die Nachricht eben gegeben.«

Er nahm die Karte vorsichtig in die Hand, dann umrundete er den Schreibtisch, um sie auseinanderzufalten, wobei er ein Taschentuch benutzte, damit seine Finger nicht direkt damit in Berührung kamen.

Sie verzog das Gesicht. »Ich habe gar nicht darüber nachgedacht, keine Fingerabdrücke darauf zu hinterlassen. Und den Briefumschlag habe ich an der Bar vergessen. Wahrscheinlich liegt er jetzt unter Unmengen von Essensresten und schmuddeligen Servietten begraben.«

»Ich bezweifele sowieso, dass es Fingerabdrücke gab, bin aber trotzdem lieber vorsichtig.« Er fuhr mit seiner Tätigkeit fort und runzelte die Stirn, als er die Worte las.

»Du gehörst zu mir«, zitierte er, dann sah er auf. »Weißt du, wer dir die geschickt hat?«

»Vielleicht«, bekannte sie und berichtete dann von der anderen Nachricht mit dem Zitat aus *Sweeney Todd*. Außerdem erklärte sie, dass die Notiz in seiner Hand eventuell eine Anspielung auf *Das Phantom der Oper* war, und erwähnte die zerbrochene Windschutzscheibe und die Nachricht auf ihrem Handy. »An meinem Lehrstuhl ist ein Typ, der mit mir ausgehen wollte und den ich abgewiesen habe. Aber ich halte ihn eigentlich nicht für die Art von Mann, der mich fotografiert oder Ziegelsteine ins Auto wirft.« Sie erschauerte und dachte wieder darüber nach, was Jenna hätte zustoßen können. Sie hatte die Kontrolle über das Auto verloren, aber der Schaden war dennoch geringfügig gewesen. Ein paar Beulen, aber der Wagen war nach wie vor fahrtüchtig. Und mit einem zerbeulten Corolla konnte Taylor durchaus leben.

»Erzähl mir etwas von dem Foto.«

Gehorsam reichte sie ihm ihr Handy, auf dem sie die Textnachricht geöffnet hatte.

»Du trägst ein *Phantom*-T-Shirt. Vielleicht ist es ja doch der Student.«

»Vielleicht.« Sie hoffte es. Ein durchgeknallter Reggie jagte ihr erheblich weniger Angst ein als die Alternative. »Keine Ahnung. Er ist so … harmlos«, beendete sie den Satz lahm.

»Stille Wasser und so«, kommentierte Brent. »Und wenn er psychopathische Neigungen hat … na ja, dann kann man nicht wissen, wozu er fähig ist.«

Sie nickte und fühlte sich gleichzeitig wie betäubt und auf seltsame Weise besser. Es tat gut, etwas gegen ihren Verfolger zu unternehmen. »Du meinst also, die Sache mit der Windschutzscheibe könnte ins Bild passen?«

»Keine Ahnung. Bei drei anderen Autos wurden ebenfalls Steine durchs Fenster geworfen. Die Polizei untersucht das Material aus den Videoüberwachungskameras, aber bislang fehlt jede Spur vom Täter.«

»Wirklich?« Sie lehnte sich auf dem Stuhl zurück und war erleichtert. Irgendwie sah es immer weniger so aus, als suche die Vergangenheit sie heim. Allerdings war sie auch nicht allzu scharf darauf, in der Gegenwart von irgendjemandem gestalkt zu werden. »Also, was soll ich tun?«

»Na ja, heute Abend bleibst du jedenfalls nicht in deiner Wohnung. Nicht, bis wir dort ein paar anständige Sicherheitsmaßnahmen installiert haben.«

Sie nickte und rechnete im Geiste nach, wie viel sie das nun wieder kosten würde.

»Und ich rede mit Landon.«

Als dieser Name fiel, spürte Taylor, wie etwas Warmes, Beruhigendes sie durchfloss. Sie kannte Landon nicht gut, aber sie vertraute ihm. Ein wahnsinnig gut aussehender Schwarzer mit freundlichen Augen, einem kurz geschorenen Kopf und Bart, einer vollen Unterlippe. Er war ihr zum ersten Mal aufgefallen, als sie buchstäblich am Eingang zum The Fix mit ihm zusammengestoßen war.

Das war oberpeinlich gewesen – was war sie doch für ein Tollpatsch. Und trotz der Tatsache, dass diese harten Muskeln sich einfach toll angefühlt hatten, hatte sie die Erinnerung daran erst mal lieber verdrängt. Zumindest bis zur nächsten Gelegenheit, da ihr Landon ins Auge gefallen war. Er war mit Derek Winston im The Fix gewesen, dem Erben einer Hotelkette und einem der Wettbewerbsteilnehmer für Mr. Juli.

Aber *ins Auge gefallen* war nicht ganz der richtige Begriff. Vielmehr hatte er sie *mit seinem intensiven, heißen Blick gefangen genommen.*

An diesem Abend hatten Landon und Derek an der Bar gesessen, während sie mit Mina und Megan nur ein paar Meter weiter an einem der Fenstertische Platz genommen hatte. Er hatte sich umgedreht, sie hatten einander mit den Blicken festgehalten, und *zack* – Taylor war wie elektrisiert gewesen. Hitze erfasste sie am ganzen Körper bis hinunter zu ihren Zehen – auch die interessanteren Teile in der Mitte.

Sie hatten kein Wort gesagt, aber in diesem Augenblick war Landon zu ihrem unvernünftigen Schwarm geworden und zu ihrer Lieblings-Bett-Fantasie. Er besaß einen perfekten Arsch und breite Schultern, die allerdings in ihrer Vorstellung eher die zweite Geige spielten. Vornehmlich träumte sie von dem, was sein wundervoller Mund mit ihr anstellen würde.

Doch nun kam ihr die volle Tragweite von Brents Vorschlag zu Bewusstsein, und sie schüttelte den Kopf. »Ich kann nicht«, stieß sie hervor. »Ich will nicht zur Polizei damit gehen.«

Brent runzelte die Stirn, denn offensichtlich hätte jeder einigermaßen vernünftige Mensch mit Freuden die Polizei eingeschaltet. Taylor jedoch sträubte sich. »Er hat eigentlich Urlaub. Drei Wochen. Sonst wären seine Urlaubstage verfallen, also hat er sich freigenommen, um an seinem Haus zu arbeiten.«

»Oh. Es ist nur ...«

Er stellte sich dicht vor sie hin und ließ sie nicht aus den Augen. »Ich weiß, dass die Vorstellung, sich an die Polizei zu wenden, einige Menschen nervös macht, deshalb lasse ich dir das noch mal durchgehen. Allerdings unter dem Vorbehalt, dass du Anzeige erstattest, falls noch mehr passiert. Und dass du dir von Landon helfen lässt.«

»Kannst du mir nicht selbst helfen?«

Er schüttelte den Kopf. »Ich hab im Augenblick selbst zu viel am Hals. Landon erledigt bei sich ein paar Malerarbeiten und verlegt neue Böden, aber er lässt sich dabei Zeit.«

»Und doch ist das ziemlich zeitaufwendig. Und ich bezweifele, dass er ausgerechnet in seinem Urlaub auch noch Detektiv spielen will.« Eigentlich war es besser, jetzt den Mund zu halten. Sie hatte keinen Grund, Landons Hilfe abzulehnen, außer den, dass sie ihn attraktiv fand.

Brents Mundwinkel zuckten, und sie hatte das unbehagliche Gefühl, dass er ihre Gedanken gelesen hatte. »Er wird dir bestimmt gern helfen. Dessen bin ich mir sicher. Und zum Teufel. Vielleicht kannst du ihm ja im Gegenzug auch bei den Renovierungsarbeiten helfen.«

Sie atmete scharf ein und ließ die Luft dann langsam wieder entweichen. »Okay. Klingt gut. Danke.«

Er nickte. »Ich rufe ihn gleich mal an. Unterdessen kannst du heute bei mir übernachten.«

»O nein.« Sie schüttelte heftig den Kopf. »Wahrscheinlich geht alles gut. Aber wenn doch etwas Schlimmes passieren würde – ich meine, mit Faith ...« Sie sah ihm in die Augen. »Nein. Danke, aber unter gar keinen Umständen.«

Einen Moment hielt er ihrem Blick stand. »Gibt es da etwas, was du mir noch nicht erzählt hast?«

Eiskalt lief es ihr den Rücken hinab. »Nein«, log sie. »Ich finde nur – sie ist ein kleines Mädchen, und ich würde es mir nie verzeihen, wenn ...«

Sie unterbrach sich, und er nickte. »Verständlich«, meinte Brent. »Wir mieten dir ein Zimmer im The Winston. Und da Derek jetzt gleich über die Bühne stolzieren wird, werde ich Reece bitten, dir eins zu reservieren. Ich sage Derek Bescheid, sobald er den Wettbewerb hinter sich hat. Er kann dem Sicherheitspersonal im Hotel einen Tipp geben, damit es dein Zimmer im Auge behält. Nur vorsichtshalber.«

»Okay.« Sie zwang sich, nicht an die Unsummen zu denken, die auch das verschlingen würde. »Und Landon? Ich meine, Detective Ware?«

»Das mit Landon geht sicher klar. Ich rede mit ihm und erkläre ihm die Situation. Ich bitte ihn, morgen früh bei dir vorbeizuschauen. Und ich schicke dir heute Abend noch Mina vorbei, damit sie dir Gesellschaft leistet. Okay?«

Sie nickte, als er aufs Handy schaute, um nachzusehen, ob er ihre Mobilnummer hatte.

»Bereit? Dann suchen wir jetzt mal nach Reece und schaffen dich dann ins Hotel.«

Sie zögerte kurz. Es war ihr verhasst, anderen zur Last zu fallen. Genauso wie die Vorstellung, ab sofort unter ständiger Beobachtung zu sein. Unter dem Mikroskop konnten einfach zu viele Geheimnisse ans Licht kommen.

Aber die Vorstellung, irgendwann tot zu sein, gefiel ihr noch weniger.

»Ja«, antwortete sie also. »Ich bin bereit.«

# 3

»Hey, Ware!« Matthew Herringtons Stimme dröhnte durch den riesigen Fitnessraum, wo Detective Landon Ware gerade einen Punchingball zu Brei schlug, da er leider nicht auf Terrance Weems eindreschen konnte. Diesen Dreckskerl hatte er vor Jahren eingebuchtet, und nun, da er auf Bewährung entlassen worden war, hatte seine erste Aktion darin bestanden, nach Hause zu fahren und seiner Exfrau die Schneidezähne einzuschlagen.

Jetzt saß er wieder hinter Gittern, und wahrscheinlich würde er diesmal auch da bleiben, aber verdammt, Landon hatte sich den Arsch aufgerissen, um den Scheißkerl in den Knast zu bringen. Um diese arme Frau zu beschützen, die Weems jahrelang verfolgt hatte. Und eine einzige bürokratische Entscheidung hatte seine ganzen Bemühungen zunichtegemacht.

Er liebte seinen Job, verdammt. Aber manchmal war das ganze System ganz schön beschissen.

»Dein Handy klingelt. Auf dem Display steht Brent Sinclair. Soll ich drangehen?«

»Lass ihn auf die Mailbox sprechen«, antwortete Landon. Er würde Brent sowieso bald treffen. Heute Abend sollte sein Kumpel Derek die Herausforderung zum Mann des Monats im The Fix annehmen, das nur ein paar Straßen von Herringtons Fitnessstudio entfernt lag. Das kam dabei heraus, wenn man verliebt war. Dereks Freundin war Amanda, und Amandas beste Freundin organisierte den Wettbewerb. Was bedeutete, dass sie sich sofort auf Derek als Ersatzmann gestürzt hatte, nachdem einer der Wettbewerbsteilnehmer ausgefallen war.

Landon nahm an, dass Amanda ihn dazu ermutigt hatte und

dass sie unzweifelhaft am lautesten schreien würde, wenn Derek sich das Shirt vom Leib riss. Sie passten gut zusammen, das musste Landon zugeben. Aber so etwas war seiner Erfahrung nach selten, und er konnte nur hoffen, dass sein Freund sein Glück zu schätzen wusste.

Aber Derek war Amandas wegen schon eine ganze Weile neben der Spur gewesen, und jetzt, da sie sich auch in ihn verknallt hatte, war er vollends aus dem Häuschen.

Was natürlich erklärte, warum sich Derek auf diesen Contest eingelassen hatte. Und warum Landon gleich ins The Fix gehen würde, nur um Zeuge der erbärmlichen Demütigung seines Freundes zu werden. Immerhin hatte er sich mittlerweile genug von seiner schlechten Laune abtrainiert, um zumindest eine einigermaßen respektable Gesellschaft zu sein.

Er machte noch zehn Minuten weiter, und als er fertig war, fühlten seine Arme sich wie Spaghetti an. »Kein schlechter Workout«, lautete Matthews Kommentar. »Gut, dass ich in qualitativ hochwertiges Trainingsmaterial investiere. Sonst hättest du den Sack sicher auf dem Gewissen.«

Damit hatte Matthew keineswegs unrecht, aber seine Stimme klang belustigt.

»Ich habe mir ein bestimmtes Gesicht vorgestellt«, bekannte Landon.

»Harter Tag im Job?«

»Der härteste«, bestätigte Landon. »Und das, wo ich doch eigentlich Urlaub habe.«

»Hat es denn geholfen?« Matt deutete mit einem Kopfnicken auf den Punchingball.

Landon versuchte zu lächeln, aber es kam nur ein schwaches Grinsen dabei heraus. »Glaub schon. Wenigstens ein bisschen.«

»Dann freue ich mich, dass ich zu Diensten sein konnte. Geht es jetzt ins The Fix?«

Landon nickte. »Sobald ich geduscht habe. Und du?«

»Ich sollte eigentlich nicht hingehen, tu's aber trotzdem.«

»Du solltest nicht?« Landon hatte sein Gesicht mit einem der gekühlten Handtücher abgetupft, die Matthew in drei kleinen Kühlschränken im Fitnessstudio aufbewahrte. Jetzt sah er den Freund fragend an. »Warum nicht? Ich weiß, dass du den Whiskey nicht aufgeben wirst. Denn dann würde Selma sich von dir lossagen.«

Matthew und Landon hatten sich auf der Highschool kennengelernt, wo ihre Hauptbeschäftigungen darin bestanden hatten, auf Partys zu gehen und Selma zu necken, Matthews unkonventionelle Schwester, die mittlerweile eine Destillerie vor Ort betrieb, welche nationale Aufmerksamkeit erlangte.

»Nee, das meine ich nicht«, antwortete Matthew. »Ist nur so, dass da manchmal diese Frau rumhängt. Diese Anwältin, und die ist, na ja, spielt keine Rolle ...« Er zuckte mit den Schultern und sprach nicht weiter. Landon seufzte. Er überlegte, ob er Matthew jetzt wieder mal einen Vortrag darüber halten sollte, dass er endlich über die Tatsache hinwegkommen musste, von der Highschool geflogen zu sein. Er hatte eine erfolgreiche Fitnessstudio-Kette eröffnet, besaß ein übervolles Bankkonto und war ein echt netter Kerl. Jede Frau, die das nicht erkannte, war eine Idiotin.

Nicht, dass es Matthew an weiblicher Gesellschaft gemangelt hätte. Als Besitzer eines Fitnessstudios gehörte es zu seinem Job, in Form zu bleiben, und Landon war aufgefallen, dass Matthew eigentlich fast immer eine Frau im Arm hatte. Oder wahrscheinlich sogar im Bett. Das reichte aber offenbar nicht, um seine Selbstzweifel zum Schweigen zu bringen. Was in Landons Augen eine verdammte Schande war, denn Matthew wünschte sich von ganzem Herzen eine Beziehung. Wollte neben einer Frau aufwachen und jeden Abend mit ihr zu Bett gehen. Eine Geliebte. Eine Freundin.

Eine Frau.

Und zum Teufel, Landon hatte einfach nicht das Herz, seinem Freund zu sagen, dass das, was er sich da wünschte, ein verdammtes Hirngespinst war. In guten und in schlechten Zeiten war für die meisten, abgesehen von ein paar Glückspilzen, Humbug. Er fand, dass Derek und Amanda diesem Bild tatsächlich entsprachen. Er hoffte es zumindest. Aber die Chancen standen gut, dass Matthew dieses Glück nie haben würde.

Gott wusste, dass auch Landon selbst auf das große Glück gehofft hatte. Aber dann hatte das Schicksal ihm einen schnellen, heftigen Tritt in die Eier versetzt.

Entschlossen, Matthew nicht die Laune zu verderben, zwang sich Landon, Vanessa aus seinen Gedanken zu verbannen. »Warte kurz, bis ich mit Duschen fertig bin, und dann gehen wir zusammen hin. Hast du jemanden für die Rezeption?«

Matthew schüttelte den Kopf. »Ich habe einfach die Stunden geändert. Goldmitglieder nur nach halb acht. Dann haben sich die Leute, die nach der Arbeit trainieren, schon verzogen, und die Goldmitglieder kommen mit ihrem Schlüsselanhänger sowieso jederzeit rein.«

Landon nickte und machte sich auf den Weg zurück zur Umkleide. Herrington's Gym auf der Lavaca Street war eines von sechs Fitnessstudios in der Umgebung von Austin, und Matthew ließ sich mittlerweile von einem Anwalt beraten, um seine Kette in ein Franchising-Unternehmen umzuwandeln. Landon hoffte für ihn, dass es klappen würde; anscheinend machte Matthew damit jede Menge Kohle. Offenbar gab es genug Leute da draußen, die bereit waren, ihr gutes Geld fürs Schwitzen auszugeben, ihn selbst eingeschlossen.

Eine Viertelstunde später hatte er sich den Schweiß abgewaschen und saubere Klamotten angezogen: Jeans, Boots und ein reinliches Austin-Police-Department-T-Shirt. Der Weg zum The Fix war nicht weit – nur ein paar Straßen nach Norden auf der Congress Avenue und dann wieder ein paar Straßen ostwärts auf der Sixth. Als sie ankamen, hatten sie noch fünfzehn Minuten Zeit bis zum Beginn des Contests, stellten aber trotzdem fest, dass kein einziger Platz in der Bar mehr frei war.

Sie trennten sich. Landon machte sich auf die Suche nach Brent, und Matthew versuchte, doch noch einen freien Platz zu ergattern. Aber eigentlich streifte er wahrscheinlich nur in der Bar herum, um die Anwältin zu finden, an der er so interessiert war. Landon fand Brent im hinteren Bereich des Lokals. Gerade setzte er sich mit einem spindeldürren Jungen auseinander, der offenbar versucht hatte, mit einem falschen Ausweis Whiskey zu kaufen.

Nachdem der Junge die Flucht ergriffen hatte, fing Landon Brents Blick auf. Sein Freund schüttelte den Kopf, halb belustigt, halb verärgert. »Kids«, sagte er nur.

»Ganz schön stressig hier«, sagte Landon. »Bist du dir sicher, dass du nicht wieder zur Polizei willst?«

»Sei kein Arschloch«, gab Brent zurück. »Du weißt verdammt gut, dass ich die Polizeiarbeit vermisse. Und du weißt auch, warum ich gegangen bin.«

»Sorry, hast recht«, antwortete Landon zerknirscht. »Ich bin wirklich ein Arsch.« Schließlich wusste er, warum Brent vor sechs Jahren den Hut genommen hatte, obwohl er gerade zum Lieutenant befördert worden war. Und überdies war Landon klar, dass Brent seinen Job liebte, ebenso wie das The Fix und die Menschen, mit denen er zusammenarbeitete. »War ein harter Tag heute.«

»Dann arbeite du doch mit mir«, schlug Brent vor. »Du hast doch gerade gesehen, wie heftig es in letzter Zeit hier zugeht.« Er breitete die Hände aus. »In diesem Job weiß ich zumindest, dass mein kleines Mädchen einen Vater hat, der jeden Abend zu ihm nach Hause zurückkehrt.«

Da jegliche Unterhaltung über die Gefahren, die mit dem Beruf als Polizist einhergingen, Landon unweigerlich daran erinnerte, warum Vanessa ihn verlassen hatte, wechselte er das Thema. »Ich hab gesehen, dass du angerufen hast. Wolltest du mich fragen, ob ich heute Abend komme?«

»Zum Teufel, ja. Ich habe nichts anderes im Sinn, als zu schauen, was du so treibst.«

»Witzig.« Landon schüttelte den Kopf.

»Nein, eigentlich wollte ich dich um einen Gefallen bitten.«

»Alles, Mann. Weißt du doch.« In diesem Augenblick erfüllte die mittlerweile vertraute Mann-des-Monats-Melodie die Bar, und der Spot richtete sich auf Beverly Martin, einen aufstrebenden Indie-Film-Star. Sie fungierte beim Contest als Showmaster und erklomm gerade die Stufen zur Bühne. Beinahe reflexartig reckte Landon den Hals, wobei er nicht zu Beverly hinübersah, sondern abseits der Bühne zu der Beleuchterin. Dort erwartete er Taylor zu sehen. Zum Teufel, er *wollte* sie sehen.

Doch an ihrer Stelle entdeckte er nur Mina.

Unwillkürlich wirbelte er zu Brent herum. »Wo ist Taylor?« Vielleicht bildete er es sich ja nur ein, aber er war sich ziemlich sicher, dass ein belustigter Funke in Brents Augen glomm.

»Und das, mein Freund, ist der Gefallen.«

TAYLOR.

*Jemand stalkte Taylor.*

Und bei Gott, wenn dieser Schweinehund ihr auch nur ein Haar krümmte, würde Landon ihm ein neues Gesicht verpassen und ihm erst so richtig zeigen, was Schmerzen waren.

Er holte tief Luft, um sich zu beruhigen.

*Scheiße.*

Das schien beinahe unmöglich. Er tat ein paar bedächtige, bewusste Atemzüge. Seine Gedanken überschlugen sich noch immer, aber immerhin entspannte sich sein Körper. Vielleicht war das ja auch nur die Ruhe vor dem Sturm. Aber zumindest eine Art von Ruhe.

Landon und Brent hatten sich in Tyrees Büro zurückgezogen,

und nun, da Landon die Highlights ihrer Unterhaltung noch einmal Revue passieren ließ, erforderte es seine volle Konzentration, sich zusammenzureißen. Besonders, da er am liebsten seine Faust gegen die Wand gerammt hätte. Oder noch besser ins Gesicht dieses miesen Studenten, der sie stalkte.

Falls es denn tatsächlich dieser miese Student war.

»Was weißt du sonst noch über den Kerl? Haben wir einen Namen?

»Nein. Aber wenn du bereit bist, dich um die Sache zu kümmern, kannst du sie sicher dazu bringen, dir den zu verraten.«

»Ich will wissen, ob er vorbestraft ist. Ob irgendjemand an der Uni ihn wegen Belästigung angezeigt hat. Ich werde mit ein paar seiner Kommilitonen sprechen. Überprüfen, ob irgendjemand ihn auf dem Kieker hat.«

»Was heißt, dass du bereit bist, die Sache zu übernehmen.« Das war eine Feststellung, keine Frage.

»Ja«, bestätigte Landon, ohne zu zögern. »Ich kümmere mich um sie.« In Wirklichkeit kannte er Taylor zwar kaum, aber die Frau war ihm unter die Haut gegangen. Zum ersten Mal hatte er sie gesehen, als sie auf dem Bürgersteig genau vor dem The Fix mit ihm zusammengeprallt war. Er war herausgekommen; sie war hineingerannt, um noch pünktlich da zu sein. Ihr Körper hatte den seinen ein paar Sekunden lang berührt, und in dieser kurzen Zeitspanne hatte er sich gefühlt wie im Himmel.

Sie hatte verlegen ein paar entschuldigende Worte gemurmelt und war drinnen verschwunden, hatte ihn mit seinen lüsternen Vorstellungen allein gelassen.

Ein paar Wochen später hatte er im The Fix vorbeigesehen, um sich den Wettbewerb zur Wahl des Mann des Monats anzusehen. Brent hatte ihm davon berichtet, und er war neugierig genug gewesen, um zumindest mal einen Blick zu riskieren.

Er war froh darüber gewesen. Nicht, weil er so begeistert von den Männern war, die über die Bühne stolzierten, sondern weil er im hinteren Bereich der Bar gesessen hatte und sein Blick auf die Bühne teilweise von eben dieser Frau blockiert gewesen war. Diesmal konnte er sie intensiver betrachten. Eine dunkelhaarige Frau mit Pferdeschwanz, einer so winzigen Taille, dass ein Mann sie mit den Händen umspannen konnte, und den größten braunen Augen, die er je gesehen hatte.

Aber was es ihm wirklich angetan hatte, war ihr Gesicht. Hübsch, aber nicht auf klassische Weise schön. Ihr Mund war ein bisschen zu groß, ihre Nase ein wenig zu krumm, ihr Kinn saß nicht ganz in der Mitte. Aber diese strahlenden Augen … verdammt, die konnten ein ganzes Zimmer erhellen.

Er fand, dass er noch nie ein interessanteres Gesicht gesehen hatte. Hinzu kam ein Körper, der Fantasien heraufbeschwor, bei denen sein Mund ganz trocken wurde. Sie hatte sich über einen Tritthocker gebeugt, während sie den Spot bediente, was einen wirklich verführerischen Blick auf Schenkel freigab, die lang und schlank waren und zweifellos stark genug, um sich fest um einen Mann zu schlingen.

In diesem Augenblick hatte er das Interesse an dem Wettbewerb vollends verloren und ausschließlich die Frau beobachtet. Die Art, wie ihr kleiner, süßer Arsch sich in ihrer Jeans bewegte. Das Lächeln, das ihr Gesicht aufleuchten ließ, wenn sie sich umwandte und eine Freundin begrüßte.

Hölle und Teufel, sie war ihm unter die Haut gegangen. Und seitdem hatte er sich jeden einzelnen Wettbewerb angesehen. Manchmal hatte er einfach nur hinten gesessen, allein und unerkannt. An anderen Abenden wiederum hatte er sich mit Brent oder Derek unterhalten. Mehr als einmal hatte er über die Bar hinweg ihren Blick aufgefangen, sodass die Funken zwischen ihnen flogen.

Er hatte natürlich in Erfahrung gebracht, wie sie hieß, und sie hatten sich sogar ein paarmal unterhalten, wobei ihre melodische Stimme seinen Körper derartig in Schwingungen versetzt hatte, dass er am liebsten gleich wieder ins Fitnessstudio gerannt wäre, um sich dort unter die eiskalte Dusche zu stellen.

Sie hatte ihm erzählt, dass sie im Hauptstudium Theaterwissenschaften studierte und dass Jenna sie als Bühnenmanagerin engagiert hatte. Und jedes Mal, wenn er kam, um sich den Wettbewerb anzusehen, hatte er erwartet, dass sie nun weniger verführerisch auf ihn wirken würde. Dass er sie ansehen und einfach nur eine hübsche weiße Frau sehen würde. Dass ihr Anblick seinen Körper nicht mehr gleich in Flammen versetzen würde.

Aber seine Reaktion auf sie ließ nie nach. Wenn überhaupt, wurde sie sogar noch stärker.

Aber er durfte sich nichts einbilden. Es gab nur eine einzige andere Frau in seinem Leben, bei der er diese Art sofortiger Anziehung gespürt hatte – Vanessa. Und bei Gott: Das hatte kein gutes Ende genommen.

Überdies war Taylor wahrscheinlich mindestens zehn Jahre jünger als er, und das war deutlich zu viel, wie er fand.

Die Frau war verbotenes Terrain. Das stand völlig außer Zweifel.

Aber gottverdammt, er konnte sich einfach nicht von ihr fernhalten. Schon gar nicht jetzt, wo jemand sie belästigte.

Im Gegenteil, er würde sich an ihre Fersen heften wie Klebstoff.

Er würde sie beschützen.

Mehr *konnte* er nicht tun, und er sagte sich, dass ihr das genügen würde.

Aber ihm reichte das nicht.

Er rutschte auf seinem Stuhl herum, sah wieder zu Brent hinüber, der ihn mit einem Gesicht musterte, als habe er seine Gedanken gelesen. »Wo ist sie?«, fragte er.

»Ich habe sie im The Winston untergebracht«, erklärte Brent. »Vor dem Contest habe ich Derek gebeten, den Sicherheitsdienst auf sie anzusetzen. Der behält nun ihr Zimmer im Auge, und sie ist unter meinem Namen angemeldet.«

»Gut.«

»Ich habe Mina gefragt, ob sie nach dem Wettbewerb bei ihr vorbeischauen will. Schließlich wusste ich nicht, wann ich dich erreichen würde, vermutete aber, dass sie heute Abend vielleicht Gesellschaft brauchen könnte. Bei einer Flasche Wein und einem Film können die beiden chillen, und Taylor kann den ganzen Kram für eine Weile vergessen.«

Wieder nickte Landon. »Auch gut.« Er brauchte heute Abend also nicht zu ihr hin. Sie sollte sich ausruhen können. Ihre Gedanken ordnen. Eine letzte Nacht, bevor ein Cop sich in ihren Schatten verwandelte.

Es war definitiv das Beste für sie, wenn er sie erst morgen früh aufsuchte.

Aber zum Teufel, Landon wollte nicht warten.

# 4

Taylor fand, dass das The Winston das beste Hotel überhaupt war. Zugegeben, das Zimmer war klein – nur ein Raum mit einem King-Size-Bett, einem kleinen Sofa und einer Schrankwand mit Schubladen und Schreibtisch –, aber es gab einen Fernseher mit Internetzugang und im Bad sogar eine Dampfdusche und eine wunderbar geräumige Badewanne.

*Himmlisch.*

Der Hotelmanager hatte sich tatsächlich sogar dafür entschuldigt, dass er für »Mr. Winstons Gast« kein größeres Zimmer zur Verfügung stellen konnte, und hatte ihr und Reece sodann erklärt, dass das Hotel so gut wie ausgebucht war und dass sie buchstäblich das letzte verfügbare Zimmer ergattert hatte.

Sie hatte genickt und gelächelt und ihm versichert, dass das keine Rolle spielte, aber er hatte sich auf dem ganzen Weg zum Zimmer auch weiterhin ausführlich entschuldigt. Er hatte sie und Reece persönlich hingeführt, hatte die Ausstattung überprüft, zu der ein kleiner, verborgener Kühlschrank, eine Kaffeemaschine und ein Gratis-Bademantel gehörten. Und da man ihn offenbar vorgewarnt hatte, dass dies eine unerwartete Reise für sie war, hatte er ihr eine Tasche mit dem Logo des Winston Hotels überreicht, in der sich Zahnbürste, Rasierer, Deo, Haarbürste, ein Schokoriegel, ein Ladekabel für ihr Handy und ein T-Shirt des Hotels befanden.

Wenn man außer Acht ließ, dass sie von einem mutmaßlich durchgeknallten Stalker verfolgt wurde, war das alles ziemlich cool.

Und so war es ihr egal, wie klein das Zimmer war. Immerhin wollte sie ja hier keine Party schmeißen oder Gäste empfangen.

Der Manager hatte ihr seine Karte hinterlassen und versprochen, dass die Security regelmäßig an ihrem Zimmer vorbeischauen würde. Außerdem erinnerte er sie daran, dass dieses Stockwerk nur mit Schlüsselkarte betreten werden konnte.

»Wir werden gut auf sie achtgeben, Ms. D'Angelo«, sagte er, bevor er ging, und sie wusste nicht so genau, ob sie sich dadurch besser fühlen sollte – oder ob seine Worte das Gefühl nur verstärkten, eine Zielscheibe auf dem Rücken zu haben.

Nachdem Reece ihr ins Gedächtnis gerufen hatte, dass sie das Zimmer nicht verlassen durfte, und sie dann fragte, ob er noch eine Weile bleiben sollte, entschied sie sich für Letzteres.

Zwar versicherte sie ihm, dass alles in Ordnung sei, doch sein kühler Beobachterblick rief ihr einmal mehr ins Gedächtnis, dass sie in diesem Hotel nicht Urlaub machte, sondern quasi dort in Schutzhaft war. Zumindest kam es ihr so vor.

Doch keinesfalls wollte sie sich in diese Vorstellung hineinsteigern – zumindest nicht, bis sie dieses Hotel wieder verließ. Denn tatsächlich war der Aufenthalt hier etwas ganz Besonderes für sie, und sie wollte ihn in vollen Zügen genießen. Noch besser würde es sein, wenn Mina da war. Brent hatte ihr den Besuch der Freundin angekündigt, und Reece hatte ihn, bevor er ging, auch noch einmal erwähnt und ihr eingeschärft, erst durch den Spion zu schauen, bevor sie die Tür öffnete.

Jetzt freute sich Taylor darauf, einen seichten Frauenfilm auszuleihen, eine Flasche Wein vom Zimmerservice zu bestellen und zwei Stunden lang den Luxus zu genießen, einfach nur abzuhängen und nicht über all das nachzudenken, was in ihrem Leben schiefgelaufen war.

Sie verbrachte die erste Stunde nach Reece' Verschwinden mit der Lektüre eines Liebesromans auf ihrem Handy, dann merkte sie, dass ihr Magen knurrte. Sie sah auf die Uhr. Mina würde im Laufe der nächsten Stunde hier eintreffen, je nachdem, wie viel Zeit sie nach dem Contest noch mit Cam verbrachte.

Seufzend rollte sie sich auf den Bauch und umarmte ihr Kissen. Sie wäre auch gern dort gewesen, und sie hasste die Erkenntnis, dass irgend so ein Mistkerl ihr Angst vor dem eigenen Schatten eingejagt hatte. Außerdem ließ sich der Gedanke nicht abschütteln, dass Brent im Unrecht war, wenn er glaubte, der Ziegelstein habe nicht ihr persönlich gegolten. Vielleicht hatte ihr Stalker sich die Situation auch einfach zunutze gemacht.

Und wenn der Anschlag tatsächlich auf sie abgezielt hatte, brachte sie auch ihre Freunde in Gefahr. Der Unfall mit Jenna hätte so viel schlimmer ausgehen können. Ein irrer Stalker stellte auf jeden Fall eine Gefahr für ihre Umgebung dar, denn wer konnte schon wissen, wann er tatsächlich vollends ausflippte? Vielleicht krallte er sich sogar Mina auf dem Weg nach oben und zwang sie, die Schlüsselkarte zu ihrer Etage zu benutzen, die an der Rezeption für sie hinterlegt war.

Bei diesem Gedanken begann Taylors Herz heftig zu klopfen.

*Nein.*

Reggie mochte sich in seine Fantasien verrannt haben, aber ganz sicher war er noch nicht total übergeschnappt.

Oder doch?

*Vielleicht war es gar nicht Reggie …*

Doch darüber durfte sie noch viel weniger nachdenken.

Denn wenn sie diesen Gedanken zuließ, würde er sich in ihrem Hirn festsetzen, und die Angst würde wie Eiswasser durch ihre Adern rinnen.

Nein, ganz sicher war es Reggie. Landon würde ihm gehörig Angst einjagen, und die Fakultät würde ihn zwangsexmatrikulieren – sicherlich gab es an der Uni so was wie einen Verhaltenskodex. Und dann würde er mit eingezogenem Schwanz in seine Heimat zurückkehren. Ohio, dachte sie. Hatte er nicht gesagt, dass seine Eltern dort lebten?

Und bis dahin war sie in diesem kleinen Käfig des Winston Hotels sicher und würde es verdammt noch mal genießen. Sie räkelte sich, griff zum Telefon und drückte auf den Knopf für den Zimmerservice. Dann bestellte sie eine Quesadilla, Chips und Salsasauce und einen Krug Margarita. Vergiss den Wein. Heute brauchte sie was Hartes.

Während sie wartete, zog sie Jeans und T-Shirt aus, die sie den ganzen Tag getragen hatte, und kuschelte sich in den Hotelbademantel. Er war weich und flauschig, und sie atmete tief ein, genoss den Duft von frischer Wäsche mit einem Hauch Lavendel. Sie bürstete sich das Haar, probierte die Feuchtigkeitscreme aus, die auf der Ablage im Bad lag, dann schnüffelte sie an Shampoo und Conditioner. Hochwertiges Zeug.

Kaum hatte sie das Bad verlassen, hörte sie auch schon ein lautes Klopfen an der Tür. Sie zuckte zusammen, bevor ihr wieder einfiel, dass das wohl der Zimmerservice war, eine Überlegung, die nur wenige Sekunden später durch eine tiefe Stimme bestätigt wurde, die »Zimmerservice!« rief. Sie blickte durch den Spion, entdeckte den Mann mit Tablett und öffnete die Tür.

»Guten Abend, Ms. D'Angelo«, begrüßte er sie. »Wo soll ich das hier hinstellen?«

Sie wandte sich um und deutete auf die richtige Stelle. »Auf den Schreibtisch bitte. Meine Freundin und ich wollen einen Filmabend veranstalten.« Dann drehte sie sich wieder um, um die Tür zu schließen, und unterdrückte einen Schrei.

*Landon.*

Erleichterung durchflutete sie, und spontan streckte sie den Arm aus und legte ihre Hand auf seine Brust. »Mistkerl! Sie haben mich zu Tode erschreckt.«

Er legte die Hand über die ihre, hielt sie fest. Sie spürte die Hitze seines Körpers durch sein Polizei-T-Shirt hindurch, ganz zu schweigen von seinen harten, ausgeprägten Muskeln. Und sie spürte noch mehr. Sexuelle Spannung, ein verführerisches Glimmen, eine Art wilde Aufmerksamkeit. Keine Ahnung, wie sie es nennen sollte. Sie wusste nur, dass es sie umfing, ihr den Atem raubte und sie wider alle Vernunft hoffen ließ, dass er ihre Hand für immer an seiner Brust hielt.

*Oh. Mein. Gott.*

Ruckartig entzog sie ihm die Hand, brach den Zauber, obwohl etwas von dem Knistern blieb. Mit einem Mal spürte sie ihre Brüste. Und sie war sich ihrer Schenkel und der Körperregionen dazwischen äußerst bewusst. Und nicht nur das, auch der Nacktheit unter ihrem Bademantel.

Einen Augenblick lang sahen sie einander einfach nur an, und sie glaubte, in diesen dunklen, schokoladenbraunen Augen zu versinken. Keine schlechte Art zu sterben, wirklich nicht ...

Dann machte er noch einen Schritt auf sie zu, und sie bekam eine Gänsehaut vor Vorfreude auf die nächste Berührung. Aber er trat lediglich beiseite, um den Kellner vom Zimmerservice vorbeizulassen. Sein höfliches »Einen schönen Abend noch« schwebte in der Luft zwischen ihnen, nachdem er die Tür hinter sich geschlossen hatte.

»Land...«, begann sie, aber er schnitt ihr mit einem scharfen »Was haben Sie sich *zum Teufel noch mal* dabei gedacht?« das Wort ab.

Ihre Pupillen weiteten sich, und sie wich einen Schritt zurück. »Ich? Was?«

»Sie sind zu Ihrem Schutz hier, Taylor. Aber Sie haben die Tür weit offen stehen lassen. Sie haben mich zunächst nicht mal bemerkt.« Seine normalerweise so freundlichen Augen blickten jetzt streng, sein Mund, der sie sonst eher zum Küssen einlud, bildete nur noch eine dünne, wütende Linie. Sie richtete sich auf und wollte automatisch zum Gegenangriff übergehen.

Aber dann sah sie genauer hin. *Nicht wütend*, bemerkte sie. *Er hatte Angst.* Um sie.

Die Spannung verließ ihren Körper mit einem fast hörbaren Zischen. »O Gott. Tut ... tut mir leid.«

Er entspannte sich ebenfalls auf der Stelle, dann fuhr er sich mit der Hand über den kurz rasierten Schädel. »Nein, *mir* tut es leid. Ich hätte Sie nicht anschreien sollen. Aber, verdammt, ich will darauf vertrauen können, dass Sie in Sicherheit sind, auch wenn ich nicht hier bin, um auf Sie aufzupassen.«

Sie wandte sich ab und ging ins Zimmer hinein, um das Lächeln zu verbergen, das bei seinen Worten sofort um ihre Lippen tanzte. »Das heißt dann wohl, dass Sie den Job übernommen haben – trotz der mickrigen Bezahlung und den miesen Arbeitszeiten.«

Er gluckste, und als sie sich wieder zu ihm umdrehte, stand er genau vor ihr. Mit erstaunlich leisen Schritten für so einen großen Mann war er ihr ins Zimmer hinein gefolgt. Taylor selbst war eins zweiundsiebzig groß, ziemlich hochgewachsen für eine Frau, aber sie musste immer noch zu ihm aufblicken, um ihm in die Augen zu sehen. Aber das hätte sie besser nicht getan. Seine Augen waren dermaßen sexy! So etwas hatte sie noch nie gesehen. *Schlafzimmer-Augen.*

Und hier standen sie in einem Schlafzimmer. Eine interessante Entwicklung.

*Hör auf.*

»Was?«

Sie zuckte zusammen, als ihr klar wurde, dass sie das laut ausgesprochen hatte. »Ich habe mir nur gesagt, dass ich aufhören sollte, so dumm zu sein. Ich habe immerhin Selbstverteidigungskurse gemacht. Und ich bin geradezu süchtig nach romantischen Thrillern. Ich kenne mich also aus. Und ich bin nicht zu blöd, um mein Leben zu führen. Sie haben vollkommen recht, dass ich die Tür hätte schließen sollen. Ich war wohl nur … vor Ehrfurcht erstarrt.«

»Ehrfurcht?«

Sie hob eine Schulter und kam sich plötzlich albern vor. »Dieser Ort«, bekannte sie. »Ich habe noch nie in einem Hotel wie diesem gewohnt.«

Er sah sich um, offensichtlich betrachtete er das Zimmer genauer. Die Kommode, den Schreibtisch, das Sofa. Und natürlich das Bett. Vielleicht bildete sie es sich ja auch nur ein, aber sie glaubte, dass sein Blick auf dem Bett verharrte.

»Hübsch hier«, sagte er. »Aber es unterscheidet sich nicht allzu sehr von anderen Hotels.«

»Keine Ahnung.« Sie lehnte sich gegen die Schreibtischkante. »Das hier ist mein erstes Hotel.«

»Tatsächlich?«

Sie zuckte nur mit den Achseln, denn sie wollte eigentlich nicht über ihre harte Vergangenheit sprechen.

Er musterte sie, legte den Kopf schief, als sei er überrascht. Angesichts der Tatsache, dass Leute ihres Alters in aller Regel schon mal in einem Hotel abgestiegen waren – und sei es nur als Kind in Disney World –, war diese Reaktion wohl berechtigt.

»Na ja, jetzt werden Sie Zeit haben, das hier zu genießen. Ich schätze, zwei Tage lang. Wir werden ein Sicherheitssystem in Ihrer Wohnung installieren, dann können Sie wieder dorthin zurückkehren. Morgen holen wir Ihnen ein paar Kleidungsstücke und was Sie sonst noch so brauchen und sprechen mit dem Hausverwalter.«

Sie nickte, leicht betäubt, weil alles so schnell ging. Schnell war zwar gut, aber ihr schwirrte trotzdem der Kopf.

»Also, wie kommt es, dass Sie hier sind? Ich will nicht undankbar erscheinen, aber Brent hat so etwas angedeutet, dass ich Sie erst morgen sehen würde. Vorausgesetzt, dass ich Sie überhaupt sehe.«

»Haben Sie daran denn gezweifelt?« Er machte einen Schritt auf sie zu, und ihr wurde plötzlich bewusst, dass sie zwischen ihm und dem Schreibtisch in der Falle saß. »Haben Sie allen Ernstes geglaubt, dass ich ablehnen würde?«

»Ich ...« Ihr Herz klopfte wie wild. »Ich glaube, ich war mir einfach nicht sicher. Immerhin kennen Sie mich doch kaum.«

Um seine Mundwinkel zuckte es, und seine Augen sahen sie unverwandt an. »Ach nein? Na ja, das können wir jetzt ja ändern. Und was die Hilfe anbelangt, das ist immerhin mein Job, wissen Sie?«

»Ja. Stimmt.« Ihr schwirrte der Kopf. Einerseits legten seine Worte nahe, dass er eigens für sie gekommen war. Andererseits redete er, als sei sie nicht mehr als ein weiterer Fall auf seiner Agenda.

Sie verdrängte diesen Gedanken und wechselte das Thema. »Was ist mit Mina? Wahrscheinlich ist sie jetzt gerade auf dem Weg zu mir.«

»Ich habe ihr gesagt, dass ich zuerst mit Ihnen allein reden will. Dass Sie ihr schreiben würden, wenn wir fertig sind.«

»Okay.« Taylor nickte, dann legte sie den Kopf schief. »Jetzt wollen Sie also meine Aussage aufnehmen, Detective?«

Er zog eine Augenbraue in die Höhe und musterte sie. Plötzlich merkte sie, dass ihre Worte fast wie eine Anmache klangen, und ein ungezogener Teil tief in ihrem Innern fragte sich, wie er wohl reagieren würde, wenn sie ihm die Hand auf die Brust legte und flüsterte: *Vielleicht sollten Sie mich auch filzen!*

*Hör auf!*

Vielleicht bestand da ja tatsächlich eine gegenseitige Anziehungskraft, vielleicht auch nicht. Aber er war in diesem Zimmer, um ihr zu helfen, und nicht, um mit ihr ins Bett zu gehen. Und im Augenblick hatte sie Hilfe erheblich nötiger als einen Orgasmus.

*Also zügele deine verdammte Libido und bleib bei der Sache.*

Während ihr diese strenge Anweisung in den Ohren klang, ging sie an ihm vorbei und setzte sich aufs Sofa. Sie wollte gerade die Beine unterschlagen, als ihr wieder einfiel, dass sie unter dem Bademantel nackt war. Also stellte sie die Füße auf den Boden, presste die Beine zusammen und legte die Hände auf die Knie.

Sie räusperte sich. »Na gut. Kommen wir zum Verhör. Was wollen Sie wissen?«

»Alles.« Er hockte sich auf die Bettkante ihr gegenüber. »Ich habe die Geschichte bislang nur von Brent gehört. Jetzt will ich sie von Ihnen hören.«

»Na gut. Natürlich.« Sie hatte es Brent erzählt. Sie hatte es Reece erzählt. Eigentlich tat sie in letzter Zeit kaum etwas anderes, als andere in ihre Probleme einzuweihen. Aber pflichtbewusst wiederholte sie auch ihm gegenüber die ganze Geschichte. Er unterbrach sie nicht, schien alles genau zu registrieren, nickte immer wieder bedächtig.

»Und jetzt sind wir hier«, schloss sie ihren Bericht.

»Okay. Und jetzt erzählen Sie mir mehr von Reggie.«

»Oh.« Sie runzelte die Stirn. Sie hatte alles so häufig erzählt, ohne dass ihr allzu viele Fragen gestellt worden waren. Deshalb war sie nicht darauf vorbereitet, stärker ins Detail zu gehen. »Na ja, allzu viel weiß ich ja selbst nicht.«

»Sie haben gesagt, er hätte nach eigenen Angaben erst mal den Mut aufbringen müssen, Sie anzusprechen. Und als er es endlich über sich brachte, Sie auf ein Date einzuladen, wiesen Sie ihn ab.«

Sie zog die Augenbrauen hoch. »Aus Ihrem Mund klingt das, als sei ich eine Bitch.«

»Was? Weil Sie nicht mit einem Typen ausgehen wollten, an dem Sie kein Interesse hatten? Damit sind Sie definitiv keine Bitch, sondern haben ihm einen Gefallen getan. Es sei denn, er ist ein Psychopath«, fügte er hinzu, und seine Augen blitzten amüsiert. »Dann hätten Sie ihn getriggert, sodass er Sie jetzt stalkt.«

Sie verbiss sich ein Lachen und verdrehte die Augen, fühlte sich sofort besser. Sie hatte gar nicht gemerkt, wie angespannt sie gewesen war, bis dieses winzige Lachen sie ein wenig lockerer gemacht hatte.

Er warf ihr ein mutwilliges Lächeln zu, und diesmal konnte sie nicht anders. Sie lachte laut auf.

»Hat er Sie noch mal gefragt, ob Sie mit ihm ausgehen?«

Sie schüttelte den Kopf. »Nein. Das war's.«

»Haben Sie ihn seither auch mal mit anderen Mädchen gesehen?«

Sie überlegte, versuchte sich den Gemeinschaftsbereich in der Nähe des Eingangs zur Theaterwissenschaftlichen Fakultät vorzustellen. »Ja. Ich glaube schon. Ich weiß aber nicht, ob er tatsächlich mit einer gegangen ist.«

»Und wie lautet sein voller Name?«

»Reginald Jones.«

Landon tippte etwas in sein Handy ein, dann sah er ihr in die Augen. »Wir werden morgen mit ihm reden, okay? Wissen Sie, wann er auf dem Campus ist?«

»Klar. Morgen ist Dr. Bishops Seminar. Ich soll ihm zwar morgen nicht helfen, aber wir können trotzdem hingehen.«

»Gut. Das wäre dann Schritt eins unseres Plans. Bis dahin werde ich mal sehen, was ich über Reggie herausfinden kann.«

Ein loser Faden ihres Bademantels fesselte ihre Aufmerksamkeit, und sie begann, ihn sich um den Finger zu wickeln. »Gibt es denn auch einen Schritt zwei?«

»Den gibt es immer. Und diesmal hat er nur mit Ihnen zu tun.«

»Mit mir?«

Er nickte. »Fällt Ihnen sonst noch irgendwer ein?«

Taylor blickte hinab und sah, dass ihre Fingerspitze schon blau angelaufen war. Sie seufzte. Sie wollte eigentlich lieber den Mund halten – denn bei Gott, sie hatte keine Lust, die Geister der Vergangenheit wieder heraufzubeschwören –, aber sie war auch nicht blöd.

Und vielleicht waren die Geister sowieso schon da.

»Da gab es einen Typen. Beau. Er – na ja, er war ziemlich verknallt in mich. Das ist jetzt etwa acht Jahre her.«

»Das ist eine lange Zeit.« Er lehnte sich zurück, musterte sie. »Der Typ muss gefährlich sein, wenn Sie ihn noch immer auf dem Schirm haben. Oder er Sie auf seinem.«

Ihr Mund war ganz trocken. »Sehr. Er hat gesessen. Er ist – na ja, kein besonders netter Mensch. Und er war nicht glücklich, als ich, hmm, seine Zuneigung nicht erwiderte. Und er weiß auch, dass ich Musicals mag. Das tue ich schon mein Leben lang. Er würde also auch ins Bild passen.«

»Er ist hier in Austin?«

»Nein, das ist es ja. Ich lebte damals in Arkansas.«

»Sie haben keinen Akzent.«

»Ich habe hart gearbeitet, um ihn abzulegen. Habe jede Menge Filme angesehen und versucht, die Stimmen der Stars zu imitieren.« Bei der Erinnerung daran musste sie lächeln. »Mir gefiel damals der Gedanke, jemand anderes zu sein.«

Er neigte den Kopf, das Gesicht sanft. »So schlimm?«

»Ich ...« Sie leckte sich die Lippen. Sie hatte nicht vorgehabt, ihm so viel zu verraten. »Ja. Ja, so schlimm.«

Er nickte bedächtig. »Kenn ich.«

Ihre Blicke trafen sich, und einen Augenblick waren sie nur sie selbst. Kein Opfer. Kein Detective. Nur Taylor und Landon, und dieses Ding zwischen ihnen, das sie miteinander teilten.

Sie schüttelte sich, verscheuchte das Gefühl, dann räusperte sie sich und fuhr hastig fort. »Seit ich in Austin lebte, war es so viel einfacher, den Akzent zu verlieren. Das typische Texas-Näseln hört man hier nur selten.«

Er musterte sie und zögerte kurz. Dann neigte er den Kopf, als akzeptierte er ihre veränderte Stimmlage. »Darauf ein Yeehaw, little Lady.«

Sie lachte erleichtert.

Er sah sie an. »Okay, Beau ist auf der Liste. Wie lautet sein voller Name?«

»Beauregard Clement Harkness.«

Er ließ sich den Namen buchstabieren, dann gab er ihn in sein Handy ein. Als er wieder aufblicke, war sein Gesichtsausdruck ernster denn je. »Ich möchte, dass Sie mir eine Liste von allen Personen machen, die sonst noch infrage kommen könnten. *Und sei es noch so abwegig*. Und zwar eine umfangreiche Liste. Sie sind am Theater. Sie lieben das Theater. Jeder, der Sie kennt, weiß das. Mit anderen Worten, jeder könnte derlei Anspielungen nutzen.«

»Okay.« Eine ziemlich beängstigende Aufgabe, auf die sie eigentlich keine Lust hatte.

»Sie müssen auch noch keine Ranglisten aufstellen.« Er stand vom Bett auf. »Darüber reden wir später.«

»Sie gehen?« Sie hörte die Panik in ihrer Stimme und wünschte, sie hätte den Mund gehalten. Sie erhob sich ebenfalls und fügte – hoffentlich ruhiger klingend – hinzu: »Sonst gibt es nichts mehr zu bereden?«

Er streckte die Hand aus, hielt eine Falte ihres Bademantels fest. Er berührte sie nicht wirklich, und doch spürte sie es. Spürte *ihn*.

»Im Augenblick sind Sie in Sicherheit. Und ich muss mich jetzt an die Arbeit machen. Ich muss noch ein paar Anrufe tätigen, bevor wir morgen Reggie aufsuchen.«

»Klar. Natürlich. Ich habe nur …«

Er ließ ihren Bademantel los, trat aber einen Schritt auf sie zu. »Wollen Sie, dass ich bleibe?«

*Ja. O lieber Gott, bitte, ja.*

Sie schüttelte den Kopf. Es machte ihr Angst, wie wirkmächtig der Gedanke in ihr war. »Nein«, platzte sie heraus. »Ich habe schließlich Mina, oder? Wir werden einen richtigen Mädelsabend genießen.«

»Wie zwei richtige Collegemädels.«

Sie warf ihm einen entrüsteten Blick zu. »Falls es Ihnen entgangen ist, Mina hat das Studium schon hinter sich. Ich bin im Hauptstudium und bin Ende dieses Semesters fertig. Dann verschwinde ich als erwachsene Frau nach LA, wo ich in Hollywood aufschlage. Und ich nehme ganz sicher kein tragisches Ende wie die Schwarze Dahlie, die dort nicht Schauspielerin wurde, sondern grausam umgebracht wurde.«

»Weil ich dieses schäbige Arschloch für Sie drankriege.«

»Verdammt richtig.«

Er streckte ihr die Hand entgegen, und sie ergriff sie, ohne nachzudenken, ohne auf dieses überwältigende Gefühl der Verbundenheit vorbereitet zu sein. Auf diese intensive Sehnsucht, die sich wie ein wilder Hunger in ihrem Innern wand.

»Geben Sie mir Ihren Schlüssel.« Seine Worte klangen heiser, und sie errötete. Nicht wegen der Hitze in seiner Stimme, sondern weil sie seine ausgestreckte Hand so völlig missdeutet hatte.

»Ich ... warum?«

»Niemand außer mir kommt ohne Codewort hier herein. Verstanden? Der Zimmerservice, Freunde, niemand.«

»Ein Codewort?«

»Das geben Sie dem Betreffenden, wenn Sie anrufen. Derjenige muss es sagen, wenn er vor Ihrer Tür steht.«

»Oh.« Sie holte tief Luft, dann stieß sie sie langsam wieder aus. »Sie glauben, dass ich tatsächlich in der Patsche sitze, oder?«

Er berührte ihr Gesicht. »Ich glaube, dass ich bei Ihnen kein Risiko eingehen möchte.«

# 5

»Wie?«, fragte Mina, warf den Kopf in den Nacken und stöhnte dramatisch. »Wie haben wir es geschafft, den gesamten Margarita-Krug leer zu trinken?« Sie ließ sich auf das Bett zurückplumpsen und seufzte. »Ich werde morgen einen dermaßenen Riesenkater haben.«

»Mir geht es sicher nicht anders«, bekannte Taylor.

»Aber es war die Sache wert, oder?«

»O ja«, stimmte Taylor zu. Sie hatten sich amüsieren und einen seichten Mädchenfilm ansehen wollen, so etwas wie *Brautalarm* oder *Girls Trip*. Schließlich hatten sie sich für *Magic Mike* entschieden, denn Mina war der Meinung gewesen, dass der Film zum Mann-des-Monats-Contest passte, und da Taylor ja den heutigen Wettbewerb versäumt hatte …

»Meinst du, dass das heute echt *so ein* Strip war?«, hatte Taylor sie geneckt.

»Sehr witzig. Gib mir lieber die Fernbedienung und die Chips.«

Jetzt, Stunden später, zahlten beide den Preis für ihren ausschweifenden Abend. Während sie sich im Margarita-Rausch auf dem Bett räkelten, seufzte Mina, rollte sich auf die Seite und forderte: »Okay, spuck's aus.«

»Was?« Taylor war sich ziemlich sicher, dass sie wusste, worauf die Freundin hinauswollte, wollte aber so lang wie möglich die Unschuld mimen.

»Veralbere mich nicht. Der heiße Detective. Landon. Was ist los?«

»Nichts«, antwortete Taylor. Sie öffnete die Augen, bemerkte, dass sich die Decke entgegen des Uhrzeigersinns drehte, und schloss sie wieder.

»Oh, bitte. Ich kenne dich seit der Highschool.«

»Erst seit dem letzten Jahr.« Vor ihrem letzten Jahr hatte niemand sie gekannt. Sie war in mehr als in einer Hinsicht weit von Austin entfernt gewesen.

Ein unerwarteter Schauer überlief sie. Mit Ausnahme einer einzigen Person – Beau. Aber er war bestimmt nicht hier.

*Bitte, lass ihn nicht hier sein.*

Mina fuhr fort, hatte offenbar nichts von Taylors Stimmungswechsel bemerkt.

»Spielt keine Rolle. Die Sache ist doch die: Ich kenne dich. Und ich habe bemerkt, dass du ihn jedes Mal beobachtet hast, wenn wir ihn im The Fix entdeckten.«

»Warum auch nicht? Er sieht fantastisch aus.«

»Zugegeben«, meinte Mina. »Aber das tun viele Jungs, die dort rumhängen. Und die beobachtest du auch nicht mit Argusaugen.«

»Mache ich doch gar nicht!« Oder etwa doch? Wie peinlich das gewesen wäre.

»Doch. Und es gibt gute Neuigkeiten.« Mina presste die Lippen aufeinander und lächelte selbstgefällig. Und wollte offensichtlich nicht mit der Sprache herausrücken, bis Taylor sie darum bat.

»Okay. Ich gebe nach. Was sind die guten Neuigkeiten?«

Mina rückte auf dem Bett zur Seite, um Taylors Schulter anzustoßen. Dann flüsterte sie leise und geheimnisvoll: »Ich habe bemerkt, dass er dich auch beobachtet.«

Bei dieser Bemerkung flatterten jede Menge Schmetterlinge in ihrem Bauch. »Wirklich?«

Sie hörte, wie hoffnungsvoll ihre Stimme klang, und hätte sich am liebsten selbst einen Tritt versetzt. Nicht nur, weil sie Mina so viel von sich verriet, sondern auch, weil sie sich lächerlich machte, wenn sie überhaupt auf diese Weise an Landon dachte.

Mina nickte und wirkte sehr selbstzufrieden.

»Nicht, dass das eine Rolle spielen würde«, meinte Taylor und hoffte, dass diese Wahrheit auch bis in ihr Unterbewusstsein vordringen würde, wenn sie sie laut aussprach. »Zwischen uns wird nichts passieren.«

»Wäre doch möglich«, flötete Mina und setzte sich auf. »Was? Wäre das denn so schlimm?« Stirnrunzelnd musterte sie Taylors Gesicht und war sich plötzlich unsicher. »Ich meine, du musst den Typen ja nicht gleich heiraten. Aber warum wartest du nicht einfach ab und schaust, wohin es dich führt?«

»Vielleicht«, räumte Taylor ein und wünschte, sie wäre dazu in der Lage. Sie fragte sich, ob es überhaupt klappen konnte. Unmöglich! Immerhin war er Polizist, und sie war, na ja, sie war sie selbst. »Ich bin nur …«

»Was?«

*Ich bin nicht wie andere Mädchen.*

*Ich fühle mich von diesem Mann verdammt noch mal viel zu stark angezogen.*

*Ich habe Angst.*

»… nicht in der Stimmung, um darüber zu reden.« Sie schnappte sich die Fernbedienung und richtete sie auf das Fernsehgerät. »Wir brauchen noch mehr Mädelszeit«, sagte sie und scrollte weiter zu *Girls Trip*. »Okay?«

Erleichtert registrierte Taylor, wie Mina sich zurücklehnte. »Zum Teufel, ja. Und wir brauchen noch einen Krug. Dann sollten wir noch mal so richtig auf den Putz hauen, okay?«

»Absolut«, pflichtete Taylor ihr bei und griff nach dem Handy. Aber das war eine Lüge. Denn in diesem Augenblick wollte sie nur mit einem Menschen Party feiern: mit Landon. Und dazu würde es schlicht und ergreifend einfach nicht kommen.

Landon war noch vor dem Morgengrauen aus den Federn und hing die frisch gestrichenen Schranktüren in seiner Küche auf.

Jetzt spiegelte sich in ihrem Silbergrau das Tageslicht, das durch die Fenster hereinflutete. Von dort aus blickte man auf seinen winzigen Garten im Osten Austins. Die neuen Möbel ließen die Küche gleich größer wirken. Die Arbeit war härter gewesen als gedacht, denn er hatte die schweren, soliden Holztüren ausbalancieren müssen, während er sie ausrichtete und in den Angeln befestigte. Aber er war dankbar für die körperliche Arbeit und die Konzentration, die dafür erforderlich war. Er hatte gerade mal eine knappe Stunde geschlafen, und verdammt, er musste unbedingt etwas überschüssige Energie verbrennen. Außerdem musste er sich Taylor aus dem Kopf schlagen, die ihm einfach nicht aus dem Sinn gehen wollte.

Nicht, dass er mit Fantasien über sie die ganze Nacht zugebracht hätte. Er hatte sich auch auf die Arbeit gestürzt. Bevor er versucht hatte, doch noch eine Mütze voll Schlaf zu ergattern, hatte er beinahe sein Handy zum Glühen gebracht, indem er mindestens ein halbes Dutzend Gefälligkeiten eingefordert hatte.

Er hatte erfahren, dass Reggie blitzsauber war. Nicht, dass die Tatsache, dass keine Akte über ihn existierte, ihn entlastet hätte, aber wenn der Typ psychopathische Neigungen gehabt hätte, wäre er Landons Erfahrung nach in seinem Alter definitiv kein unbeschriebenes Blatt mehr gewesen, und sei es, dass er als Jugendlicher mal straffällig geworden wäre. Aber es gab nichts.

Er wartete immer noch auf die Informationen über Beau. Er hatte den Freund eines Freundes aufgespürt, der in Arkansas über Connections verfügte. Bislang hatte er noch keine Rückmeldung, und das machte ihn ganz kribbelig.

Taylor hatte ihm von dem Kerl erzählt, was schon mal was wert war, aber Landon war sich verdammt sicher, dass sie noch mit irgendetwas hinterm Berg hielt. Er nahm an, dass sie eine Beziehung gehabt hatten und dass Beau sie misshandelt hatte. Entweder wollte sie nicht zugeben, dass sie ein Opfer gewesen war, oder er hatte ihr solche Angst eingejagt, dass sie allen Ernstes befürchtete, es würde noch schlimmer, wenn sie über das sprach, was sie damals erlebt hatte.

Aber das würde er herausfinden. Und dann würde es ihm eine diebische Freude bereiten, diesem Mistkerl das Leben zur Hölle zu machen.

Um sechs waren sämtliche Schranktüren aufgehängt, und er verspürte einen angenehmen Schmerz in den Armen. Um sieben war er geduscht und umgezogen.

Und gegen acht schritt er durch die Eingangstür des The Winston Hotels.

Er benutzte den Schlüssel, den er am vergangenen Abend von Taylor erbeten hatte, um ihr Stockwerk betreten zu können, dann erreichte er ihr Zimmer genau in dem Augenblick, da der Kellner vom Zimmerservice mit einem Tablett dort ankam, auf dem eine Kanne Kaffee und eine Schüssel Obst standen.

»Ich bringe das für Sie rein«, sagte Landon und öffnete mit seinem Schlüssel die Zimmertür. Er stieß sie mit der Hüfte ein paar Zentimeter auf, dann nahm er das Tablett und rief: »Taylor? Mina?«, bevor er eintrat.

Niemand antwortete, aber er hörte Wasser rauschen, also trat er ein und rief noch einmal: »Hey, ich bin da.« Dann ging er an der verschlossenen Badezimmertür vorüber, um das Tablett auf dem Schreibtisch abzustellen.

Hinter ihm öffnete sich die Badezimmertür, und er wandte sich um in der Erwartung, dort Taylor zu entdecken, die herausgekommen war, um ihn zu begrüßen.

Und er sah sie in der Tat. Alles von ihr. Sie blickte nach unten, während sie sich das Haar mit einem Handtuch trocken rubbelte, und jeder erotische Zentimeter ihres Körpers war vollkommen nackt.

Landon wusste, dass er sich bemerkbar machen musste. Irgendeinen Laut von sich geben musste. Damit sie merkte, dass er da war. Aber sein restlicher Körper wollte ihm nicht gehorchen. Sein

Mund war ganz trocken. Sein Schwanz war steinhart. Seine Finger zuckten vor dem beinahe greifbaren Verlangen, diese sinnlichen Kurven zu berühren. Und seine Augen …

O mein Gott, das war ja wie im Himmel. Diese zarte, gebräunte Haut, die sich so weich unter seinen Fingern anfühlen würde. Diese schlanken, muskulösen Schenkel, die sich so fest um seine Taille schlingen würden, während er sie bis zur Besinnungslosigkeit vögelte. Ihre perfekt gerundeten Brüste, die Nippel fest und einladend, als ob sie ihn aufforderten, heftig daran zu saugen, bevor er vor ihr auf die Knie fiel und seinen Mund über diese wunderschöne, gewaxte Muschi legte und sich an ihrem Geschmack labte.

Ein heiserer, rauer Laut entrang sich seiner Kehle, und ihr Kopf fuhr empor. Ihre Augen weiteten sich, während er albernerweise die Hand ausstreckte, als könnte er sie dadurch vor seinem Blick schützen. Mit einer schnellen Bewegung riss sie sich das Handtuch vom Kopf, drehte sich auf dem Absatz herum und stürmte ins Bad.

»Tut mir leid!«, rief er ihr hinterher. »Verdammt, Taylor, ich dachte, Sie hätten gehört, dass ich reingekommen bin.«

»*Was zum Teufel!* O mein Gott, was zum Teufel?«

»Ich weiß, ich weiß. Tut mir leid. Ich wollte nicht … *Shit.*«

Einen Augenblick später öffnete sich die Tür erneut, und sie schlüpfte heraus, wieder in den flauschigen Hotelbademantel gehüllt. Ihr Gesicht war leuchtend rot, und er stellte sich vor, wie die Röte sich auch über den Rest ihres Körpers ergoss. Plötzlich verspürte er den überwältigenden Drang, ihr diesen Bademantel vom Leib zu reißen und der Rötung ihrer nackten Haut mit der Zunge zu folgen.

*Ruhig, Junge.*

Sie räusperte sich, dann setzte sie sich züchtig aufs Bettende. »Haben Sie irgendetwas im Hinblick auf Reggie herausgefunden?«

»Noch nicht allzu viel.« Er berichtete, was er hatte in Erfahrung bringen können, und sie nickte.

»Das heißt also, dass er es wahrscheinlich gar nicht ist?«

»Nicht unbedingt.« Er setzte sich neben sie aufs Bett und drehte sich ein wenig zu ihr um, um sie direkter ansehen zu können. Dabei berührte sein Knie das ihre. Er bemerkte, wie sie sich anspannte, aber immerhin rückte sie nicht fort.

»Warum nicht unbedingt?«

»Bei jedem Verbrecher gibt es ein erstes Mal«, erläuterte er. »Vielleicht sind Sie seines.«

Ein melancholisches Lächeln umspielte ihre Lippen. »Super, da freu ich mich aber.«

»Wann haben Sie die erste Nachricht bekommen?«, fragte er. »Ist vorher irgendwas passiert? Mit Reggie, meine ich.«

»Wie ein Trigger?«

Er nickte und beobachtete ihr Gesicht, während sie konzentriert nachdachte. Er bemerkte die süße, steile Stirnfalte über ihrer Nase. Himmel, sie war so hübsch. Ihre einzigartigen Züge zogen ihn absolut in seinen Bann, sodass sich ihr Bild in sein Herz brannte. Er zuckte innerlich zusammen. Es hatte ihn ganz schön erwischt, wenn sie derlei blumige Kitschgedanken in ihm wachrief. Verdammt unpraktisch, aber anscheinend musste er sich damit abfinden, sich von Taylor magisch angezogen zu fühlen.

Sie wollte den Kopf schütteln, aber er hielt ihr Kinn mit der Fingerspitze fest. »Denken Sie schärfer nach«, drängte er. »Hatten Sie vielleicht mal eine Rolle bei einem Stück, die er lieber gehabt hätte? Haben Sie ihn am Getränkeautomaten abgedrängt? Hat er mal mitbekommen, wie Sie sich mit einem anderen Mann unterhielten?«

Sie öffnete den Mund, jene zarten Lippen schienen sich für einen Kuss bereit zu machen. »Ja«, sagte sie, und einen verrückten Augenblick lang glaubte er, dass sie seine Lippen einlud, die ihren zu berühren. Dann wurde ihm klar, dass sie auf seine Frage geantwortet hatte.

»Ein anderer Mann? Wo? Wer?«

»Ich ... ich bin zufällig mit ihm zusammengeprallt. Im Broken Spoke«, antwortete sie in Anspielung auf einen kultigen Club in Austin. »Ein paar von uns waren nach einem der Mann-des-Monats-Wettbewerbe dorthin gegangen. Das machen wir schon mal, aber diesmal war Brent bei uns.«

»Ungewöhnlich bei ihm wegen Faith«, meinte Landon, und Taylor nickte.

»Er brachte mir den Twostepp bei. Ich bemerkte, dass Reggie uns über die Bar hinweg beobachtete.«

»Wann war das?«

Sie überlegte. »Nach Parker. Also etwa vor zwei Wochen. Und etwa eine Woche vor dem Ziegelstein.«

»Warten Sie.« Er tippte eine kurze Nachricht an Brent, in der er ihn fragte, ob er sich an diesen Abend erinnern konnte und ob er bemerkt hatte, dass jemand ihn hinterher beobachtet hatte, oder ob ihm oder seinem Auto irgendetwas Merkwürdiges zugestoßen war. Die Antwort kam sofort und war negativ. Brent hatte nichts bemerkt.

Angesichts von Brents Ausbildung – und seiner Angewohnheit, in seinem Haus besonders aufmerksam zu sein wegen Faith – musste Landon davon ausgehen, dass er nicht Ziel irgendwelcher Angriffe gewesen war. Aber das bedeutete nicht automatisch, dass der Täter nicht doch Reggie war. Vielleicht konzentrierte er sich ausschließlich auf die Frau, die er begehrte, und bestrafte sie für ihre mutmaßliche Untreue.

Falls es tatsächlich Reggie war.

»Da ist noch etwas«, fügte Taylor jetzt hinzu. »Es geht um die Zeit, als ich begann, mich ...«

»Was?«

»Beobachtet zu fühlen, glaube ich. Ich habe es bislang nicht erwähnt, weil es nur ein Gefühl war.« Sie leckte sich die Lippen, dachte offensichtlich über irgendetwas nach.

»Es gibt also noch etwas?«

»Es ist nur … ich weiß, Sie meinten, dass jeder mich mit Zitaten aus Musicals bombardieren könnte, aber dennoch sieht das vornehmlich Reggie ähnlich. Und Beau ist acht Jahre her und meilenweit weg. Außerdem …«

Er legte den Kopf schief. »Außerdem was?«

Aber sie schüttelte nur den Kopf. »Außerdem kommt es mir nach all den Jahren derart unwahrscheinlich vor, dass er mich findet. Dass er es überhaupt versucht. Oder nicht?«

Bevor Landon antworten konnte, sprach sie schon weiter, als wäre sie wild entschlossen, sich selbst einzureden, dass Beau nichts damit zu tun haben konnte. »Und er ist auch nicht wirklich gebildet. Zumindest damals war er es nicht. Ich meine, er weiß, dass ich Musicals liebe, aber ich glaube nicht, dass er so ohne Weiteres gute Zitate finden würde. Ich meine, er ist so ein Typ, der sich mit dem Klappmesser die Zehennägel säubert. Wahrscheinlich hält er *Evita* für eine Limonade und *Sweeney Todd* für den Namen eines Piraten in diesen Johnny-Depp-Filmen. Er würde höchstens Zitate aus *Grease* hinkriegen.«

»Ich habe noch niemanden auf ihn angesetzt. Noch nicht. Und in Austin haben wir ihn noch nicht entdeckt. Aber er ist derjenige, vor dem Sie Angst haben.«

»Natürlich habe ich Angst vor ihm. Er ist nun mal angsteinflößend.« Sie stand auf und ging zum Schreibtisch hinüber, dann begann sie, sich einen Kaffee einzugießen.

»Was verheimlichen Sie mir, Taylor?«

Sie wandte ihm den Rücken zu, aber als sie die Tasse hochnahm, sah er, dass ihre Hand zitterte. »Nichts.«

Sie drehte sich um, sah ihm direkt in die Augen. Lange Wimpern um große, unschuldige, braune Augen. »Absolut nichts«, wiederholte sie.

Und er wusste ohne jeden Zweifel, dass sie log.

# 6

In all den Jahren an der University of Texas war Taylor niemals im Darrell K Royal-Texas Memorial Stadium gewesen, jenem Schrein des Footballs, der die Ostseite des Campus dominierte, ganz in der Nähe der LBJ Presidential Library und dem Texas Performing Arts Center. Aber da sie in Letzterem so ziemlich ihr gesamtes Studienleben verbracht hatte, hatte sie das Stadion zumindest täglich von außen gesehen.

Jetzt wanderten sie den Hügel hinab auf die Theaterfakultät zu. Das Stadion ragte zu ihrer Linken auf, und Landon hatte sein Auto im Halteverbot hinter ihnen geparkt, ein Polizeischild auf dem Armaturenbrett, um keinen Strafzettel zu bekommen.

»Schwindler«, neckte sie ihn, als sie nebeneinander herliefen, aber er grinste nur wie ein kleiner Junge im Süßwarenladen. »Dieser Job hat auch seine Vorteile. Die muss man nutzen.«

»Vorteile«, wiederholte sie. »Interessant …« Sie verstummte, konnte kaum glauben, wie vorwitzig sie war. Aber seit sie nackt vor ihm gestanden hatte, bekam sie seinen Ausdruck einfach nicht mehr aus dem Sinn. Sie hatte harte, animalische Lust mehr als einmal im Leben gesehen, aber das war es nicht gewesen, was sie auf seinem Gesicht gelesen hatte.

Nein, sie hatte Begehren darin entdeckt. Sehnsucht. Übermächtiges, wildes Verlangen. Zum Teufel, sie hatte ihm gefallen. Und jedes Gefühl, das über sein Gesicht geflackert war, jeder Funke in seinen Augen war nur ein Spiegelbild ihrer eigenen Empfindungen gewesen.

Er begehrte sie also ebenfalls. Sie wusste, dass sie sich lieber zurückziehen sollte. Aber sie wollte einfach nicht. Oder vielleicht doch? Sie wusste es nicht. Und diese Unsicherheit machte sie kühn. Denn wenn sie vorpreschte und er es ihr mit gleicher Münze heimzahlte …

Na ja, dann waren die Würfel eben für sie gefallen.

Nicht auf Dauer, Gott bewahre. Aber vielleicht war es ja okay, sich bei diesem Mann etwas gehen zu lassen, zumindest für eine Weile.

Sie warf ihm einen Seitenblick zu, rief sich ins Gedächtnis, wie es sich angefühlt hatte. Nicht nur ihre Reaktion auf seinen Gesichtsausdruck, sondern die Tatsache, dass sie nackt vor ihm gestanden hatte. Ja, sie war weggelaufen und hatte laut aufgeschrien, allerdings mehr aus Überraschung als wegen irgendwelcher wirklich negativen Empfindungen.

Im Gegenteil, als der Schock verebbt war, hatte ihre Haut vor Verlangen gebrannt. Sie hatte den Rücken gegen die Badezimmertür gepresst und tief durchgeatmet, hatte sich vorgestellt, was wohl geschehen wäre, wenn sie einfach auf ihn zugegangen wäre und ihn ermutigt hätte, sie zu berühren.

Sie hatte jedoch nicht den Mut gehabt. Aber jetzt … na ja, vielleicht wollte sie diese Frage jetzt intensiver verfolgen und mal sehen, wohin ihre gegenseitige Anziehung führte … hoffentlich ins Bett mit Landon zwischen ihren Schenkeln.

»War das einer von ihnen?«, stieß sie schnell hervor, bevor sie es sich noch anders überlegen konnte.

Er blieb auf dem Bürgersteig stehen, sein Gesicht ein einziges Fragezeichen.

»Mich nackt zu sehen. War das einer der Vorzüge dieses Jobs?«

Sein Adamsapfel hob und senkte sich, und einen Augenblick lang befürchtete sie, er würde keine Antwort geben. Dann sah er ihr kühn in die Augen. »Verdammt richtig. Das war es.«

So standen sie einen Augenblick lang da, sahen einander einfach nur an. Dann sauste ein Skateboarder vorbei, und sie zuckte erschrocken zusammen. Der Moment war vorüber. Der Zauber gebrochen.

»Kommen Sie«, sagte er. »Das Seminar ist sicher bald vorbei.«

»Stimmt.« Sie verfiel neben ihm in Gleichschritt und verfluchte die Politik, die es Skateboardern erlaubte, auf Bürgersteigen zu fahren – war das überhaupt erlaubt? Aber dann griff Landon nach ihrer Hand. Sie sah überrascht auf. Er grinste großspurig.

»Wir versuchen schließlich, ihn zu ködern, nicht wahr? Was gäbe es da Besseres, als wie ein Paar zu wirken, stimmt's?«

Sie nickte, und ihre Kehle zog sich seltsam schmerzhaft zusammen.

Noch ein paar Schritte, und sie hatten die Kreuzung erreicht. Sie befanden sich jetzt schräg gegenüber der Theaterabteilung und überquerten die Straße, als kein Auto mehr kam. Dann betraten sie das Gebäude. Direkt hinter der Eingangshalle befand sich ein Gemeinschaftsraum mit Tischen, Stühlen und ein paar zerschlissenen Sofas. Landon führte sie zu einem hin und hielt ihre Hand auch noch fest, als sie schon saßen.

»Sind Sie auf die UT gegangen?«, fragte sie, als ihr das Schweigen zu viel wurde.

Er schüttelte den Kopf. »Nein. Ich bin in Austin aufgewachsen, aber ich habe an der St. Edward's University studiert«, antwortete er, womit er das private College südlich des Flusses meinte. »Habe meinen Bachelor in Strafrecht gemacht und ging dann zur Marine.«

»Wirklich? Wie lang haben Sie denn gedient?«

»Vier Jahre. Habe es bis zum Offizier gebracht, doch ich hatte nie vor, dort zu bleiben. Aber mein Vater – oder besser, mein Pflegevater – war ebenfalls bei der Army, und ich wollte es ihm gleichtun.«

»Aber letztlich wollten Sie Cop werden.«

»Ich wollte Detective werden«, stellte er klar.

»Und das sind Sie jetzt. Ist doch toll.«

»Das denke ich auch gern.« Er hob ihre ineinander verschlungenen Hände und gab ihr einen zarten Kuss auf den Daumen. Sie riss überrascht die Augen auf, aber er deutete mit einem Kopfnicken auf den Flur, aus dem jetzt Studenten auftauchten. »Wenn schon, dann will ich auch richtig spielen. Ihn eifersüchtig machen. Und wer wäre nicht eifersüchtig, wenn er diese wunderschöne junge Frau neben mir sieht, auch wenn ich alt genug bin, um gar nicht mehr von Interesse für sie zu sein?«

Sie widersprach nicht, obwohl seine Bemerkung albern war. Aber als er sie auf die Füße zog und sie die Gesichter musterten, fragte sie ihn doch, wie alt er war.

»Sechsunddreißig. Und Sie sind wie alt? Vierundzwanzig?«

»Fast fünfundzwanzig.«

»Hmm«, machte er, und sie packte seine Hand fester, denn plötzlich war sie sich sicher, dass er sich von ihr losmachen würde, nun, da sie den Altersabstand zwischen einander kannten. Und sie mussten doch wie ein Paar wirken. Für die Show, die sie um Reggies willen abzogen, sagte sie sich. Sie dachte schließlich nur an ihre Ermittlungen, und er war immerhin derjenige gewesen, der diese ganze Dating-Scharade vorgeschlagen hatte.

»Sie glauben, es hat was mit Eifersucht zu tun?«, fragte sie also.

»Ich halte es für verdammt wahrscheinlich.«

»Aber was werden wir ... oh, da ist er.« Sie hob die Hand, um Reggie auf sich aufmerksam zu machen. Er lächelte, schien alles andere als traurig zu sein, sie zu sehen, und eilte zu ihnen herüber, ein schlaksiger Grünschnabel.

»Hey, Taylor!« Sein Blick wanderte zu Landon hinüber. »Sorry, sind wir uns schon mal begegnet? Ich kann mich nicht an Sie erinnern.«

»Landon.« Er ließ Taylors Hand los und schüttelte Reggies. »Ich bin kein Student.«

Reggie nickte, schien aber nicht beunruhigt zu sein. Er sah wieder zu Taylor hin. »Solltest du heute im Seminar sein?«

»Nein, wir sind nur hier, weil ...« Hilflos blickte sie zu Landon auf, weil sie nicht wusste, was sie sagen sollte.

»Um ehrlich zu sein, Taylor wird belästigt.« Landon ließ Reggie nicht aus den Augen. Sie ebenso wenig. Doch soweit sie es beurteilen konnte, war dessen Reaktion vollkommen normal – Sorge vermischt mit Verwirrung.

»Belästigt?«

»Sie kennen sie doch ganz gut«, fuhr Landon fort und ignorierte Reggies Frage. »Fällt ihnen jemand ein, der weiß, dass sie Sondheim mag? Oder auch nur Musicals?«

»Sondheim?« Reggie blinzelte, dann runzelte er die Stirn. »Keine Ahnung. Ich meine, ich glaube, du hast es ein- oder zweimal im Seminar erwähnt, oder?«

Sie nickte. Das hatte sie vergessen, aber im Seminar hatte sie einmal ausführlich über *Into The Woods* gesprochen.

»Haben Sie vielleicht mitbekommen, dass jemand sie beobachtet?« Landons Fragen kamen wie ein Schnellfeuer. Taylor vermutete, dass er diese Technik anwandte, um ihm keine Gelegenheit zum Nachdenken zu geben.

»Was ist denn los?«, fragte Reggie und sah zwischen beiden hin und her.

»Sie hat ein paar sehr hässliche Nachrichten bekommen«, antwortete Landon und machte einen Schritt auf Reggie zu. Nicht drohend, aber definitiv zu nah. »Und ich habe die Absicht, denjenigen in Zukunft daran zu hindern, wer immer dahintersteckt.«

»Scheiße, ja.« Er sah über Landons Schulter hinweg zu Taylor hin. »Alles klar mit dir?«

Sie nickte.

»Also, wie kann ich sonst noch helfen?«

Landon trat einen Schritt zurück und verwob erneut seine Finger mit Taylors. »Wenn Ihnen noch etwas anderes einfällt – oder wenn jemand nach ihr fragt –, dann sagen Sie Taylor Bescheid. Oder, zum Teufel, rufen Sie gleich mich an.« Er fischte eine Visitenkarte aus seiner Tasche und gab sie ihm.

Reggie blickte darauf hinab, dann wieder auf. »Sie sind ein Cop?«

»Stimmt. Aber das hier ist keine offizielle Ermittlung.« Er ließ ihre Hand los und legte den Arm um sie, und ohne nachzudenken lehnte sie sich an ihn, fühlte sich sicher in seiner Umarmung. »Ich beschütze lediglich mein Mädchen.«

Reggie nickte. »Gut. Meine Güte, Taylor, das ist eine miese Geschichte. Ich sag dir Bescheid, okay?«

»Danke, Reggie«, antwortete sie. Dann schob er seinen Rucksack höher über die Schulter und machte sich auf den Weg zum Ausgang. Er wollte gerade hinausgehen, als er sich noch mal umdrehte. »Hey, was ist mit diesem Reporter?«

Taylor und Landon tauschten einen Blick, dann liefen sie eilig Reggie hinterher.

»Was für ein Reporter?«, fragte Taylor.

»Dieser Kerl vom *Daily Texan*«, antwortete er. Das war die Studentenzeitung. »Etwas älter. Sagte, er sei Student im Hauptsemester im Fachbereich Journalismus und dass er ein Porträt von dir schreibe.«

Sie sah zu Landon auf und schüttelte ganz leicht den Kopf. Davon wusste sie nichts.

»Hat der Typ einen Namen?«

»Ja, aber ich kann mich nicht mehr so genau – oh, warten Sie. Buddy. Das weiß ich noch, weil mein erster Hund so hieß. Und sein Nachname war – lassen Sie mich kurz überlegen. Oh, stimmt. Hall. Sein Nachname war Hall. Das wiederum weiß ich, weil ich früher in der Carothers Residence Hall wohnte, bevor ich vom Campus wegzog.«

Taylor sagte nichts, aber sie schmiegte sich noch enger an Landon. Sie riss sich zusammen, denn die Beine drohten unter ihr nachzugeben.

»Glaubst du, dass er hinter diesen Nachrichten steckt?«, fragte Reggie.

»Oh, das bezweifle ich.« Sie zwang sich, einen leichten Ton anzuschlagen, aber Landons Blick zufolge hatte sie nicht allzu viel Erfolg damit. »Letztens hat mir irgendwer wegen so eines Artikels eine Nachricht auf der Mailbox hinterlassen. Das wird dann wohl er gewesen sein. Aber sag Bescheid, wenn er noch mal mit dir redet.« Sie zwang sich zu einem Lächeln. »Wenn ich schon berühmt werde, wüsste ich gern vorher, was so über mich verbreitet wird.«

»Da hast du recht. Mach ich.«

Sie verabschiedeten sich erneut, und kaum war Reggie durch die Türen verschwunden, löste sich Taylor von Landon und ließ sich gegen die Wand plumpsen. Landon war dicht neben ihr.

»Erzählen Sie es mir«, forderte er sie auf, und sie nickte.

»Ich ... ja. Geben Sie mir nur eine Minute Zeit, ja? Ich habe ... ich habe das einfach nicht erwartet.«

Er musterte sie. Seine dunklen Augen schienen bis auf den Grund ihrer Seele zu blicken. Dann nickte er und nahm wieder ihre Hand. »Der Tag verspricht schön zu werden. Es gibt da einen Ort, den ich Ihnen zeigen möchte.«

Sie ließ sich von ihm nach draußen führen, und sie gingen den gleichen Weg zurück, den sie gekommen waren. Sie liefen die Straße vor dem Stadion entlang, und er überraschte sie, indem er hineinging.

»Hier verschanzen wir uns«, verkündete er und führte sie in einen Starbucks. »Kaffee und Gespräche.«

»Im Stadion?«

»Vertrauen Sie mir«, sagte er und ging, nachdem sie einen Kaffee in der Hand hatten, mit ihr hinten wieder hinaus. In die gleiche Richtung liefen sie weiter, bis sie den Brunnen und die grasbewachsenen Hügel am Fuße der LBJ Presidential Library erreicht hatten.

Er ergriff ihre Hand und führte sie fast bis zu dem Wäldchen hinauf, dann setzte er sich und zog sie neben sich ins Gras.

Dort blieben sie eine Weile sitzen, betrachteten den runden Brunnen unter ihnen, das Texas History Center zur Rechten und die Bibliothek vor ihnen. Dazu das Stadion und die weite Fläche des Universitätscampus zu ihrer Linken.

»Als ich klein war, kam ich im Sommer immer her, habe Papierschnipsel den Hügel hinuntergeworfen und so getan, als würde es schneien«, sagte er. »Das war mein Versuch, ein normales Leben zu führen.«

»Wie alt waren Sie?«

»Etwa sieben. Vielleicht acht.«

»Haben Ihre Eltern Sie hergebracht?«

Er schüttelte den Kopf. »Ich bin mit dem Fahrrad hergefahren.«

Sie sah ihn überrascht an. »Das haben Ihre Eltern Ihnen erlaubt?«

Sein Lachen war eher ein Schnauben. »Mein Dad schob mich morgens immer aus dem Haus, verkündete meiner Mutter, dass ich hinaus in die Welt musste, um ein Mann zu werden, und dass ich zum Abendessen wieder da sein würde.«

Taylor wusste nicht so genau, was sie sagen sollte, also schwieg sie.

»Er verschwand kurz vor meinem neunten Geburtstag. Wir vermuteten, dass er einer Bande zum Opfer fiel – immerhin lebte ich in einer entsprechenden Gegend –, aber genau habe ich es nie erfahren.«

»Sie sind also bei einer alleinerziehenden Mutter aufgewachsen?«

»Nur etwa ein Jahr. Und in diesem Jahr setzte man mir zu, mich einer der Banden anzuschließen. Sie haben mich gehörig unter Druck gesetzt. Sie wussten, dass ich meinen Dad verloren hatte, und ließen nicht locker.«

»Was haben Sie getan?« Sie versuchte sich diesen ehrenhaften Mann als Kind vorzustellen, das seinen Weg finden will.

»Ich bin ihnen ausgewichen, habe mich rausgehalten. Ich habe weit mehr Energie darin investiert, mich mit aller Gewalt von diesem Leben fernzuhalten, als in meine Hausaufgaben. Und die ganze Zeit wünschte ich mir immer wieder, dass ich einen Ausweg finden würde. Eine Fluchtmöglichkeit. Fort von dem Tod und den Drogen und dem ganzen Shit.«

»Und das ist nie passiert?« Sie hörte den Schmerz in seiner Stimme. Seine Geschichte war offensichtlich noch nicht zu Ende.

»O doch, ich wurde befreit.« Seine Worte klangen scharf vor Bedauern. »Gib acht, was du dir wünschst, so heißt es doch, oder?«

Sie presste die Lippen aufeinander, fürchtete sich vor dem, was nun kommen würde.

»Mord aus dem vorbeifahrenden Auto. In einer Minute stand meine Mutter lachend in unserem Vorgarten. In der nächsten war sie tot. Ich war neun. Das Nächste, was ich weiß, ist, dass ich zu einer Pflegefamilie kam.«

Sie nahm seine Hand in der Hoffnung, ihm etwas von dem Schmerz zu nehmen, den sie in seiner Stimme hörte.

»Ich bekam, was ich mir gewünscht hatte, aber um was für einen Preis.«

»Es tut mir so leid.«

»Sie war eine gute Frau. Mein Fels in der Brandung, als ich versuchte, clean zu bleiben. Sie hatte den Tod nicht verdient. Sie war nicht einmal dreißig.«

Taylor blinzelte, und eine einzelne Träne rann an ihrem Nasenflügel hinab. »Sie hatten keine leichte Kindheit.« Auch ihre eigene war hart gewesen. Sie verstand, wie furchtbar es war, so aufzuwachsen, voller Angst und Einsamkeit. »Was ist dann passiert?«

Ein Lächeln umspielte seine Lippen. »Es wurde besser. Zum Teufel, es wird immer noch besser.«

»Sie sind also in einer guten Familie gelandet?«

»Der besten. Ich betrachte sie als meine Eltern, obwohl sie mich niemals formal adoptiert haben. Ich ... na ja, ich hätte sonst das Gefühl gehabt, meine Mutter zu verraten.«

»Das verstehe ich.«

»Aber sie gaben mir eine Heimat. Eine Ausbildung. Eine sichere Umgebung, wo die Kids glauben, dass es die Art von Kindheit, die ich hatte, nur im Fernsehen gibt und nicht ein paar Meilen weiter auf der anderen Seite des Highway. Jedenfalls wurde alles viel besser. Ein paar Beulen habe ich mir eingefangen, aber im Großen und Ganzen ist das Leben gut.« Er lächelte sie an, ein Lächeln, das sie von innen erwärmte. »Natürlich hatte ich Hilfe. Meine Pflegeeltern. Mein kommandierender Offizier. Mein Partner.«

»Sie haben einen Partner?«

Er nickte. »Na ja, ich hatte einen. Er hat sich gerade zur Ruhe gesetzt und ist nach New Mexico gezogen. Das ist auch teilweise der Grund, warum ich mir jetzt freigenommen habe. Ich dachte mir, ich mache mal eine Pause, bevor man mir einen neuen zuweist.«

»Danke, dass Sie mir all das erzählt haben.«

»Gern geschehen.« Er beugte sich zu ihr vor, dann flüsterte er in verschwörerischem Ton. »Aber Ihnen entgeht die wahre Bedeutung.«

»Ach ja?«

»Sie sollten sich mir ebenfalls anvertrauen.«

»Ich ...«

»Ich habe Ihren Gesichtsausdruck gesehen. Buddy Hall. Beauregard Harkness. Sie vermuten, dass es sich um ein und denselben Mann handelt.«

»Nein«, antwortete sie, und ihre Stimme war kaum mehr als ein Flüstern. »Ich *vermute* es nicht. Ich bin mir sicher.«

# 7

»Er hatte ein besonderes Faible für Buddy Holly«, berichtete Taylor, nachdem sie wieder im Auto saßen. »Holly. Hall. Kapiert?«

»Kapiert.« Landon hatte den Motor bereits angeworfen und den Rückwärtsgang eingelegt, aber jetzt wandte er sich zu ihr um – mit so hartem Blick, dass sie sich wand. »Ich habe kapiert, dass es außer Frage steht. Dieser Typ aus Arkansas hat Sie bis nach Austin verfolgt. Es ist acht Jahre her, aber trotzdem ist er hergekommen und treibt Sie in den Wahnsinn. Das wissen wir beide. Nicht wahr?«

Sie nickte langsam.

»Was ich aber nicht weiß, ist, warum er das tut. Aber ich vermute, *Sie* wissen es.«

»Er ist vollkommen gestört«, antwortete sie, denn das war schließlich die verdammte Wahrheit. Nie in ihrem Leben war sie auf jemanden gestoßen, der so abartig war wie Beauregard Harkness.

Landon umklammerte das Lenkrad. Er schloss die Augen, und sie war sich absolut sicher, dass er bis zehn zählte, um sich zu beruhigen. Schließlich holte er tief Luft und sah sie erneut an. So ruhig wie ein See an einem stillen Wintermorgen. »Ich will Ihnen helfen, Taylor. Zum Teufel, wahrscheinlich würde es mich umbringen, wenn ich dabei scheitere. Zu sehen, wie man Ihnen ein Leid zufügt. Aber allein schaffe ich das nicht. Sie müssen mir helfen. Sie müssen mir alles erzählen.«

Sie hatte das Gefühl, als säße ein mit Angst getränkter Wattebausch in ihrer Kehle, sodass sie die Worte nicht herausbringen konnte, die eigentlich hinaus wollten. Eigentlich *wollte* sie ihm alles erzählen – die ganze schmutzige, schreckliche Geschichte. Aber sie konnte es einfach nicht. Also schüttelte sie nur den Kopf. Sie konnte den Gedanken nicht ertragen, dass er eine andere Version ihrer selbst kennenlernte.

Auch sie schloss jetzt die Augen und zählte bis zehn. Dann schüttelte sie zögernd den Kopf. »Ich habe es Ihnen doch gesagt«, flüsterte sie schließlich. »Er ist ein mieser Kerl. Nein«, korrigierte sie sich. »Er ist böse. Und wenn er mich findet, dann schwöre ich, wird er mich töten.«

Energisch stellte er den Schalthebel wieder auf Parken und sah sie an. »Verdammt, Taylor, Sie müssen mir vertrauen.«

»Das tue ich.« Heiße Tränen strömten nun ihre Wangen hinab, Tränen der Angst, Wut und Frustration. Sie wollte es ihm ja erzählen – wirklich. Aber er musste eigentlich nicht alles wissen, und ihn einzuweihen würde Türen öffnen, die besser verschlossen blieben.

Sie holte tief Luft. »Aber wenn Sie mir wirklich helfen wollen, dann bitte, helfen Sie mir einfach, ihn aufzuhalten. Er ist übel, Landon. Das ist die Crux des Ganzen. Mehr müssen Sie nicht wissen.«

»Wirklich?«

Sie schüttelte den Kopf.

»Es gibt also keinen Grund, warum ich Sie kennenlernen sollte?« Er streckte die Hand aus und presste sie auf ihren Oberschenkel. Sie schloss die Augen, als seine Wärme sie durchflutete. »Haben Sie denn nicht verstanden, Taylor? Ich will Ihnen nicht einfach nur helfen. Ich will …«

»Was?« Das Wort war kaum mehr als ein Flüstern.

Eine Sekunde verging, dann: »Ich will Sie kennenlernen.«

Sie hob das Kinn und sah ihm geradewegs in die Augen. »Dann wollen wir das Gleiche. Denn Sie kennen mich. Das Mädchen von früher? Das Mädchen, das Arkansas verließ? Dieses Mädchen bin ich nicht mehr, Landon. Ich kenne es selbst nicht mal mehr.«

Seine freundlichen Augen blickten traurig drein. Aber es war die Wahrheit. Die ganze Wahrheit.

Im Endeffekt musste er nur eins tun, wenn er ihr helfen wollte: Er musste Beau aufhalten. Der Rest war unwichtig.

Einen Augenblick lang sah er sie einfach nur an, und sie saß stocksteif da, fürchtete sich vor dem, was er jetzt sagen würde. Glücklicherweise wurden sie vom lauten Klingeln seines Handys unterbrochen. Er ging dran, sah sie an und sagte dann: »Schön zu hören. Danke.«

Als er auflegte, legte sie den Kopf schief. »Was ist los?«

»Ihr Sicherheitssystem. Die Anlage ist installiert und funktionstüchtig.«

»Toll. Also kann ich heute Nacht wieder in meiner Wohnung schlafen?«

»Sieht so aus.«

Sie atmete erleichtert aus. »Nicht, dass es keinen Spaß gemacht hätte, aber ich bin doch lieber in meinen eigenen vier Wänden. Können Sie mich zum Hotel fahren? Ich habe ein paar Sachen, die Mina mir mitgebracht hat, im Bad zurückgelassen. Außerdem sollte ich wahrscheinlich auch auschecken und mein Auto holen. Ich habe es auf dem Parkplatz in der Nähe des The Fix stehen lassen.«

»Ich fahre Sie hin«, versicherte er. »Aber erst will ich Ihre Wohnung inspizieren. Solange nicht alles im grünen Bereich ist, sollten Sie nicht aus dem Hotel auschecken.«

Dem konnte sie nicht widersprechen. Also nickte sie und lehnte sich zurück, während er sie zu ihrer Wohnung auf dem Westcampus fuhr. Das kleine Gebäude mit den fünf Wohneinheiten stand auf dem schmalen Streifen zwischen zwei größeren Wohnkomplexen.

Er parkte in einer Lücke in der Nähe ihres Blocks. Nachdem er den Motor abgestellt hatte, wollte sie die Tür öffnen, hielt aber inne. »Sie müssen nicht mit reinkommen, wissen Sie. Ich kann das alles mit Martin durchgehen«, fügte sie hinzu, womit sie den Hausverwalter meinte.

Er zog die Augenbrauen hoch, sagte aber nichts.

»Ich meine nur ... na ja. Sie haben schon so viel für mich getan.« Aber das war es nicht. Das kam der Wahrheit nicht mal annähernd nahe. Eigentlich war das Gegenteil der Fall. Denn es lag nicht daran, wie viel er für sie getan hatte, sondern daran, wie wohl sie sich in seiner Gesellschaft fühlte. Und wie sehr er sie unter Druck setzte. Was, wenn er sie noch mehr drängte? Und was, wenn sie nachgab?

Sie hatte den Schrecken zukünftiger Ereignisse beinahe vor Augen. Sie würde ihm all die Geheimnisse anvertrauen, die sie seit Jahren für sich behalten hatte. Geheimnisse, die so viele Probleme mit sich bringen konnten, dass sie nie wieder einen Ausweg aus diesem Sumpf finden würde.

*Geheimnisse, derentwegen man sie umbringen konnte.*

Doch *diesen* Teil der Wahrheit kannte Landon bereits, denn es wäre Beau, der sie töten würde.

Wie man es auch drehte und wendete, das Problem blieb das gleiche: Sie hatte Landon zu nah an sich herangelassen. Und obwohl ein Riesenteil von ihr sich wünschte, ihn noch viel näher heranzulassen, war es sicherer, ihn von sich zu stoßen.

Das Schweigen lastete schwer zwischen ihnen, schien den stickigen Innenraum des Autos noch stickiger zu machen.

»Sie wollen mir vorschlagen, dass ich Sie einfach absetze und wegfahre?«

»Sie haben mir schon so viel von Ihrer Zeit geopfert. Eigentlich sollte ich doch nur ein kleiner Zeitvertreib sein, oder? Und Martin kennt das System. Schließlich hat er die Installation beaufsichtigt.«

»Hm-hm.« Er öffnete die Tür und begann auszusteigen. »Kommen Sie. Wir gehen.«

»Landon«, begann sie, aber er stand schon draußen. Sie runzelte die Stirn, tat es ihm gleich, umrundete dann das Auto und stellte sich vor ihn hin. »Verdammt, ich …«

»Nein.« Er hielt einen Finger in die Höhe, um sie zum Schweigen zu bringen. »Sie lassen mich entweder Ihre Wohnung überprüfen, oder Sie kommen mit und schlafen bei mir. Sie haben die Wahl. Aber Sie werden nicht ohne mich an Ihrer Seite dort hineingehen. Und zu Ihrer Information: Martin kennt das System noch lange nicht so genau wie ich. Ich habe es bestellt. Ich habe die Installation mit den Elektrikern durchgesprochen. Ich habe ihnen gesagt, wie sie es einzurichten haben. Sie wollen die Piep- und Klingeltöne verstehen? Wollen wissen, wie Sie in Sicherheit bleiben können? Dann bin ich der richtige Mann, an den Sie sich wenden können.«

»Okay, aber …«

»Kein Aber. Sie behaupten, Sie seien für mich nur ein Zeitvertreib? Mehr nicht? Na gut. Wie Sie meinen.« Sie hörte die Frustration – vielleicht sogar die Wut – in seiner Stimme. »Aber ich mache das hier, weil Brent mich darum gebeten hat. Und ich werde im Hinblick auf Sie keine Risiken eingehen. Er würde mir den Kopf abreißen, wenn Ihnen irgendetwas zustieße.«

»Brent ist nicht mein Boss.« Taylor schob ihr Haar zurück und bemühte sich um einen ruhigen Ton. »Ist das der einzige Grund, warum Sie mir geholfen haben? Weil Brent Sie darum gebeten hat?«

Er schnaubte ärgerlich. »Sie sind bescheuert, wenn Sie das annehmen.« Seine leise Stimme, sanft wie eine Liebkosung, hüllte sie ein.

Er machte einen Schritt auf sie zu, sprach noch sanfter. Wie mit einem verängstigten Kätzchen, das er nicht erschrecken wollte. »Etwas macht Ihnen Angst. Vielleicht ist es eine Erinnerung. Oder Sie grübeln einfach nur zu viel. Aber Fakt ist, dass ich auf Sie aufpasse. Das war's. Punkt, Ende, Aus. Also finden Sie sich verdammt noch mal damit ab, okay?«

Sie wippte auf ihren Fersen zurück, so überrascht von den

energischen Worten, die er mit so sanfter Stimme vorgebracht hatte, dass sie unwillkürlich auflachte. »Okay«, antwortete sie, allerdings eher reflexartig und nicht, weil sie sich tatsächlich fügen wollte.

»Gut. Gehen wir also rein.« Er legte ihr die Hand auf die Schulter, als sie den Schlüssel ins Schloss steckte, und sie erstarrte, war sich ihres Körperkontakts allzu sehr bewusst. Seine Berührung hatte ein Feuer in ihrem Innern entfacht.

»Warten Sie hier«, sagte er, kaum, dass sie eingetreten waren, schloss die Tür hinter ihnen und gab den Zahlencode ein, mit dem er die Alarmanlage ausschaltete. Dann zog er eine kleine Waffe aus der Tasche – sie hatte nicht mal bemerkt, dass er die dabeihatte – und durchschritt langsam die Wohnung. Sie beobachtete, wie er Wohnzimmer und Küche inspizierte, hörte, wie er die Schranktüren in ihrem Schlafzimmer und im Bad öffnete.

Schließlich rief er ihr zu: »Taylor?«

»Ich bin hier. Alles gut. Aber können Sie – *ah*!« Sie sprang zurück, erschrocken über einen vorbeifliegenden braunen Ball.

Landon war sofort wieder bei ihr, die Waffe gezückt und schussbereit. »Was ist los?«

»Ich … keine Ahnung.«

»Vielleicht Einbildung?«

Sie wollte widersprechen, doch dann sah sie die Bewegung erneut, und sie sprang auf ihn zu, klammerte sich an ihn. Ihre Brust presste sich an seine eisenharten Muskeln, und sein freier Arm hielt sie fest. Sie spürte, wie seine Position sich veränderte und er die Waffe zurück ins Halfter steckte, das, wie sie jetzt bemerkte, an seiner Jeans festgemacht war. Sie hörte seine sanften, beruhigenden Worte, dass es nur eine Katze war. *Mr. Patches*, regte sich eine Stimme in ihrem Hinterkopf. Die streunende Katze, die sich häufiger in ihre Wohnung verirrte.

Landon sprach immer noch beruhigend auf sie ein, aber sie verstand die Worte kaum. Alles, was sie hörte, war das Pochen ihres Blutes in ihren Ohren. Und alles, was sie spürte, war die Hitze seines Körpers, der sich an sie presste.

Sie hob den Kopf, lehnte sich so weit zurück, dass sie ihm in die Augen blicken konnte. »Landon.« Mehr sagte sie nicht.

Es war genug.

Und mit einer wilden, besitzergreifenden Bewegung presste er sie noch heftiger an sich, so dicht, dass sie seine steinharte Erektion durch ihre Jeans hindurch spüren konnte.

Und gleichzeitig hörte sie sein leises, fast verzweifeltes Stöhnen. Und dann, noch bevor sie einen klaren Gedanken fassen konnte, presste er die Lippen auf die ihren – heiß und hart. Er nahm sie in einem leidenschaftlichen, wunderbaren Kuss, der sie in den Wahnsinn trieb und sämtliche Abwehrmechanismen lahmlegte. Das Einzige, was ihr noch in den Sinn kam, war ein forderndes Wort:

*Mehr.*

# 8

Ohne nachzudenken, presste Landon die Lippen auf die ihren und zog sie dicht zu sich heran. Ihr Schrei war ihm wie eine glühende Klinge durch Mark und Bein gegangen, und in dem Bruchteil einer Sekunde, bevor er wieder bei ihr war, hatte ihn eiskalter Schrecken erfüllt. Die Furcht, sie verloren zu haben, wo er sie doch gerade erst gefunden hatte. Ihm würde nichts weiter bleiben als ein Loch in seinem Herzen.

Brüsk zog er sie noch dichter an sich, bis er ihre Brüste fest an seinem Oberkörper spüren konnte. Eine Hand umfing ihren Hinterkopf, die andere glitt hinab, hielt ihren Rücken fest. In seinen Armen fühlte sie sich himmlisch an, aber ihr Geschmack trieb ihn in den Wahnsinn, ganz zu schweigen von ihrer begierigen Reaktion auf seinen Kuss.

»Hast du überhaupt eine Vorstellung, wie lange ich dich schon schmecken will?«, fragte er, und seine Lippen berührten federleicht ihre Haut.

»Ich auch«, raunte sie. Und die Wahrheit dieser Worte durchfuhr ihn, ließ ihn härter werden, als er je für möglich gehalten hätte.

»Ich will dich spüren. Ich will dich wieder sehen – du bist ein Kunstwerk, Baby. Legst du einen Strip für mich hin?«

Er sah, wie sie schluckte. Sah, wie sie sich auf die Unterlippe biss. Er hörte das Zittern ihres Atems, als sie antwortete. »So etwas habe ich noch nie getan.«

»Gut«, konterte er. »Tu es nur für mich.«

»Oh.« Das Wort war nicht viel mehr als ein Ausatmen, und eine feine Röte überzog ihre Wangen. Aber sie folgte seiner Bitte. Sie bewegte sich langsam, nicht bewusst aufreizend, aber schon das einfache Zusehen, wie sie sich auszog, bis sie nur noch in BH und Höschen vor ihm stand, nur weil er sie darum gebeten hatte – na ja, das war schon ziemlich verlockend und törnte ihn ungeheuer an. Er spürte, welche Macht er über sie hatte.

Aber plötzlich überkam ihn ein Gefühl der Demut, weil sie ihm gehorchte – weil sie ihm so sehr vertraute.

Und der Anblick ihrer zarten, von jener feinen Röte überzogenen Haut machte ihn härter denn je.

»Mehr?«

Er nickte, brachte fast keinen Ton heraus. Und dann sah er, dass ihr Blick sich auf seine Lenden richtete, und erst in dem Moment bemerkte er, dass er sich selbst über seiner Jeans streichelte.

Er schluckte, blickte ihr in die Augen und wäre beinahe auf der Stelle gekommen, als sie sich die Lippen leckte, als wollte sie ihm wortlos signalisieren, was sie mit dieser Zunge anstellen konnte.

»Hol ihn heraus«, sagte sie. »Ich will sehen, wie du deinen Schwanz streichelst.«

Er neigte den Kopf. »Das glaube ich nicht.«

»Ach nein?« Langsam tauchte ihre Hand in ihr Höschen hinab, und er sah, wie sie erbebte, als sie sich selbst berührte. »Dann wirst du wohl auch nicht zu sehen bekommen, was sich hinter dem Vorhang verbirgt.«

*Fuck*. Er öffnete den Reißverschluss, befreite seinen Schwanz. Und o mein Gott, er war so verdammt dicht davor.

Sie wirkte ein wenig überrascht, dass er gehorcht hatte, aber sie spielte mit und ließ langsam ihr Höschen hinabgleiten. Dann öffnete sie den BH. Sein Schwanz zuckte in seiner Hand, als er sah, wie sie ihre Brüste streichelte und ihre Nippel in harte Knospen verwandelte.

Und als sie auf ihn zuging – langsam wie ein Model auf dem Laufsteg –, brauchte er jede Unze seiner Willenskraft, um nicht auf der Stelle zu kommen. »Küss mich«, bat sie. »Bitte küss mich.«

Er zog ihren nackten Körper an sich, und sein Mund bedeckte den ihren, beanspruchte sie mit solcher Wildheit für sich, dass ihre Zähne gegeneinanderschlugen, während ihre Körper sich aneinander rieben. Sein Schwanz war so hart, dass er schon wieder glaubte, jetzt kommen zu müssen, und das Gefühl, wie seine Erektion über die nackte Haut genau über ihrer Muschi streifte, war sicher eines der erotischsten seines Lebens.

»Setz dich.« Die Worte waren nur gehaucht, und er konnte sie nur verstehen, weil sie ihn nach hinten auf die Couch stieß.

Er gehorchte, und rittlings setzte sie sich auf ihn. Er war immer noch komplett bekleidet. Nur die Jeans war offen und sein Schwanz befreit. Sie setzte sich darüber, rieb ihre feuchte Muschi an seiner harten Lanze, als sei sie entschlossen, ihn komplett in den Wahnsinn zu treiben.

Es wirkte.

Er umfing ihre Brüste, dann kniff er ihr in die Brustwarzen, sodass sie aufschrie. Ihre Muschi krampfte sich zusammen, sodass ihre intimen Bewegungen seine geschwollene Männlichkeit noch mehr reizten und er der Explosion immer näher kam.

»Bitte ...«, bat sie, während ihre Hand nach unten glitt, um ihre Klitoris zu streicheln. Das war so verdammt heiß, dass er glaubte, jeden Augenblick in den Abgrund zu stürzten. »Bitte sag, dass du ein Kondom hast.«

Er hatte eins. Er hatte sogar zwei in der Brieftasche, und so streckte er die Hand nach hinten aus und zog sie aus der Gesäßtasche seiner Jeans. Er holte eines heraus und nahm sich vor, demnächst im Supermarkt gleich eine Großpackung zu kaufen.

»Streif es über«, sagte sie.

»Ich bin noch angezogen.«

»Ich weiß. Und es gefällt mir. Hätte ich nicht gedacht, aber es ist so.«

Er legte den Kopf schief. »Was?«

»Das Ungleichgewicht. Du siehst mich, aber ich kann dich

nicht sehen. Ich bin nackt für dich. Offen für dich.« Einen Augenblick wirkte ihr Gesicht unsicher. »Gefällt es dir auch?«

»Lieber Gott, ja. Aber Taylor ...« Er wollte eigentlich keine Einwände erheben. Lieber wollte er es erst einmal laufen lassen und später darüber reden. Andererseits musste er klug bei ihr vorgehen. Er wollte es mit Taylor nicht vermasseln. Und er war verdammt noch mal zu alt für sie. Und wünschte sich ganz sicher keine Beziehung. Aber er wollte sie. Oh, verdammt, wie sehr er sie begehrte.

Sie schüttelte den Kopf, dann legte sie ihm einen Finger auf die Lippen. »Was du auch sagen wolltest, tu's nicht. Das hier wünschen wir uns doch beide. Mir ist egal, was morgen ist. Heute Abend will ich nur eines, nämlich dich.«

Sie meinte jedes einzelne Wort ernst. Sie begehrte ihn. Landon. Sie wollte seine Hände auf sich spüren, seinen Schwanz in ihrem Innern. Sie wollte seine Küsse und seine sanften Worte.

In diesem Augenblick sehnte sie sich nach ihm wie nach einer Droge, und als sie den samtenen Stahl seines Schwanzes in Händen hielt und den Kopf in ihr Innerstes führte – als sie sich auf ihn hinabsenkte und spürte, wie er sie ganz und gar erfüllte –, fühlte sie sich wie im Himmel.

Und der Himmel war Landon.

Er machte etwas mit ihr. Etwas Unglaubliches.

Mutmachendes.

Gott wusste, dass sie bei ihm kühner war als bei jedem anderen Mann, mit dem sie jemals zusammen gewesen war, und es war unglaublich gewesen, vor ihm zu strippen. Ihm zu befehlen, er möge sich selbst berühren. Ihn zu reiten, obwohl er noch vollständig angezogen war.

»Du machst mich ganz wild«, sagte sie.

»Baby, das beruht auf Gegenseitigkeit. Und dazu machst du mich auch noch verdammt heiß. Du musst mich hart reiten. Ich bin kurz davor. So verdammt kurz davor. Komm mit mir.«

»Berühre mich. Nimm mich mit dir.«

Sein Stöhnen war leise und voller Leidenschaft, und er tat, worum sie ihn gebeten hatte. Seine Finger fanden ihre Klitoris und streichelten sie, während sie seine Schultern umklammerte und ihn hart ritt, sich so tief von ihm pfählen ließ, dass er mit jedem Stoß ihren G-Punkt berührte, während er ihre Klitoris liebkoste. Die Empfindungen waren wie ein Wirbelsturm in ihrem Innern, wurden stärker und stärker, bis sie es nicht mehr ertragen konnte.

Stromstöße erfassten zunächst ihre Schenkel und dann ihr Geschlecht, immer schneller, immer heißer, bis sie explodierte. Ihr Innerstes krampfte sich zusammen, sie molk ihn, riss ihn mit sich in den Abgrund. Sein leises Stöhnen der Erleichterung war so unglaublich heiß, dass sie beinahe gleich wieder gekommen wäre.

Erschöpft und befriedigt lagen sie danach Seite an Seite auf dem Sofa, seine Brust dicht an ihrem Rücken, sodass seine Lippen federleicht ihre Schulter berührten. Mit einer Hand liebkoste er ihr Geschlecht.

»Vorsicht, sonst bist du bald auch nackt und findest dich diesmal in meinem Bett wieder.«

»Damit könnte ich leben«, antwortete er und setzte sich auf. Er zog sie ebenfalls hoch und küsste sie. »Wo ist dein Handy?«

»Oooh, was für ein erotisches Bettgeflüster.«

Er zog eine Augenbraue hoch, und eilig gab sie ihm das Handy, das auf dem Beistelltisch lag.

Er holte auch seines heraus und machte sich an beiden Geräten zu schaffen.

»Was machst du denn da?«

»Ein Geschenk«, antwortete er. Dann gab er es ihr zurück, eine Tracking-App geöffnet auf dem Display. »Jetzt können wir einander finden.«

»Ja?« Sie lächelte. Bei dem Gedanken an etwas so Einfaches wurde ihr ganz warm ums Herz. »Aber wenn du's genau wissen willst, ich will gar nicht nach dir suchen. Ich will einfach nur, dass du bei mir bleibst.«

Er hielt ihrem Blick eine volle Sekunde lang stand, und sie befürchtete schon, zu viel gesagt zu haben. Doch dann lächelte er, bedächtig und sexy.

»Baby«, antwortete er. »Genau das will ich auch.«

# 9

Als Taylor erwachte, war sie im Himmel. Oder präziser: Sie nahm den Duft von frischem Kaffee und gebratenem Bacon wahr. Und das war nun mal himmlisch.

Sie schlüpfte in einen Bademantel und tappte in ihre Küche. Dort stand Landon und stocherte mit einer Gummizange in einer riesigen Pfanne mit Bacon herum.

»Was für ein hübscher und häuslicher Anblick«, meinte sie und schlang ihm von hinten die Arme um die Taille.

Er drehte sich um und ließ die Augen über ihre Gestalt wandern. Ein bedächtiges Lächeln umspielte seine Lippen. »Guten Morgen, meine Schöne. Ich könnte mich daran gewöhnen.«

»Ich auch«, bekannte sie, und ihr wurde ganz heiß unter seinem intensiven Blick. Die Worte waren beängstigend, aber wahr. Dieser Mann hatte sie innerlich irgendwie verwandelt. Als ob es eine Art chemischer Reaktion zwischen ihnen gäbe und alles, was sie gewesen war – und gefürchtet hatte –, über Nacht sein Muster verändert hätte. Solange Landon bei ihr war, gab es jetzt einen Pfad durch die Dunkelheit. Es war beängstigend und zaghaft, aber auch schön. Wie eine kleine Blüte, die sich durch einen Spalt im Asphalt ihren Weg nach oben bahnte.

Er fuhr mit dem Daumen über ihre Unterlippe. »Ein Kuss für deine Gedanken?«

»Das ist genau das, woran ich gedacht habe«, bekannte sie, und dann neigte sie ihm das Gesicht entgegen, damit er sie ausgiebig und innig küsste

Als sie sich wieder voneinander lösten, grinste sie. »Schwindler«, meinte sie. »Du hast vom Bacon genascht.«

»Stimmt«, gab er zu, dann holte er ein Stück aus der Pfanne und fütterte sie damit. Er gab ihr noch einen schnellen Kuss, dann zog er sich mit einem Zwinkern zurück. »Köstlich.«

»Find ich umgekehrt auch.«

Er drehte sich wieder zum Herd um, um den Bacon umzudrehen und in einer weiteren Pfanne mit Rührei zu rühren. »Ich habe wegen Beau ein paar Anfragen gestartet«, meinte er. »Ich denke, ich werde heute Morgen ein paar Infos kriegen. Zwischenzeitlich könnten wir ...«

»Warte«, sagte sie und legte ihm die Hand auf den Rücken. »Ich habe eine Bitte.«

Er stellte die Herdplatten aus, dann drehte er sich um und sah sie an.

»Ich will nur – ich meine, könnten wir – oh, zum Teufel. Könnten wir einfach so tun, als sei nichts von alledem passiert? Zumindest bis du etwas gehört hast? Ich will ... na ja, ich will einfach nur mit dir zusammen sein. Das Frühstück genießen, das du gemacht hast, auf der Couch kuscheln, vielleicht etwas lesen. Fernsehen. Und dann könnten wir später zum The Fix gehen und mein Auto holen. Du weißt schon, ganz normale Sachen. Könnten wir? Ich meine, einfach so tun, als wolltest du heute nur bei mir bleiben und ...«

Sie verstummte, fürchtete, dass sie zu viel vorausgesetzt hatte. Aber als sie das bedächtige Grinsen sah, das diese wundervollen Augen aufleuchten ließ, wusste sie, wie seine Antwort ausfallen würde, und sie lächelte breit, als er antwortete: »Süße, ich finde, das klingt perfekt.«

Weil sie ausgeschlafen hatten, war es nach zehn, als sie endlich auf der Couch landeten, die Frühstücksteller vor sich auf dem Beistelltisch. Und weil er auf der Türmatte gesessen hatte, als Landon nach draußen gegangen war, um die Morgenzeitung reinzuholen, saß Mr. Patches jetzt zwischen ihnen und vertilgte die Baconstücke, die ihm sowohl Landon als auch Taylor zusteckten.

Hinterher rollte sich Taylor mit einem klassischen Julie-Garwood-Roman zusammen, und Landon machte es sich bequem und an eine Marathonwiederholung der ersten Staffel von *Game of Thrones*. Sie stand auf, um sich noch etwas Kaffee einzugießen, kehrte aber mit zwei Mimosa-Cocktails zurück und zwinkerte ihm zu. Es war Freitag, fühlte sich aber an wie ein luxuriöser, fauler Morgen am Wochenende. Und zu allem Überfluss kam ihr das auch noch normal vor.

Nein, mit Landon an ihrer Seite war es sogar etwas Besonderes.

*Ich könnte mich daran gewöhnen*, hatte er gesagt. Und ja, ihr ging es genauso.

Obwohl sie nur faulenzten, verging der Tag wie im Flug, und als Landons Handy klingelte, merkte sie, dass es fast fünf war.

Er hob ab und formte das Wort *Beau* mit den Lippen, deshalb wusste sie, dass einer seiner Kontaktleute am anderen Ende der Leitung war. Aber sie konnte den Kern der Unterhaltung nicht erfassen, denn seine Antworten blieben einsilbig.

»Und?«, fragte sie, nachdem er aufgelegt hatte.

»Ins Schwarze. Gegen deinen Mr. Harkness liegen jede Menge Haftbefehle vor. Sobald wir ihn in den Fingern haben, können wir ihn nicht nur wieder zurück nach Arkansas schicken, sondern auch dafür sorgen, dass er sehr lange Zeit hinter Gittern bleibt.«

Erleichterung durchflutete sie. »Das ist ja fantastisch.«

Er nickte nachdenklich. »Ja«, bestätigte er. Dann stand er von der Couch auf und setzte sich vor sie auf den Beistelltisch. »Aber es wäre noch besser, wenn du Anzeige erstatten würdest. Wenn das hier offizielle Ermittlungen wären. Ich könnte ein Team zusammenstellen. Ich könnte die Sache forcieren.«

Die Erleichterung schwand dahin, und es rann wie Eiswasser durch ihre Adern. Sie schüttelte den Kopf, dann stellte sie den Mimosa ab, damit er nicht merkte, wie sehr ihre Hand zitterte. »Nein«, flüsterte sie. »Tut mir leid, aber nein.«

Sie sah, wie die unterschiedlichsten Gefühle über sein Gesicht huschten. Verwirrung. Frustration. Entschlossenheit. »Du musst mit mir reden, Taylor. Ich will, dass du mir erzählst, was sonst noch dahintersteckt.«

Aber sie schüttelte nur den Kopf und stand auf. »Bitte«, sagte sie. »Keine Cops. Nur du. Wenn ich dir überhaupt etwas bedeute, dann bitte, vertrau mir einfach.«

Er sah aus, als wollte er widersprechen, aber dann nickte er nur. »Trotzdem ist diese Unterhaltung noch nicht beendet.«

»Ich weiß.« Aber zumindest vorläufig war sie vorbei, und sie würde nehmen, was sie bekommen konnte. »Willst du jetzt ins The Fix gehen? Ich würde gern mein Auto vom Parkplatz holen. Außerdem könnten wir eine Kleinigkeit essen.«

»Klar.«

Und so wurde der Tag wieder normal – einfach so. Sie waren ein Paar, das essen ging. Sie hätte beinahe erwartet, dass er sie bitten würde, den Freunden, die sie in der Bar ja unweigerlich treffen würden, nichts von ihnen beiden zu erzählen. Aber er sagte kein Wort. Im Gegenteil: Nachdem er einen Parkplatz auf der Straße ergattert hatte, ging er Hand in Hand mit ihr auf die Glas- und Holztür des The Fix zu. Und er legte ihr fürsorglich die Hand an den Rücken, als sie gemeinsam eintraten.

Drinnen fanden sie einen Zweiertisch am Fenster und bestellten Hummer-Rolls. Während sie auf das Essen warteten, zog sich Landon in den hinteren Bereich der Bar zurück, um mit Brent zu sprechen. Kaum war er verschwunden, ließ sich Mina auf seinen Stuhl plumpsen, und Megan zog den ihren ebenfalls näher heran.

»Nun?«, fragte Mina.

»Warum bist du nicht bei der Arbeit?«, konterte Taylor.

Die Freundin tat die Frage mit einer Handbewegung ab. »Ich habe pünktlich um fünf Feierabend gemacht. Ich treffe mich hier mit einem Regisseur aus der Gegend zum Essen. Aber darum geht es nicht. Was ist zwischen dir und Landon vorgefallen?«

»Warte«, sagte Megan. »Was ist vorgefallen, dass du im The Winston wohnst?«

Taylor blinzelte. »Woher weißt du *das* denn?«

Megan verdrehte die Augen. »Die Welt ist halt klein, oder ist dir das noch nicht aufgefallen? Ich war zu einem Meeting mit dem dortigen Eventmanager. Das The Fix sponsert eine Lebensmittelmesse im Oktober, und Derek hat dafür gesorgt, dass das Hotel die entsprechenden Räumlichkeiten zur Verfügung stellt«, erläuterte sie, als Taylor sie fragend ansah. »Ich habe dort Amanda getroffen, mich mit ihr unterhalten und …«

»Ordentlich Klatschgeschichten ausgetauscht«, ergänzte Taylor. »Ja, schon klar. Ist eine lange Geschichte, aber im Wesentlichen läuft es darauf hinaus, dass dieser Typ, der in mich verknallt war, bevor ich nach Texas zog, mich jetzt stalkt.«

»Scheiße«, meinte Megan.

»Das fasst es in etwa zusammen«, bekannte Taylor.

»Und Landon ist ihr Ritter in sexy Rüstung«, zirpte Mina. »Und …?«

Taylor lächelte, summte vor sich hin und zog vielsagend eine Augenbraue in die Höhe. Beide Mädchen kreischten.

»Also habt ihr … du weißt schon?«, fragte Mina.

»Ein Mädchen genießt und schweigt niemals«, antwortete Taylor knapp, und beide lachten und beugten sich vor, um noch mehr zu erfahren.

Die Kellnerin, die das Essen servierte, rettete Taylor glücklicherweise vor weiteren Fragen, und Landon kehrte an den Tisch zurück.

»Was habe ich verpasst?«, fragte er, weshalb Mina und Megan einen Blick tauschten und wieder anfingen zu kichern.

Fragend sah er Taylor an, aber die schlug lediglich die Augen nieder und warf ihm einen Luftkuss zu.

Nach dem Essen blieben sie noch eine Weile in der Bar und unterhielten sich mit all ihren Bekannten. Dann wanderten sie zum Parkplatz, um Taylors Auto zu holen. Sie hätte Landon gern gefragt, wo sie in der kommenden Nacht übernachten würde, nun, da sie nicht nur ihren Wagen wiederhatte, sondern in ihrer Wohnung auch sämtliche Sicherheitssysteme installiert worden waren. Allerdings konnte sie die Anlage noch nicht voll umfänglich nutzen, denn die Codes und Passwörter waren immer noch nicht eingerichtet. Aber sie wusste natürlich, dass Landon sie nicht allein lassen würde, solange das nicht erledigt war.

Sie wollte also unbedingt wissen, wie und wo man diese Nacht verbringen würde. Die Frage kam ihr fast vorlaut vor, insbesondere da ihr nur eine Antwort darauf einfiel: Landon sollte bei ihr schlafen, sodass sie ein Wochenende miteinander verbringen konnten, das genauso schön und faul war wie der Tag, der hinter ihr lag.

Als sie am Parkplatz angelangt waren, hatte sie fast genug Mut gefunden, um ihn zu fragen. »Da hinten«, sagte sie und deutete auf ihren Corolla, der in einer Ecke unter einer defekten Laterne stand.

Aber als sie näher kamen, beschlich sie ein ungutes Gefühl. Und da Landon den Arm ausstreckte, um sie hinter sich zu ziehen, erkannte sie, dass sie nicht die Einzige war. Sie waren nur noch wenige Meter entfernt, und sie merkte, dass sie auf Scherben traten.

»Die Laterne«, flüsterte sie. »Jemand hat sie kaputt gemacht.«

Sie sah nach oben, und ihr Verdacht bestätigte sich. Von der Glühbirne und der Verschalung waren nur noch Reste übrig. Das Glas und die Plastiksplitter knirschten unter ihren Füßen.

»Gib mir deine Schlüssel.«

Sie gehorchte, und er öffnete die Fahrertür. Der Geruch traf sie wie ein Hammerschlag. Ein abscheulicher Gestank der Verwesung. Faulendes Fleisch, das im gesamten vorderen Bereich ihres Autos und auf dem Rücksitz verteilt worden war. Und durch die Sommerhitze war es bereits über und über mit Maden bedeckt.

Ihr drehte sich der Magen, und sie wandte sich ab, hätte sich beinahe übergeben.

Hinter ihr schlug Landon die Tür zu. Einen Augenblick später hatte er sie in die Arme genommen, und sie schmiegte sich hinein, vergrub das Gesicht an seiner Brust.

»Eine Nachricht ist auch da. Unter den Scheibenwischern. Darauf steht *Totes Fleisch.*«

»O Gott.«

»Wir erstatten Anzeige«, verkündete er. »Keine Widerrede. Und heute Nacht schläfst du bei mir. Auch keine Widerrede.«

Sie nickte wie betäubt.

Sanft schob er sie von sich weg und musterte ihr Gesicht. »Taylor, Baby, geht es dir gut?«

Sie schüttelte den Kopf. »Nein«, flüsterte sie. »Absolut nicht.«

# 10

Landon musste Taylor zubilligen, dass sie Detective Sanchez ohne Auslassungen oder Verschleierung alles berichtete. Natürlich war alles, was sie Sanchez erzählte, im Grunde offensichtlich – der Wagen war verwüstet worden, und sie war sich ziemlich sicher, die Identität des Übeltäters zu kennen –, aber in Anbetracht der Tatsache, wie verschlossen sie bislang gewesen war, hatte er schon befürchtet, dass sie schweigen würde.

Das hatte sie nicht getan, und das war gut so.

Doch sie hatte ihm immer noch nicht alles erzählt, und er befürchtete, durch ihre Geheimniskrämerei doch nicht ganz und gar für ihre Sicherheit sorgen zu können.

Er kam an der Kreuzung zwischen Chicon und Seventh Street zum Stehen und sah zu ihr hinüber. Sie hatte den Kopf zurückgelegt und die Augen geschlossen, die Hände in ihrem Schoß verkrampft. Sie hatte verständlicherweise Angst. Immerhin faulte eine Restaurant-Lieferung Fleisch in ihrem Auto vor sich hin. Aber es schmerzte ihn mehr, als er zugeben wollte, dass sie ihm immer noch nicht genug vertraute, um ihm die gesamte Geschichte zu erzählen.

Während eines Großteils der Fahrt hatte er sich zu sagen versucht, dass er nur frustriert war, weil sie ihm seine Arbeit erschwerte. Das traf zwar zu, war aber keineswegs das eigentliche Problem. Nein, Landons Frustration war nicht beruflich bedingt, sondern persönlich. Er *wollte*, dass sie ihm vertraute.

Zum Teufel, er wollte einfach nur sie.

Vor allem aber wollte er, dass ihr nichts zustieß. Und nun, da Beau seinen Quälereien noch einen draufgesetzt hatte, bekam es auch Landon immer mehr mit der Angst zu tun.

Und wurde entschlossener. Er würde diesen Mistkerl an die Wand nageln, aber dafür brauchte er Taylors Hilfe. Ihr Vertrauen. Verdammt! Irgendwie beschlich ihn nun doch der Verdacht, dass sie genau wie Vanessa war.

*Fuck.*

Er bog links auf die Chicon ab, verärgert, dass ihm seine Exfrau in den Sinn gekommen war, und sei es auch nur für eine Sekunde. Sie war Geschichte, und das war auch gut so. Nach fünf Jahren ohne sie dachte er kaum noch an sie. Zunächst hatte sie es faszinierend gefunden, dass er ein Cop war. Aber im Laufe der Zeit hatte sich sein Job immer stärker als Bürde entpuppt. Sie hatte beim Gericht gearbeitet und war sich der Gefahren, die mit diesem Beruf einhergingen, durchaus bewusst gewesen. Zum Teufel, sie hatte ihn geheiratet, obwohl ihr klar gewesen war, was er tat und dass er seinen Job liebte.

Im Verlauf ihres ersten Ehejahres war sie jedoch immer anhänglicher geworden. Sie hatten sich fast jeden Tag gestritten, bevor er das Haus verließ und zur Arbeit ging. Und nach sechsmonatiger Ehe hatte sie ihre Furcht um ihn auf sich selbst projiziert, war überzeugt gewesen, dass das Böse, gegen das er auf der Straße ankämpfte, sie eines Tages heimsuchen würde.

So etwas konnte durchaus passieren – oder eben auch nicht. Er jedenfalls hatte sie gebeten, ihm zu vertrauen. Daran zu glauben, dass er für ihre Sicherheit Sorge tragen würde.

Aber sie war immer weiter in den Sog ihrer Angst hinabgezogen worden, war sich sicher gewesen, dem Verbrechen irgendwann zum Opfer zu fallen.

Auch eine Therapie hatte nicht geholfen. Ebenso wenig wie ihre Gespräche.

Schließlich war ihnen beiden klar geworden, dass ihre Angst, den Folgen seines Berufs schutzlos ausgeliefert zu sein, auf einen Mangel an Vertrauen zurückzuführen war, der ihre gesamte Beziehung prägte.

Es war ihm wichtig, dass seine Frau an ihn glaubte. Ihr war es wichtig, dass ... was? Er wusste es bis heute nicht. Aber eine innere Verbundenheit zwischen ihnen hatte sich nie eingestellt. Sie hatten beide nicht genug Vertrauen gehabt.

Das hatte ihre Beziehung zerstört, und nach achtzehn Monaten hatten sie sich scheiden lassen.

Taylor vertraute ihm jetzt ebenso wenig. Ein gottverdammtes Déja vu, alles fing wieder von vorn an.

*Aber auch wieder nicht.*

Er fuhr langsamer und bog rechts in die East 16th Street ein. Der frustrierte Teil seines Hirns beruhigte sich unter der Stimme der Vernunft, die den Nebel durchdrang.

Nein, es war nicht dasselbe. Nicht wirklich. Zum Teufel, eigentlich gar nicht.

Vanessa war nicht bereit gewesen, ihre Sicherheit in seine Hände zu legen, denn sie fürchtete sich vor einem Schreckgespenst. Taylor hatte einen berechtigten Grund für ihre Angst, und sie hatte ihm genug mitgeteilt, damit sie ihren Stalker identifizieren konnten und um Schritte einzuleiten, ihn von ihr fernzuhalten.

Er wusste nicht, was sie ihm noch verschwieg – was sie ihm nicht anvertraute –, aber er wusste genug, um zu erkennen, dass ihrem Schweigen wahre Furcht zugrunde lag.

Und er wusste, dass sie ihm in wenigen Tagen schon mehr vertraut hatte als Vanessa in der gesamten Zeit ihres Zusammenseins.

Er fühlte sich ruhiger und bog nach rechts in die Auffahrt zu seinem Bungalow ein. Das Haus war klein – nur etwa hundert Quadratmeter –, aber er hatte sich in seine klaren Linien und das Design aus den Dreißigern verliebt. Die Gegend war nur wenige Kilometer von seinem Geburtsort entfernt. Von dort war er entkommen. Und es hatte sich gut angefühlt, mit genug Geld in der Tasche zurückzukehren, um es sich zu kaufen. Um es zu renovieren. Um in einer Gegend zu wohnen, die langsam wieder zum

Leben erwachte, diesmal ohne dass Banden die Straßen unsicher machten und man an jeder Ecke Drogen kaufen konnte.

Und eines Tages würde er vielleicht sogar tatsächlich fertig mit all seinen Renovierungsarbeiten sein.

Er grinste in sich hinein, als er den Motor abstellte. In diesem Fall würde er wahrscheinlich umziehen müssen. Denn er musste zugeben, dass diese Arbeit zu seinen liebsten Beschäftigungen gehörte. Körperliche Arbeit, um den Stress loszuwerden.

Er warf Taylor einen Seitenblick zu, die mittlerweile auf dem Beifahrersitz eingeschlafen war, und spürte, wie sich sein Innerstes auf wohlige Weise zusammenzog. Es gab andere Methoden der Stressbekämpfung. Und obwohl sie in diesem Augenblick total entspannt wirkte, hatte er das Gefühl, dass nach diesem Tag ein Glas Wein und etwas Stressabbau im Bett genau die Art war, wie sie den Abend verbringen wollte.

Sanft streichelte er ihre Wange. »Hey, schlafende Schönheit. Wir sind da.«

Sie regte sich und öffnete die Augen. Für den Bruchteil einer Sekunde wirkte ihr Gesicht verwirrt, aber sehr schnell sah sie erfreut aus. Und, so dachte er, erleichtert.

»Du bist da.« Ihr Lächeln wärmte sein Herz.

»Wo sollte ich denn sonst sein?«

Sie schüttelte den Kopf, als wollte sie einen Gedanken verscheuchen. »Ein Traum«, antwortete sie. »Ich bin immer noch groggy. Ist das dein Haus?« Sie sah aus dem Fenster und betrachtete die Fassade des kleinen blauen Gebäudes mit der weißen Veranda und den farbenfrohen Hängetöpfen mit Blumen. Er konnte sich an die Namen der Pflanzen nicht erinnern, aber er hatte sie in einem Baumarkt mitgenommen, weil sie so fröhlich wirkten.

Das Gras im Vorgarten war gemäht, und ein großer Pekannussbaum überschattete die Auffahrt. Genau vor seinem Auto befand sich eine freistehende Garage, aber sie war baufällig, weshalb er sie nur als Werkstatt nutzte.

»Klein«, meinte er, »aber mein.«

»Absolut entzückend.« Sie sah ihn an. »Darf ich mich drinnen umsehen?«

Er lachte. »Deshalb sind wir ja da. Komm.«

Er umrundete den Wagen und öffnete ihr die Tür, dann führte er sie die Treppe zur Veranda hinauf. Er schloss auf und öffnete die Tür, dann trat er sofort schützend vor sie hin und zog gleichzeitig die Waffe.

*Dieser Mistkerl!*

Das Seitenfenster war eingeschlagen worden, und rote Flüssigkeit war überall auf dem frisch polierten und restaurierten Holzboden verteilt. Dem Geruch nach Farbe. Gott sei Dank kein Blut.

Und genau inmitten der Farbe entdeckte er die Botschaft, die mit dem Ende seines Besenstils gezogen worden war, den man danach am Rande der Sauerei hingeworfen hatte: *Sie gehört mir.*

SIE GEHÖRT MIR.

Die Worte hallten in Taylors Kopf wider, sodass ihr ganz flau wurde. Am liebsten wäre sie zu Boden gesunken, aber Landon befahl ihr, hinter ihm zu bleiben, während er in jedem Raum, jedem Schrank, jeder Nische und Ritze des Hauses nachsah.

Es war ein wunderhübsches Haus. Anheimelnd und gemütlich.

Doch jemand war eingedrungen und hatte es verwüstet. Alles ihretwegen.

Nachdem sie überall nachgesehen hatten, ließ er sie sich an den Küchentisch setzen und kochte ihr eine Tasse Kakao. Sie hielt die Tasse mit beiden Händen umfangen und nippte daran. Doch sie fühlte sich nicht besser. Im Augenblick fühlte sie eigentlich gar nichts.

»Tut mir leid«, flüsterte sie.

»Du bist nicht dafür verantwortlich«, widersprach er und setzte sich ihr gegenüber. »Und die Sache hat auch ihr Gutes.«

Ihr Lachen klang beinahe hysterisch. »Ja, echt fantastisch.«

Er ergriff ihre Hand, und sie hielt ihn fest, brauchte die Verbundenheit. »Das bedeutet, dass er uns beobachtet. Und wenn er uns beobachtet, können wir ihn auch finden. Wir müssen nur in die richtige Richtung schauen.«

»Tun wir das denn?«

Er sah ihr in die Augen. Sein Blick war hart und entschlossen. »Wir *werden* es tun.«

»Ich finde es furchtbar, dass das ...«

»Nein.« Er klang entschlossen und drückte ihre Hand ganz fest. »Denk nie wieder so.« Er holte tief Luft. »Komm. Wir werden die Nacht woanders verbringen.«

»Wo denn?«

»Wohin soll ein sechsunddreißigjähriger Mann wohl gehen, wenn er sein Haus räumen muss?« Er grinste. »Genau, Baby. Ich bringe dich zu mir nach Hause, damit du meine Eltern kennenlernst.«

# 11

»Deine Eltern sind fantastisch«, sagte Taylor, nachdem sie von Gayle und Harvey Bartlett ausgiebig begrüßt worden war.

Sie hatte Landon auf dem ganzen Hinweg zugesetzt, um sich davon zu überzeugen, dass die Probleme, die ihr anzuhaften schienen wie Pig-Pen der Schmutz nicht auch noch seine Familie in Gefahr brachten. Er hatte ihr versichert, dass das Haus seiner Eltern isoliert stand, von einem Zaun umgeben war und über hervorragende Sicherheitsmaßnahmen verfügte. Überdies hatten die Bartletts ihn niemals offiziell adoptiert. Beau würde also tief graben müssen, um eine Verbindung zwischen ihnen und Landon zu finden.

So langsam beruhigte sie sich also. Und die Tatsache, dass sie beschlossen hatten, sie als Landons Freundin vorzustellen und nicht als Frau, die in Gefahr schwebte, bedeutete, dass sie nicht über Beau oder den verdammten Mist, den er verursacht hatte, reden mussten. Was eine Menge dazu beitrug, dass der Abend mit den Bartletts entspannt und ohne jede Dramen verlief.

Jetzt stand Harvey hinter einer massiven Eichentheke, die den gesamten Partyraum im ersten Stock einnahm, und mixte ein paar Drinks. Gayle hatte sich derweil in die Küche zurückgezogen, um »einen kleinen Snack« zusammenzustellen.

»Also ein zweites Dinner«, sagte Landon und tauschte einen wissenden Blick mit seinem Vater.

»Meine Gayle ist nicht glücklich, bevor nicht jeder um sie herum pappsatt ist.«

»Ich habe nichts dagegen«, bekannte Taylor. Phasenweise versuchte sie durchaus, Kohlenhydrate zu meiden, aber in der Regel aß sie allzu gern. »Besonders da ich beim Abendessen ja schon eine Kostprobe ihrer Kochkünste hatte. Das war die beste Lasagne meines Lebens.«

»Die macht sie immer, wenn wir unerwartet Besuch bekommen.« Er zwinkerte. »Wobei unerwartet keineswegs unwillkommen heißt.«

»Nochmals danke, dass wir hier einfach so reinschneien durften«, sagte Landon und stürzte sich dann geradewegs auf die Geschichte, die sie sich zusammen ausgedacht hatten. »Ich habe gar nicht richtig nachgedacht, als ich Taylor versicherte, sie könne heute Nacht bei mir schlafen, während ihre Wohnung ausgeräuchert wird. Aber da ich gerade die Böden frisch lackiert habe, konnte daraus natürlich nichts werden.«

»Machst du Witze? Du bist immer willkommen. Außerdem hätte es sonst wahrscheinlich noch Wochen gedauert, bis du uns die junge Lady vorgestellt hättest.« Er warf Taylor ein breites Lächeln zu. »Und das wäre eine Schande gewesen.«

Er kam mit einem Highball-Glas zu ihr herüber. »Das ist ein Old Fashioned. Mein Lieblingsdrink. Manchen ist er zu süß, also sagen Sie Bescheid, wenn Sie lieber etwas anderes hätten.«

»Danke. Der schmeckt sicher toll.« Der Drink auf Whiskey-Basis gehörte zu ihren Lieblings-Cocktails. Jetzt nippte sie genüsslich daran und beobachtete, wie Harvey auch Landon sein Glas reichte.

Die beiden Männer hätten äußerlich nicht unterschiedlicher sein können. Beide waren groß, aber Harvey war so bleich wie Landon dunkelhäutig. Und während Landon ein solides Muskelpaket war, schien Harvey mit der Vogelscheuche aus *Der Zauberer von Oz* verwandt zu sein. Seine mageren Glieder waren dabei beileibe nicht die einzige Ähnlichkeit. Er hatte widerborstiges, strohfarbenes Haar, das in sämtliche Richtungen abstand. Ganz zu schweigen von seiner Persönlichkeit. Man konnte nicht anders, als diesen Mann zu mögen.

Eins stand fest, Taylor hatte ihn sofort ins Herz geschlossen.

Und wenn Harvey und Landon schon verschieden waren, dann waren Harvey und seine Frau definitiv der Beweis dafür, dass Gegensätze einander anziehen.

Gayle Bartlett war eine wunderschöne, dunkelhäutige Frau von Anfang sechzig mit den Kurven einer Marilyn Monroe. Sie bewegte sich mit solcher Grazie, dass sie förmlich dahinzufließen schien. Und sie hatte die gleichen freundlichen Augen wie Landon, obwohl es keinerlei genetische Verbindung zwischen ihnen gab.

Was sie und ihr Mann jedoch miteinander teilten, war die offensichtliche Liebe zu ihrem Sohn und ein warmherziges, gastfreundschaftliches Wesen.

Mit Essen und Unterhaltung verging der Abend wie im Flug, und als die Bartletts sich verabschiedeten und sich in ihr Schlafzimmer zurückzogen, fühlte sich Taylor bereits ganz wie zu Hause.

»Glaubst du, sie würden mich adoptieren?«, fragte sie.

»Dann wärst du so was wie meine Schwester«, antwortete Landon und zog sie auf seinen Schoß. »Ich glaube, diese Vorstellung gefällt mir ganz und gar nicht.« Er küsste sie, und zwar definitiv nicht auf brüderliche Weise.

»Hmm. Ein Punkt für dich.« Sie schmiegte sich an ihn und seufzte. »Danke, dass du mich hergebracht hast. Der heutige Tag war nicht gerade der beste meines Lebens. Du hast dafür gesorgt, dass er so viel besser wurde.«

»Komm«, sagte er und erhob sich, wobei er sie immer noch auf dem Arm hielt. Sie schlang die Arme um seinen Nacken und ließ sich von ihm in sein Schlafzimmer tragen, das immer noch so eingerichtet war wie zu seinen Teenagerzeiten.

»Kampfsport. Baseball. Marvel Comics«, sagte sie und betrachtete seine Wände.

»Was soll ich sagen? Ich war ein ziemlich cooler Junge.«

»Und jetzt bist du ein unglaublicher Mann.«

Er legte sie aufs Bett und ermahnte sie, sich zu entspannen. Langsam zog er sie aus. Sie versuchte, ihn zu streicheln, aber er bestand darauf, dass sie regungslos liegen blieb. »Heute Abend geht es nur um dich«, sagte er und liebkoste ihre nackte Haut. Unter der Berührung seiner Hände – die durch die Arbeit an seinem Haus ganz schwielig waren – begann sie sich zu winden, und ihre Sinne erwachten. Schweigend spreizte sie die Beine, dann seufzte sie vor Wonne, als er den Hinweis verstand. Seine Finger neckten sie und spielten mit ihr, sodass sie sich gleich nach noch intimerer Berührung sehnte.

»Bitte«, raunte sie, aber er sagte nichts. Stattdessen legte er sich zwischen ihre Beine, sein Körper hart über dem ihren. Er küsste sie auf den Mund, knabberte an ihrer Unterlippe, bevor er einen Pfad aus Küssen auf ihrem Körper beschrieb, tiefer und immer tiefer hinab, bis ihre Bauchmuskeln vor Vorfreude erzitterten und ihr Geschlecht vor Begierde pulsierte.

Und dann, Gott sei Dank, schloss sich sein Mund über ihr, seine Zunge erkundete ihr Innerstes, und sie bäumte sich ihm entgegen. Stromstöße durchfuhren sie, setzten ihre Sinne in Flammen und stießen sie hinab in einen Strudel der Empfindungen – wobei das Tempo und die Intensität des Orgasmus vollkommen unerwartet kamen.

»O Gott«, seufzte sie. »Das habe ich nicht ... das war unglaublich.«

Er glitt an ihrem Körper hinauf, dann küsste er sie sanft. »Da musste jemand Stress abbauen.«

»Hmm. Scheint so.« Die Erschöpfung drückte sie nieder. Sie wollte ihm den Gefallen erwidern, konnte aber kaum die Augen offen halten. Was für ein Tag.

»Schon gut«, raunte er. »Ich habe dich.«

Und das wusste sie. Also schloss sie die Augen und ließ sich in die Dunkelheit hinabfallen.

Es war nach Mitternacht, als Taylor aus dem Schlaf aufschreckte, den Schrei noch in der Kehle.

Der Traum war entsetzlich gewesen. Beau hatte sie gefunden. Hatte sie mit sich genommen. Hatte die Bartletts gefoltert.

Und dann hatte sie zusehen müssen, wie er Landon tötete.

*In was, zum Teufel, hatte sie ihn da nur hineingezogen?*

Sie wusste es besser. Sie wusste, zu was Beau fähig war. Sie hätte die Flucht ergreifen müssen, sobald sie auch nur den leisesten Wind davon bekommen hatte, dass Beau ihr auf den Fersen war.

Aber das hatte sie nicht getan. Sie war geblieben.

Und dadurch würde sie so vielen Menschen, die ihr am Herzen lagen, die Hölle auf Erden bereiten. Menschen, die sie liebte.

*Liebte.*

Sie schloss die Augen, hatte Landons Bild vor Augen.

Liebte sie ihn wirklich? War das nach so kurzer Zeit überhaupt möglich?

Eigentlich nicht, aber ihr Herz war da offenbar anderer Ansicht. Er war ihr unter die Haut gegangen. Hatte sich einen Platz in ihrem Herzen erobert. Sie wollte ihn. Und mehr noch, sie brauchte ihn. Wenn das keine Liebe war, dann wusste sie es auch nicht.

Letztlich spielte das jedoch alles keine Rolle. Sie würde ihn nicht weiter in Gefahr bringen. Nicht, solange sie nicht wusste, wie sie es verhindern konnte. Sodass alles ein Ende hatte.

Leise schlüpfte sie aus dem Bett. Lautlose Tränen strömten ihr die Wangen hinab, als sie sich anzog und aus dem Zimmer tappte.

Es war leicht, nach draußen zu gelangen, und sie huschte die lang gestreckte Auffahrt zum Tor am Ende des Grundstücks entlang. Das hübsche Kalksteinhaus stand auf einem fünf Morgen großen Grundstück außerhalb von Dripping Springs, einer Stadt südwestlich Austins. Das Anwesen war umzäunt und verfügte über exzellente Sicherheitsvorkehrungen, aber sie wusste, dass man von drinnen hinausgelangen konnte, ohne Alarm auszulösen. Das war ihr Plan. Raus hier, einen Uber rufen und nach Süd-Austin abhauen, um Dominic zu finden.

Sie warf einen Blick auf ihr Handy und sah ihre Textnachrichten durch, bis sie die vom gestrigen Tag erwischt hatte. Sie hatte sie vorsichtshalber verschickt. Als Sicherheitsnetz.

Aber jetzt wurde es Zeit, Letzteres auch zu nutzen.

TAYLOR: *E hier. Bist du noch im Geschäft?*

DOMINIC: *Ja. Lass uns persönlich reden. Weißt du noch die Adresse?*

TAYLOR: *Ja. Komme, falls nötig, vorbei.*

Zufrieden nickte sie vor sich hin. Sie würde Dominic aufsuchen, und der würde ihr helfen. Und morgen Abend um diese Zeit würde sie schon lange fort sein.

Kein Landon mehr.

*Keine Freunde.*

Tränen brannten ihr wieder in den Augen, und sie blieb stehen, nur wenige Meter vor dem Tor, das auf den Bürgersteig hinausführte.

War das wirklich der richtige Weg?

War sie überhaupt dazu in der Lage, Landon zu verlassen?

Und was noch wichtiger war: Wollte sie es überhaupt?

Die Antwort dröhnte in ihrem Kopf, laut und entschlossen. *Zum Teufel, nein.*

Sie erstarrte, und ihr Herz klopfte wild in ihrer Brust. Denn das war das wahre Problem bei der Sache, nicht wahr? Sie wollte nicht gehen. Wollte nicht länger auf der Flucht sein. Sie wollte hier bleiben, mit den Freunden, die sie gefunden hatte, das Leben führen, das sie sich aufgebaut hatte.

Sie wollte Landon. Seine Freundschaft. Sein Lachen. Seine Berührung.

Und ja, sie wollte mehr. Oder zumindest wollte sie die Chance bekommen, dass das, was bereits zwischen ihnen war, zu mehr wurde.

Und diese Chance würde sie nie bekommen, wenn sie jetzt die Flucht ergriff.

Und vielleicht – nur vielleicht – konnte er ihr helfen, die Angelegenheit ein für alle Mal zu beenden.

Langsam drehte sie sich um. Sie war immer noch voller Angst, aber auch entschieden, und einen Schritt nach dem anderen begann sie, wieder aufs Haus zuzugehen.

Zuerst blickte sie dabei auf ihre Füße, um im Dunkeln nicht zu stolpern. Dann hob sie den Kopf und sah, dass sich vor ihr etwas bewegte. Ein Schatten.

Sie erstarrte, wollte sich schon umdrehen und davonlaufen, als sie erkannte, dass es Landon war. Er joggte durch die Nacht auf sie zu. Bewegte sich wie ein stummer Schatten über die mit Granitschotter bedeckte Auffahrt, bis er genau vor ihr stand. Sein Atem ging stoßweise.

»Du wolltest gehen«, sagte er. »Aber jetzt tust du es doch nicht?«

»Nein. Ich ... ich habe es mir anders überlegt.«

Er musterte ihr Gesicht. »Warum?«

Sie holte tief Luft. »Aus einer Menge Gründen«, bekannte sie. »Aber der Einzige, der zählt, bist du.«

Langsam breitete sich ein Lächeln auf seinem Gesicht aus. »Die Antwort gefällt mir.«

»Ich wollte dich nicht wecken«, sagte sie.

Er lachte. »Hab ich mir schon gedacht.«

»Ich wollte zum Tor hinaus und von dort aus immer weitergehen.«

Er sah ihr tief in die Augen. »Auch das habe ich mir gedacht.«

Ihr Mund war ganz trocken, und sie leckte sich die Lippen. »Du bist mir gefolgt.«

Sanft streckte er die Hand aus und fuhr ihr mit dem Daumen

über die Unterlippe. Dann hielt er sein Handy in die Höhe und zeigte ihr den kleinen Punkt, der sie repräsentierte. »Ich wäre dir verdammt noch mal viel weiter gefolgt als nur bis zur Grundstücksgrenze.«

»Warum?« Die Frage war nicht mehr als ein Flüstern.

»Ich glaube, du weißt, warum.« Er trat näher, und die Luft zwischen ihnen schien zu knistern vor Verheißung. »Vertraust du mir?«

»Ja.«

»Findest du dann nicht, dass es höchste Zeit wird, sich zu unterhalten?«

Sie verzog den Mund zu einem ironischen Lächeln. »Wenn du mit unterhalten meinst, dass ich endlich reinen Tisch machen sollte, dann ja. Es ist höchste Zeit. Ich habe nur …«

»Was?«

»Nichts«, sagte sie. Denn wie hätte sie ihm anvertrauen sollen, dass ihre größte Angst darin bestand, dass er sie nicht länger begehren würde, nachdem er die Wahrheit über sie erfahren hatte?

# 12

Sie gingen nicht hinein. Stattdessen setzten sie sich auf eine Hollywoodschaukel im Garten, weit genug vom Haus entfernt, um nicht von den umgebenden Lampen erfasst zu werden. Der Mond war nirgends zu sehen, und die Dunkelheit umhüllte sie wie eine Decke, aus der ein paar Sterne auf sie herabblinkten, ferne Zeugen der Geschichte, die sie zu erzählen hatte.

Er setzte sich richtig hin, die Füße auf dem Boden, sodass er sie anschaukeln konnte und sie sich in beruhigendem Rhythmus vor und zurück bewegten. Sie setzte sich mit dem Rücken zur Armlehne und legte die nackten Füße auf seinen Schoß. Er umfing ihre Knöchel mit der Hand, und sie konzentrierte sich auf diesen Punkt der Verbundenheit. Sie brauchte den Körperkontakt, um die ganze Geschichte erzählen zu können, und obwohl sie dazu bereit war, war sie auch dankbar, dass sein Gesicht zur Hälfte im Schatten der Nacht verborgen lag. Irgendwie war es leichter, in der Dunkelheit über all das zu reden.

»Ich habe nie gelogen«, begann sie. »Aber ich habe auch nie so richtig die Wahrheit gesagt.«

Sie hielt inne, gab ihm die Gelegenheit, etwas zu sagen oder ihr eine Frage zu stellen. Aber er schwieg, und sie begriff, dass es genauso weitergehen würde. Sie würde alles von Anfang bis Ende erzählen. Erst dann würde er wieder das Wort an sie richten.

Nachdem sie lang und tief Luft geholt hatte, fing sie wieder an zu reden. »Es ist *tatsächlich* Beau, der hinter mir her ist, aber ich habe wirklich und wahrhaftig eine Weile gedacht, dass es auch Reggie sein könnte – damit wollte ich dich nicht aufs Glatteis führen. Ich habe es wegen der Theater-Anspielungen vermutet.

Und, na ja, weil ich die Alternative kannte und einfach nicht glauben konnte, dass er mich nach all den Jahren aufgespürt hatte.«

Sie räusperte sich. »Ich bin vorschnell. Jedenfalls, nachdem wir mit Reggie gesprochen hatten, war es offensichtlich, dass Beau mich gefunden hatte. Und als ich dir sagte, er sei ein unheimlicher Ex, war das auch fast die Wahrheit. Er ist definitiv unheimlich. Und in gewisser Weise ist er auch ein Ex. Aber nicht so, wie du meinst.« Sie hielt inne und spähte angestrengt in die Dunkelheit. »Landon?«

Sie wusste, dass er schwieg, damit sie in Ruhe alles berichten konnte. Aber sie musste seine Stimme hören.

Sanft drückte er ihren Fuß. »Ich bin hier, Baby. Ich höre zu. Erzähl es mir so, wie es am leichtesten für dich ist.«

»Er ... ich ... meine Mutter verließ uns, als ich fünfzehn war. Mein Vater hat sie misshandelt. In meiner Kindheit hörte ich sie immer weinen. Hörte die Hiebe seines Gürtels auf ihrer Haut.« Ihre Stimme brach, und sie hielt inne, um tief Luft zu holen. »Aber sie setzte sich auf ihre Weise zur Wehr. Sie sparte Geld. Vom ersten Tag an, da er sie schlug, zweigte sie Geld ab. Und am Tag, da sie ging, gab sie mir, was sie gespart hatte. Neuntausendsechshundertvierzehn Dollar und siebenunddreißig Cents. In bar – in einer metallenen Geldkassette –, und sie zeigte mir, wie man die Küchenfliesen anheben konnte, um an die Stelle zu gelangen, an der sie das Geld versteckt hatte. Dann ging sie.«

»Wohin?«

»Keine Ahnung. Sie ist nie zurückgekehrt.« Ihre Hände lagen auf ihren Schenkeln, und nun vergrub sie ihre Nägel in der Haut. Das war das Schlimmste gewesen – dass ihre Mutter behauptet hatte, sie zu lieben, aber dennoch gegangen war und nicht ein einziges Mal zurückgeblickt hatte. Als ob diese dumme Geldkassette ein Muttterersatz hätte sein können. Als ob diese Dollars sie auf magische Weise vor ihrem Vater hätten beschützen können.

Aber sie hatte ihre Lektion gelernt. Die Worte *Ich liebe dich* bedeuteten gar nichts. Ihr Vater hatte diese Worte gesagt. Ihre Mutter hatte diese Worte gesagt. Und obwohl diese beiden Menschen das genaue Gegenteil voneinander waren, hatten sie beide gelogen. Hätte ihre Mutter sie wirklich geliebt, hätte sie sie nicht einfach so verlassen.

Und was ihren Vater anbelangte ... na ja, Dale Tucker hätte Liebe nicht mal erkannt, wenn sie ihn in den Hintern gebissen hätte.

»Sie hat mich einfach mit ihm allein gelassen.« Sie flüsterte nur noch. »Obwohl sie wusste, was er tun würde. Wozu er fähig war.«

»Hat er ... dich verletzt?«

Sie schüttelte den Kopf, dann fiel ihr ein, dass er das in der Dunkelheit nicht sehen konnte, und antwortete: »Nein. Nicht so, wie du es meinst. Aber er war kein guter Mensch. Er war Drogendealer. Und Waffenhändler. Ich bin mir ziemlich sicher, dass er auch ein paar Nutten für sich arbeiten ließ. Und er hat seinen Geschäftspartner aufs Kreuz gelegt. Nicht, dass die Geschäfte, die die beiden betrieben, legal gewesen wären.«

Die Erinnerungen drohten sie zu verschlingen, und sie legte die Arme um ihren Oberkörper in dem Versuch, sie in Schach zu halten. Aber es war sinnlos. Die Vergangenheit erstand wieder neu, sodass sich ihr der Magen drehte, während sie die einzelnen Puzzleteile vor Landon enthüllte. »Es war Drogengeld, und der Partner war Beau.«

»Red weiter.« Sie hörte die Härte in seiner Stimme und war sich sicher, dass er glaubte, Beau habe ihren Vater umgebracht. Aber es war so viel schlimmer gewesen.

»Mein Dad – er weigerte sich, das Geld zurückzugeben. Und die Wahrheit war, dass Beau das Geld auch piepegal war. Er war steinreich. Aber er sah darin eine Gelegenheit, etwas zu bekommen, was er haben wollte.«

»Was denn?«, fragte Landon.

»Mich.« Ihre Stimme brach. »Er hatte mich schon immer beobachtet. Schon als ich zehn war, hatte er meiner Mutter verkündet, mich haben zu wollen. Und an jenem Tag versicherte er meinem Dad, dass er das Geld behalten dürfe. Solange er dafür mich bekam. Und mein Vater war einverstanden.«

»Taylor. Ich kann kaum ...«

»Ich floh«, unterbrach sie ihn. »Ich war gerade erst sechzehn geworden, aber ich nahm das Geld an mich, ebenso wie das, was meine Mom mir gegeben hatte, und ich floh nach Austin.« Sie holte Luft. »Es gibt Menschen ... wie du weißt ... die dir neue Papiere verschaffen können. Ein neues Leben. Ich hatte lang genug in der Nähe meines Dad gelebt, um zu wissen, wo ich diese Leute finden konnte. Und das tat ich. Die kleine Eulalie Tucker verwandelte sich in Taylor D'Angelo. Ich machte den Führerschein. Ich erfand neue Eltern. Ich schrieb mich auf der Highschool ein. Und ich tat alles in meiner Macht Stehende, dieses verdammte alte Leben loszuwerden.«

Heiße Tränen rannen ihr die Wangen hinab. »Deshalb habe ich es dir nicht gesagt. Ich behalte dieses Geheimnis jetzt seit acht Jahren für mich. Und das Geld ist Drogengeld. Ich hab es gestohlen. Ich wusste, dass es Schmutzgeld ist, und habe es trotzdem genommen. Und was noch schlimmer ist, ich habe etwas davon sogar ausgegeben. Nicht viel. Aber ich habe damit mein erstes Semester auf dem College finanziert. Und noch ein paar andere Sachen. Vornehmlich aber lebte ich vom Geld meiner Mom und von dem, was ich verdiente. Einen Großteil des Notgroschens habe ich also noch.«

Sie holte tief Luft, dann stieß sie sie wieder aus. »Das war's. Ich bin nicht die Frau, für die du mich gehalten hast.«

»Nein«, sagte er sanft, und bei diesem schrecklichen Wort drehte sich ihr der Magen um. »Du bist sogar noch umwerfender.«

»Was?« Sie glaubte, sich verhört zu haben.

»Das alles durchzumachen? Und zu überleben?«

»Aber ich habe das Geld *gestohlen.*«

»Ich weiß. Kann aber nichts an meiner Meinung über dich ändern.«

»Ich ...« Aber mehr brachte sie nicht heraus. Sie hatte jetzt schon so viele Jahre mit diesem Geheimnis – ihrer Schuld – gelebt, dass jemand, der so sachlich darauf reagierte, sie vollkommen aus der Bahn warf.

»Ich will ja damit nicht sagen, dass du es von der Bank holen und dir jetzt Autos und Diamanten davon kaufen solltest. Aber ich sage, dass jede Menge strafmildernde Umstände dabei eine Rolle spielen. Über wieviel Geld sprechen wir überhaupt?«

»Einhundertsiebenundzwanzigtausend.«

»Und wie viel hast du noch übrig?«

»Etwas mehr als einhundertsiebzehntausend. Alles ordentlich verstaut im Safe.«

Da fing er doch tatsächlich an zu lachen. »Fast ein Jahrzehnt, und du hast nur zehntausend ausgegeben? Wofür?«

»Hab ich dir doch gesagt. Erst habe ich mir von dem Geld meiner Mutter eine neue Identität gekauft. Ich wollte das Geld meines Vaters niemals, unter gar keinen Umständen anrühren. Aber später musste ich die Studiengebühren aufbringen. Und ich brauchte ein Dach über dem Kopf. Außerdem fand ich, dass mein Dad mir was schuldig war. Zum Teufel, selbst wenn Beau mich mitgenommen hätte, hätte er mich irgendwo unterbringen müssen.«

Sie schenkte ihm ein trauriges Lächeln. »Nicht, dass Beau es so sehen würde. Und die Polizei sicher auch nicht. *Oh.* Ich meine ... verdammt.«

Sein leises Glucksen erfüllte die Luft zwischen ihnen, und er packte ihren Fußknöchel fester. »Schon vergessen, mit wem du hier zusammensitzt?«

»Vorübergehend ja.«

»Keine Sorge. Ich lege dir jetzt keine Handschellen an. Nicht wegen des Geldes jedenfalls. Aber ich könnte mir ein paar andere Möglichkeiten … autsch!«

»Vorsicht, Mister, sonst trete ich beim nächsten Mal erst richtig zu.« Sie versuchte, streng zu klingen, aber sie konnte ihre Erleichterung nicht verbergen. »Du unternimmst … hmm … du unternimmst wirklich nichts in die Richtung, oder?«

»Ich unternehme eine Menge.« Er hob ihre Beine an, dann verlagerte er sie so, dass er schließlich an der Armlehne saß und sie in seinem Schoß. Einen Augenblick musterte sie eindringlich sein Gesicht. Doch weil der Mond nicht schien, konnte sie den Ausdruck in seinen Augen nicht lesen. Die Nacht war einfach zu dunkel. Also legte sie einfach nur den Kopf an seine Schulter und ließ sich vom Ton seiner Stimme einlullen.

»Zum einen werde ich diesen Mistkerl aufspüren.«

»Gut«, murmelte sie. Ihre Lider wurden schwer, nun, da das Adrenalin langsam verebbte.

»Ich werde mit einem Anwalt reden, damit wir einen Deal für dich vereinbaren können: Du gibst das, was von dem Geld übrig ist, an die Polizei von Arkansas zurück und gehst straffrei aus, wenn du gegen Beau und deinen Vater aussagst.«

»Mein Dad sitzt bereits im Gefängnis. Ich habe mal nach ihm gesucht. Er hat jemanden vor einem Schnapsladen umgebracht. Aber wenn er dadurch noch länger hinter Gittern bleibt, wiederhole ich die ganze schmutzige Geschichte auch noch einmal.«

»Das Wichtigste ist, dass du letztlich straffrei ausgehst.«

Die Tränen in ihrer Kehle verschlugen ihr die Sprache, und sie nickte nur. »Beau hat meinetwegen dein Haus verwüstet. Und doch bist du hier und tust alles Erdenkliche, um mir zu helfen.«

Er strich ihr das Haar aus dem Gesicht, dann streichelte er sanft ihre Wange. »Na ja, falls es dir noch nicht aufgefallen ist, ich kann dich ziemlich gut leiden.«

»Ach ja?«

»Ja«, bestätigte er, dann küsste er sie so zärtlich, dass sie beinahe schon wieder angefangen hätte zu weinen. Diesmal vor Freude. Denn zum ersten Mal in ihrem Leben hatte sie das Gefühl, dem allen nicht allein gegenüberzustehen. Und das fühlte sich wirklich gut an.

# 13

In den darauffolgenden Tagen ließ Landon sie nicht aus den Augen.

Er sagte sich zunächst, dass er sich so verhielt, weil er befürchtete, sie werde aus Angst erneut die Flucht ergreifen, aber dann wurde ihm klar, dass er davon eigentlich gar nicht wirklich überzeugt war, und ein wunderbar warmes Gefühl durchströmte ihn. Also sagte er sich, dass er immer in ihrer Nähe blieb, weil er befürchtete, dass Beau sie auf dem Anwesen seiner Eltern aufspüren würde.

Aber das war natürlich ebenfalls Blödsinn.

Nein, der wahre Grund, warum er nicht von ihrer Seite wich, war reiner Egoismus: Er wollte sie in der Nähe haben. Er wollte nur die Hand ausstrecken müssen, um sie zu streicheln. Sie in der Nacht in seinen Armen halten. Mit ihr spazieren gehen, mit ihr lachen. Einfach mit ihr *zusammen sein.*

»Ich kann an nichts anderes mehr denken als an sie«, gestand er seiner Mom, und Gayle hatte nur gelacht. »Landon Ware, ich kann es kaum glauben. Du bist endlich verliebt.«

War er das?

Er dachte an seine Tage – und Nächte – mit Vanessa zurück. Tatsächlich war es bei seiner Frau eher um die Nächte gegangen. Die Chemie hatte gestimmt – obwohl das im Rückblick nichts war im Vergleich zu der intensiven Verbindung, die zwischen ihm und Taylor herrschte. Mit Vanessa war es beinahe immer um Sex gegangen.

Er konnte sich an keine einzige wichtige Unterhaltung mit Vanessa erinnern, bei der es nicht wahlweise um Sex oder um ihre

Ängste um ihre und seine Sicherheit gegangen war. Mit Taylor hingegen hatte er über alles geredet – über Fernsehsendungen, über Renovierungsmaßnahmen, über die beste Vorgehensweise, um sich eine neue Identität zu beschaffen. *Und* über Sex. Wobei dieses Thema eher zu praktischen Demonstrationen statt zu intellektuellen Überlegungen führte.

Auch über ihre derzeitige Situation hatten sie gesprochen, und obwohl sie bei Landons Eltern wohnten, hatten sie tägliche Ausflüge nach Austin unternommen, hatten Zeit auf dem Campus in der Nähe der Theaterfakultät verbracht und waren auch downtown ins The Fix gefahren. Sie beabsichtigten dadurch, Beau aus der Reserve zu locken – ihm noch einmal vor Augen zu führen, dass Taylor und Landon trotz seines Vandalismus ein Paar waren. Aber seit Tagen fehlte jede Spur von ihm.

Andere Gründe für Landons Ausflüge in die Innenstadt von Austin bestanden darin, Kontakt zu seinen Freunden bei der Polizei aufzunehmen, wobei allerdings auch nichts Neues herauskam. Außerdem wollte er ein Zusammentreffen mit Easton Wallace arrangieren, einem prominenten Anwalt der Stadt, den sowohl Taylor als auch Landon aus dem The Fix kannten.

Jetzt stand Landon in der Empfangshalle von Eastons Büro und runzelte die Stirn, als dessen Sekretärin ihm erklärte, dass Easton auf Dienstreise sei, bis Ende der Woche aber wieder in der Stadt sein würde. Also vereinbarte Landon einen Termin und als Treffpunkt das Hinterzimmer des The Fix.

»Warum denn nicht in seinem Büro?«, fragte Taylor, während sie mit dem Aufzug wieder in den ersten Stock hinunterfuhren.

»Ich will, dass wir uns so oft wie möglich in der Öffentlichkeit sehen lassen. Alles, um seine Aufmerksamkeit zu erregen.«

Sie runzelte die Stirn, nickte aber.

Kurz bevor die Aufzugtüren sich öffneten, küsste er sie auf die Stirn. »Angst?«

Ihre Lippen verzogen sich zu einem ironischen Lächeln. »Definitiv, aber gerade dachte ich viel eher an all die nicht öffentlichen Dinge, die ich mit dir genießen könnte. Zu blöd, dass wir die öffentliche Seite dieser Scharade überhaupt so ausleben müssen.«

Ihre Worte entzündeten ein Feuer in ihm, das umso heißer brannte, nachdem sie nach Dripping Springs zurückgekehrt waren, er sie geradewegs durchs Haus in sein altes Zimmer geführt hatte und dann langsam und bedächtig fast den gesamten Nachmittag lang geliebt hatte.

Später, als sie sich nackt in den Armen lagen, rollte sich Taylor zur Seite und stützte die Ellbogen auf seine bloße Brust. »Ich fand es schön, den ganzen Nachmittag nichts mit dir zu tun«, murmelte sie, wobei sie ihm unverwandt in die Augen sah.

Er streckte die Hand aus und streichelte ihr seidenweiches Haar, genoss die Art, wie es über seinen Körper floss, nun, da es ihr Gesicht lose umrahmte und nicht zu ihrem üblichen Pferdeschwanz zusammengefasst war. »Ich auch«, gestand er. Dann grinste er. »Ich könnte mich daran gewöhnen«, wiederholte er die Worte, die er zu ihr nach ihrem ersten Zusammensein gesagt hatte.

Nur diesmal meinte er damit: *Ich liebe dich*.

Bis zu dem Augenblick, da sie in einer ruhigen Ecke im hinteren Bereich des The Fix mit Easton zusammentrafen, hatte Taylor Angst davor gehabt, all ihre Geheimnisse noch jemand anderem als Landon anzuvertrauen. Aber als Easton auftauchte, umgeben von einer Aura aus coolem Selbstvertrauen und Glaubwürdigkeit, die ebenso auffällig war wie sein perfekt geschnittener grauer Anzug, verflogen ihre Bedenken.

Sie hatte ihn zuvor offiziell telefonisch mit ihrem Fall betraut, und gleichzeitig hatte er vorgeschlagen, dass auch Landon sein Mandant wurde, angeblich, damit alle drei frei heraus über die juristischen Verwicklungen reden konnten, die sich daraus ergaben, dass Landon ihr auch weiterhin half, obwohl er nun von dem gestohlenen Drogengeld wusste.

»O Gott«, hatte sie gesagt. »Das ist so was wie Beihilfe, oder?«

Easton hatte nur aufgelacht und ihr gesagt, dass seine einzige Sorge momentan darin bestand, dass beide mit ihm in Gegenwart des jeweilig anderen sprechen konnten, ohne dass er dabei die Schweigepflicht verletzte. »Nur deshalb sollte Landon ebenfalls mein Mandant sein«, erläuterte er.

Nun im The Fix erinnerte er sie beide noch einmal daran: »Alles, was Sie beide mir sagen, unterliegt der juristischen Schweigepflicht. Ich bin wie ein Tresor. Sie können mir also alles anvertrauen.«

Etwas Besseres hätte er nicht sagen können, um ihre Nerven zu beruhigen. Und überdies trug die Tatsache, dass er solchen Wert darauf gelegt hatte, Landon während dieses wichtigen Gesprächs an ihrer Seite zu wissen, dazu bei, dass Taylor sich nicht nur entspannte, sondern ihm sogar vollkommen vertraute.

Sie hatte keine Ahnung, ob Easton ein guter Anwalt war, aber er war definitiv ein guter Menschenkenner. Und das, fand sie, war schon die Hälfte der Miete.

Danach fiel es ihr leicht, ihm die gleiche Geschichte zu erzählen wie Landon. Er hörte aufmerksam zu, unterbrach sie nur, wenn etwas unklar war, und notierte sich dann alles auf seinem gelben Juristenblock.

Als sie schließlich fertig war und sich zurücklehnte, fragte Easton Landon danach, ob noch Haftbefehle gegen Beau ausstünden.

»Einige in Arkansas. Meist wegen Drogendelikten. Aber heute Morgen habe ich noch eine Textnachricht bekommen. Auch in Louisiana liegt ein Haftbefehl gegen ihn vor. Wegen Mordes. Anscheinend war der Fall seitens der Staatsanwaltschaft ziemlich wasserdicht, aber der Richter ließ ihn vor der Verhandlung auf Kaution frei. Er ist entkommen.«

»Wenn es Ihnen also gelingt, ihn zu fassen, können Sie ziemlich sicher garantieren, dass Ihr Freund Beau durch die Haftbefehle, die in Louisiana und Arkansas gegen ihn vorliegen, eine hübsche Weile hinter Gittern sitzen wird.«

»So ist es«, sagte Landon, dann griff er unter dem Tisch nach ihrer Hand und hielt sie fest. »Hoffentlich so lang, dass dieser armselige Wicht den Himmel nie mehr ohne Gitterstäbe oder Zaun davor sieht.«

»Darauf trinke ich«, sagte sie und nippte an dem Bier, das sie bei ihrer Ankunft bestellt hatte.

Als Nächstes sprachen sie über das Geld, und Eastons Gedanken gingen so ziemlich in die gleiche Richtung wie Landons, nur erheblich detaillierter. Das Fazit war, dass sie das Geld zurückgeben musste, aber ohne Schrammen davonkam, weil sie gegen ihn und ihren Vater aussagen würde. Ganz zu schweigen von Beaus gesamter Organisation.

»Was ist mit dem Geld, das ich ausgegeben habe?«

»Ich hoffe, sie werden Ihre Aussage für Ausgleich genug halten«, antwortete Easton. Dann sah er Landon an. »Bislang keine Spur von Harkness?«

»Nichts, dabei sind wir seit einer Woche ganz offen immer wieder in Austin ausgegangen und haben uns in aller Öffentlichkeit im The Fix und auf dem Campus gezeigt.«

Easton nickte nachdenklich. »Ist natürlich möglich, dass er aufgegeben hat und wieder nach Hause zurückgekehrt ist, aber ich glaube nicht so recht daran. Er schindet nur Zeit. Und Sie beide können jetzt nur warten oder ihn aus der Reserve locken.«

»Dabei hatten wir bisher noch nicht allzu viel Glück«, warf sie ein. »Keine Ahnung, was wir noch tun sollen. Uns ausziehen und auf der Sixth Street herumtoben?«

»Vielleicht tatsächlich etwas in der Art«, meinte Landon.

Erst hielt sie das für einen Scherz, aber als sie sich umwandte, um ihm einen *Bleib-ernst*-Blick zuzuwerfen, bemerkte sie, dass er durch die offene Tür zum Hauptteil der Bar hinüberblickte ...

genauer gesagt auf die Bühne, auf der der Wettbewerb zum Mann des Monats immer ausgetragen wurde.

»Perfekt«, rief Easton, ohne zu zögern. »Lassen Sie sich von Megan für den Contest in dieser Woche auf dem Flyer eintragen. Er wird dann wissen, wo Sie sind – und vor allem, wann.«

»Denn wenn ich nicht auf der Bühne bin, bin ich auch nicht an Taylors Seite.«

»Genau«, bestätigte Easton.

»Hmm, hallo? Ist dieser Plan für mich vielleicht nicht ganz so toll?«

Aber Landon grinste nur. »Vertrau mir«, sagte er.

Und weil sie das tat, nickte sie und sagte das einzige Wort, das ihr einfiel: »Okay.«

# 14

Taylor saß im Schneidersitz auf dem Bett, den Computer auf dem Schoß. Sie trug nur einfache Baumwollunterwäsche und eines von Landons Polizei-T-Shirts. Es war zwei Uhr nachmittags, und sie hatte sich bislang noch nicht mal das Haar gebürstet, geschweige denn auch nur über Make-up nachgedacht.

Normalerweise wäre sie an einem Mittwoch jetzt schon voll im Stress gewesen, würde sich umziehen, um bis fünf im The Fix zu sein und noch jede Menge Zeit für die Contest-Vorbereitungen zu haben. Doch heute Abend spielte sie den Köder. Aus diesem Grund sprang auch heute Mina wieder als Bühnenmanagerin ein – und Taylor genoss einen faulen Nachmittag und durchsuchte die Kleinanzeigen des *The Hollywood Reporter* auf der Suche nach möglichen Jobs in L. A.

Während des letzten Jahres war das ihr Lieblings-Zeitvertreib gewesen – herumzustöbern und sich vorzustellen, welchen Job sie gleich nach ihrem Studienabschluss in New York oder L. A. bekommen würde.

Seit Neuestem jedoch – genauer, seit Landon – war sie nicht mehr ganz so begeistert von den Ausschreibungen in New York oder L. A. gewesen. Stattdessen kamen ihr die Jobangebote der Texas Film Commission plötzlich sehr verführerisch vor. Es gab sogar einen Job bei der Firma, bei der Mina vor Kurzem zu arbeiten begonnen hatte.

Und ja, sie würde ihre Freundin um eine Empfehlung bitten.

Oder vielleicht auch nicht.

Es war nun mal Fakt, dass sich ihr Blick auf ihre persönliche Zukunft grundlegend gewandelt hatte. Früher war sie komplett allein gewesen, auch wenn sie einen großen Freundeskreis gehabt hatte. Die Stadt zu verlassen wäre ihr leicht gefallen.

Jetzt bekam sie bei der Vorstellung Magenschmerzen. Sie wollte nicht nur Taylor sein. Sie wollte Landon und Taylor sein.

Das Blöde war nur, sie war sich nicht sicher, ob Landon sich das Gleiche wünschte.

Die gegenseitige Anziehung, die zwischen ihnen herrschte, war real – daran bestand kein Zweifel. Und sie zweifelte auch nicht daran, dass sie ihm etwas bedeutete. Aber wie weit ging das? Bis zu dem Zeitpunkt, da sie Beau gefasst hatten? Bis er in den Alltag seines Jobs zurückkehrte?

Für immer?

*Bitte, lass ihn für immer mit mir zusammen sein wollen.*

Sie musste mit ihm reden – das wusste sie. Aber wann? Nicht heute. Nicht, solange sie versuchten, einen Typen zu fassen, der wahrscheinlich die Absicht hatte, sie umzubringen, sobald er sie gefangen und nach Arkansas zurückgeschleift hatte. Das Letzte, was sie wollte, war, Landon mit Beziehungsgerede abzulenken. Er musste in Topform sein. Er würde die gesamte Operation leiten – während er heute Abend halb nackt über die Bühne stolzieren würde.

Also wann?

Auf diese Frage ließ sich keine schnelle Antwort finden, aber als er wenige Augenblicke später in der Jeans, die ihm so verdammt gut stand, durch die Tür trat, den nackten Oberkörper noch feucht vom Duschen, steigerte sich ihre Entschlusskraft um ein Tausendfaches.

*Heute Abend.*

Sie würden Beau fassen, sie würde Landon zum Feiern in ihre Wohnung einladen, sie würden Wein trinken und sich lieben, und während er sie im Arm hielt, würde sie ihm sagen, dass sie ihn liebte.

Vorausgesetzt, dass sie vor Nervosität nicht vorher starb.

»Alles klar mit dir?« Er setzte sich auf die Bettkante, die Augenbrauen besorgt zusammengezogen.

»Ich habe nur Angst«, antwortete sie wahrheitsgemäß und wissend, dass er sie missverstehen würde.

Er ergriff ihre Hand. »Wir haben zehn Polizisten in Zivil hier vor Ort. Und wir müssen nicht darauf warten, dass er dich angreift. Diese Haftbefehle sind Grund genug. Sobald du ihn entdeckst, gibst du uns ein Zeichen.«

»Vielleicht kommt er ja gar nicht«, wandte sie ein.

»Schon möglich, aber ich wette, er taucht auf.«

Sie hoffte es. Sie hatten sich die Hacken abgelaufen, um dreimal so viele Flyer wie sonst in der Innenstadt zu verteilen. »Drücken wir also die Daumen. Und natürlich werde ich nach ihm Ausschau halten. Aber von der Bühne aus siehst du noch erheblich besser.«

Er nickte. »Stimmt schon. Aber ich habe bislang nur Fotos von ihm gesehen. Deshalb setzen wir auf dich, zumal er sich bestimmt irgendwie getarnt hat. Schwer erkennbar für mich, aber leichter für dich.«

Sie schluckte und nickte. Er hatte recht. Selbst nach acht Jahren noch würde sie Beauregard Harkness in jeglicher Verkleidung wiedererkennen. Sein Bild hatte sich in ihre Seele gebrannt.

»Ich habe Reece gebeten, einen der großen Cocktail-Tische näher an die Bühne zu rücken«, fuhr Landon fort. »Du kannst so tun, als seiest du von meinem fantastischen Äußeren derart fasziniert, dass du auf deinen Hocker kletterst, um besser sehen zu können.«

Sie grinste. »Wie ein Groupie. Nett.«

Er streckte die Hand aus und zupfte an ihrem T-Shirt. »Sieht aus, als wärst du das schon.«

Eine Woge der Verlegenheit erfasste sie. »Oh, sorry. Ich wollte etwas Großes, und ich hab einfach eine Schublade geöffnet. Ich hab nicht nachgedacht, und ich …«

Er brachte sie mit einem Kuss zum Schweigen. »Mir gefällt es.«

»Ach ja? Was genau?«

Er gluckste. »Alles. Wie du in meinem Shirt aussiehst. Und die Tatsache, dass du dich wohl genug fühlst, um meine Sachen zu durchwühlen.«

Sie versetzte ihm mit dem kleinen Kissen unter ihrem Knie einen Knuff. »Ich habe nichts durchwühlt. Ich war sehr ordentlich.«

»Ich werde das T-Shirt wahrscheinlich jetzt monatelang nicht waschen, weißt du. Wenn du es ausziehst, riecht es nämlich nach dir. Die Jungs bei der Arbeit werden sich fragen, warum ich mit einem Dauer-Ständer rumlaufe.«

»O nein. Lass dieses Gerede. Wir müssen uns fertig machen. Wir haben keine Zeit für Sex.«

»Für Sex ist immer Zeit.«

Sie beugte sich vor und küsste ihn, sehr bedächtig und mit viel Zunge. »Erst, nachdem du zum Mr. August gekürt worden bist.«

»Na ja, zum Teufel. Jetzt muss ich mich ja richtig ins Zeug legen.«

»Landon? Deine Mom sagte mir, dass du dich seit deiner Scheidung von Vanessa nicht allzu häufig mit Frauen getroffen hast.«

Es war nicht überraschend, dass seine Augen sich bei dem plötzlichen Themenwechsel weiteten. »Meine Mutter redet zu viel.«

»Deine Mutter ist toll.« Sie wünschte, sie hätte den Mund gehalten. Denn jetzt bewegte sie sich ziemlich nah auf das Terrain zu, das sie am heutigen Abend eigentlich hatte meiden wollen.

Aber die Frage nach Vanessa hatte sie beschäftigt, und verdammt, sie war ihr einfach rausgerutscht.

Er hatte sie Taylor gegenüber einmal in einem Nebensatz erwähnt, als sie bewaffnet mit einem Picknickkorb in Austins Zilker Park gegangen waren. Er hatte einen sachlichen Ton angeschlagen, aber sie hatte den Schmerz hinter seinen Worten gespürt. Und nach ihrer Unterhaltung mit Gayle befürchtete sie, dass er Beziehungen weitgehend abgeschworen hatte.

Und wenn das der Fall war, was bedeutete das dann für sie beide?

»Landon?«, fragte sie drängend, als er weiterhin schwieg.

»Mom hat recht«, antwortete er. »Gebranntes Kind scheut das Feuer, denke ich. Außerdem habe ich einen harten Beruf. Der schreckt viele ab, die sich so etwas wie Stabilität wünschen. Du weißt schon, gesunde Menschen. Und jeder, der sich in diesem Netz fangen lässt, reißt sich irgendwann los und läuft so schnell er kann davon.«

Sie nickte. Sie fand es ätzend, dass sie ihn verstand. Und noch ätzender, dass er sie angesichts seiner Vorerfahrungen vielleicht gar nicht langfristig auf dem Schirm hatte.

Sie blinzelte, merkte, wie sich ihre Augen mit Tränen füllten. »So war es auch mit meiner Mom«, sagte sie, nicht nur, weil es stimmte, sondern auch, um ihre Tränen zu vertuschen. »Du hast recht. Die Menschen bleiben nicht bei dir. Wenn es hart auf hart kommt, verlassen sie einen.« Sie sog zittrig den Atem ein. »Aber das mit deiner Frau tut mir wirklich leid.«

Er ergriff ihre Hand und führte sie an sein Herz.

»Und mir tut das mit deiner Mom leid. Aber Taylor, was immer mit Beau wird, ich ziehe das bis zum Ende durch. Darauf kannst du Gift nehmen.«

Sie nickte, und schließlich rannen diese verdammten Tränen doch die Wangen hinab.

Und immer noch blieb die eine große Frage – was genau hieß »bis zum Ende«? Und würden sie hinterher auch weiterhin zusammen sein?

Gegen sieben Uhr abends waren Taylors Nerven zum Zerreißen gespannt. Sie stand dermaßen unter Strom, dass nicht mal der Royal Fizz, an dem sie nippte, ihre Nerven zu beruhigen vermochte.

Um acht stand sie am Cocktailtisch vor der Bühne und drückte Megans Hand so fest, dass sie ihr fast die Knochen gebrochen hätte.

Um halb neun war ihr am ganzen Körper kalt, obwohl sie eigentlich angefangen hatte zu schwitzen. Sie fing Landons Blick von der Bühne aus auf, der gerade als Wettbewerbsteilnehmer Nummer sechs auf den roten Teppich getreten war. Er hielt eine geschmacklose, alberne Rede darüber, dass er als Freund und Helfer ja schließlich auch der Gemeinschaft diente, wenn er sich hier halb nackt präsentierte, dann zog er zu allgemeinen Pfiffen und Applaus das Shirt aus.

Wenn sie dem Ganzen mehr Aufmerksamkeit geschenkt hätte, wäre sie vielleicht eifersüchtig gewesen, weil die Frauen ihm so viel mehr Zustimmung entgegenbrachten als den anderen Wettbewerbsteilnehmern. Aber sie bemerkte es kaum. Das Einzige, auf das sie sich konzentrieren konnte, war das unmerkliche Schütteln seines Kopfes. Und auf ihre eigene Enttäuschung, die sich auch in seiner Miene widerspiegelte. *Keine Spur von Beau.*

Um neun war sie so frustriert, dass Beau nicht auftauchte, dass sie kaum mitbekam, als die Moderatorin Landon zum Sieger ausrief, und erst als Megan ihr einen Stoß versetzte, kam sie wieder zur Besinnung und begann zu klatschen.

Er verbeugte sich wie üblich, dann eilte er die Treppenstufen herab und an ihre Seite.

Sofort wurde er von den umstehenden Frauen umringt.

Megan griff aber Gott sei Dank ein, bat alle, Mr. August etwas Freiraum zu gewähren, und sagte, dass er schon für Autogramme und Fotos zur Verfügung stehen würde.

»Nichts«, sagte Landon zu Taylor. »Nicht die geringste Spur. Gottverdammt.«

Ihre Lippen waren trocken und aufgesprungen, sie fror am ganzen Körper. Sie war sich so sicher gewesen, dass der Albtraum heute Abend ein Ende finden würde. »Ich kann nicht – ich will nicht mein Leben lang voller Angst ständig über die Schulter blicken.«

»Vielleicht hat er die Stadt verlassen. Vielleicht hat er gemerkt, dass wir ihn aufs Korn genommen haben, und hat sich verdünnisiert. Er weiß schließlich, dass jede Menge Haftbefehle gegen ihn vorliegen. Wenn er gefasst wird, kommt er sofort hinter Gitter.«

»Vielleicht.«

Er ergriff ihre Hand und hielt sie fest. »Du klingst nicht überzeugt.«

Sie atmete aus. »Na ja, selbst wenn er jetzt gegangen ist, kommt er eines Tages auch wieder zurück. Wann hat das alles ein Ende, Landon …« Ihre Stimme brach, und sie kam sich wie eine Närrin vor. Aber verdammt, sie wollte, dass es endlich vorbei war.

»Ich weiß, Baby. Aber wir werden – *Hölle.*« Er verfluchte die Unterbrechung, holte aber sein klingelndes Handy aus der Gesäßtasche. »Wir sollten sie während des Contests auf Flugmodus stellen, aber angesichts eines zehnköpfigen Teams in und vor dem Gebäude wollte ich doch weiterhin erreichbar sein.«

Jetzt blickte er stirnrunzelnd aufs Display hinab, dann hob er das Handy ans Ohr. »Schießen Sie los, Sanchez.«

Er schwieg einen Augenblick, und trotz des Lärms in der Bar konnte Taylor das Pochen ihres Herzens hören. *Irgendetwas ging da vor sich*. Aber sie hatte keine Ahnung, was es war. Seine Miene war unergründlich. Zumindest, bis er sie ansah. Dann erhellte ein breites Lächeln seine Züge. »Baby«, verkündete er. »Wir haben ihn.«

»Was?«, kreischte sie und warf sich ihm an die Brust. Er fing sie auf und wirbelte sie herum, wobei er beinahe einen der Lautsprecher umgeworfen hätte.

Als er sie wieder auf den Boden stellte, war sie vollkommen außer Atem, aber überglücklich. »Erzähl mir alles.«

»Das Team draußen hat ihn erkannt und festgenommen. Ging ganz einfach. Sie haben bereits Louisiana und Arkansas verständigt, und jetzt sitzt er im Streifenwagen und ist auf dem Weg in die Zelle.«

»Es ist vorbei.« Sie hielt sich an seinem Arm fest, denn wenn sie es nicht getan hätte, hätten ihre Beine womöglich unter ihr nachgegeben. »Ich kann es kaum glauben.«

Er beugte sich zu ihr herab, und seine Lippen berührten ihr Ohr. »Lass uns von hier verschwinden und feiern.«

Lachend tänzelte sie zurück. »O nein. Du musst dir jetzt Zeit für deine Bewunderinnen nehmen. Und ich«, fügte sie mit einem Augenzwinkern hinzu, »brauche Zeit, um mich fertig zu machen. In meiner Wohnung. Komm, wenn du hier fertig bist. Ich werde bereit sein.« Sie machte wieder einen Schritt auf ihn zu und stellte sich auf die Zehenspitzen, um ihn zu küssen, bedächtig, innig und sehr ausgiebig. »Sorg dafür, dass auch du bereit bist«, flüsterte sie.

Dann löste sie sich von ihm, warf ihm noch einen Luftkuss zu, bevor sie zur Tür hinaus und auf die Straße eilte, die nun sicher war. In eine Stadt, die sich nun wieder anfühlte wie die eigene.

Sie hatte ihre Tage mit Landon wirklich genossen, aber – du lieber Gott – wie sehr hatte sie es vermisst, frei zu sein und sich nicht ständig beobachtet zu fühlen.

Da sie immer noch kein Auto hatte, nutzte sie die Mitfahrzentrale, um nach Hause zu kommen. Während der kurzen Fahrt dachte sie über die sexy Unterwäsche nach, die sie besaß. Oder vielleicht sollte sie ihn lieber einfach nackt im Türrahmen begrüßen …

Sie dachte gerade über die möglichen Ergebnisse dieser wundervollen Idee nach, als sie vor ihrer Tür anlangte und den Schlüssel ins Schloss steckte. In diesem Augenblick fiel ihr ein, dass ihr Sicherheitssystem immer noch nicht aktiviert war. Eine Sekunde lang zögerte sie, dann erinnerte sie sich, dass sie mit Landon noch mal hätte herkommen sollen, um die Sicherheitscodes einzuprogrammieren. Er hätte sie dann auch mit sämtlichen Funktionen vertraut gemacht.

Das bedeutete, ihre Wohnung war nicht abgeschlossen gewesen. *Aber*, so dachte sie voller Freude, das spielte keine Rolle mehr, denn die große Bedrohung ihres Lebens würde ihr künftiges Dasein lang und erfolgreich hinter Gittern fristen. Dort, so hoffte sie, würde Beau von seinen Mithäftlingen ordentlich drangsaliert werden.

Mit diesem fröhlichen Gedanken öffnete sie die Tür, trat ein – und schrie so laut, dass sie glaubte, ihre Stimmbänder seien gerissen, als Beauregard Harkness sie am Pferdeschwanz packte, ihr die kalte Klinge eines Messers an die Kehle hielt und flüsterte: »Na, Kleine? Hast mich sicher vermisst, was?«

# 15

Die Frauen, die sich um ihn scharten und ihn um Selfies baten, waren unzweifelhaft gut für sein Ego, aber nach einer Viertelstunde hatte Landon von der Beweihräucherung die Nase voll. Er wollte Taylor – und nur Taylor. Er wollte sie im Arm halten, sie berühren.

Und ja, er wollte ihr sagen, dass er sie liebte. Etwas, was seiner Mutter noch vor ihm selbst aufgefallen war. Aber Gayle Bartlett war eine kluge Frau, und sie kannte ihren Sohn wie ihre Westentasche. Denn er hatte sich Hals über Kopf verliebt. Und je eher er es ihr sagte – je eher er erfuhr, ob sie das Gleiche empfand –, umso eher konnte ihr gemeinsames Leben beginnen.

Brent kam zu ihm und klopfte ihm freundschaftlich auf die Schulter. »Gratuliere. Hätte keinen Besseren treffen können.«

Landon gluckste. »Vorsicht mit dem, was du sagst. Du weißt doch, dass du dich auf lange Sicht nicht drücken kannst? Irgendwann werden entweder Jenna oder Megan dich überreden, dich genau dorthin zu stellen, wo ich jetzt stehe.«

»Aber bis zu diesem Zeitpunkt bin ich immerhin derjenige, der ein Shirt trägt.«

Landon verdrehte die Augen und angelte sich sein T-Shirt von der Bühne herunter. Er streifte es gerade über, als wieder sein Handy klingelte, und so entging ihm der verdammte Anruf. Kaum hatte er sich fertig angezogen, holte er es hervor und runzelte die Stirn, als er sah, dass es Sanchez war. Er wollte ihn gerade zurückrufen, als es erneut klingelte.

Er hob ab, und eisiges Grauen kroch in ihm empor.

»Zum Teufel, Ware«, sagte Sanchez. »Habe gerade die Nachricht erhalten. Ist alles schiefgelaufen. Es gab einen Unfall. Verdammt, vor fast einer halben Stunde, und ...«

»Beauregard Harkness.« Landons Stimme war gespannt wie ein Draht. »Wo zum Teufel ist Harkness?«

»Das ist es ja«, meinte Sanchez. »Das wissen wir nicht.«

Landon sprintete zur Tür, Brent dicht neben ihm. »Ruf die Einsatzleitung an«, bellte Landon. »Die Geiselspezialisten sollen zu ihrer Wohnung kommen. Zum Teufel, am besten kommt gleich die ganze Abteilung. Ich rufe Taylor an. Vielleicht haben wir ja Glück, und sie hat auf dem Heimweg noch beim Supermarkt vorbeigeschaut.«

»Bin schon dabei«, antwortete Brent. »Geh.«

Landon machte sich eilig auf den Weg, nutzte Siri, um Taylors Nummer zu wählen, und betete, dass sie nicht gleich nach Hause gegangen war. Dass sie vorher noch einen Wein gekauft hatte. Käse. Aufreizende Wäsche. Irgendetwas, was sie von ihrer Wohnung ferngehalten hatte.

Keiner ging dran.

*Fuck.*

Sein Wagen war mit Armaturenbeleuchtung ausgestattet, und er aktivierte sie, kaum dass er drin saß. Aber das verdammte Ding konnte den Riesenverkehrsstau nicht vertreiben, und er wartete zwei Ampelschaltungen lang, bewegte sich zentimeterweise vorwärts, quetschte sich in die Lücke zwischen zwei Autos, um weiterzukommen.

Drei weitere Anrufe. Drei weitere Male nur die Mailbox.

Er schlug so heftig aufs Lenkrad, dass er sich einen Bluterguss an der Hand einhandelte.

Als er schließlich so weit vorgedrungen war, dass er die freie Straße vor sich förmlich riechen konnte, musste er feststellen, dass er doch wieder nicht weiterkam. Er stieß noch einmal jede Menge Flüche aus, dann plötzlich erinnerte er sich an die Tracking App.

Zumindest konnte er damit ihren Aufenthaltsort ausfindig machen, wenn er schon sonst nichts unternehmen konnte. Und vielleicht, nur vielleicht, würde ihm das zeigen, dass sie in Sicherheit war.

Er öffnete die App, drückte auf den Knopf, wartete darauf, dass sein Handy das ihre lokalisierte.

Nichts.

Und dann ...

*Fuck.*

Ihre Wohnung. Überlebensgroß auf seinem Bildschirm. Und sie ging nicht ans Handy. Und er steckte hier im gottverdammten Verkehrsstau fest.

*Dieser Scheißkerl.*

Er ließ das Auto stehen, sprintete auf die Kreuzung zu, hob die Marke und hielt das nächstbeste Auto an. Ein junger Mann im College-Alter, der sich vor Angst beinahe in die Jogginghose machte. »Ich möchte Sie um einen Gefallen bitten. Etwa eine Meile in diese Richtung. So schnell Sie können. Verstanden?«

Der Junge nickte und wirkte jetzt nicht mehr nur verängstigt, sondern auch aufgeregt.

»Los.«

Der Junge schwang die Hufe, dann machte er eine Kehrtwendung, als Landon ihm den Befehl dazu erteilte, und kam schließlich mit quietschenden Reifen vor jenem größeren Gebäudekomplex zum Stehen, der an Taylors kleinen angrenzte.

»Drehen Sie hier«, befahl Landon. »Fahren Sie nicht weiter. Das ist im Augenblick Schauplatz eines Verbrechens. Und danke«, fügte er hinzu, stürzte förmlich aus dem Auto und rannte mit gezogener Waffe das kurze Stück zu Taylors Wohnhaus hinüber.

Er entdeckte Beau in der Sekunde, da er um die Ecke auf die lange Auffahrt einbog, hinter dem die Privatparkplätze lagen. Der widerliche Bastard stand vor dem Kofferraum eines alten Chevy – wahrscheinlich gestohlen – und wollte gerade die Heckklappe schließen.

Landon sah eine Bewegung, und ihm wurde übel – dieser miese Kerl hatte sie in den Kofferraum geworfen. Aber wenn sie sich bewegte, lebte sie noch.

»*Stehen bleiben, Harkness*«, rief er, und Beau drehte sich gerade so weit um, dass er Landon ansehen konnte. Der Kofferraum war immer noch offen, und Beau hielt die Hand darüber, ein großes Küchenmesser in der fleischigen Pranke, dessen Klinge auf Taylor gerichtet war.

»Eine Bewegung, und die Bitch ist tot. Glauben Sie, das interessiert mich? Hab sie schon dazu gebracht, mir zu sagen, wo sie das Geld hat. Erstaunlich, wie gut jemand kooperiert, wenn er die eigenen Knochen brechen hört.«

Galle stieg ihm die Kehle hinauf. »Lassen Sie das Messer fallen. Treten Sie vom Auto weg.«

»Ja, Sir, Officer.« Langsam begann er die Hände zu heben, das Messer immer noch fest umklammert.

Landon beobachtete ihn, den Finger am Abzug. Er würde den Mistkerl sofort töten, wenn es hart auf hart kam – und verdammt, er hoffte, dass es das tat –, aber er konnte ihn nicht umbringen, wenn der Mann sich tatsächlich ergab.

Und dann geschah es. Ein schneller Wirbel aus Bewegung, und Beau drehte sich wieder um, wollte das Messer niedersausen lassen.

Landon feuerte im gleichen Augenblick, da sein Gehirn erfasste, was passiert war. Taylor hatte die gefesselten Beine nach oben schnellen lassen und zugetreten. Und Beau hatte so reagiert, wie er immer reagierte – mit Angriff.

Landons Kugel traf ihn noch in der Bewegung in die Brust. Die Wucht des Schusses ließ ihn rücklings gegen das Auto prallen, dann rollte er zu Boden, und es bildete sich augenblicklich ein See aus seinem Blut.

Landon wusste nicht einmal, dass er auf das Auto zu gerannt war, bis er schon dort angelangt war.

Er sah in den Kofferraum hinab und entdeckte Taylors auf krankhafte Weise verdrehten Arm und ihren gefesselten Körper. Aber sie lebte und blutete nicht. Sie nickte, konnte durch den Knebel nicht sprechen. Er band ihn vorsichtig los, dann kniete er nieder, um nach Beau zu sehen.

Kein Puls. Keine Atmung.

Der Mistkerl war tot.

In der Ferne hörte er die Sirenen. Er schloss die Augen und atmete einen Augenblick lang tief durch – das war verdammt knapp gewesen. Dann erhob er sich und löste ihre Beinfesseln. »Ich lasse den Arm, wie er ist, Baby«, sagte er zärtlich. »Ich will ihn nicht anrühren, bis du beim Arzt warst.«

Sie nickte. Ihr Gesicht war grün und blau geschlagen. »Ich wusste, dass du kommen würdest.« Ihre Stimme klang leise und heiser. »Eine wilde Polizeiaktion würdest du lüsternen Frauen, die bei deinem Anblick zu sabbern anfangen, immer vorziehen.«

Er lachte. Aus vollem Herzen. »Gott, ich liebe dich«, sagte er.

»Ich weiß«, flüsterte sie, und ihre Augen leuchteten vielsagend. »Und ich liebe dich auch.«

# 16

Taylor seufzte, als Landon sie in ihre Wohnung trug, wobei er besondere Vorsicht mit ihrem gebrochenen Arm walten ließ, der aus Gründen, an die sie sich nicht mehr erinnern konnte, in altmodischem Gips eingegossen war. Trotz der Schrecken, die sie bei ihrem letzten Abstecher in diese Wohnung erlebt hatte, war es schön, nach zwei vollen Tagen im Krankenhaus wieder daheim zu sein.

Er brachte sie ins Schlafzimmer, dann legte er sie sanft aufs Bett und setzte sich vorsichtig neben sie. »Was kann ich dir bringen?«

»Du bist da. Was brauche ich da sonst noch?«

Er nahm ihre Hand, eines der wenigen Körperteile, die nicht verletzt waren. Beau hatte sie heftig zusammengeschlagen, dann hatte er ihr den Arm gebrochen, indem er ihn ihr auf dem Rücken verdreht hatte. Der Schmerz war beinahe unerträglich gewesen, aber sie hatte ihn ertragen, denn sie wusste, dass Landon mit jedem Augenblick, da Beau sie quälte, näher kommen konnte.

Sie zweifelte keine Sekunde daran, dass er kommen würde. Und in jener langen, schrecklichen Zeitspanne mit Beau erkannte sie auch, dass das Zusammensein mit Landon das Einzige war, was zählte. Sie fragte sich nicht länger, wo sie zukünftig leben wollte. Der einzige Ort, an dem sie sein wollte, war an seiner Seite.

Und als er jene drei kleinen Worte zu ihr gesagt hatte, wusste sie auch, wofür sie überlebt hatte – für *sie beide*.

»In diesem Fall muss ich dir was sagen.«

Ihr Lächeln schmerzte, aber das war es wert. »Noch mehr, außer dass du mich liebst?«

»Das sage ich dir, sooft du willst. Und es hat damit zu tun. Ich will uns, Taylor. Und ich hoffe, du willst das auch.«

Sie nickte und sah die Erleichterung in seinen Augen.

»Ich weiß, dass du dir diese Hollywood-Sache wünschst. Oder New York. Welcher Theaterwissenschaftler würde das nicht wollen? Und ich will dir sagen, dass wir das hinkriegen. Ich kann im privaten Sicherheitsdienst arbeiten. Ich habe Kontakte in beiden Städten. Also glaub nicht, dass du an den Ort gebunden bist, an dem ich arbeite. Ich kann umziehen. Für dich würde ich das mit Freuden tun.«

»Aber du liebst deinen Job doch.«

Er nickte. »Dich liebe ich mehr.«

Sie fühlte sich ganz leicht vor Glück. »Na ja, da haben wir ja was gemeinsam.« Sie zog einen Mundwinkel in die Höhe, damit das Lächeln nicht ganz so sehr schmerzte. »Aber ich will weder nach New York noch nach L.A.«

»Aber ...«

»Früher wollte ich das«, fuhr sie fort. »Aber ich habe meine Meinung geändert.«

Er legte den Kopf schief, als glaubte er ihr nicht.

»Wirklich«, versicherte sie. »Und nicht nur, weil du deinen Job hier liebst. Auch weil ich mein Leben hier liebe. Unsere Freunde. Dein süßes, kleines Haus. Deine Eltern. Als ich Taylor wurde, hätte ich nie erwartet, dass ich hier Wurzeln schlagen würde, aber das habe ich getan. Ich will nicht wieder Eulalie sein. Ich will nicht mehr von vorn anfangen. Jedenfalls jetzt nicht. Insbesondere nicht, da es in Austin jede Menge Film- und Fernsehstationen gibt.«

Er musterte sie eindringlich. »Du meinst es ernst.«

Das war eine Feststellung, keine Frage, aber sie nickte trotzdem. »Ich habe schon vor Beaus Horrorszenario darüber nachgedacht. Aber seine Aktion hat mich nur noch darin bestärkt, weißt du?«

»Ja«, bestätigte er. »Ganz sicher.«

»Wenn wir später mal an die Küste ziehen wollen, können wir das ja tun. Aber wir treffen die Entscheidung gemeinsam.«

»Habe ich schon erwähnt, dass ich dich liebe?«, fragte er.

»Ich glaube, ich habe das zwischen den Zeilen herausgehört.« Sie warf ihm ein schnelles, schmerzerfülltes Lächeln zu. »Aber du darfst es natürlich jederzeit wiederholen, sooft du willst.«

Seufzend lehnte sie den Kopf zurück und schloss die Augen.

»Müde?«

Sie nickte. »Und mir tut alles weh.« Sie öffnete ein Auge. »Ich glaube, es gibt nur eine einzige Stelle, die nicht verletzt wurde – und dafür danke ich Gott.« Sie schauderte bei der Vorstellung, dass Beau sie sexuell berührt hätte. »Aber ich bin leider nicht in der richtigen Verfassung, um das auszunutzen.«

»Oh, ich weiß nicht«, erklärte er in schalkhaftem Ton, während seine Finger sich an dem Band der lockeren Jogginghose zu schaffen machten, die sie für die Rückfahrt vom Krankenhaus übergestreift hatte.

»Landon«, protestierte sie. »Ich kann nicht … du weißt schon … ich kann dir den Gefallen nicht erwidern.«

Er hatte sie jetzt halb ausgezogen und legte sich zwischen ihre Schenkel. Sein Blick war gleichzeitig sexy und mutwillig. »Schon gut. Wir haben noch ein ganzes Leben vor uns, in dem ich meine Schulden eintreiben kann. Außerdem will ich dich unbedingt schmecken. Also mach die Augen zu und hilf mir, dir Entspannung zu verschaffen, Baby. Ich verspreche dir, dass meine Zeit kommt.«

Sie hatte nun wirklich nicht die Kraft – und abgesehen davon auch gar nicht den Wunsch –, ihm zu widersprechen. Also gehorchte sie und schloss die Augen, ließ sich treiben, während sein Mund über ihre Haut tanzte und seine geschickte Zunge sie neckte und schmeckte und sie in den Himmel emporführte.

Er hatte recht, dachte sie, als in ihrem Innern die Spannung wuchs. Als der Schmerz und die Qual von der immer größer werdenden Lust vertrieben wurden. Sie hatten noch ihr ganzes Leben vor sich, um sich zu lieben.

Und sobald sie wieder fit war, würde sie sich dieser Aufgabe mit aller Kraft widmen.

# EPILOG

Das Letzte, was Easton nach seiner unverhofften Nacht der Ausschweifungen und Sünde wollte, war, sich auf einem der zahlreichen Wohltätigkeitsbälle zu tummeln, die quasi eine Doppelfunktion als politische Kontaktbörse hatten. Dort riss man potenzielle Kandidaten mit potenziellen Indossamenten mit der gleichen Effizienz auf wie Frauen mit einem Fingerwisch auf Tinder.

Und angesichts der Tatsache, dass er heute kaum gerade gehen konnte, wollte er umso weniger hier sein.

Aber er war der goldene Junge seiner Firma – der Mann, der als Hoffnungsträger gehandelt wurde. Und mit der Firma im Rücken hätte es ihm nur Minuspunkte eingetragen, wenn es ihm nicht gelang, in den nächsten drei Monaten nicht mindestens drei weitere hervorragende Indossamente einzubringen. Idealerweise mit ordentlich Kapital im Hintergrund.

Was bedeutete, dass er trotz der Tatsache, dass Selma ihn gewissermaßen zum Mond geritten und ausgewrungen hatte, auf dieser Party funktionieren musste.

Er holte tief Luft, rückte seine Krawatte zurecht und betrat das Chaos des Ballsaals. Sofort gab ihm eine Kellnerin ein Glas Bourbon, und er trank einen Schluck, beeindruckt von dem samtigen Geschmack. Der Drink brannte gerade genug, um den Trinkgenuss nicht zu trüben. Er sah auf, wollte sie fragen, um was für eine Whiskeymarke es sich handelte, aber dann erstarrte er. Denn da stand sie auf der anderen Seite des Ballsaals.

Im Meer der Anzüge und konservativen Kostüme ragte Selma Herrington heraus wie ein erotischer Fremdkörper. Sie trug eine hautenge schwarze Lederhose und dazu ein schwarzes, gestricktes

Tanktop. Ein roter Gürtel betonte ihre schmale Taille, und die zehn Zentimeter hohen Absätze ließen ihre Beine noch länger wirken. Unter dem Top trug sie einen retrostyle Bullet-BH. Viele moderne Männer hätten diesen Look nicht ganz so anziehend gefunden; auf ihn aber wirkte er total sexy, und zwar sowohl jetzt als auch vergangene Nacht, als sie nichts als ihren BH, Strümpfe und Strumpfhalter getragen hatte.

Ihre Lippen waren feuerrot geschminkt, und ihr kurzes, stacheliges Haar war mit pinkfarbenen und grünen Spitzen versehen.

Sie sah verdammt sexy aus, wild wie ein Waldbrand und vollkommen fehl am Platz.

Und sie kam geradewegs auf ihn zu.

»Hallo, Lover«, schnurrte sie im Näherkommen.

»Mein Gott, Selma, sprich leiser.«

»Ich habe die vergangene Nacht genossen.«

Er schluckte. »Ich auch.«

Ihr Lächeln war selbstgefällig. »Ich weiß.«

»Warum bist du hier?«

Sie zog die Augenbrauen hoch, aber er wusste nicht so recht, ob sie beleidigt oder belustigt war. »Das ist *mein* Whiskey, den du da trinkst.« Sie deutete mit einem Kopfnicken auf sein Glas. Das hätte er natürlich wissen können. Ihr gehörte eine der am schnellsten expandierenden Destillerien Austins. Was tatsächlich sogar teilweise der Grund war, warum sie gestern Abend zusammen gewesen waren.

»Hör zu, Selma, ich muss mich hier unters Volk mischen. Ich habe etwas zu verkünden, nämlich meine …«

»Komm in einer Viertelstunde in die Damenwaschräume.«

Er blinzelte. »Wie bitte?«

Sie beugte sich näher zu ihm heran und senkte Gott sei Dank die Stimme. »Ich habe so ein Gefühl, dass du noch nie auf einer Party auf dem Damenklo gefickt hast. Steht doch wahrscheinlich noch auf der Liste der Dinge, die du unbedingt tun willst.«

»Selma …«

»Ich will deinen Schwanz in meinem Mund haben«, erklärte sie, und er hätte beinahe laut aufgestöhnt. »Oder wo immer du ihn hineinstecken willst.«

*O mein Gott, jetzt war er erledigt.*

»Selma, hör auf. Du weißt, dass ich das nicht kann.«

Sie zog eine Schulter hoch. »Du wärest verblüfft, wie viel du tun könntest, wenn du mal aus deiner Zelle rauskämst. Die ist nämlich ziemlich eng, Easton. Ich versuche dir nur dabei zu helfen, die Wände etwas zurückzudrängen.« Sie warf ihm einen Luftkuss zu und zog sich zurück. »Ich bin in einer Viertelstunde da. Du hoffentlich auch.«

»Darauf würde ich nicht wetten«, antwortete er. Aber als er sich auf der geisttötend langweiligen Party umsah … und sich Selma vorstellte, wie sie vor ihm kniete, während er ihren Mund fickte …

*O Gott.*

Er würde nicht hingehen.

Er konnte nicht.

Aber ein kleiner Teil von ihm sehnte sich verdammt heftig danach.

# YEAR *of* PASSION

## SEPTEMBER

*Tagsüber trage ich Designeranzüge, abends halte ich wunderschöne Frauen im Arm. Ich kann jede kriegen, die ich will.*

*Jetzt will ich sie.*

*Die Nacht mit Selma hat in meinen Träumen fortgelebt. Und seit sie mit ihren blitzenden Augen und ihrem sinnlichen Körper in mein Leben zurückgestürmt ist, wünsche ich mir nichts sehnlicher als neue heiße Erinnerungen an sie.*

*Aber jetzt bin ich im Wahlkampf und darf mich nicht mit einer Frau einlassen, die sich nicht an die Regeln hält. Und die mich derart verrückt macht, dass ich nicht mehr von ihr loskomme.*

*Bleibe ich auf dem schmalen Pfad der Rechtschaffenheit? Oder stürze ich mich in die heißeste, wildeste Affäre meines Lebens mit der erotischsten Frau, die mir je begegnet ist?*

# 1

»Und?«, fragte Selma Herrington und neigte den Kopf, um Elena Anderson ihr neuestes Tattoo zu zeigen. Elena war neu als Kellnerin im The Fix on Sixth – und zudem die Tochter des Inhabers. Wichtiger allerdings war, dass Selma und Elena entdeckt hatten, wie sehr sie beide Whiskey, Flohmärkte und Liebesromane mochten, und darüber Freundinnen geworden waren.

Um zehn Uhr morgens hatte das The Fix noch geschlossen, und die beiden waren ganz alleine in dem riesigen Gastraum. Später, zur Mittagszeit, würde sich das Lokal füllen, und wenn der Abend kam, würde es überquellen vor Gästen, die sich die wöchentliche Runde im Wettbewerb Mann des Monats um den Titel des Mr. August anschauen wollten. Selma wusste, dass Elenas Vater Tyree und seine drei Geschäftspartner den Wettbewerb gestartet hatten, um der Bar Aufmerksamkeit zu verschaffen und den Umsatz zu steigern. Selma kannte zwar die Einzelheiten nicht, aber wenn sie daran dachte, wie voll die Bar jeden zweiten Mittwoch war – und wie viele neue Gesichter sie dann jedes Mal unter den Gästen sah –, war sie sich sicher, dass die Idee wunderbar funktionierte.

Bis jetzt hatte sie nur zwei Mann-des-Monats-Wettbewerbe gesehen, aber sie wollte auch diesen Abend dabei sein, weil sie von ihrem Bruder Matthew gehört hatte, dass Landon Ware, mit dem sie beide seit der Highschool befreundet waren, sich angemeldet hatte. Landon war Polizist und eigentlich nicht der Typ, der seine Bauchmuskeln auf einer Bühne vorführte, sodass Selma sich fragte, was wirklich dahintersteckte. Als sie neulich hinter der Bar mit Tyree dessen Bestellung von zwei Kisten Bourbon besprochen hatte, war ihr aufgefallen, dass sich Landon mit Taylor unterhielt, die nicht nur Stammgast im The Fix war, sondern auch als Bühnenmanagerin für die Show arbeitete. Vielleicht konnte sie ihn ja kurz fragen, bevor es heute Abend losging.

Jetzt stand Selma an der langen Theke aus poliertem Eichenholz neben Elena, die damit beschäftigt war, Bestecke in Servietten einzuwickeln. Sie legte die nächste Rolle auf den Stapel und betrachtete dann Selmas Schulter. »Ach, das ist schön«, sagte sie. Man hörte ihrer Stimme an, dass ihr das Tattoo wirklich gefiel. Mit einem Finger zog sie einen Träger von Selmas schwarzem Tanktop mit dem Aufdruck *Free-Tail Bat Bourbon* beiseite, um das Starburst-Muster im Retrostil freizulegen, das auf Selmas blasser Haut explodierte. »Dein wievieltes Tat ist das? Das siebte? Wann hast du's stechen lassen?«

»Das achte«, korrigierte Selma und fuhr sich mit den Fingern durch ihre kurze dunkle Strähnchenfrisur. Die Spitzen hatte sie kürzlich kobaltblau gefärbt. »Vor ein paar Tagen.«

»Wie bist du drauf gekommen?«, fragte Elena mit verschmitztem Grinsen. Ihre schokoladenbraunen Augen funkelten vor Vergnügen. Elena, eine hochgewachsene Schwarze mit Pixiefrisur, perfektem Teint und hohen Wangenknochen, hätte auch als Model arbeiten können. Selma versuchte sie tatsächlich gerade zu überreden, ein Shooting für sie zu machen, um die Bilder in einer geplanten Werbekampagne für Bat Bourbon zu verwenden, die auf Frauen zielte.

Zumindest hatte sie das versucht. Selma war drauf und dran, die Austin Free-Tail Distillery zu verkaufen, um sich in neue Abenteuer stürzen zu können, und damit würde das Problem, ihre Kleinserien-Whiskeys richtig zu bewerben, bald an jemand anderen übergehen.

Trotzdem würde sich Elena auf einer Werbetafel an der IH-35 verdammt gut machen.

»Selma?«

Selma fand stirnrunzelnd in die Gegenwart zurück. »Entschuldige. Ich war mit den Gedanken woanders. Was hast du gefragt?«

»Was war der Grund für das Starburst-Tat?« Selma und Elena waren in der kurzen Zeit, die sie einander erst kannten, sehr enge Freundinnen geworden – zumindest, wenn man nach Selmas gnadenloser Definition von »eng« ging. Eng genug zumindest, dass Selma Elena bereits anvertraut hatte, dass alle ihre Tats spontane Entschlüsse gewesen waren – den Grund für diese Entschlüsse aber hatte Selma dann doch nie erwähnt. Nicht ein einziges Tattoo war geplant gewesen, und wenn es nach Selma ging, würde das auch so bleiben.

»Ich habe im Room Service herumgestöbert«, erzählte sie Elena jetzt. Room Service war ihr Lieblingströdler. »Und mir ist das Dekor auf ein paar antiken Schüsseln aufgefallen. Ich fand es so schön, dass ich gleich auf dem Heimweg bei True Blue Tattoo am Airport Boulevard vorbeigeschaut und es mir stechen lassen habe.«

Sie erzählte weder, dass sie auch die Schüsseln gekauft hatte, noch, dass ihr der Anblick regelrecht ins Herz geschnitten hatte. Sie hatte kaum Erinnerungen an ihre Kindheit, aber sie wusste noch, wie sie und ihr Bruder bei der Großmutter immer überbackene Käsesandwiches von Tellern mit einem solchen Starburst-Muster gegessen hatten.

Die Erinnerung war verschüttet gewesen, bis sie die Schüsseln gesehen hatte, und dann war auf einmal alles wieder da gewesen. Der Duft des Toastbrots in der Pfanne, das Brutzeln des geschmolzenen Käses, wenn er von den Brotscheiben auf das heiße Gusseisen gelaufen war. Die Art, wie ihre Großmutter beim Kochen immer *My Darling Clementine* vor sich hingesummt hatte. Matthews andauernde dämliche »Klopf-klopf«-Witze.

Diese seltenen Ausblicke in eine verlorene Vergangenheit waren zu kostbar, um sie wieder verloren gehen zu lassen. Deswegen hatte Selma das getan, was sie immer tat: Sie hatte eine Erinnerung geschaffen. Dieses Mal hatte sie sich diese auf die Schulter inken lassen, damit ihre Großmutter immer bei ihr sein würde.

Elena wusste das alles natürlich nicht, hauptsächlich, weil Selma nicht einmal ihrer Freundin anvertraut hatte, dass sie ein Adoptivkind war, und schon gar nicht, dass ihre leibliche Mutter ihre zehnjährige Tochter und ihren elfjährigen Sohn in der Lakeline Mall ausgesetzt hatte, mit Rucksäcken im Partnerlook als einzigem Gepäck, an denen ein Zettel klebte.

Das würde sie niemals erzählen. Es gab schließlich Grenzen. Wenn man einander zu nahe kam, wurde alles zu kompliziert. Und zu schmerzhaft.

»Bist du deswegen heute so früh gekommen? Um es mir zu zeigen?« Elena schob Selma den Stapel Serviettenrollen zu. »Oder wolltest du mir helfen?«

»Eigentlich wollte ich mit deinem Dad reden.«

»Über den Warenbestand?«

»Auch.« Selma hatte vor etwas mehr als fünf Jahren mit viel Schwung und wenig Kapital die Austin Free-Tail Distillery gegründet, die sich inzwischen zu einer kleinen Spezialitätenbrennerei mit landesweitem Ruf gemausert hatte. Sie hatte sie nach der berühmten Kolonie mexikanischer Bulldoggfledermäuse benannt – *Free-tail bats* auf Amerikanisch –, die in Austin nisteten, und nannte ihre Whiskey-Kleinserien zum Beispiel *Bat Bourbon* (»Fledermaus-Bourbon«) und *Dusk Flight Rye* (»Dämmerungsflug«).

Allerdings war The Fix mit seinem Besitzer Tyree Johnson schon ein treuer Kunde und eine Stütze des Geschäfts gewesen, bevor Free-Tail die Szene aufgemischt hatte. Er hatte sogar eigens eine Whiskeyverkostung für Selma und ihre Firma veranstaltet, lange bevor jemand in Austin – geschweige denn im Rest der USA – von ihr gehört hatte.

»Ehrlich gesagt«, sagte Selma zu Elena, während sie mithalf, Bestecke in Servietten zu rollen, »wollte ich ihm etwas erzählen und ihn um Rat fragen.«

»Erzählen? Hat Free-Tail wieder einen Preis gewonnen?«

»Nein, aber danke für deine hohe Meinung.«

»Jetzt sterbe ich vor Neugier. Warte mal.« Sie ging den Tresen entlang bis zur Durchgangsklappe. Anstatt sich damit aufzuhalten, sie zu öffnen, schlüpfte sie darunter hindurch, nahm sich zwei Highball-Gläser aus dem Regal und hielt sie Selma hin. »Mein Plan ist, dich mit Alkohol abzufüllen, damit du's mir vor meinem Dad erzählst. Noch zu früh für Bourbon?«

»Dann füll mich mal ab. Du weißt ja, wovon ich meine Rechnungen bezahle – was mich angeht, ist es nie zu früh für Bourbon.«

Elena warf einen golfballgroßen Eiswürfel in jedes Glas und goss ihnen beiden je einen der vormittäglichen Stunde angemessenen Schuss Bourbon hinterher. Anstatt die Gläser Selma über den Tresen zuzuschieben, nahm sie sie allerdings mit zu einem der Zweisitzertische, wo sie sie abstellte und sich selbst auf einen Stuhl warf. »Okay. Erzähl.«

Selma gehorchte nicht gerne Befehlen, aber sie brannte schon seit Tagen darauf, ihre Freundin einzuweihen, und hatte gehofft, sie heute Morgen in der Bar anzutreffen. »Also, kurz und gut: Ich ziehe nach Schottland.«

Elena hatte ihr Glas gehoben, setzte es jetzt aber wieder ab, ohne daraus zu trinken. »Was?«

Selma neigte den Kopf und sah ihre Freundin an. Sie wusste, dass Elena nicht schwerhörig war.

»Wow«, sagte Elena schließlich und gönnte sich jetzt wirklich einen Schluck. »Seit wann das denn? Hast du dir das alles auch gut überlegt? Wie willst du die Destillerie weiterbetreiben?«

Selma reagierte gereizt. Einen Moment lang wollte sie das Thema ganz fallen lassen. Dann sagte sie sich, dass Elena es nicht böse gemeint hatte, auch wenn sie ein wenig zu sehr wie Selmas Adoptivmutter klang. Allison Herrington hatte jahrelang darauf bestanden, dass Selma das beste kleine Mädchen der Welt sei.

Oder es zumindest wäre, wenn sie ein bisschen weniger impulsiv wäre.

»Natürlich habe ich mir das gut überlegt. Ich habe mir da drüben fürs Erste einen Job gesichert, und wenn der gemacht ist, kann ich mit dem Geld ungefähr ein Jahr durch Europa reisen. Vielleicht reicht's sogar noch für Asien oder Australien.«

»Ja, aber Schottland? Wer leitet dann Free-Tail? Und wieso auf einmal jetzt? Ich meine, es ist gut und schön, für ein Konzert bis nach Montana zu fahren.« Selma hatte das kürzlich getan, und Elena hatte sich darüber amüsiert. »Aber alle Zelte abzubrechen und ins Ausland zu ziehen ist eine ganz andere Liga.«

Selma zuckte nur mit den Schultern. Ihre Freundin hatte nicht unrecht, aber Selma blieb eben gerne in Bewegung. Sie wollte Abenteuer und Abwechslung, und weil die nicht zu ihr kamen, musste sie eben hinfahren.

»Und wie bist du darauf gekommen?«, fragte Elena.

»Erinnerst du dich noch an Sean O'Reilly, von dem ich erzählt habe?«

»Der Typ, den du getroffen hast, als du nach dem College zu dieser Rucksacktour nach Schottland geflogen bist?«

»Genau. Es war allerdings eher *während* meiner Collegezeit. Oder vielmehr, nachdem ich das College geschmissen hatte.«

Elena lehnte sich amüsiert zurück. »Und? Wo kommt er jetzt ins Bild?«

»Ich fliege nach Schottland, um in einigen seiner Destillerien zu arbeiten.« Sie hatte Sean vor mehr als zehn Jahren kennengelernt, nach ihrem Abschied vom Studentenleben. Auf dem College hatte sie in allen Seminaren glänzende Noten bekommen, aber irgendwann hatte sie gewusst, dass dieses Lernen aus Büchern einfach nicht ihr Ding war. Sie hatte sich dafür entschieden, lieber an die Quelle zu gehen und dort selbst zu lernen, so viel sie konnte, anstatt sich anzuhören, was ein studentischer Tutor, der den Professor in Austin vertrat, über Lord Byron, Robert Burns, Robert

Louis Stevenson und die vielen anderen schottischen Dichter zu sagen hatte.

Offiziell exmatrikuliert hatte sie sich an einem Freitag, um bereits am folgenden Montag mit nichts als einem Rucksack, einem Mobiltelefon und einer Kreditkarte und ohne jeden Reiseplan ein Flugzeug zu besteigen. Es war himmlisch gewesen. Sie hatte die Städte und Dörfer erkundet, sich mit den Einheimischen unterhalten und auf einer Parkbank im Edinburgher Schloss Gedichte gelesen. Sie hatte in Jugendherbergen übernachtet und sich mit anderen jungen Leuten angefreundet.

Und am besten war, dass sie Sean getroffen hatte. Er hatte ihr mit zwanzig Pfund ausgeholfen, als ihre Kreditkarte nicht akzeptiert wurde, und als sie ihm das Geld am nächsten Tag zurückgab, hatte er ihr im Gegenzug ein Sortiment verschiedener schottischer Whiskeys zum Verkosten gekauft. Sie hatte schon ein bisschen etwas über Spirituosen gewusst – sie hatte noch auf dem College mit Destillation experimentiert –, aber damals sah sie sich hauptsächlich als Winzerin. Mit Sean hatte sie dann nicht nur ihre Vorliebe für Scotch entdeckt, sondern auch ihr Talent zum Verkosten. So gut war ihr Gaumen, dass Sean ihr sofort einen Ferienjob in seiner Brennerei in den Highlands angeboten hatte.

Sie hatte ihn angenommen – unter der Bedingung, dass es keine Daueranstellung würde. Sie war auf Entdeckungsreise in Schottland, und so sollte es auch bleiben, aber sie hatte nichts dagegen gehabt, ihre Reisekasse mit einem Sommerferienjob aufzustocken.

Ins Bett gegangen war sie mit ihm unter demselben Vorbehalt. Ihr Abstecher in die Highlands war nur zum Spaß; sie wollte sich einfach fröhlich und unverbindlich umschauen.

Nach zwei Monaten hatte sie mehr über Scotch gelernt, als sie je erwartet hätte – und noch ein bisschen mehr darüber, wie man im Bett seinen Spaß hat.

Elena runzelte die Stirn. »Und, läuft da was zwischen euch beiden?«

»Absolut nicht.« Damals hatte Sean O'Reillys schwerer schottischer Akzent ihre Sinne gekitzelt. Sie hatte dabei immer an sexy Männer in Kilts und die verführerischen historischen Liebesromane denken müssen, die ihr über die schrecklichen Jahre hinweggeholfen hatten, bevor sie und Matthew von Mom und Dad adoptiert worden waren. Sie hatten zusammen ihren Spaß im Bett gehabt und ihr gemeinsames Interesse an gutem Whiskey genossen, aber das war auch schon alles gewesen. Vor Jahren war er ein Leckerbissen für sie gewesen, aber Selma schaute grundsätzlich nie zurück. Warum auch, wenn die Welt so voller wunderbarer Gelegenheiten war?

»Weiß *er* das auch?«

Selma lachte. »Klar. Hast du schon mal erlebt, dass ich keine klare Ansage mache? Außerdem hat er mir gesagt, er hat sich mit einem Mädel aus seiner Gegend verlobt. Aber er hat mir versichert, es werde mir an herber schottischer Männlichkeit nicht fehlen.«

Elena verdrehte die Augen. »Mal abgesehen von den herben Highlandern und dem, was sie unter dem Kilt haben – warum zum Teufel willst du in einer schottischen Brennerei arbeiten, wenn du hier schon eine hast, und zwar eine sehr erfolgreiche?«

»Na ja, das gehört wohl auch zur großen Neuigkeit. Ich verkaufe Free-Tail.«

Elena warf fast ihr Glas um. »Du *verkaufst* Free-Tail? Jetzt? Du stehst kurz vor dem Durchbruch. Du hast Restaurants in über einem Dutzend Bundesstaaten als Kunden. Warum zum Teufel solltest du das tun?«

»Das frage ich mich auch.«

Die tiefe Stimme kam von der anderen Seite des großen Gastraums. Selma wandte sich auf ihrem Stuhl um und sah, wie Tyree Johnson mit großen, gemessenen Schritten rasch auf sie zukam. Er war hochgewachsen, trug eine Glatze und ein sauber getrimmtes Bärtchen, und seine Haut war so dunkel wie Elenas.

Tyrees Präsenz füllte den Raum. Sein massiver Brustkorb und die breiten Schultern hätten einschüchternd gewirkt, wäre da nicht seine Ausstrahlung von natürlicher Freundlichkeit gewesen.

»Sag mir, dass ich mich verhört habe.«

»Nein, hast du nicht«, erwiderte Selma fest. »Das ist die beste Entscheidung. *Meine* Entscheidung.«

Sie schaute zu, wie seine Augen Elenas Blick begegneten. Für zwei Menschen, die einander erst seit wenigen Monaten kannten, teilten sie bereits eine Menge Verhaltensweisen, ganz abgesehen von der äußerlichen Ähnlichkeit. Als sie den Blick bemerkte, den die beiden wechselten, musste Selma über die tiefe Zuneigung in Tyrees Augen lächeln. Vor einem Jahr hatte er noch nicht einmal gewusst, dass er eine Tochter hatte. Jetzt zeigte schon sein Gesichtsausdruck, wie sehr er sie anbetete, ganz zu schweigen von Elenas Mutter Eva, in die er sich nach einer Trennung vor mehr als zwanzig Jahren jetzt wieder ganz neu verliebt hatte.

Wenn Selma nicht so besorgt gewesen wäre, dass die beiden auf die Änderung in ihrem Lebensplan ablehnend reagieren würden, wäre sie ziemlich rührselig geworden. So aber saß sie wie auf Nadeln und kam sich vor, als müsste sie ihre Entscheidungen rechtfertigen. Das musste sie natürlich nicht, aber es lief wohl darauf hinaus, denn schon hatte sie auf den Tisch geklopft, um die Aufmerksamkeit der beiden zu bekommen. »Hey«, meinte sie launig, als sie ihr den Blick zuwandten, »zieht mich bloß nicht runter, okay? Ich weiß, was ich tue, und bin wirklich begeistert von diesem Angebot. Ich kriege haufenweise Geld für die Destillerie. Die Marke, die ich aufgebaut habe, besteht weiter, und ich bekomme die Freiheit zurück, coole Sachen zu machen. Zum Beispiel ein paar Monate in Schottland zu arbeiten. Dann vielleicht in einer französischen Kelterei. Oder Malunterricht zu nehmen. Oder einen Segelkurs in Monaco zu machen und in Nizza mein Französisch aufzufrischen. Die ganze Welt wird mein Spielplatz. Das kann ja wohl nichts Schlechtes sein.«

Tyree schwieg einen Moment. Dann zog er sich vom nächsten Tisch einen Stuhl heran und setzte sich. Er legte eine Hand über Selmas, die unter seiner Pranke komplett verschwand. »Ist es auch nicht. Und ich freue mich, dass du dir das gut überlegt hast.«

»Habe ich auch«, beharrte sie und klang jetzt doch ein wenig, als verteidigte sie sich. »Ich habe nie damit gerechnet, dass Free-Tail so schnell so groß wird. Ich hatte immer angenommen, dass ich jederzeit ein paar Monate freinehmen könne, lange Ferien machen und solche Sachen.«

Tyree nickte gemächlich. »Schon wahr. Andererseits zeugt es von deinem Talent, dass die Destillerie so erfolgreich ist. Du hast da etwas aufgebaut, worauf du wirklich stolz sein kannst.«

»Ich bin auch stolz darauf, genau wie du aufs The Fix.« Sie schaute sich in der Bar mit ihrer rustikalen texanischen Einrichtung um. Der riesige Gastraum war mit einer strategisch durchdachten Anordnung Dutzender Tische gefüllt. Hinter der langen Theke funkelten Batterien von Flaschen in einer Wand voller gläserner Regale; auch Flaschen aus ihrer eigenen Destillerie waren darunter.

Tyree hatte das Gebäude renoviert und das The Fix on Sixth vor etwa sechs Jahren eröffnet. Inzwischen war es eine feste Größe im Austiner Nachtleben. Selma wusste, dass das Lokal anfangs gerade so eben über die Runden gekommen war, aber jetzt, seit es alle zwei Wochen einen Kalenderblatt-Modelwettbewerb für Männer veranstaltete, war sie sich sicher, dass es fest in den schwarzen Zahlen war. Sie hoffte es jedenfalls; sie mochte diese Bar und hätte es sehr schade gefunden, sie schließen zu sehen.

Und wenn sie brutal ehrlich zu sich war, wusste Selma schon, dass ihr diese Bar sehr fehlen würde, sowie sie die Brennerei verkauft hatte und nach Schottland gegangen war. Andererseits wollte sie sich genauso wenig daran ketten wie an ihre eigene Firma.

»Du hast hier wirklich etwas auf die Beine gestellt«, sagte sie zu Tyree. »Du wolltest dieses Lokal unbedingt retten und hast es auch geschafft.« Kürzlich war die Bar in finanzielle Schwierigkeiten geraten. Der Kalendermodelwettbewerb war Teil eines Gesamtplans, die Finanzlage zu bessern.

»Geschafft haben wir es noch nicht ganz«, wehrte Tyree ab. »Aber ich glaube, wir sind kurz davor.«

»Ganz sicher sogar. Und nachdem du so hart für dein Werk gekämpft hast, glaubst du natürlich, ich bin verrückt, wenn ich meins aufgebe. Aber ich bin einfach noch nicht so weit, mich auf Dauer niederzulassen. Nicht ohne einen Mann oder eine berufliche Karriere.« Sie hob eine Schulter. »Ich bin ein Blatt im Wind und möchte sehen, wohin mich die Brise als Nächstes treibt. Außerdem«, lächelte sie selbstzufrieden, »kommt das Angebot von einer großen Aktiengesellschaft, die schon viele Marken vertreibt. Sie wird meine Marke am Leben halten und mich mit einem Vermögen auszahlen.«

Eine Sekunde lang fürchtete sie, Tyree werde widersprechen, aber dann nickte er. »Dagegen kann man nichts sagen.«

»Heißt das, du hilfst mir?«

Seine Mundwinkel senkten sich zu einer skeptischen Miene. »Wüsste nicht, wie. Aber wenn ich kann – klar.«

»Deswegen bin ich heute Morgen hierhergekommen. Ich brauche einen Anwalt, der den Verkauf der Destillerie durchführt, und jeder, mit dem ich spreche, empfiehlt mir denselben. Ich wüsste gerne, wen du mir vorschlägst.«

»Ich weiß ja nicht, wer dir da überall so ans Herz gelegt wird, aber wenn du mich fragst – geh zu Easton Wallace.«

Selmas Wangen bekamen fast Risse von der Anstrengung, die es sie kostete, weiterzulächeln. »Der scheint wirklich der allgemeine Liebling zu sein. Ich habe Gerüchte gehört, er wolle bei den nächsten Richterwahlen antreten. Wenn er so beliebt ist, wird er wohl auch gewinnen.«

Elena beugte sich über den Tisch zu Selma. »Aber bei dir ist er nicht ganz so beliebt?«

»Ach, nein, das ist es nicht. Easton ist schon gut.« Sie spürte, wie ihr die Wärme den Nacken hochkroch, und hoffte, sie würde nicht erröten. Weil ihr das nur selten passierte, wäre es jetzt umso peinlicher. »Es liegt einfach nur daran, dass ich ihn noch aus seiner Zeit als Jurastudent kenne. Und ich weiß, dass er in Matthews Fitnesscenter geht«, fügte sie hinzu. Matthew war ihr Bruder und Inhaber eines Fitnessstudios am Ort. »Ich dachte, es wäre einfacher mit einem Anwalt, den man nicht schon privat kennt. Ich meine, ich bin ziemlich stur. Was, wenn er mit den Bedingungen, die ich aushandeln will, nicht einverstanden ist?«

Das waren zwar berechtigte Bedenken, aber sie befürchtete eher, den rechtlichen Fragen gar nicht genug Aufmerksamkeit widmen zu können. Selma hatte den strikten Grundsatz, nie wieder etwas mit einem Mann anzufangen, den sie einmal verlassen hatte, aber bei Easton hatte sie viel zu früh aufgegeben. Das wusste sie, weil sie ihn auch nach so vielen Jahren noch nicht vergessen hatte. Weder ihn selbst noch all die unzüchtigen Sachen, die er in der einzigen Nacht, die sie gemeinsam verbracht hatten, mit ihrem Körper angestellt hatte.

Tyree wischte ihre Bedenken mit einer Handbewegung beiseite – allerdings nur die juristischen. »Kein Problem. Easton ist absolut professionell. Er sagt dir, was er für das Beste hält, aber er kämpft mit vollem Einsatz für deine Wünsche, solange sie legitim und legal sind. Ich habe ihn schon mehrmals beauftragt. Glaub mir, er ist der Richtige für dich.«

Das war natürlich genau das Problem. Sie wollte Easton immer noch. Er war eine permanent juckende Stelle, die sie kratzen musste, ein Jucken, das sicher eine Nebenwirkung ihres allzu hastigen Abschieds war, aber hartnäckig genug, dass sie überlegte, ihre eigenen Regeln zu brechen.

Wenn man es sich nämlich genau überlegte, war sie womöglich deswegen im Begriff, den weiten Weg nach Schottland anzutreten, weil sie sich einen wirklich großen Rausschmiss verdient hatte.

# 2

»Zehn Tage. Maximal zwei Wochen.« Judge Desmond Coale, Richter am Fifth Circuit Court of Appeals, dem für Texas zuständigen Bundesberufungsgericht, strich sich den melierten Bart und richtete seine dunkelgrauen Augen – immer noch scharf, trotz seiner über achtzig Jahre – mit durchdringendem Blick auf Easton. »Wer ein bisschen aufpasst, weiß, dass Sie antreten wollen, aber wir müssen bei der förmlichen Ankündigung der Kandidatur den richtigen Zeitpunkt abpassen. Es bringt Vorteile, wenn man sie als Erster bekannt gibt, das wissen wir.«

»Richtig«, stimmte Easton zu und fühlte sich wieder ein bisschen wie als vierundzwanzigjähriger Jurastudent statt als der fünfunddreißig Jahre alte angesehene Rechtsanwalt, der er inzwischen war. So angesehen sogar, dass er in einer der prestigeträchtigsten Anwaltskanzleien von Texas – wenn nicht der gesamten USA – ein begehrtes Eckbüro innehatte, obwohl er nicht einmal Sozius war. Es mangelte ihm dabei weder an Fähigkeiten noch an Angeboten, sondern er blieb bewusst ein bezahlter Angestellter, damit er nicht formell an eine bestimmte Kanzlei gebunden war, wenn er offiziell seinen Hut in den Ring für die Richterwahl des Travis County District Court warf.

Jetzt stand Easton vor den deckenhohen Fenstern seines schönen Büros und schaute die Congress Avenue zum Texas State Capitol hinüber, dem Parlamentssitz des Bundesstaats. Wer weiß? Eines Tages würde er vielleicht als Abgeordneter dort sitzen, ganz sicher sogar, wenn es nach Judge Coale ging, und sein Mentor hatte ihn noch nie in die falsche Richtung gelenkt.

Er wandte sich vom Fenster ab und seinem Freund, Mentor

und früheren Vorgesetzten zu. Der Richter saß in einem der großen ledergepolsterten Besuchersessel vor Eastons massivem Schreibtisch, auf dessen Platte außer einem *legal pad,* einem gelben Notizblock, wie ihn Anwälte benutzen, nichts zu sehen war. Easton war der Ansicht, ein unordentlicher Schreibtisch könnte nur einem unordentlichen Geist gehören und bedeutete unweigerlich eine ungeordnete Lebensweise. Er hingegen bildete sich viel auf sein Zielbewusstsein und seine absolute Konzentration ein.

Der Richter schob sich die Halbbrille auf der Nase zurecht. »Wenn wir uns einig sind, wie wichtig es ist, die Kandidatur als Erster bekannt zu geben, warum drucksen Sie dann immer noch so herum, bitte schön?«

Easton musste fast lachen. Das war einer der Gründe, warum Judge Coale als Bundesrichter einen solchen Ruf genoss – er kam immer direkt zum Punkt. Und es war einer der Gründe, warum Easton den Älteren sowohl als Freund wie als Quasi-Großvater betrachtete.

»Ich wusste nicht, dass ich herumdruckse.«

»Versuchen Sie nicht, das abzustreiten, mein Sohn. Sie sind inzwischen ein verdammt guter Pokerspieler, aber ich bin immer noch besser.«

»Das auf jeden Fall, Sir.« Easton unterdrückte ein Grinsen.

»Darauf arbeiten Sie doch schon hin, seit Sie damals zum ersten Mal in meinem Büro erschienen sind, aufgeblasen und bereit, in einer Gerichtsverhandlung nach der anderen die Welt zu retten.«

»Kein Einspruch. Außer vielleicht gegen das ›aufgeblasen‹.«

Der Richter lachte in sich hinein. »Vierundzwanzig Jahre alt waren Sie und wussten genau, dass Sie Gottes Geschenk an die Jurisprudenz waren. Und damit hatten Sie, wenn ich ehrlich bin, vielleicht sogar recht. Sie sind einer der talentiertesten jungen Anwälte, die ich je getroffen habe, und diese ersten paar Jahre im Büro des Bezirksstaatsanwalts waren eine geschickte Taktik. Aber ich freue mich, dass Sie später strategischer vorgegangen sind, um Ihre Laufbahn zu planen. Wenn die Sie letztlich dahin führen soll, wo ich jetzt sitze – und um das klar zu sagen: Meiner Meinung nach haben Sie das Zeug zum Bundesrichter –, dann müssen Sie nicht nur das Gesetz kennen, sondern vor allem die richtigen Leute. Wenn niemand Sie bemerkt, wird auch niemand Sie ernennen.«

»Ganz genau. Und der erste Schritt dazu ist ein Richteramt in den unteren Instanzen.« Easton hatte sich entschlossen, Anwalt zu werden, als er dreizehn war. Er hatte damals zusehen müssen, wie seine Eltern, die aus der Arbeiterklasse kamen, alles verloren – darunter auch ihr Haus –, weil ein Großkonzern die Enteignung eines armseligen Stückchens Boden am Rand seines Heimatorts im Nordosten der USA gefordert hatte – im öffentlichen Interesse natürlich.

Obwohl die Befugnis eines Bundesstaats, Land im öffentlichen Interesse zu enteignen, und sei es auch gegen Entschädigung, nicht dazu gedacht ist und auch nicht gedacht sein sollte, einem Privatunternehmen durch Zwangsaufkauf ein bestimmtes Grundstück zu verschaffen, lief es im Grunde so ab. Die öffentliche Hand beschlagnahmte das Stück Land, entschädigte den Eigentümer und stellte es dem Konzern zur Verfügung.

Eastons Eltern, die einen Teil davon langfristig gepachtet und darauf einen gut gehenden Hamburgerstand betrieben hatten, wurden vertrieben, und sie bekamen keine Entschädigung. Durch diese Katastrophe hatten sie alles verloren, auch das Haus, in dem Easton aufgewachsen war, und ihr ganzes weiteres Leben gebraucht, um wirtschaftlich wieder auf die Beine zu kommen.

Damals hatte Easton sich geschworen, er würde, koste es, was es wolle, Jura studieren und Anwalt werden. Er hatte sich mit gnadenloser Entschlossenheit bis zu einer Praktikantenstelle bei einem Bundesrichter vorgearbeitet, weil er wusste, dass die Verbindungen und Einsichten, die er dort erwerben würde, ihm in der Zukunft nur nützen konnten. Nach zwei Jahren Arbeit für Judge

Coale hatte er sich dem Strafrecht zugewandt, weil er wusste, dass er sich in den Schlag auf Schlag ablaufenden Strafprozessen am besten Verfahrenspraxis erarbeiten konnte. Dann war er zu der angesehenen mittelgroßen Kanzlei gewechselt, bei der er jetzt praktizierte, um sich in andere juristische Fachgebiete einarbeiten zu können. Als Endziel hatte ihm die eigene Kanzlei vorgeschwebt. Er wollte sich auf die Tätigkeit als Verteidiger spezialisieren, um Menschen wie seinen Eltern helfen zu können, die als David gegen den Konzerngoliath keine Chance gehabt hatten. Easton würde der Stein sein, mit dem David den Riesen doch noch erledigen konnte.

Diesen Weg hatte er vor sich gesehen, seit er dreizehn war, und er war nicht von ihm abgewichen, bis er Judge Coale begegnet war. Der Richter hatte ihn etwa zwei Jahre zuvor zum Essen eingeladen und den Gedanken an eine Richterlaufbahn in ihm geweckt. Daran hatte Easton zuvor noch nicht gedacht, aber Richter waren einflussreich – sowohl im Verfahren wie außerhalb. Und wie könnte er Menschen wie seinen Eltern besser helfen, als auf dem entscheidenden Schlachtfeld das Urteil zu sprechen und zu entscheiden, wer gewinnen sollte?

Also hatte er sich auf den Vorschlag von Judge Coale eingelassen. Der Richter würde Easton mit den richtigen Leuten bekannt machen und ihm zeigen, wie man sich einen Richterstuhl erarbeitete. Und darin kannte er sich aus. Er selbst hatte seine Laufbahn als gewählter *probate judge*, als Richter in Nachlasssachen also, begonnen und sich dann viele Jahre als gewählter Richter am Obersten Gericht des Bundesstaats Texas bewährt, bevor ihn der Präsident schließlich zum Richter am Federal Fifth Circuit Court of Appeals, dem Bundesberufungsgericht des Fünften Bezirks, ernannt hatte. Einen Mentor mit besseren Empfehlungen, dachte sich Easton, hätte er kaum finden können.

Der Richtersitz, für den Easton jetzt kandidieren wollte, war an einem Bezirksgericht des County Travis erst in der letzten Parlamentssitzung neu eingerichtet worden. Weil es ein neuer Sitz war, würde Easton nicht gegen einen Amtsinhaber antreten müssen, und seine informelle Kampagne lief bis jetzt gut. Er hatte sich bereits die Unterstützung wichtiger Leute in der Stadt gesichert, von Juristen wie Nichtjuristen.

Jetzt musste er nur noch dranbleiben.

»Was haben Sie den Rest dieser Woche und in der nächsten vor?«, erkundigte sich der Richter. »Am besten lassen Sie sich die nächsten zehn Tage möglichst überall sehen, und am übernächsten Dienstag marschieren Sie dann ins Sekretariat des Countys und reichen offiziell Ihre Kandidatur ein. Wir könnten ein paar Reporter vorwarnen, damit der *Austin Chronicle* und der *Austin American Statesman* passend dazu Artikel bringen.«

»Und der *Daily Texan*«, fügte Easton hinzu. Der *Daily Texan* war die Tageszeitung der University of Texas. »Vergessen Sie nicht die Jung- und Erstwähler, die sind wichtig. Besonders, weil ich an der UT meinen Abschluss gemacht habe.«

»Ihre Denkweise gefällt mir.«

»Glaube ich. Sie haben sie mir beigebracht.«

An Eastons Telefon summte die Gegensprechanlage. Die Rezeptionistin des neunundzwanzigsten Stockwerks meldete sich: »Hier ist eine Dame, die Sie sprechen möchte«, kündigte Sandra an. »Sie sagt, sie sei eine alte Bekannte und habe eine vertragsrechtliche Frage, die sie mit Ihnen besprechen möchte.«

»Hat sie einen Namen genannt?«

»Jean«, antwortete Sandy. »Jean Rockwell.«

Easton warf dem Richter einen Blick zu und zuckte mit den Schultern. »Sagt mir leider nichts. Aber sagen Sie ihr bitte, ich sei noch in einer Besprechung, werde aber sofort zu ihr kommen.«

Sandra bestätigte und beendete die Verbindung.

»Ich mache mich lieber wieder an die Arbeit«, meinte Easton zum Richter. »Danke für die Einladung zum Mittagessen übrigens.« Er warf einen Blick auf die Überreste des Lunchs von

Franklin-Barbecue, die auf dem Konferenztisch herumlagen. Das trendige Grilllokal im Osten Austins mit den endlosen Warteschlangen zog inzwischen auch Prominente und Politiker an; von Präsident Obama bis zu Kanye West schaute jeder mal vorbei. Wie es Judge Coale gelungen war, dort ein Take-out-Mittagessen zu bekommen, ohne sechs Stunden warten zu müssen, war Easton ein Rätsel.

»Wir sehen uns dann ja demnächst.« Der Richter stand auf. »Diese Woche haben Sie keinen Termin mehr frei?«

»Morgen bin ich zu einer Anhörung in Dallas, danach bei einem Wohltätigkeitsessen für das Opernhaus Austin am Abend. Freitag esse ich mit Senator Todd, und Samstagabend halte ich eine Rede bei der Alphabetisierungskampagne auf der Exotic Game Ranch.«

»Und am Sonntag?«

»Gehe ich mit einem Freund einen trinken«, erklärte Easton und hob die Hand. »Er hat ein Fitnessstudio und kennt so ziemlich jeden in der Stadt. Ich will ihn nicht direkt bitten, für mich ein bisschen Reklame zu machen, aber als guter Freund wird er das schon tun.«

»Dann halten Sie ihn sich bloß warm.«

Easton tippte sich an die Nase. »Genau.«

»Und heute Abend?«

»Schon belegt.«

Der Richter nickte. »Sie müssen sich auf die Anhörung vorbereiten, klar.«

Das hatte Easton zwar weniger vor, aber er ließ seinen Mentor lieber in seinem Irrglauben. Easton bezweifelte nämlich, dass es der Richter für einen Kandidaten um ein öffentliches Amt angemessen halten würde, wenn er sich am Wettbewerb »Mann des Monats« im The Fix on Sixth beteiligte. Aber die Bar gehörte seinem Freund und Mandanten Tyree Johnson, und Easton war mit mehreren Angestellten und Stammgästen des Lokals befreundet, unter anderem mit Detective Landon Ware und Taylor D'Angelo, der Frau, die Landon beschützte. Wenn man bedachte, dass es Easton gewesen war, der die Idee gehabt hatte, dass Landon sich als Kandidat am Wettbewerb beteiligte, sozusagen als Köder, um Taylors Stalker aufzuscheuchen, war es wohl nur angebracht, dass Easton selbst sich dort zumindest sehen ließ.

Er hatte sogar Selma Herrington ein paarmal dort gesehen, und war das nicht ein Schlag in die Magengrube gewesen? Über zehn Jahre waren seitdem vergangen, aber manchmal zitterte er beim Einschlafen noch in der Erinnerung an das Gefühl, als ihr Körper sich über seinen schob, nicht zu vergessen die wundervollen Kunststücke, die sie mit diesem großen, heißen Mund angestellt hatte.

Der Richter zog sein blaues Seersucker-Sakko über. »Und wer begleitet Sie zu dem Wohltätigkeitsessen und der Veranstaltung der Alphabetisierungskampagne?«

Easton räusperte sich und wünschte, er könne damit auch die Erinnerungen loswerden, die ihm jetzt eine unbequeme Erektion verschafften. Und wäre eine Frau wie Selma an seinem Arm nicht interessant – und gefährlich?

Das allerdings kam nicht infrage. Erstens war Easton nicht dumm. Er wusste, dass man, um zu gewinnen, auf Nummer sicher gehen musste. Und Easton spielte nie, wenn er gewinnen wollte.

Außerdem hatte ihn Selma seinerzeit nach einer der unglaublichsten Nächte, die er je mit einer Frau verbracht hatte, ganz einfach sitzen gelassen. Eine Kleinigkeit, die ihn damals geärgert hatte.

Inzwischen war er darüber hinweg, hatte aber dennoch keineswegs vor, sie aufzuspüren und zum Essen einzuladen, nur um womöglich abgewiesen zu werden. In dieser Richtung drohte der Wahnsinn. »Ach, ich tauche einfach als Single auf«, erklärte Easton deshalb mit scheinbar gleichgültiger Stimme. Er hatte mit dem Richter bereits Diskussionen über diesen Punkt gehabt.

»Ich meine ja nicht, dass Sie gleich die Hochzeitsglocken läuten lassen, aber wenn Sie eine Begleiterin mitnehmen, die Ihnen zuarbeitet, haben Sie eine wertvolle Unterstützung. Wenn jemand Sie mit provokativen Fragen bloßstellen will, kann sie unauffällig das Thema wechseln. Wenn jemand Sie in die Ecke drängt und auf Sie einredet, kann sie Ihnen von der anderen Seite des Saals aus zuwinken, und Sie haben einen Grund, sich zu entschuldigen. Vertrauen Sie mir, mein Sohn, eine kompetente weibliche Begleitung kann eine Ihrer wichtigsten Wahlhelferinnen werden. Und wer weiß, wohin das führt? Denken Sie an Deborah und mich.«

Der Richter und seine spätere Ehefrau hatten einander kennengelernt, als der Senator, der Judge Coales Mentor gewesen war, ihm seine eigene Tochter als Begleitung zu verschiedenen karitativen und öffentlichen Veranstaltungen vorgeschlagen hatte. Und, so musste Easton zugeben, die beiden waren ein perfektes Paar.

Easton sah allerdings niemanden an seinem persönlichen Horizont, der so gut zu ihm passte, wie er dem Richter bereits mehrfach erklärt hatte.

»Nehmen Sie Marianne«, riet der Richter jetzt und erwartete offensichtlich, dass dieser Befehl befolgt wurde. Marianne war eine Anwaltskollegin Eastons in der Kanzlei. »Sie brauchen eine vorzeigbare Frau, die sich gut ausdrücken und in einem Gespräch behaupten kann und die weiß, wie man sich aus dem Treibsand der politisch heiklen Themen heraushält.«

»Ja, aber Marianne ist …«

»Sie ist perfekt, mein Sohn. Und sagen Sie jetzt nicht, Sie interessieren sich nicht für sie. Darum geht es nicht. Das hier ist ein Spiel, wie Sie selbst wissen – und wie auch Marianne weiß, verdammt. Sie wird schon keinen Heiratsantrag von Ihnen erwarten, sie ist erfahren genug, um zu erkennen, dass es ihr später nützlich sein kann, wenn sie sich jetzt als Ihre regelmäßige Begleiterin sehen lässt. Sie schulden ihr dann etwas.«

»Ich will gar nicht …«

Judge Coale hob beschwichtigend die Hände. »Ich mache Ihnen keine Vorschriften, mein Sohn, ich sage Ihnen nur, was am besten wäre. Es ist Ihre Entscheidung, ob Sie das Spiel richtig spielen oder nicht.«

Easton gelang es, sein Lächeln zu unterdrücken. »Sehr subtil.«

»Ich tue mein Bestes.« Der Richter öffnete die Tür. »Jetzt schaue ich mal, was Jordan so treibt.« Jordan war der Seniorpartner der Kanzlei.

»Hat mich wie immer gefreut, Sie zu sehen.«

»Bis bald.« Der Richter wandte sich um und ging den Flur hinunter, als gehörte er ihm, während Easton sich in der anderen Richtung auf den Weg zur Rezeption machte.

Er nickte in Sandys Richtung, als er sich durch die Türen schob, aber seine Aufmerksamkeit war fast ganz von der Frau in den engen schwarzen Jeans und der taillenbetonenden Bluse gefangen genommen. Sie schaute von ihm weg, was auch gut so war, weil er den Blick einfach nicht von ihr losbekam. Ihre Beine waren lang und schlank, der Hintern hatte eine Herzform, die es ihm in den Händen juckte zu streicheln, und das kurze Haar mit den blaugefärbten Spitzen wirkte so seidig, dass er es geradezu auf der Haut spüren konnte.

Aber erst als sie sich bückte, um eine Zeitschrift vom Tisch zu nehmen, blieb ihm fast das Herz stehen. Die Bluse schob sich hoch und enthüllte in ihrer Kreuzgegend ein verschlungenes Tattoo aus Kettengliedern und Rosenblüten, die teilweise noch Knospen waren, teilweise voll erblüht, teilweise schon verwelkt.

Ihm wurde heiß. Auf einmal brauchte er dringend ein Glas Wasser

*Er kannte diese Tätowierung.*

Diese Frau hieß nicht Jean Rockwell. Von wegen. Als ob er die Worte laut ausgesprochen hätte, drehte sie sich um, und er schaute in die klugen grünen Augen Selma Herringtons.

»Hallo, Easton.« Ihre Stimme, dunkel und sinnlich und gefährlich vertraut, wusch über ihn hinweg und richtete seinen Schwanz so wirkungsvoll auf wie ein gutes Potenzmittel. »Lange nicht gesehen. Sehr lange.«

# 3

Easton war so froh wie noch nie, dass er schon in so vielen Gerichtssälen vor so vielen Richtern so viele verschiedene Situationen hatte meistern müssen. Das hatte ihm nicht nur die Erfahrung vermittelt, die ihn zu dem Anwalt machte, der er heute war, sondern ihn auch gelehrt, ein fast unerschütterliches Pokerface zu wahren.

Diese Fähigkeit kam ihm in diesem Moment verdammt gut zustatten.

»Ms. Rockwell.« Er streckte die Hand aus. »Gut, dass Sie Ihren Namen angegeben haben. Ich fürchte, ich hätte Sie nicht wiedererkannt.«

»Wirklich?« Selma gehörte zu den Frauen mit einem fast radioaktiven Lächeln. Dieses breite Grinsen ließ sie jetzt aufblitzen, und einen Moment lang badete er einfach nur in der Wärme, die es ausstrahlte. »Du hast dich nämlich überhaupt nicht verändert.« Sie musterte ihn offen, so langsam und aufmerksam, dass er gegen den Drang ankämpfen musste, sie an sich zu ziehen, damit sie ihre Hände statt ihrer Augen dazu benutzen musste.

Sie hielt mit ihrer Inspektion an seinem Schritt inne, und er verlor fast die Fassung, als sie die Zähne über die Unterlippe zog, bevor sie den Blick wieder zu seinem Gesicht hob. Ihre Augen glühten jetzt regelrecht. »Das nehme ich zurück«, sagte sie. »Du bist noch derselbe, aber besser.«

*Himmel noch mal.* Alle seine Gedanken waren wie ausgelöscht; er war nur noch froh, dass er mit dem Rücken zu Sandy stand und sie seine Vorderseite nicht sehen konnte.

Das sollte auch so bleiben, und außerdem musste er Selma so

schnell wie möglich aus dem Rezeptionsbereich schaffen, bevor er etwas Unvorsichtiges sagte oder tat. Er hatte vergessen, wie schwer es war, sich in Selma Herringtons Gegenwart besonnen zu verhalten. Wahrscheinlich war sämtliches Blut aus seinem Kopf in tiefere Regionen geströmt.

Er räusperte sich und zwang sich zu professioneller Förmlichkeit. Sicherheitshalber trat er einen Schritt zurück. »Es freut mich sehr, Sie wiederzusehen, aber leider nehme ich im Moment keine neuen Mandanten an. Wenn Sie erlauben, begleite ich Sie aber nach unten, damit wir ein bisschen plaudern können.«

»Können wir auch in dein Büro gehen und du empfiehlst mir einen Kollegen? Ich habe da einen Deal am Laufen, der nicht warten kann.« Sie neigte den Kopf, ihre Augen verengten sich etwas, als ob sie abschätzte, ob er kneifen wollte. »Oder ist dir das zu riskant?« Sie presste die Lippen zusammen; er war sich sicher, dass sie ein Lachen unterdrückte. »Einen Anwalt zu finden, der dich ersetzen kann, meine ich natürlich.«

»Ms. Rockwell, ich versichere Ihnen, dass ich unersetzlich bin.« Jetzt war er an der Reihe zu lächeln. »Aber ich helfe Ihnen gerne, den Zweitbesten zu finden.«

Er nickte Sandy zu, die ihn zum Glück nicht weiter beachtete, führte Selma den Gang hinunter in sein Büro und schloss die Tür hinter ihnen.

»Eckbüro.« Sie ging zum Panoramafenster hinter dem Schreibtisch durch und drang damit unbefangen in den Bereich ein, den er eigentlich als persönlich betrachtete. »Und was für eine Aussicht.« Sie wandte sich ihm zu. »Du hast es wirklich weit gebracht.«

Er trat näher an sie heran und drang absichtlich in ihren persönlichen Bereich ein. Selma schien das nichts auszumachen. »Ich habe hart gearbeitet, und es hat sich ausgezahlt.« Er machte einen weiteren Schritt, bis er dicht vor ihr stand. So dicht, dass er einen Hauch Vanilleduft wahrnahm, und die animalischen Erinnerungen, die dieser Duft in ihm auslöste, brachten ihn fast dazu, sie gegen die Scheibe zu drücken und seinen Mund auf ihren zu pressen.

Zum Glück besaß er genug Selbstbeherrschung, um diesem Drang nicht nachzugeben. Stattdessen sagte er: »Stimmt, ich habe ein Eckbüro, aber dir geht es auch nicht gerade schlecht. Ich habe über Free-Tail gelesen – du hast da kein schlechtes Geschäft aufgebaut.«

»Schon wahr.« Sie wollte einen Schritt rückwärts tun, als fühlte sie sich unwohl, aber hinter ihr war kein Platz. Sie stand nur wenige Zentimeter vor dem Panoramafenster, von dem aus man die Innenstadt von Austin überblickte.

Easton fragte sich kurz, ob ihr seine Nähe oder die Erwähnung der Destillerie unangenehm waren, aber er dachte nicht weiter über eine Antwort nach, sondern redete einfach weiter. »Ich habe dich inzwischen ein paarmal gesehen seit unserer einen Nacht damals, aber erst in den letzten Jahren wieder. Im The Fix. Einmal auf der Congress Avenue. Einmal in Herrington's Fitnessstudio. Aber damals überhaupt nicht. Ich habe dich nach dieser Nacht jahrelang gar nicht gesehen.«

Zuvor hatten sie drei Abende hintereinander in einer örtlichen Bar, die es schon seit Jahren nicht mehr gab, mit Gesprächen und Flirten verbracht. Dann hatte er ihr angeboten, sie zu ihrem Housesitting-Job zu fahren. Sie waren nicht einmal bis ins Schlafzimmer gekommen. Auf einmal hatten sie nackt auf dem Wohnzimmersofa gelegen und waren bis fast zur Morgendämmerung, die ihnen beiden noch einmal einen spektakulären zweiten Schub gegeben hatte, dort geblieben.

Und dann war sie einfach verschwunden gewesen.

»Irgendwie hast du es geschafft, spurlos aus meiner Welt zu verschwinden. Praktischer Trick.«

»Eigentlich gar kein Trick«, entgegnete sie leichthin. »Ich wette nämlich, du hast auch nicht allzu eifrig versucht, mich zu finden.

Du warst ein aufstrebender Jurastudent, danach stellvertretender Bezirksstaatsanwalt und bist jetzt ein gesuchter Rechtsbeistand – ich wette, du hattest damals schon Zugang zu einem Rudel Spürhunde. Wenn du nur gewollt hättest, hättest du schon jemanden gefunden, der den richtigen Stein umdreht, um mich aufzustöbern. Aber ich wette, du bist ein Mann, der andere Sachen im Kopf hat.« Sie erwiderte seinen Blick herausfordernd, und Easton musste zugeben, dass sie nicht unrecht hatte. Er hatte ihre Miene beobachtet und nach Bedauern und Schuldgefühlen gesucht, sah aber nur eine Frau, die genauso zäh, gerissen und undurchschaubar wie er selbst war.

Nein, sie lag durchaus richtig. Er hatte nicht gerade eifrig nach ihr gesucht. Es hatte ihm zwar leidgetan, als ihm klar geworden war, dass sie ihre Ankündigung, es werde kein zweites Rendezvous geben, ernst gemeint hatte. Auch keine unverbindlichen Treffen. Aber er war entschlossen gewesen, ein möglichst gutes Examen zu machen. Sex sollte ihn nicht ablenken. Und, ehrlich gesagt, wenn Selma bei ihm gewesen wäre, hätte er den Sex kaum ignorieren können.

»Da ist was dran«, gab er zu. »Und ich muss zugeben, das Studium war einfacher ohne Ablenkungen.«

»War ich eine Ablenkung?«

Er trat noch einen Schritt auf sie zu. »Ich glaube, du kennst die Antwort schon. Wir kannten einander damals seit vielleicht sechsunddreißig Stunden. Du warst die wildeste, rasendste, heißeste Nummer im Bett, die ich je hatte. Und dann hast du den Stecker gezogen und warst weg.«

Sie neigte den Kopf, und als sie antwortete, war ihre Stimme rau. »Klingt, als wolltest du mich immer noch haben.«

Verdammt, ja, er wollte sie. Aber er sagte nur: »Ich bin nicht der Mann, der ich damals war.«

»Nicht?« Sie neigte sich ihm zu, sodass er ihre Hitze spürte. Daran erinnerte er sich noch: wie ihre Haut an seiner gebrannt hatte. Selma Herrington hatte die Betriebstemperatur eines Hochofens, das lebende Beispiel für eine heißblütige Frau. »Dann sag mir doch, was für ein Mann du inzwischen bist?«

Er trat bedacht einen Schritt zurück. »Einer, der den Unterschied zwischen Willen und Willenskraft kennt. Im Moment will ich nur wissen, warum du mich damals sitzen lassen hast.«

»Und das Einzige, was ich von dir will, ist deine Hilfe.« Sie lächelte kokett. »Ich frage mich, ob wir beide bekommen, was wir wollen.«

Er betrachtete sie eingehend, fand aber keine Hinweise darauf, was sie hier wollte. Um es herauszufinden, würde er schon fragen müssen. »Na schön. Du kannst mir ja mal erzählen, warum du zu mir gekommen bist. Ich verspreche dir nicht, dass ich dir helfen kann, aber ich höre es mir zumindest an.«

»Danke ...«

»Aber unter einer Bedingung.«

»Ich lasse mich grundsätzlich auf keine ein.«

»Dann haben wir ein Patt.«

Sie schaute ihn an, kam anscheinend zu dem Schluss, dass er es ernst meinte, und zuckte mit den Schultern. »Und was ist deine Bedingung?«

»Habe ich dir gerade gesagt. Ich will wissen, warum du mich sitzen lassen hast.«

Sie neigte den Kopf fast unmerklich. »Ich bin überrascht, Herr Advokat. Ich dachte, für einen Rechtsanwalt ist es klug, nicht zu viel Persönliches von sich preiszugeben.«

»Wie gesagt – den Mann, mit dem du geschlafen hast, gibt es nicht mehr. Das heißt aber nicht, dass der, zu dem er geworden ist, nicht immer noch neugierig wäre.«

»Ich sag's dir – du hilfst mir?«

»Ich habe nur zugesagt, dass ich dich anhöre«, beharrte er. »So war's abgemacht.«

Als sie jetzt die Lippen zusammenpresste, war nichts Kokettes oder Gespieltes daran. Sie überlegte. Schließlich sagte sie: »Ganz ehrlich? Ich mochte dich zu sehr.«

Das war nicht, was er erwartet hatte. »Bitte?«

»Du hast mich schon verstanden.«

»Und was zum Teufel soll das heißen?«

»Das, wonach es klingt.«

»Warum solltest du mich sitzen lassen müssen, weil du mich zu sehr mochtest?«

Jetzt lachte sie. »Tut mir leid, Herr Advokat. Quid pro quo, denk daran. Ich habe dir Quid gegeben, jetzt will ich mein Quo.«

Er wollte widersprechen, aber sie hatte die Regeln festgelegt, und sie hielt sich daran. »Das ist nur recht und billig«, sagte er, setzte sich an seinen Schreibtisch und lud sie mit einer Handbewegung ein, in einem der Besuchersessel Platz zu nehmen.

Sie zögerte, dann setzte sie sich. »Ich habe ein Angebot für meine Destillerie bekommen. Ein sehr gutes«, fügte sie hinzu. Als sie die Zahl nannte, pfiff er. »Ich möchte dich gerne beauftragen, den Übernahmevertrag auszuhandeln.«

»Warum mich?«

»Ich will den Besten. Du wirst mir überall empfohlen.«

»Das freut mich, aber ich will dir ehrlich sagen: Wenn schon das Anfangsgebot so hoch ist, brauchst du gar nicht den besten Anwalt, sondern nur einen, der sein Fach versteht. Diese Firma will deine Marke übernehmen, und sie wird dafür so ziemlich jeden Preis zahlen, den du verlangst.«

»Vielleicht. Aber ich mache nicht gerne halbe Sachen. Wenn, dann richtig.«

»Blödsinn.«

Ihre Augen weiteten sich, und Easton war selbst überrascht, dass er das gesagt hatte. »Bitte?«

*Mist.* Er überlegte hastig, was er jetzt sagen könnte, dann entschloss er sich, auch keine halben Sachen zu machen. »Du und ich, wir waren Idioten.«

Ihr Mund zuckte in einem einseitigen Grinsen. »Aus deiner Sicht vielleicht. Aus meiner habe ich genau das getan, was ich wollte und wie ich es wollte.« Sie begegnete seinem Blick und hielt ihn fest. »Schnell und heiß und dreckig. Und glaube nicht, dass du der Einzige warst. Manchmal war es für eine Nacht, manchmal für eine Woche, manchmal für einen Monat. Du hast vielleicht den Kürzeren gezogen, aber ich habe dir ja schon gesagt, warum. Ehrlich gesagt finde ich, du solltest dich geschmeichelt fühlen. Aber wenn du geglaubt hast, du warst mehr als ein Mann für eine wilde Nacht im Bett, dann liegt der Irrtum bei dir. Nicht bei mir.« Sie neigte den Kopf. »Aber wenn man bedenkt, dass es schon zehn Jahre her ist, sieht es so aus, als hättest du dich daran irgendwie festgebissen.«

Da hatte sie recht, verdammt. Im selben Moment, als er dieses vertraute Rosen-und-Ketten-Tattoo wiedergesehen hatte, war ihm auch die Veränderung in der Luft bewusst geworden. Die Vorahnung, wie die elektrische Spannung, die einem Gewitter vorangeht. In diesem Fall hieß das Unwetter Selma. Und wenn er nicht aufpasste, würde es ihn hinwegfegen.

»Ich versuche nur, dir auf den Grund zu gehen«, sagte er und verbarg damit die Realität hinter einem Anschein von Wahrheit. »Ich mag Rätsel, und du bist eins. Aber was die ›Idioten‹ angeht – ich wollte nicht unser Verhalten von damals analysieren, sondern Belege gegen deine Behauptung vorbringen. Du sagst, du machst keine halben Sachen, aber jetzt lässt du Free-Tail sausen, obwohl die Firma mitten in einem steilen Aufstieg ist.«

»Meinetwegen. Glaub, was du willst, aber du liegst komplett daneben.« Jetzt hatte die Hitze in ihrer Stimme nichts Verführerisches.

»Ich habe einen Nerv getroffen. Entschuldige.«

Sofort sackten ihre Schultern herunter. »Lass uns einfach so tun, als hättest du gerade deinen Studienabschluss gemacht. Deine Noten waren fantastisch, und du warst der absolute *hot shit*, und dir standen alle Möglichkeiten offen.«

»Klingt nicht schlecht.«

»Aber was, wenn es sich für dich doch nicht so gut angehört hätte?«

Er neigte den Kopf; ihre Stimme hatte einen ernsten Unterton bekommen. Er hatte das Gefühl, dass er jetzt zum ersten Mal eine Ahnung von der wahren Selma bekam. Ungefähr zehn Jahre, nachdem er nicht mehr über sie nachgedacht hatte.

»Ich meine, wenn du jetzt einfach nur aus einer Laune heraus Jura studiert hättest? Wenn du gute Noten gehabt hättest, aber die wären dir beim Abschluss längst egal gewesen? Wenn du gemerkt hättest, dass Jura einfach nicht dein Ding ist?«

Er rutschte auf seinem Schreibtischstuhl herum. Auf einmal war ihm unwohl bei diesem Gespräch. »Das wäre verdammt schade.«

»Wenn du trotzdem geblieben wärst, wenn du trotzdem Anwalt geworden wärst, *dann* hättest du eine halbe Sache gemacht, finde ich. Weil du dir selber nicht eingestanden hättest, dass du es eigentlich nicht wolltest. Und ich verkaufe die Destillerie jetzt, weil sie einfach nicht mein Ding ist.«

»Was ist es dann?«

Sie zuckte mit den Schultern und zauberte dann ein sonniges Lächeln hervor. »Ich versuch's gerade rauszufinden. Und ich habe vor, dabei jede Menge Spaß zu haben.«

Sie stand auf, während er über ihre Worte nachdachte, kam um den Schreibtisch herum und lehnte sich dagegen. Er hob eine Augenbraue, den Blick auf Selma gerichtet, schickte sie aber nicht weg. Sie kam ihm langsam bis in die Mitte entgegen, bis sie direkt vor ihm stand, ihr Hintern gegen den Schreibtisch gedrückt, ihre Brüste auf seiner Augenhöhe, als er sich in die Lederpolster seines Sessels zurücklehnte.

Sie trug leuchtend blaue offene Pumps mit Pfennigabsätzen und genau passenden Nagellack auf den Zehen, und jetzt hob sie einen Fuß und stellte ihn auf den Rand des Sitzpolsters, genau zwischen seine Beine. Sie berührten einander nicht, aber dennoch wurde er steinhart. Er schaute auf und begegnete ihrem Blick. »Verdammt viel Spaß«, wiederholte sie.

»Das ist es, was du suchst?« Er zog ihr den Schuh vom Fuß und ließ ihn fallen. Langsam schob er ihren bloßen Fuß bis in den Schritt seiner Designer-Slacks. »Verhandlungen mit dem Kaufinteressenten tagsüber? Intimere Verhandlungen mit mir bei Nacht?«

»Wäre das so schlimm?«

»Du hast mich schon einmal sitzen lassen. Wieso willst du mich auf einmal jetzt wiederhaben?«

»Die Antwort bleibt dieselbe.« Sie beugte die Zehen, und er wäre fast gekommen. »Ich mag dich.« Ihr Grinsen wurde verschmitzt, als sie sich jetzt auf seinen Schwanz konzentrierte, der unter dem feinen Stoff seiner Slacks gut auszumachen war. Sie hob eine Augenbraue. »Ich sehe, du magst mich auch.«

»Unter den gegebenen Umständen räume ich das unumwunden ein.«

»Gut.« Sie krümmte ihren Fuß, und er musste sich beherrschen, um nicht aufzustehen und sie rücklings auf seinen Schreibtisch zu werfen. Nur wenige Knöpfe und Reißverschlüsse waren zu überwinden; in wenigen Sekunden konnte er schon tief in ihr sein. Er konnte nicht abstreiten, dass er es wollte – zum Teufel, er lechzte praktisch danach –, und wenn er nicht völlig den Realitätssinn verloren hatte, dann wollte sie es auch.

Wenn sie einige Jahre zuvor in sein Büro gekommen wäre, hätte er auch nicht gezögert. Er hätte einfach die Tür abgeschlossen und Selma bis zur Bewusstlosigkeit gefickt – auf seinem Schreibtisch, auf dem Konferenztisch und gegen die Panoramafenster gepresst, mit der Aussicht über die ganze Stadt im Hintergrund. Er hätte ihr die Beine gespreizt und sein Gesicht zwischen ihren Schenkeln vergraben, eine Hand auf ihrem Mund, um ihr Stöhnen zu dämpfen.

Aber damals war er noch der Easton, der sich zu Tode schuftete, um seine eigene Kanzlei eröffnen zu können. Und damals war er mehr als froh über jede Gelegenheit für ein wildes Zwischenspiel, um Dampf abzulassen.

Der Easton, der er inzwischen war, musste aufpassen. Und selbst wenn sie es nicht bei einem Mal belassen hätte, wenn sie eine feste Beziehung eingehen wollte, letztlich sogar die Ringe mit ihm tauschen würde, war eine wilde, kindlich impulsive Selma keine Frau, die ein Kandidat für ein Richteramt im Bett und vor allem an seiner Seite haben sollte.

Sanft schob er ihren Fuß weg. »Ich mag dich sehr«, wiederholte er. »Aber darum geht es nicht.« Er rollte seinen Stuhl zurück und stand auf. Er mied den überraschten Blick ihrer geweiteten Augen. »Es tut mir leid«, sagte er. »Im Moment nehme ich wirklich keine neuen Mandanten an.«

# 4

Nur noch fünfzehn Minuten blieben bis zum Beginn des Wettbewerbs »Mann des Monats«, und der Lärmpegel im The Fix on Sixth hatte fast epische Stärke erreicht. Es war so laut, dass Selma sich zu ihrem Bruder hinüberbeugen und ihm ins Ohr schreien musste, um sich verständlich zu machen.

»Hast du eine Ahnung, was in Landon gefahren ist, dass es ihn auf die Bühne treibt?« Ihr gemeinsamer Freund, Detective Landon Ware, befand sich im Moment noch in der kleineren hinteren Bar, die bei den »Mann-des-Monats«-Wettbewerben als Backstagebereich diente. Bald genug würde die Moderatorin jedoch seinen Namen aufrufen, und er würde den roten Teppich entlang und auf die Bühne laufen, sich das Hemd herunterreißen, seine Muskeln spielen lassen und möglichst viele Stimmen zu gewinnen versuchen.

»Sieht ihm eigentlich nicht ähnlich«, meinte Selma. »Hat er dir gesagt, was los ist?«

»Kein Wort.«

»Komisch.« Sie warf Matthew einen Seitenblick zu und fragte sich, ob er Landon vielleicht Verschwiegenheit versprochen hatte. Geheimnisse bewahren konnten sie beide gut, aber da endeten die Ähnlichkeiten auch schon. Während Selma ein ziemlich wildes Mädchen geworden war, nachdem ihre leibliche Mutter sie beide verlassen hatte, war Matthew ein umso braverer Junge geworden. Das war wohl unvermeidlich gewesen – er war schon immer introvertiert gewesen, Selma dagegen so extrovertiert, wie man nur sein kann.

Dennoch wünschte sie sich, sie hätte vielleicht ein bisschen mehr auf ihren Bruder abgefärbt. Matthew sah von Natur aus gut aus, was sich noch verstärkt hatte, seit er ein Fitnessstudio betrieb, aber er hatte seit Ewigkeiten keine feste Freundin mehr gehabt. Nicht dass er auf Frauen nicht anziehend gewirkt hätte – daran lag es nicht. Er hatte Verabredungen genug, ging aber nie weiter. Angeblich hatte er immer zu viel zu tun oder musste trainieren.

Das stimmte vielleicht sogar, aber Selma vermutete, es verhielt sich eher umgekehrt: Matthew arbeitete und trainierte so viel, um nicht zu Dates gehen zu müssen. Er war ein wirklich netter Kerl, aber Frauen gegenüber schon immer schüchtern gewesen und hatte zwar hier und da eine Freundin, aber nie lange. Bei Selma war es zwar nicht anders, aber sie hatte auch gar nicht vor, sich in absehbarer Zeit dauerhaft für einen Mann zu entscheiden. Matthew dagegen sehnte sich danach, eine Familie zu gründen, und sie wünschte sich, sie könnte ihm etwas von ihrer eigenen durchgedrehten Lebhaftigkeit übermitteln.

Andererseits wünschte er sich wahrscheinlich, während er jetzt neben ihr saß, es gebe einen Weg, ihr etwas von seiner eigenen Bedächtigkeit zu vermitteln, um sie zu beruhigen.

»Du kommst doch morgen früh ins Fitnessstudio, oder?«, fragte er und musste wegen des Lärms fast schreien.

»Lädst du mich zum Frühstück ein?«

»Klar.«

»Dann komme ich.«

»Cool. Ich wollte dir einen Vorschlag machen, und – hey, ist das nicht Easton? Hast du mit ihm schon über den Verkauf der Destillerie gesprochen?«

Sie wandte sich in die Richtung um, in die er blickte, nur um zu erleben, wie sich ihr der Magen umdrehte. Es konnte nur Eifersucht sein, was sie jetzt empfand, als sie sah, wie Easton und Taylor die Köpfe zusammensteckten. Sein Gesicht sah sie zwar nicht, brauchte es aber auch gar nicht. Diese markante Silhouette war in ihr Gedächtnis eingegraben, und das dichte dunkle Haar war ebenso unverwechselbar wie die unglaublich breiten Schultern, die stark genug waren, eine Frau fest an sich zu ziehen.

Was zum Teufel hatten Taylor und er so intensiv miteinander zu besprechen? Hatten die beiden etwas miteinander? Hatte er sie deshalb zurückgewiesen?

Selma grübelte noch über diese unangenehme Möglichkeit nach, als Cam, der Barkeeper, sich an sie heranschob. Es war kein Wunder, dass er mit seinen schwülen blaugrauen Augen den Titel des Mr. März gewonnen hatte. Jetzt allerdings wollte er bloß ihre Bestellungen aufnehmen.

»Einen Bat Bourbon«, sagte Selma ohne jede Angeberei. Ihr eigener Bourbon war nun einmal der beste.

»Kommt sofort«, erwiderte Cam. »Vielen Dank übrigens für die Kiste, die du mir zum Einkaufspreis überlassen hast. Mina ist begeistert.« Mina war Cams Freundin; Selma war ihr ein- oder zweimal begegnet.

»Absolut nichts zu danken«, erklärte Selma. »Ich würde sagen, ein Barmann, der meinen Bourbon auch privat trinkt, ist eine wandelnde Anzeigenkampagne.«

»Kommt hin. Ich schwärme dafür. Aber ich habe gehört, du willst verkaufen? Hoffentlich stimmt das nicht.«

Sie verzog das Gesicht und zuckte mit den Schultern. »Doch, stimmt schon. Zeit fürs nächste Abenteuer.«

»Na dann.« Cam winkte einem Gast einige Plätze weiter zu, um ihm zu signalisieren, er würde gleich bei ihm sein. »Ich sollte mich wohl lieber noch mit ein paar Kisten eindecken, bevor jemand kommt und deine Marke ruiniert.«

Selma war plötzlich hellwach und alarmiert, aber bevor sie antworten konnte, war Cam schon beim nächsten Gast und goss Martinis ein.

»Glaubst du, er hat das ernst gemeint?«, fragte sie Matthew.

Ihr Bruder zuckte mit den Schultern. »Wenn du erst einmal

verkauft hast, kannst du jedenfalls nichts mehr machen. Und du hast meine Frage noch nicht beantwortet: Was hat denn Easton zum Verkauf gesagt?«

»Ach, das.« Sie nahm einen Schluck von dem Bourbon, den Cam ihr eingeschenkt hatte. »Er hat mich wieder weggeschickt.«

»Vielleicht, weil er sich um einen Sitz als Richter bewirbt? Er hat es zwar noch nicht offiziell angekündigt, aber im Fitnessstudio kriege ich ziemlich viele Unterhaltungen mit, und alle erwarten, dass er antritt.«

»Das wird's sein.« Die Worte klangen schärfer, als Selma beabsichtigt hatte, und Matthew warf ihr einen Seitenblick zu, der durchdringender wirkte, als ihr lieb war.

Sie zuckte mit den Schultern. Ob er sie nun nicht als Mandantin wollte, weil er wirklich zu viel zu tun hatte oder weil er sich lieber nicht mit einer Frau sehen lassen wollte, die kein einziges Chanel-Kostüm besaß, war eigentlich egal. Sie hatte immer noch keinen Anwalt, und der Vertragsabschluss stand unmittelbar bevor.

»Weißt du was? Ich rede noch mal mit ihm.«

»Gute Idee. Ich habe gehört, Taylor ist eine Mandantin von ihm. Wenn du ihn fragst, während er gerade mit ihr redet, bekommt er vielleicht Gewissensbisse und nimmt dich auch an.«

Sie hätte fast laut losgelacht. »Ich weiß ja nicht, großer Bruder … Wenn du so weitermachst, glauben die Leute noch, du wolltest mir nacheifern.«

»Ich versichere dir, dass meine Vorräte an Verschlagenheit ziemlich begrenzt sind. Das war's schon für dieses Jahr, glaube ich.«

Selma grinste ihrem Bruder zu, rutschte vom Barhocker und wollte zu Easton hinübergehen. Gleichzeitig merkte sie, wie der Klumpen aus harter, kalter Eifersucht sich auflöste, weil sie jetzt wusste, dass Easton einfach Taylors Anwalt war. »Ich stelle ihm nur eine kurze Frage, aber falls ich nicht zurück bin, wenn Landon auf die Bühne kommt, mach ein paar Bilder für mich.«

Matthew scheuchte sie weg, und sie machte sich auf den Weg zu den Tischen an der Bühne, wo Easton und Taylor saßen. Als er sich ihr zuwandte, weiteten sich seine wunderschönen Augen fast unmerklich, und obwohl er sich zu Recht über sie hätte ärgern können, las sie in diesen Augen nichts als die Wärme einer freudigen Überraschung.

Allerdings war es Taylor, die zuerst sprach. Sie brach in Gelächter aus und rief: »Batgirl!« Dann grinste sie. »Entschuldige, aber ich konnte nicht widerstehen. Ich nenne dich im Stillen so, seit ich dich zum ersten Mal selbst Lieferungen ausfahren sehen habe, wo doch dein Whiskey nach einer Fledermaus benannt ist. Ich liebe ihn übrigens.«

»Danke.«

»Aber hast du denn keine Lieferfahrer? Ich meine, inzwischen bist du doch ziemlich bekannt.«

»Ich habe jetzt aufgegeben und ein paar Leute eingestellt«, räumte Selma ein. »Aber ich fahre immer noch gerne selbst Lieferungen aus. So bleibe ich an den Kunden dran.«

»Tatsächlich?« Easton hatte seine Haltung verändert und schaute sie jetzt direkt an, sein Blick nachdenklich und interessiert.

Sie zuckte mit den Schultern, seltsam unbehaglich unter seiner intensiven Musterung, und wandte ihre Aufmerksamkeit wieder Taylor zu. »Ich bringe dir ein paar Flaschen vorbei.«

»Wirklich? Das wäre toll.«

»Kein Problem. Mundpropaganda ist die beste Werbung.«

»Danke schön«, grinste Taylor und freute sich wie ein Kind an Weihnachten, während Easton weiter seinen seltsam gedankenvollen Blick auf sie gerichtet hielt.

Selma runzelte die Stirn und überlegte, ob sie lieber gehen solle. Andererseits war sie einmal da und wollte jetzt die Gelegenheit nicht verstreichen lassen.

Sie räusperte sich. »Ich hoffe, ich störe nicht? Ich wollte noch etwas zu der juristischen Frage sagen, über die wir gesprochen haben.«

»Oh«, wehrte Taylor ab. »Das ist schon in Ordnung. Die Show fängt sowieso gleich an, und da sollte ich lieber, also, alleine sitzen und so.«

»Warum denn?«, fragte Selma.

»Na ja.« Taylor hob die Schultern. »Als Köder halt.«

»Was hast du …«

»Komm lieber mit«, unterbrach Easton. »Wir reden hinter der Bühne weiter.«

»Was ist denn los?«, fragte Selma, als Easton sie in den dunklen Flur lotste, der zu Tyrees Büro führte.

»Taylor wird von einem Stalker verfolgt«, erklärte er. »Und Landon hilft uns, ihn aus der Deckung zu locken.«

»Oh!«

»So viel darf ich dir verraten, weil das auch schon ein paar andere in der Bar wissen. Und ich unterstütze Taylor auch juristisch ein bisschen. Ich helfe ihr, aus einem Vertrag herauszukommen. Darüber darf ich aber nicht reden – Anwaltsgeheimnis.«

»Geht klar, ich frage auch nicht weiter.« Selma blieb vor Tyrees Tür stehen. »Nett von dir, ihr beizustehen, obwohl du so wenig Zeit hast.«

»Selma …«

»Es ist nur …«

»Was? Ich habe dir doch gesagt, ich kann deine Vertragssache nicht annehmen.«

»Wegen uns beiden? Oder wegen deines Wahlkampfs?«

»Macht das etwas aus?«

»Wahrscheinlich nicht«, gab sie zu. »Aber ich wüsste es gerne. Nenne es verwundete Selbstachtung.« Oder nenne es Libido, denn je mehr sie mit Easton zu tun hatte, desto klarer wurde ihr, dass sie ihn nur in zweiter Linie als Anwalt wollte. Nein, vor allem wollte sie Easton als Mann. Er ging ihr jetzt schon viel zu lange immer wieder im Kopf herum, und sie war damals sehr voreilig gewesen, ihn einfach sitzen zu lassen.

Jetzt wollte sie ihr Begehren befriedigen, bevor sie in ein Flugzeug stieg und sich nach Schottland verabschiedete.

Hinter ihnen öffnete sich unvermittelt die Bürotür und warf einen Lichtkeil zwischen sie. Tyree sah erst Selma an, dann Easton. »Geht ihr zur Show?«

»Gleich«, erwiderte Easton. »Wir klären nur noch kurz eine Rechtsfrage.«

»Na schön«, brummte Tyree und eilte den Gang hinunter zur Bar, wo die Moderatorin Beverly Martin, eine aufstrebende Schauspielerin, bereits mit der Ansage begonnen hatte.

»Und was wollen wir wirklich hier?«, fragte Easton.

Und obwohl sie es absolut nicht so geplant hatte, trat Selma mit einem begierigen Schritt auf ihn zu, stellte sich auf die Zehenspitzen und drückte ihren Mund auf seinen.

Zuerst reagierte er nicht, und sie fürchtete schon, er werde sie wegschieben, aber dann teilten sich seine Lippen, und seine Zunge drang heiß und fordernd in ihren Mund. Sein Arm legte sich um ihre Taille und zog sie an sich, bis ihre beiden Körper sich fest aneinanderpressten. Ihre Brüste drückten hart gegen seine Rippen – und sein Schwanz, ebenso hart und sehr verführerisch, gegen ihren Unterleib.

Sie hatte sich für den Abend umgezogen und trug jetzt ein schwarzseidenes Tanktop und einen Jeans-Minirock, dazu Seidenstrümpfe im kubanischen Stil mit schwarzem Strumpfgürtel.

Seine Hand schob sich unter ihr Oberteil; das Gefühl seiner Handfläche in ihrem Kreuz machte sie wahnsinnig. Dann wanderte seine Hand über ihren Hintern, und sie war sich sicher, dass er ihr als Nächstes die Finger unter den Rock schieben würde, um dort ihre triefnasse und nicht von einem Höschen verhüllte …

*O Gott, ja, bitte.*

Sie stellte sich ein klein wenig breitbeiniger hin, legte die Arme enger um seinen Hals und intensivierte den Kuss, als ob sie ihm mit der Zunge zeigen wollte, was er mit seinen Fingern anstellen sollte.

Aber auf einmal löste er sich von ihr, so schnell und brutal, dass es fast schmerzte.

»Meine Güte, Selma. Was tust du denn?«

»Ich? Ich würde sagen, das waren wir beide.« Er schwieg, und sie zog eine Grimasse. »Na schön. Ich dachte, mit Taten überzeuge ich dich eher als mit Worten. Außerdem hast du bloß gesagt, du nimmst mein Mandat nicht an, sonst hast du nichts von mir abgelehnt, soweit ich mich erinnere.« Sie stellte sich wieder auf die Zehenspitzen und küsste ihn leicht. »Oder sehe ich das falsch?«

Einen Moment fürchtete sie, er werde sie einfach stehen lassen und weggehen, aber dann nahm er ihre Hand und riss sie dicht an sich heran, drehte ihr aber dabei den Arm auf den Rücken. So hielt er sie fest – sie war gefangen, ihre Muskeln angespannt, aber wehrlos –, während er den Kopf senkte, um sie rasch zu küssen.

»Wir sind hier in der Öffentlichkeit.«

»Dann entscheide dich: Schick mich weg, oder bring mich irgendwohin, wo wir alleine sind.« Mit ihrer freien Hand ergriff sie seine und führte sie über ihren Oberschenkel bis zum Strumpfband, dann noch weiter, bis zu ihrer feuchten, heißen Mitte.

Er stieß die Luft aus. Der einfache Laut war voller Spannung und Erotik.

»Ich kann das nicht tun. Ich muss an meine Kandidatur denken.«

»Ganz bestimmt gibt es genug Politiker, die genau das tun.« Sie gab seine Hand frei und spürte mit Genugtuung, dass seine Finger weiter ihr Geschlecht umspielten. Dann machte sie sich daran, den Reißverschluss seiner Hose zu öffnen. Als sie sich den Weg gebahnt hatte, drang ihre Hand vor, um seinen Schwanz zu befreien.

»Fuck.« Mit einer bewussten Anstrengung trat er einen großen Schritt zurück und unterbrach allen Kontakt zwischen ihnen. »Selma, ich ... ich weiß nicht, was du hier für ein Spiel treibst, aber – nein. Ich lasse mich nicht wieder auf das Selma-Karussell locken. Nicht, wenn ich so verdammt viel zu verlieren habe. Es tut mir wirklich leid. Ich glaube, du weißt, dass ich dich haben will. Du hast den Beweis gerade gefühlt.«

Und dann, zum zweiten Mal in weniger als zwölf Stunden, ließ er sie stehen und ging.

Für Selma hieß das, er hatte ihr den Fehdehandschuh hingeworfen. »Ich nehme die Herausforderung an«, flüsterte sie. Während sie den Gang entlang zurückging, dachte sie schon über Plan B nach.

# 5

Für Easton ließ sich der gesamte Abend mit einem Wort zusammenfassen – frustrierend. Nicht nur hatten ihm Selmas Bemühungen eine unpassende, hartnäckige Erektion eingebracht, sondern als er zurückkam, um sich den Wettbewerb um den »Mann des Monats« anzuschauen, wurde Landon gerade zum Mr. August gekrönt – und Taylors Stalker hatte sich nicht blicken lassen.

»Entschuldige«, hatte er auf dem Weg nach draußen zu ihr gesagt. »Der Plan klang richtig gut.«

Sie hatte mit den Schultern gezuckt, gleichzeitig enttäuscht und erleichtert. Als Easton jetzt in seinem Auto saß, fühlte er sich im Grunde genauso, wenn auch aus anderen Gründen.

Enttäuscht war er, weil Selma nicht nackt unter ihm lag. Erleichtert war er, weil er sich richtig entschieden hatte. Wenn es um Selma Herrington ging, fehlte ihm jede Selbstbeherrschung. Sie war Kryptonit für ihn, und wenn er sich nicht losgerissen hätte und weggegangen wäre, dann hätte er Gott weiß was für einen Skandal zu vertuschen gehabt, um seinen Wahlkampf zu retten.

Doch, es war die richtige Entscheidung gewesen.

Auch wenn er sie immer noch begehrte.

Die Heimfahrt bis zu seinem Haus in Rollingwood, einem kleinen Stadtviertel im Süden Austins, dauerte nicht lange, und als er in die Garage fuhr, wusste er nur zweierlei sicher: Erstens brauchte er eine ausgiebige kalte Dusche. Zweitens würde auch ein doppelter Bourbon nicht genügen, um ihn zu entspannen.

Er ging durch den Haustechnikraum in den Flur und stellte seine Aktentasche dort auf der Bank ab, die sich die Wand entlangzog, bevor er durch die Spülküche in die eigentliche Küche weiterging.

Das Haus stammte aus den 1950er Jahren; der Architekt war ein Bewunderer Frank Lloyd Wrights gewesen und hatte es im Stil der Klassischen Moderne gehalten. Easton hatte nur wenig daran geändert, außer die Küche und das Bad zu erneuern und die Wände zu streichen.

Hinter dem Haus war es anders. Dort hatte er selbst, zusammen mit einigen Gelegenheitsarbeitern, mit viel Mühe einen terrassierten Garten angelegt, der sich über den angrenzenden Hügel erstreckte. Jetzt hatte er eine wunderbare überdachte Terrasse mit Freiluftküche, ein schmales Schwimmbecken mit einem Whirlpool an einem Ende und einen herrlichen Garten, in dem unzählige Blumen und Kräuter wuchsen.

Bevor er auf die Suche nach einem Haus gegangen war, war ihm nicht klar gewesen, wieviel ihm sein Zuhause bedeuten würde, aber weil er mit seinen Eltern, nachdem sie ihr Geschäft hatten schließen müssen, notgedrungen viel herumgezogen war, wollte er endlich Wurzeln schlagen. Und jetzt machte es ihn schon glücklich, einfach durch die Tür seines Heims zu treten.

Und weil der Beruf, für den er sich entschieden hatte, zufällig eine Menge Geld abwarf, mussten auch seine Eltern nicht länger zur Miete wohnen. Er hatte ihnen ein Häuschen in ihrem Heimatort in Connecticut gekauft; schade fand er nur, dass sie nicht zu ihm nach Texas ziehen wollten, weil ihnen dort, wie sie sagten, der Wechsel der Jahreszeiten fehlen würde.

In der Küche öffnete er gewohnheitsmäßig die Kühlschranktür, merkte aber, dass er keinen Hunger hatte, und ging weiter durch den offenen Durchgang ins Wohnzimmer und zu der eingebauten Bar. Er öffnete den Unterschrank und holte eine Flasche Dusk Flight Rye hervor – ausgerechnet, denn das war eine der bestverkauften Kleinserien aus Selmas Destillerie. Diese Frau ließ ihn einfach nicht los. Aber es war nun einmal sein Lieblingswhiskey, verdammt.

Im Barschrank gab es auch eine kleine Eismaschine, und er goss sich zwei Shots auf Eis ein. Als er dann mit der Fernbedienung die Vorhänge der Glasschiebetüren zur Terrasse öffnete, die die ganze Wand einnahmen, erwartete er, nur die kleinen Punktlichter zu sehen, die den Gartenpfad zur Terrasse markierten. Stattdessen empfing ihn das unverkennbare wässrige blaue Glühen der Whirlpoolbeleuchtung.

Stirnrunzelnd zog er sein Smartphone hervor, um nachzusehen, ob er den Whirlpool aus Versehen per App eingeschaltet hatte. Aber nein, die App war geschlossen.

Jemand hatte den Whirlpool von Hand eingeschaltet.

Und er hatte auch schon eine verdammt sichere Ahnung, wer das sein könnte.

Seufzend schob er die Tür auf und trat auf die Terrasse aus gebürstetem Beton hinaus. Vor ihm lag dunkel das Schwimmbecken, die Oberfläche vom Wind nur leicht gekräuselt.

Rechts aber erfüllte blaues Licht eine Ecke des Gartens, das sich aus dem dampfenden, blubbernden Wasser erhob und bizarre Schatten unter die Dachtraufen warf. Und dort, bis zum Hals im Wasser, die Arme an den Seiten ausgestreckt, saß Selma.

Easton rieb sich die Nasenwurzel zwischen zwei Fingern und trat auf sie zu. »Was zum Teufel willst du hier? Woher weißt du überhaupt, wo ich wohne?«

Sie hatte sich das Haar aus dem Gesicht gestrichen, ihr Mascara war verlaufen, und als sich der breite Mund zu einem verführerischen Lächeln verzog, hatte Easton nur noch den einen Gedanken, dass ihr Gesicht das Erotischste war, das er je gesehen hatte. Leider war das absolut nicht die Richtung, die er seinen Gedanken geben wollte.

»Du stehst in Matthews Adressliste«, erklärte sie. »Er hat sie mir letztes Jahr gegeben, als ich seine Geburtstagsparty organisiert habe. Deine Adresse habe ich behalten.« Sie neigte lässig und kokett zugleich den Kopf. »Ich dachte, vielleicht brauche ich sie noch mal. Und da hatte ich recht.«

Easton wusste nicht, wie ihm geschah. »Und meine Alarmanlage? Haus und Garten sind alarmgesichert.«

»Tja – sagen wir, ich habe ein paar ungewöhnliche Talente.« Sie grinste ihn verführerisch an. »Aber keine Sorge, im Haus bin ich nicht gewesen. Es war zwar nicht leicht – ich hätte zu gerne gesehen, ob dein Schlafzimmer so aussieht wie in meinen Träumen –, aber ich habe mich zurückgehalten.«

»Glaube ich gerne, dass es nicht leicht für dich war«, kommentierte er trocken.

»Du weißt gar nicht, wie schwer es war.«

Er legte sich die Hand vor die Stirn, um sich mit Daumen und Mittelfinger die Schläfen zu massieren. »Jetzt wird es aber Zeit, dass du gehst.«

Als er aufschaute, sah er sich ihrem erstaunten Blick gegenüber. »Meinst du das ernst? Früher warst du nicht so langweilig. Oder, Moment – doch, warst du.«

»Ich glaube, du meinst ›verantwortungsbewusst‹.«

»Hmmm.« Sie presste die Lippen zusammen und neigte den Kopf, als überlegte sie ernsthaft, ob das der Ausdruck war, den sie suchte. »Nope. Ich glaube, ich bleibe bei ›langweilig‹.«

»Selma ...«

»Was denn?«

»Du hast dir unbefugt Zutritt zu meinem Garten verschafft.«

»Stimmt. Aber nur, weil ich wusste, dass es dich nicht stört.«

Er widerstand der Versuchung, sich erneut die Schläfen zu reiben. »Es stört mich aber.«

»Stimmt. Sieht so aus.« Sie schnalzte mit der Zunge. »Also, was soll das heißen? Soll ich gehen?«

»Du hast es kapiert.«

»Ach so. Na gut.« Sie stand auf. Das Wasser lief ihren nackten Körper hinab. Die unwirkliche Beleuchtung ließ ihre Haut glänzen und hob die verschiedenen Tattoos hervor. Und in diesem Moment vergaß Easton mehr oder weniger zu atmen.

»Mein Gott, Selma«, krächzte er.

»Entschuldige. ›Verantwortungsbewusst‹ heißt wohl auch ›verschämt‹, nehme ich an?« Sie rutschte wieder ins Wasser zurück, aber das änderte nichts, weil sich ihm der Anblick ihres Ausnahmekörpers ins Gedächtnis gebrannt hatte. Ihre üppigen Brüste mit den dunkeln Warzen, die er in seinem Mund spüren wollte. Diese schmale Taille, wie gemacht dafür, dass er seine Hand darumgleiten ließ. Diese langen, schlanken Oberschenkel, die hinauf zu ihrer rasierten Scham führten. Seine Vorstellungskraft lief Amok, und sein Körper stand in Flammen bei dem bloßen Gedanken, wie sich Selma unter seinen Fingern anfühlen würde, wie weich sich ihre Haut an seinen Mund schmiegen würde und wie tief und rau ihre Stimme klingen würde, wenn er sie so hart zum Orgasmus brachte, dass sie schrie.

Sie räusperte sich, und als er zusammenzuckte, lachte sie und ließ sich tiefer in den Whirlpool gleiten. »Kannst du mir vielleicht ein Handtuch bringen? Oder komm doch einfach mit rein.«

Er wünschte sich, die Versuchung wäre nicht ganz so groß, aber er zwang sich, zu dem zedernholzfurnierten Kasten hinüberzugehen, in dem die Pool-Handtücher aufbewahrt wurden. Er wählte eins aus und legte es auf der Umrandung ab, wo sie es leicht erreichen konnte.

Sie seufzte. »Hör mal, Easton. Sei mir nicht böse. Vielleicht habe ich's heute Abend ein bisschen übertrieben, aber letztlich versuche ich, auch verantwortungsbewusst zu sein, genau wie du. Ich brauche wirklich einen Anwalt. Ganz ehrlich. Und deshalb bin ich zu dir gekommen.«

»Ach komm, in dieser Stadt gibt es Hunderte Anwälte.«

»Schon, aber bist du nicht der beste?«

Er antwortete nicht, sondern blickte sie nur mürrisch an.

Sie verdrehte die Augen. »Ich habe an mindestens ein halbes Dutzend andere gedacht, aber du bist der, den mir alle empfehlen. Aber du willst mein Mandat nicht annehmen. Nicht mal ein ganz kurzfristiges, für eine Kaufvertragssache, die längst durch sein dürfte, bis du deine Kandidatur für dieses Richteramt ankündigst. Vielleicht liegt der wahre Grund ja auch ganz woanders. Vielleicht willst du mich bestrafen, weil ich dich vor über einem Jahrzehnt sitzen lassen habe? Das wäre ziemlich kleinlich. Ich meine, heißt es nicht, der menschliche Körper erneuert sich alle sieben Jahre? Du bestrafst mich demnach für etwas, was jemand anders getan hat.«

Er musste unwillkürlich lachen. »Originelles Argument.«

»Ich brauche wirklich Hilfe. Ich bin nun einmal so, wie ich bin, Easton.«

»Ziellos?«

»Eher sorglos«, gab sie zurück.

»Verantwortungslos?«

»Verdammt«, fauchte sie und klang jetzt ernsthaft gereizt. »Ich habe dir doch gesagt, dass ich diese Sache richtig machen will. Ich will sichergehen, dass ich genug Geld aus diesem Deal bekomme und dass der Käufer die Marke, die ich aufgebaut habe, nicht kaputt machen kann.«

Er trat einen Schritt auf sie zu. »Dann erklär mir mal, warum du überhaupt verkaufst. Weil du enormes Glück hattest und deine Destillerie so ein Überraschungserfolg ist? Weil es dir vor der harten Arbeit graut, die jetzt auf dich zukommt, um den Betrieb am Laufen zu halten? Das ist doch deine Art, oder? Abhauen, bevor es eine Verpflichtung wird?«

»Weißt du was, Easton? Scheiß auf dich. Harte Arbeit hat mir noch nie Angst gemacht. *Noch nie.* Dass ich nicht den Rest meines Lebens im Businesskostüm herumlaufen und Tag für Tag denselben verdammten Job machen will, heißt nicht, dass ich weniger wert bin als du.«

Sie stand wieder auf, ihr nasser nackter Körper schimmerte. »Ich suche mir einen anderen verdammten Anwalt.«

Mit einer wütenden Bewegung schlang sie sich das Handtuch um und kletterte aus dem Pool. Dann stapfte sie zu dem Tischchen unter der Terrassenmarkise, wo sie ihre Kleider zurückgelassen hatte.

Er schaute wie gebannt zu, als sie einen Fuß auf einen Stuhl stellte und sich ohne das geringste Zögern von den Zehen bis zum Hals abtrocknete.

Sie unterbrach sich lang genug, um ihm einen empörten Blick zuzuwerfen, griff dann nach ihrem BH – einem Retro-Modell in Form zweier spitzer Tüten – und zog ihn an. Als Nächstes legte sie sich einen Strumpfhaltergürtel um die Hüften und zog sich die Strümpfe über die Beine. Ihm fiel auf, dass sie kein Höschen anzog. Es lag auch gar keins auf dem Tisch, soweit er sehen konnte.

Als sie nach ihrem Rock greifen wollte, hielt er es nicht mehr aus. »Hör auf.«

Sie starrte ihn mit herausforderndem Blick an.

»Schamhaft bist du überhaupt nicht, oder?«

»Warum denn?«, entgegnete sie. »Es ist doch nur ein Körper.«

Er schluckte. »Nein. Eben nicht. Deiner zumindest ist mehr ein Kunstwerk.«

Ihre Lippen teilten sich, schlossen sich wieder, und ihre angespannte Miene entspannte sich. »Danke schön.«

Er trat einen Schritt auf sie zu, und je näher er kam, desto stärker knisterte es zwischen ihnen. »Wenn ich dir nun sagte, dass ich dich will? Gleich hier, sofort?«

Sie musterte ihn langsam, hielt nur kurz am Reißverschluss seiner Hose inne. »Angesichts der Beweislage würde mich das nicht überraschen«, kommentierte sie.

»Du willst mich doch auch.«

Sie schwieg einen Moment, dann machte sie einen Schritt auf ihn zu. Sie nahm seine Hand, führte seine und ihre Finger zwischen ihre Oberschenkel und stöhnte auf, als seine Fingerspitzen ihre feuchte Hitze fanden. »Und ob«, murmelte sie. »Stimmt schon.«

Er hätte fast die Beherrschung verloren, sie an sich gerissen, sie mit einem Kuss überwältigt, um sie rücklings über den Tisch zu werfen und sich in sie zu graben.

Sie sagte nichts, sondern hob seine Hand jetzt langsam an ihren Mund saugte so fest an seinem nassen Finger, dass es sich fast anfühlte, als schließe sich ihr Mund um seinen Schwanz. Als sie ihn wieder freigab, lag eine Andeutung von Triumph in ihrem Lächeln. »Aber ich habe gehört, es gebe einen Unterschied zwischen Willen und Willenskraft.«

»Wer das gesagt hat, war ein verdammter Idiot«, knurrte Easton, und Selma brach in Lachen aus.

»Vorschlag.« Sie trat näher, umschloss seine Männlichkeit mit ihrer Handfläche. »Du bist doch ein vernünftiger Mensch. Ich habe eine schnelle Vertragssache zu erledigen. Und wir beide kommen offensichtlich sowieso nicht voneinander los. Wir ändern beide unsere Regeln: Du übernimmst meinen Fall, und ich lasse dich nicht wieder sitzen. Wir rammeln wie die Hasen, bis wir übereinander hinweg sind. Und dieses Abkommen ist völlig ohne Risiko, weil ich ja sowieso die Destillerie verkaufe und mich nach Schottland davonmache.«

Langsam streichelte sie seinen Schwanz, der jetzt unter der Anzughose, die er immer noch trug, steinhart war. Ebenso langsam ging sie in die Knie, ihre Finger machten sich an seinem Reißverschluss zu schaffen. »Was hältst du davon? Sauberer kann eine oberflächliche Affäre doch kaum über die Bühne gehen.«

Eine innere Stimme rief ihm zu, es werde ihm noch leidtun, wenn er darauf einging. Aber Easton wühlte nur mit den Fingern in ihrem Haar und wandte sein Gesicht den Sternen zu, als sie seinen Schwanz in den Mund nahm. »Gut«, keuchte er und packte die Tischkante, um nicht das Gleichgewicht zu verlieren. »Abgemacht. Das ist ein Deal.«

# 6

Selma ließ seinen Schwanz hervorschnellen, hart, prall, absolut vollkommen. Sie nahm ihn in die Hand und kostete die Macht aus, die sie über diesen Mann hatte, das Wissen, ihn auf die Knie zwingen zu können. Zuerst leckte sie ihn und genoss, wie sich sein Körper anspannte und wie es sie erregte, dass sie ihm Lust brachte. Und als er die Hände in ihren Haaren vergrub und ihren Mund an seinem Schwanz entlangführte, genoss sie es nur noch mehr.

Sie hatte es gerne wild. Sie wollte sich ihm hingeben, sich seinen Launen ergeben, ihn befriedigen und sich von ihm benutzen lassen. Sie wusste ja, dass danach sie an der Reihe war und er sie bis hinauf zu den Sternen katapultieren würde.

Selbst nach so vielen Jahren erkannte sie noch wieder, wie er sich anfühlte. Wie er schmeckte. Er war schon als Jurastudent ein geschickter Liebhaber gewesen. Eine Berührung von ihm ließ sie feucht werden; wenn er sie mit der Zunge streifte, kam sie zum Höhepunkt. Aber damals hatte er den letzten Schliff noch nicht gehabt, und der Easton, der jetzt vor ihr stand, war ein in vieler Hinsicht geschliffener Mann. Ein Mann, der ein Mädchen an dunkle Orte führen und sie mit Licht erfüllen konnte.

O Gott, wie sie sich danach sehnte.

Er stieß rascher in sie hinein, sie umklammerte seinen Hintern, hielt ihn fest, wünschte sich, er hätte die Hose ausgezogen. Sie wollte ihre Haut auf seiner spüren. Sie wollte ihn ganz.

»Baby, es fühlt sich so gut an. Ich bin ganz dicht dran.«

Sie saugte fester, aber dann löste er sich sanft von ihr. »Ich will dich spüren. Ich will *uns* spüren.«

Und dann, als ob er zeigen wollte, dass seine Gedanken ein Echo ihrer waren, fügte er hinzu: »Ich muss diese verdammten Klamotten loswerden.« Rasch zog er Hose und Sakko aus, behielt aber das Hemd an. Sie wollte eigentlich fordern, dass er es auch auszog, überlegte es sich aber anders. Es gefiel ihr, wie sein steifer Schwanz unter den Hemdschößen hervorragte. Der bloße Anblick erregte sie, und sie war schon so dicht dran.

»Bitte«, hauchte sie und griff sich an den Hintern, um den Strumpfgürtel zu lösen.

»Von wegen. Das ist zu vollkommen. Umdrehen. Bück dich.«

»Was?«

Er versetzte ihr einen Klaps auf den Hintern. Sie wurde fast ohnmächtig vor Lust. »Bück dich, habe ich gesagt.«

Sie gehorchte und hielt sich an der Kante des Tischchens fest. Ihre Brüste pressten sich gegen die kühlen Fliesen der Tischplatten, ihr Hintern reckte sich ihm entgegen.

»Du bist einfach fantastisch. Mach die Beine breit.«

Wieder gehorchte sie, und er glitt mit der Eichel ihre Hinternspalte auf und ab und reizte ihre Vulva, bis sie ihre ganze Willenskraft aufbieten musste, um nicht hinzufassen und sich selbst zu berühren.

Warum eigentlich nicht?

Sie griff sich mit einer Hand zwischen die Beine und stimulierte ihre Klitoris, während er sie mit der Spitze seines Schwanzes anfeuerte.

»Das ist heiß«, stöhnte er. »Mach weiter damit.«

»Nein, Sir«, sagte sie und lächelte, als er gequält aufstöhnte. Offenbar genoss er das Spiel ebenso wie sie. »Fick mich endlich.« Sie war so erregt, dass sich ihre Muskeln bereits zusammenzogen, um ihn in ihre Vagina zu ziehen. »Ich brauche dich in mir.«

»Was du willst. Kleinen Moment.«

Sie wollte nicht warten, auch keinen kleinen Moment. Sie wollte alles, und sie wollte es sofort. Aber sie sagte sich, dass gut

Ding Weile haben will, und harrte geduldig aus, während er ein Kondom aus seiner Brieftasche zog und überzog. Seine Hand glitt über sie; er stöhnte. »Du bist so nass. Ich besorge es dir richtig tief.«

»Los.« Mehr brachte sie nicht heraus. Sie kannte keine Wörter mehr. Sie kannte nur noch Empfindungen.

Und dann spürte sie ihn. Erst der Druck an ihren Schamlippen, und dann sein erster fester Stoß in sie hinein. Sie schloss die Augen und genoss es, ihn in sich zu spüren, wie er sie ausfüllte, wie sie sein wurde. Und als er anfing, rhythmisch in sie hineinzustoßen, vergaß sie alle Vernunft, alle Gedanken, und sie kannte nur noch das einmalige, stetig anwachsende Gefühl eines heftigen Orgasmus, der sich in ihr aufbaute, genährt von den wilden, tiefen Stößen seines Schwanzes und der drängenden Härte, mit der ihre Finger die eigene Klitoris reizten.

Mehr und mehr, tiefer und tiefer. Sie spürte in ihrem Inneren, wie sich sein Körper anspannte, wie sich seine Muskeln um sie krampften. Er packte sie am Hals und hob ihren Kopf, sodass er sie in der Schwebe hielt und ihre Brüste nicht mehr auf dem Tisch ruhten. Er ritt auf ihr, und ihr Körper war ihm völlig ausgeliefert.

»Komm jetzt für mich.«

»Bitte«, stöhnte sie. »Mehr.«

Er reizte mit der freien Hand ihren Hintern. »Ist das mehr?«, flüsterte er. »Oder wie wär's damit?«, fragte er und leckte ihre Ohrmuschel. »Komm jetzt«, befahl er. »Ich will spüren, wie es dich zerreißt!«

Sein Atem strich über ihr Ohr, und das war der letzte Anstoß. Elektrische Finger schossen durch ihren Körper, jeder einzelne auf ihre Mitte gerichtet. Sie fühlte sich lebendig, sie stand in Flammen. Sie fühlte sich wie reine Energie, wie die Sterne, wie der verdammte Urknall.

»Jetzt«, drängte er. »Lass es kommen.«

Als ob sie keine Wahl hätte, als diesem Mann zu gehorchen,

spürte sie, wie die Welt unter ihr zerbarst. Sie explodierte. Sie fiel auseinander. Sie stieg in den Himmel auf.

Und dann, ganz sanft, sank sie auf die Erde zurück und ihm in die Arme.

Er genoss ihre Wärme, als sie sich im Bett aneinanderschmiegten. Er hatte sie hineingetragen, und jetzt wollte er nichts anderes mehr, als sie festzuhalten und sicher an sich zu drücken. Seine Finger tanzten träge auf ihrer Haut, hielten auf dem Tattoo unter ihren Brüsten inne, direkt über ihrem Herzen. *Bitte.*

»Was bedeutet das?«

Sie kuschelte sich an ihn. »Erzähle ich dir später. Im Moment will ich einfach nur wissen, wie du meinen Deal aushandelst.«

Er lachte, gehorchte ihr aber gerne und bat sie, ihm den Stand der Dinge zu schildern. Sie erzählte ihm, wie sie die Verhandlungen bis jetzt geführt hatte, er stellte einige Fragen und war angenehm überrascht, wie überlegt sie antwortete und wie gut sie sich offensichtlich vorbereitet hatte.

»Also, meine oberste Priorität ist, für dich so viel Geld wie möglich herauszuholen. Danach bist du allerdings raus. Du verkaufst ja die Marke, und das heißt, du kannst dann keinen Einfluss mehr nehmen, auch wenn der Käufer sie an die Wand fährt. Dann bleibt dir nur noch die Befriedigung eines vollen Bankkontos.«

Sie runzelte die Stirn. »Ich finde, das klingt nicht sehr gut.«

»Lässt sich leider kaum ändern. Aber ich überlege ein bisschen. Ich will dich so gut wie möglich absichern. Und es kommt immer darauf an, was sich in den Verhandlungen ergibt. Da lässt sich oft mehr herausholen, als man glaubt.«

»Das klingt, als genießt du es.«

»Tue ich auch.«

»Kannst du das als Richter auch noch?«

Er dachte über die Frage nach und war überrascht, dass sich in seinem Magen ein Knoten bildete. »Ehrlich gesagt, nein. Als Schiedsmann schon, aber ein Richter spielt nach anderen Regeln.«

»Warum willst du dann einer werden?«

Die nächste schwierige Frage. Dieses Mädchen warf ihm keine leichten Bälle zu. »Einmal natürlich wegen des Ansehens.«

»Ich glaube nicht, dass dir das derart viel bedeutet.«

»Nein, aber es gehört auch Macht dazu. Man kann etwas bewegen, meine ich.«

»Ich dachte, als Richter legt man das Gesetz aus und wendet es an«, gab sie zurück. »Wenn du etwas bewegen willst, solltest du dann nicht lieber in die Politik gehen?«

Da hatte sie nicht unrecht, musste er sich eingestehen.

»Warum kandidierst du also für ein Richteramt, anstatt einfach in der Kanzlei zu bleiben? Oder meinetwegen, statt dich als Senator zu bewerben?«

Diese Frage zu beantworten fühlte er sich außerstande, wenn er, wie jetzt, übermüdet und ausgelaugt vom Sex war, also drehte er den Spieß um. »Und warum verkaufst du deine Destillerie?«

Ihr Lachen klang wie klingelnde Glöckchen. »Ach, ganz einfach – weil ich es will.« Sie grinste. »Und das hier will ich auch.«

Mit einer raschen Bewegung setzte sie sich rittlings auf ihn und grinste wieder, um dann langsam auf ihm hinunterzurutschen, bis sie seinen Schwanz wieder in den Mund nehmen konnte. Er wollte sie eigentlich ermahnen, seiner Frage nicht auszuweichen, aber noch mehr wollte er das Gefühl, wie ihr heißer kleiner Mund wunderbare Sachen mit seinem Körper anstellte.

Für seinen Geschmack zog sie sich viel zu früh zurück, aber als dann ihre Vulva ihren Mund ablöste und sie heftig und schnell auf ihm ritt und ihn bis an den Rand brachte, konnte er sich nicht mehr beklagen. Insbesondere nicht, als sie ihn zu einem so heftigen Orgasmus brachte, dass er schon fürchtete, seine Lustschreie könnten ihm eine ruinierte Stimme einbringen.

Und dann, als sie flüsterte: »Fertig zur nächsten Runde?«,

zuckte sein eifriger Schwanz schon wieder und richtete sich abermals auf.

Sie würde, dachte er, noch sein Tod sein.

Um vier Uhr früh hatten sie einander dann endlich beide erschöpft, und er küsste sie sanft auf die Schläfe, als sie in seinen Armen einschlief.

Um fünf musste er wieder aufstehen, um einen Flug zu bekommen.

Er hatte noch nie eine Frau in seinem Bett zurückgelassen, wenn er nicht zu Hause war. Aber er zögerte keinen Augenblick, Selma schlafen zu lassen.

Anstatt sie hinauszuwerfen, streifte er lediglich ihre Wange sanft mit seinen Lippen und flüsterte ihrem schlafenden Körper zu, sie könne bleiben, so lange sie wolle.

# 7

»Du hast eben erst eine Stunde lang trainiert, und jetzt willst du das alles essen?« Selma rümpfte die Nase über den Stapel Pfannkuchen, den Schinken, das Omelette und die Hash Browns, die eine Kellnerin gerade vor Matthew auf den Tisch geschoben hatte. Sie saßen im Magnolia Café an der South Congress Street, und ihr Bruder wollte sich hemmungslos vollstopfen, während sich Selma mit einem einzigen armseligen Frühstückstaco begnügte.

Gut, er war nicht wirklich armselig, weil die Portionen im Magnolia immer riesig ausfielen. Aber mit Matthews Frühstück hätte man eine Kleinfamilie sattbekommen.

»Deswegen brauche ich ja ein ordentliches Frühstück«, konterte Matthew. »Außerdem weißt du genau, dass ich nicht immer so viel esse.«

Das stimmte allerdings. Matthews Trainingsdiät fand Selma gewöhnlich ebenso seltsam wie abstoßend. Aber wenn sie sich, wie sie es einigermaßen regelmäßig taten, zum gemeinsamen Frühstück trafen, ließ ihr Bruder alle Mäßigung beiseite, wie jetzt gerade wieder der Haufen Kohlenhydrate bewies, der vor ihm stand.

»Außerdem«, fügte er hinzu, »hättest du auch nicht diesen Drang, dich immer von Salat zu ernähren, wenn du trainieren würdest.«

»Moment mal – ist das hier etwa kein riesengroßer Frühstückstaco? Und ich ernähre mich keineswegs nur von Salaten. Sie sind einfach meine Grundlage, damit ich, wenn ich Lust auf etwas Dekadentes kriege, kein schlechtes Gewissen haben muss.«

Er spießte sich ein großes Stück Pfannkuchen auf die Gabel.

»Nichts dagegen. Aber Trainieren ist auch gut gegen Gewissensbisse, und du hast einen Bruder, dem zufällig ein Fitnessstudio gehört. Ich kann dir alle guten Maschinen empfehlen.«

Selma verdrehte die Augen. »Ich trainiere wirklich schon genug. Erst letzte Nacht hatte ich ein tolles Workout.«

Ein *richtig* tolles Workout, in der Tat, und einen Moment gab sie sich ganz der Erinnerung daran hin. Selbst der Morgen war noch unglaublich gewesen. Er hatte sie über Nacht bleiben lassen – was angesichts ihres anfänglichen Verhältnisses zueinander schon ein Wunder war. Dabei hatte er früh aufstehen müssen, um sein Flugzeug nach Dallas zu erwischen, und anstatt sie hinauszuwerfen, hatte er ihr nur sanft die Wange geküsst und gesagt, sie könnte so lange bleiben, wie sie wollte.

Wenn sie nicht mit ihrem Bruder verabredet gewesen wäre, läge sie jetzt womöglich immer noch nackt in seinem Bett und wartete auf seine Rückkehr.

Dieser Gedanke entlockte ihr einen Seufzer. Matthew kniff die Augen zusammen und legte die Gabel weg.

»Easton? Mann, Selma – was soll das, sich mit ihm einzulassen? Du hast mir heute früh gesagt, dass du es geschafft hast, ihn als Anwalt zu kriegen. Du hast nicht gesagt, dass du auch mit ihm schläfst.«

»Wenn es dich beruhigt – geschlafen haben wir kaum.«

»Keine Witzchen, bitte. Meine Güte, Selma. Du weißt genau, dass man auf diese Weise keine Geschäfte betreibt.«

»Vertrau mir. Es ist in Ordnung. Mir geht's gut.« Sie griff über den Tisch und schnappte sich ein Stück Schinken. »Aber danke für deine Besorgnis.«

Er rollte die Augen, aber es stimmte schon, dass er sich zu viele Gedanken um sie machte. Letztlich standen für ihn immer Matthew und Selma gegen den Rest der Welt. Beide liebten zwar ihre Eltern sehr, aber Selma und ihr Bruder hatten zusammen die Hölle durchgemacht und überlebt. Schläge, wochenlang nur Wasser und

Cracker. Tag für Tag hatten sie vorgeworfen bekommen, wertlos und nur im Weg zu sein.

Ein bisschen besser war es geworden, als ihr leiblicher Vater verschwunden war. Immerhin hatte die Frau, die ihre Mutter war, ihnen nicht mit einem Gürtel den Rücken blutig geschlagen, sondern die beiden Kinder größtenteils ignoriert. Als ihr dann das Geld ausgegangen war, hatte sie sich an die örtlichen Obdachlosenheime gewandt, und dort hatten es die Kinder ein wenig leichter gehabt. Die Erwachsenen dort hatten sie schnell ins Herz geschlossen, und Matthew und Selma hatten diese Zuneigung erwidert.

Aber jedes Mal hatte ihre leibliche Mutter sie kurz darauf aus dem betreffenden Heim wieder herausgerissen und war mit ihnen ans andere Ende der Stadt oder des Staates weitergezogen. Überall hinterließen sie eine Spur von Menschen, die sich gerne um sie gekümmert hätten, wenn man sie nur gelassen hätte. Stattdessen landeten sie eines Tages in Austin, völlig haltlos. Nur Matthew und Selma und ihre leibliche Mutter.

Dann hatte auch die sie im Stich gelassen, und von da an war es wirklich Matthew und Selma gegen den Rest der Welt gewesen.

Selbst nachdem die Herringtons sie aus der Pflegefamilie weg adoptiert hatten, war es den Kindern schwergefallen, Zuneigung zuzulassen, zumindest Selma. Sie hatte immer auf das böse Ende gewartet, das nachkommen würde.

Vielleicht wartete sie immer noch darauf.

Selma seufzte und trank nachdenklich einen Schluck Kaffee. Jawohl, sie hatte einen Knacks. Aber im Grunde hätte sie jedes Recht gehabt, noch sehr viel verkorkster zu sein.

Sie spießte ein Stück Wurst aus ihrem Taco auf die Gabel. Als sie aufblickte, sah sie, wie Matthew sie anstarrte. »Was denn?«

»Es ist nicht in Ordnung, Selma.«

»Unsinn, Matthew. Vertrau mir zur Abwechslung mal. Ich bin

fünfunddreißig. Ich versichere dir, ich kann auf mich aufpassen.«

Er wollte etwas entgegnen, aber sie schüttelte energisch den Kopf.

»Nein. Themenwechsel. Was ganz anderes: Hast du schon mit Mom und Dad gesprochen? Sie haben mich vorgestern angerufen, aber ich habe kein Wort verstanden. Wo sind sie jetzt eigentlich?«

»In China. Kaum zu glauben, was? Mom hat mir gestern Abend eine E-Mail geschrieben. Sie sind auf dem Weg von Peking nach Shanghai.«

Ihre Adoptiveltern – die einzigen Erwachsenen in ihrem Leben, die es verdienten, Eltern genannt zu werden – hatten sich kürzlich zu einer fünfmonatigen Abenteuerreise um die Welt aufgemacht. »Siehst du?«, sagte Selma. »Sie sind eben impulsiv. Nicht nur ich.«

»Könnte man sagen. Wenn man vier Jahre Reiseplanung spontan nennt.«

»Auch wieder wahr. Aber was ist eigentlich mit dir? Bist du nicht auch gerade ungewöhnlich spontan für deine Verhältnisse?«

»Du meinst wegen des Studios?«

Sie nickte. Sie hatten sich am Morgen in seinem Fitnessstudio in der Innenstadt an der Lavaca Street getroffen, wie immer, wenn sie gemeinsam frühstücken gingen, aber diesmal hatte er sie, anstatt wie sonst sofort mit ihr aufzubrechen, durch alle Räume geführt, ihr die verschiedenen Trainingsgeräte und die Anschaffungskosten erklärt, den Grundriss, die Mitgliederstatistiken.

Und dann hatte er ihr gesagt, er plane, eine Kette aufzumachen.

Bereits jetzt hatte er mehrere Filialen in Austin, leitete aber alle noch selbst; nur den laufenden Betrieb überließ er jeweils einem Geschäftsführer. Er hatte schon öfter davon gesprochen, den Namen zu vermarkten, Lizenzen zu vergeben und eine Fitnessstudiokette zu gründen, aber sie hatte das immer für unverbindliches Gerede gehalten. Aber heute klang alles so konkret, als wäre es schon im Gang. Mit Anwälten, Papierkram und Geldzahlungen.

»Bist du dir sicher, dass du das wirklich willst?«, fragte sie. »Ich meine, ich will's dir nicht vermiesen, aber bist du dir sicher?«

»Und ob«, erwiderte er ohne das geringste Zögern. »Warum denn nicht?«

»Weiß ich nicht. Es ist ein ziemlicher Einschnitt. Und wenn es schiefgeht?«

»Warum sollte es denn?«

»Keine Ahnung. Weil irgendetwas passiert.«

Er nickte langsam. »Es bleibt ja dabei, dass ich der Leim bin, der die ganze Kette zusammenhält. Ich vertraue niemandem so wie mir. Nicht mal dir.«

»Hurra für dein Selbstvertrauen, aber es läuft eben nicht immer so, wie man will, das weißt du auch. Du bringst die Sache in Gang, und zack, wird sie dir unter den Füßen weggezogen. Nichts ist je wirklich sicher.«

»Vielleicht nicht. Aber es ist einen Versuch wert, das zu ändern.« Er neigte den Kopf und sah sie nachdenklich an. »Bist du nervös für mich?«

»Immer«, gab sie zu.

»Glaubst du, ich schaffe das?«

»Du bist einer von denen, die alles schaffen können.«

»Außer wohl, eine gute Frau zu finden.«

»Schaffst du auch noch«, versicherte sie ihm entschlossen. »Eine, die dich auch wert ist.« Ihr Smartphone piepste, und sie runzelte die Stirn. »Mein Terminkalender. Ich muss los. Free-Tail gehört zu den Sponsoren für das Wohltätigkeitsessen heute Abend im Winston Hotel, und ich habe Kellner von einer Zeitarbeitsfirma ausgeliehen, die ich einarbeiten muss.«

»Nur zu. Ich bleibe noch und verzehre ganz in Ruhe meinen Berg Pfannkuchen.«

Sie rutschte von der Sitzbank.

»Hey.« Das eine Wort von ihm ließ sie innehalten.

»Was denn?«

»Du kannst auch alles schaffen«, sagte Matthew.

»Ich weiß. Und das heißt, ich kann auch alles machen, was ich will.« Sie zwinkerte ihm zu, drehte sich um und eilte zur Tür.

Das Letzte, was Easton nach seiner unerwarteten Nacht der Ausschweifung und Sünde gewollt hätte, war, eine warme und willige Frau in seinem Bett zurückzulassen, nur um zu einer stundenlangen nervtötenden Anhörung nach Dallas zu fliegen. Besonders, weil, als er kurz nach siebzehn Uhr wieder zu Hause ankam, das Bettzeug kalt und die Frau verschwunden war.

Das Zweitletzte, was er nach einer Nacht voller wildem, akrobatischem Sex, gefolgt von einer langweiligen Anhörung, gewollt hätte, war, sich im großen Ballsaal des Winston Hotels von Austin wiederzufinden und versuchen zu müssen, genug Gehirnzellen in Gang zu bringen, um den geforderten Small Talk abliefern zu können. Und doch befand er sich jetzt genau dort, direkt am Eingang zu einem der vielen Wohltätigkeitsbälle, die seinen Namen so effizient wie mit einem Fingerwischen über das Tinder-Display den Wählern und den wichtigen Leuten der Stadt bekannt machen würden.

Und wenn er bedachte, dass er kaum geradeaus laufen konnte, wollte er noch viel weniger hier sein.

Aber Easton hatte ein Ziel, und Judge Coale und er hatten einen Plan, dieses Ziel zu erreichen. Das hieß, dass er auf dieser Feier war, um zu arbeiten, auch wenn Selma ihn bis zum Mond geritten und dabei völlig ausgelaugt hatte.

Er holte Luft, rückte seine Krawatte gerade und trat ins Chaos des Ballsaals ein. Sofort drückte ihm eine Kellnerin in einem schwarzen Tanktop ein Glas Bourbon in die Hand. Er nahm einen Schluck und war beeindruckt von dem weichen Aroma, das gerade genug Feuer hatte, um das Trinken wirklich zu lohnen. Er schaute auf und erstarrte, als er das Free-Tail-Logo auf dem Tanktop der Kellnerin bemerkte. Denn dort stand sie. *Selma.* Drüben auf der anderen Seite des Saals.

In einem Meer seriöser Anzüge und konservativer Kleider fiel Selma Herrington auf wie ein bunter Hund – ein Hund mit Sexappeal allerdings. Sie trug hautenge schwarze Lederhosen und dazu das gleiche Tanktop mit Logo wie ihr Personal. Ein roter Gürtel hob ihre schmale Taille hervor, und ihre Beine wirkten noch länger auf den zehn Zentimeter hohen Absätzen. Unter dem Top trug sie einen spitzen Retro-BH. Manchen modernen Männern mochte er nicht gefallen, aber er fand ihn höllisch erotisch – wie auch die Anspannung hinter seinem Reißverschluss bewies, die ausgelöst wurde sowohl durch ihren Anblick in diesem Moment als auch durch die Erinnerung daran, wie sie, gekleidet nur in diesen BH, ihre Strümpfe und den Strumpfhaltergürtel, am Abend zuvor ausgesehen hatte.

Ihr Lippenstift war feuerwehrrot. Ihr kurzes Haar hatte sie zu stachligen Spitzen gegelt und mit Pink und Grün statt Blau akzentuiert.

Sie sah höllisch sexy aus, wild wie ein Waldbrand und völlig fehl am Platz.

Außerdem kam sie bereits direkt auf ihn zu. Sein Körper würdigte diese Tatsache uneingeschränkt, aber der Politiker in ihm krümmte sich.

»Hallo, Liebling«, schnurrte sie, als sie ihn erreicht hatte.

»Himmel, Selma, sprich leise.«

»Ich habe die letzte Nacht sehr genossen.«

Er schluckte. »Ich auch.«

Ihr Lächeln war selbstzufrieden. »Ich weiß.«

»Was tust du hier?«

Sie hob die Augenbrauen. Er wusste nicht, ob sie beleidigt oder amüsiert war. »Du trinkst gerade meinen Whiskey. Wir sponsern diese Veranstaltung.«

»Natürlich. Hätte ich sehen müssen.« Er holte Atem und zwang sich, nicht die Hand nach ihr auszustrecken, während er sich sagte, dass es keine gute Idee gewesen war, sich auf diese Vereinbarung mit ihr einzulassen. Weil er nämlich offensichtlich unfähig war, in ihrer Nähe zu sein, ohne das Verlangen zu spüren, sie zu berühren. »Selma, ich muss mich unter die Gäste mischen und netzwerken. Ich gebe bald meine Kandidatur bekannt und sollte die Kontaktpflege hinter mir haben, wenn ich anfange, Reden zu halten.«

»In fünfzehn Minuten in der Damenlounge.«

Er blinzelte. »Was?«

Sie neigte sich ihm zu und sprach jetzt wenigstens leiser. »Ich fürchte sehr, dass du es noch nie bei einer Party auf dem Damenklo getrieben hast. Ich nehme an, das steht auf deiner Wunschliste.«

»Selma …«

»Ich will deinen Schwanz im Mund haben«, erklärte sie. Er hätte fast laut aufgestöhnt. »Oder wo immer du ihn hinstecken willst.«

*O lieber Gott, er war verloren.*

»Selma. Halt. Wir hatten eine Vereinbarung. Und du weißt, ich kann das nicht.«

Sie hob eine Schulter. »Du wärst erstaunt, was du alles kannst, wenn du mal aus deiner Schublade herauskämst. Deine Schublade ist ziemlich eng, Easton. Ich helfe dir nur, die Wände ein bisschen zurückzuschieben.« Sie trat zurück und warf ihm eine Kusshand zu. »Ich warte in einer Viertelstunde auf dich. Ich hoffe, du kommst.«

»Wette nicht zu hoch darauf«, warnte er sie. Aber als er sich umschaute und die nervtötend langweilige Party in sich aufnahm … während er sich gleichzeitig Selma vorstellte, wie sie vor ihm kniete und ihn in den Mund nahm …

*O Gott.*

Er würde nicht hingehen.
Er konnte nicht.
Aber ein kleiner Teil von ihm wollte es verdammt sehr.

# 8

*GOTTVERDAMMT.*

Drei volle Minuten lang – er hatte sie gezählt – hatte Easton jetzt mit sich selbst debattiert, ob er in diese Toilette gehen sollte. Was war bloß mit ihm los? So impulsiv handelte er gewöhnlich nicht. Es musste daran liegen, dass Selma ihn verhext hatte. Auf jeden Fall lag es klar in ihrer Macht, ihm den Verstand zu rauben.

Er dachte an die zurückliegende Nacht mit ihr und lächelte. *Ja, eine gewisse Macht hatte sie, auf jeden Fall.*

»Stellst du dir schon den Wahlsieg vor?«

Das Lächeln verschwand von seinen Lippen, er wandte sich zur Seite und sah sich Marianne gegenüber. »Ich hatte dich gar nicht bemerkt.«

»Du warst wohl in deinen Tagtraum versunken?« Ihr Lächeln war gleichzeitig freundlich und kokett, und einen Augenblick lang hatte er ein schlechtes Gewissen, weil er sich nicht im Geringsten für sie interessierte, weder sexuell noch als Kollegin. Judge Coale hielt sie vielleicht für eine wertvolle Unterstützung, aber ihm kam sie wie Kartoffelbrei vor – ohne eigene Persönlichkeit.

Selma dagegen …

»Marianne, tut mir leid. Ich werde erwartet.«

Er war hier, um sich zu vernetzen, um mitzuspielen, um Kontakte zu knüpfen, das volle Programm.

Alles, was er wollte, war, das Mädchen zu finden.

Alles, was ihn kümmerte, war, seinem verdammten Schwanz das Steuer zu überlassen.

Im Moment fand er das völlig in Ordnung.

Er verdrückte sich unauffällig in den Gang zu den Toiletten, schaute sich um und verschwand in der Damentoilette. Es gab mehrere Kabinen, aber Selma lehnte an der Reihe Waschbecken und lächelte.

»Wir sind alleine«, sagte sie. »Schließ ab.«

Er hob eine Augenbraue. Bestimmt würden sie erwischt werden. Und dann – weil er ganz klar verhext war – tat er, was sie befohlen hatte.

Sie krümmte einen Finger, und er ging zu ihr hin, aber als sie sich hinknien wollte, schüttelte er den Kopf. »Nein. Ich bin dran.«

»Wirklich?« Jetzt hob sie die Brauen.

Er grinste. »Du hast mich verdorben. Ich kann genauso gut richtig mitmachen.«

Er schaute sich um und nickte zum Waschbecken hin. »Setz dich da drauf und zieh diese Lederhose herunter.«

Sie biss sich auf die Unterlippe und beugte sich vor. »Warum denn, Euer Ehren? Sind Sie etwa in der Stimmung, meine Pussy zu lecken?«

Sein Schwanz vibrierte, und er zog sie zu sich heran und küsste ihren schmutzigen kleinen Mund.

»Aufs Waschbecken«, befahl er. »Sofort.«

»Man hört aber schon Beifall«, wandte sie ein. »Das heißt, es kommen gleich Leute. Wenn die Reden anfangen, verdrücken sich immer welche.«

»Dann müssen wir uns beeilen.« Er genoss das Gefühl der Tollkühnheit. Das Gefühl, ein bisschen verrückt zu sein.

»Du hast einen schlechten Einfluss auf mich«, sagte er, als sie ihre Hose herunterschob und sich mit nacktem Hintern auf den Waschtisch setzte. Sie spreizte die Knie, und er leckte sich die Lippen.

»Ich will deine Zunge«, sagte sie und schob sich einen Finger zwischen die Schamlippen.

Er hörte das Geräusch hoher Absätze draußen auf dem Gang.

»Mist«, sagte sie, aber er beugte sich vor und küsste sie, beugte sich tiefer und drückte ihr Geschlecht rau gegen seinen Mund. Er schloss den Mund um ihren süßen, sinnlichen Geschmack. Seine Zunge füllte sie aus, seine Zähne knabberten an ihrer Klitoris.

Sie wand sich, ihre Hände gruben sich in sein Haar, ihr Geschlecht stieß rhythmisch gegen sein Gesicht. »Scheiße, ja«, stöhnte sie. Es klang wie Bühnenflüstern. »O Gott, ich komme.«

Er griff an ihren Hintern und saugte immer stärker an ihr, während sein Finger ihren Anus suchte und fand. Er schob ihn hinein, und sie verschluckte einen Schrei, dann schrie sie wieder, als er den entscheidenden Punkt traf, und sie explodierte. Eine Flut ihrer süßen Säfte überschwemmte seine Zunge.

Er stand auf und küsste sie. »Du schmeckst verdammt großartig. Und du bist entweder das Beste, was mir je passiert ist, oder das Ende meiner Laufbahn.«

Sie zwinkerte ihm zu. »Vielleicht beides. Dann können wir zusammen nach Bora Bora abhauen.«

Er lachte, aber im Moment schienen lange heiße Tage verträumten Liebesspiels eine extrem gute Idee.

Es hämmerte an der Tür. Sie schraken beide zusammen, und sie rutschte vom Waschtisch herunter. Ihre Blicke trafen sich, beider Augen sprühten vor Lachen. Sie hielt einen Finger an die Lippen und brachte ihre Kleidung in Ordnung.

»Könnte bitte jemand die Tür öffnen?«

»Komme schon«, trällerte Selma und lief zur Tür, wobei sie ihn an der Hand mit sich zog.

»Was tust du denn?«, flüsterte er, aber sie antwortete nicht, sondern schloss einfach die Tür auf und öffnete sie.

»Hat sie festgeklemmt?«, fragte Selma unschuldig und schaute die zierliche ältere Dame an, die ihre Handtasche umklammerte.

»Sie war abgeschlossen.«

»Nein, Ma'am. Ich habe nur kräftig gezogen.« Selma lächelte strahlend. »Ich freue mich, dass ich Ihnen helfen konnte. Oh, und Sir«, fügte sie hinzu und drehte sich mit einem noch strahlenderen Lächeln zu Easton um. »Vielen herzlichen Dank noch einmal.«

Sie wandte sich wieder der älteren Dame zu. Easton wurde schwindlig. »Dieser nette Herr hat mir gerade geholfen, meinen Ring aus dem Ausguß zu holen.« Sie deutete auf einen dünnen Ring an ihrem kleinen Finger, der ihm entgangen war. »Er ist mir ins Waschbecken gefallen, aber ich habe ihn von meiner Großmutter, und ich könnte es nicht ertragen, ihn zu verlieren.«

»Was für ein netter junger Mann«, sagte die Dame zu Easton. Er konnte nur wortlos nicken und sich nur wieder einmal sagen, dass er in einer verrückten Welt lebte, seit er Selma wiedergefunden hatte.

# 9

Am Freitag kam Selma um acht Uhr zu Easton in die Kanzlei. Um Viertel nach acht hatten sie sich in einem Konferenzraum eingerichtet, ausgestattet mit einer großen Kanne Kaffee, einem Tablett voller Bagels mit verschiedenen Aufstrichen und zwei großen Schalen mit frischem Obst.

Um zehn sah dieses Privatbüfett aus, als hätte sich ein Trupp hungriger Pfadfinger darüber hergemacht, und der zuvor makellose Konferenztisch war mit Ausdrucken, Seiten voller Anstreichungen, gelben *legal pads* und Kaffeebechern übersät. Sie hatte ihre Schuhe abgestreift und die Bluse ausgezogen und trug jetzt nur noch Jeans und ein Tanktop. Easton dagegen wirkte in seinem grauen Anzug immer noch wie aus dem Ei gepellt.

»Ich bin immer noch der Ansicht, dass die Ablösesumme höher sein müsste«, sagte er, klopfte mit seinem Füller auf den Tisch und runzelte die Stirn über den Vertragstext. »Aber wenn sie dich mit so wenig abspeisen wollen, müssen sie bei den Tantiemen definitiv höher gehen.«

»Es ist so oder so ein Haufen Geld.« Sie setzte sich auf die Anrichte und ließ die nackten Füße baumeln. Draußen ging ein Anwalt vorbei und spähte neugierig durch die Glaswand zu Selma herein; sie lächelte ihm zu.

»Ja, aber es steht dir auch zu. Du hast es verdient, indem du deinem Betrieb eine Wertsteigerung erarbeitet hast. Wenn jemand diesen Betrieb kaufen will, muss er die Wertsteigerung mitbezahlen.«

»Das verstehe ich schon, klar. Aber es ist immer noch mehr Geld für meine armselige kleine Destille, als ich je zu träumen gewagt hätte.«

»Deine armselige kleine Destille hat sich inzwischen einen enorm guten Ruf erworben. Und das liegt an deiner harten Arbeit. Verkaufe dich nicht unter Wert.«

Sie wollte ihm gerade versichern, das werde sie schon nicht, als die Tür aufging und eine Frau hereinkam, die aussah, als käme sie geradewegs aus einer Zeitschriftenanzeige in *Corporate Woman*, falls es so eine Zeitschrift überhaupt gab.

»Entschuldigung, wenn ich störe, aber ich muss heute früher Schluss machen und wollte nur sichergehen, dass wir morgen zusammen zur Ranch hinausfahren.«

Selma setzte sich aufrechter hin. Auf einmal kam sie sich minderwertig und ausgeschlossen vor. Das war lächerlich. Sie hatte ja gar keinen Anspruch auf Easton und wollte ehrlich gesagt auch gar keinen erheben. Warum auch, wo sie doch schon auf dem Sprung nach Schottland war.

»Oh, daran hatte ich schon gar nicht mehr gedacht«, bemerkte Easton zerstreut, die Augen noch auf den Papieren. Als er den Kopf hob, musterte er die Frau mit demselben Blick, mit dem er einen zweifelhaften Vertragspunkt betrachtete. »Klar. Natürlich. Ich hole dich gegen eins ab, okay?«

Ihr Gesicht leuchtete auf. »Perfekt.« Sie richtete den Blick auf Selma. »Entschuldigung, wir kennen uns noch nicht. Ich bin Marianne, eine Seniorpartnerin der Kanzlei.«

»Selma. Eine Klientin der Kanzlei.«

Mariannes Lachen klang ehrlich amüsiert. »Bei Easton sind Sie in guten Händen. Entschuldigung noch mal, dass ich gestört habe.«

»Kein Problem.« Selma ärgerte sich über ihre Erleichterung, dass diese Frau nur eine Kollegin war und keine persönliche Freundin Eastons.

*Lächerlich*. Worauf sollte sie denn eifersüchtig sein?

Aber dann meldete sich die Rezeptionistin über die Gegensprechanlage: Eine Frau namens Hannah Donovan sei gerade vorbeigekommen und habe gefragt, ob Easton gemeinsam mit ihr zu Mittag essen wolle, und Selma wusste – ob es nun vernünftig war oder nicht –, dass sie eifersüchtig war.

*Absurd.*

Natürlich ging es nicht wirklich um ihn. Nicht direkt zumindest. Ganz im Gegenteil, sie hütete eifersüchtig ihren Plan, dass sie es so oft miteinander treiben wollten, bis sie übereinander hinweg waren, während er für sie den Verkaufsvertrag für die Brennerei aushandelte. Es war also absolut nichts Persönliches.

»Selma?«

Sie schrak zusammen. »Ja?«

»Ich wollte mich nur für die Unterbrechungen entschuldigen, aber es sieht so aus, als bräuchtest du eine. Bist du erschöpft?«

»Mir schwirrt ein bisschen der Kopf von dem ganzen Juristenkauderwelsch, mit dem du mich einnebelst. Aber es geht schon.«

»Warum machen wir nicht bei dir weiter?«

Sie hob die Augenbrauen. »Bei mir in der Wohnung?«

»Bei dir in der Destillerie.«

»Oh!« Sie fand die Idee fantastisch. Sie war geradezu lächerlich stolz auf ihre Brennerei, und die Gelegenheit, sie ihm vorzuführen, gefiel ihr mehr, als es der Fall hätte sein sollen. »Auf geht's.«

Die Destillerie befand sich in einem kleinen Gebäude in East Austin, das sie mit Matthews Geld gekauft hatte. Aber die Free-Tail-Brennerei war so erfolgreich, dass sie ihm das Geliehene längst auf Heller und Pfennig hatte zurückzahlen können.

»Viel gibt es eigentlich nicht zu sehen«, meinte sie, als sie eintraten. »Hier vorne, das ist ein Ladenlokal für den Einzelverkauf, obwohl ich nicht viel Laufkundschaft habe.« Sie führte ihn nach hinten und stellte ihn dabei den wenigen Mitarbeitern vor, zeigte ihm die Destillieranlagen und die Lagerfässer für die Reifung.

»Es dauert ziemlich lange, Whiskey traditionell reifen zu lassen«, erklärte sie. »Aber ich destilliere schon, seit ich achtzehn war, und habe ein paar Tricks gelernt. Zuerst habe ich Spirituosen verkauft, die nicht ablagern müssen, um die Wartezeit zu überbrücken, bis die ersten Whiskeys reif waren.«

»Nach nur fünf Jahren?«

»Ich habe herumexperimentiert.« Sie schlug einen lapidaren Ton an, aber sie war offenbar stolz auf ihre Leistung. »Ich habe mit ein paar Ingenieuren gesprochen und ein System entwickelt, das den Reifungsvorgang beschleunigt.« Sie deutete mit dem Kinn zu einem großen silberfarbenen Kasten an der Seite des ausgedehnten Raums hinüber. »Das Wichtigste ist der Druck. Und ich benutze Spezialfässer, die ich mit Eichenspänen fülle. Die werden in dem Monstrum da drüben gehackt. In die Lagerfässer umgefüllt wird der Whiskey erst ganz zum Schluss.«

»Erstaunlich.«

Sie zuckte mit den Schultern. »So ist das bei den kleinen, handwerklichen Brennereien heutzutage – lokale Rohstoffe und ein Patentrezept, um die Reifung zu beschleunigen. Ich bin nicht die Einzige, die so was macht, aber ich habe mein eigenes System gefunden.«

»Das erklärt auch, warum Penoldi-Gryce den Betrieb aufkaufen will«, ergänzte Easton und meinte den Konzern, mit dem sie verhandelten. »Es ist dein Rezept, das sie wollen.«

Sie nickte und schaute sich dabei in der Brennerei um. »Wird sich komisch anfühlen, nicht mehr jeden Tag hierherzukommen. Aber wenigstens kann ich mir sicher sein, dass der Whiskey, den ich geschaffen habe, weiter produziert wird.«

Er trat hinter sie und legte ihr die Hand auf die Schulter. »Ich fürchte, das stimmt so nicht«, sagte er sanft.

Sie runzelte die Stirn und drehte sich zu ihm um.

»Wenn sie den Betrieb aufkaufen, können sie damit machen, was sie wollen. Sie werden die Marke zunächst fortführen, das schon, aber letztlich haben sie freie Hand. Vielleicht lassen sie die Marke langfristig auch auslaufen.«

»Oh.« Sie biss sich auf die Lippe. »Na ja, damit muss ich wohl rechnen.«

Sie löste sich mit einem Schulterzucken von seiner Hand und setzte sich auf ein Bänkchen neben der Hauptbrennblase. »Und wenn sie die Marke nicht kippen, können sie sie trotzdem einfach auf ihr neues Produkt kleben.«

Das war keine Frage gewesen, aber er antwortete trotzdem, als er sich neben sie setzte. »Das können sie, ja.«

Sie saß da und ließ die Erkenntnis auf sich wirken. Natürlich hatte sie das die ganze Zeit über gewusst, aber richtig bewusst wurde es ihr erst jetzt.

Einen Moment saßen sie schweigend nebeneinander. Dann fing Easton so leise zu reden an, dass sie genau zuhören musste, um ihn zu verstehen. »Meine Eltern hatten auch ihren eigenen Betrieb. Keine Destillerie natürlich, bloß eine Hamburgerbude. Ich habe mitbekommen, wie sie sie verloren haben. Sie sind praktisch enteignet worden. Und dabei haben sie ein Stück von sich selbst verloren. Einer der Gründe, warum ich Anwalt geworden bin.«

Sie leckte sich die Lippen. »Warum erzählst du mir das?«

»Nur so. Aber die Art, wie du über deinen Betrieb hier sprichst, erinnert mich daran, wie meine Eltern sich immer angehört haben.«

»Danke, aber bei mir ist es etwas anderes. Ich entscheide mich ja selbst, wohingegen deine Eltern etwas verloren haben, was sie behalten wollten.« Ihre Augen begegneten seinem mitfühlenden Blick. »Verstehst du, was ich meine? Es kommt darauf an, dass man die Entscheidung selbst trifft.«

»Kann ich nicht bestreiten. Du klingst, als wüsstest du, wovon du redest.«

»Ich habe durchaus Erfahrung damit, wie es ist, wenn einem der Boden unter den Füßen weggerissen wird«, räumte sie ein und bereute ihre Worte sofort. Jetzt würde er bestimmt nachhaken, was sie damit meinte.

Aber er fragte nicht, sondern sah ihr einfach ins Gesicht. Dann nickte er nur, und einen Moment lang spürte sie eine Welle der Enttäuschung, gefolgt von der schockierenden Erkenntnis, dass sie auf die Frage gewartet hatte, dass sie ihm ihre Vergangenheit – ihre verkorkste Lebensgeschichte – anvertrauen wollte.

Gereizt stand sie auf.

»Selma?« Als sie sich nicht umdrehte, sprach er weiter. »Wir müssen dein Gegenangebot formulieren. Wenn es nicht zur Debatte steht, dass du eventuell an Bord bleibst – und du hast ja gesagt, dass du alle Verpflichtungen loswerden willst –, dann können wir ihnen nur ganz marginal Bedingungen für die Nutzung der Marke vorgeben. Zumindest, wenn aus dem Verkauf etwas werden soll.«

»Dann will ich Geld«, sagte sie und spürte einen Knoten im Magen. »Wenn sie machen können, was sie wollen, dann müssen sie mir dafür tonnenweise Bares geben.«

»Genau.« Er stand auf und legte ihr die Hand auf die Schulter. »Klingt, als wären wir uns einig.«

# 10

US-Senator Douglas Todd repräsentierte den ehrwürdigen Bundesstaat Texas schon seit fast fünfzehn Jahren im Washingtoner Kongress, und laut Judge Coale war seine Unterstützung unschätzbar wertvoll, wenn Easton sich auf der Karriereleiter zu einem Sitz in einem Bundesberufungs- oder Bezirksgericht hinaufarbeitete.

Dieses Ziel lag zwar noch Jahre in der Zukunft, aber das Manövrieren in den Gewässern der Justiz erforderte langfristige Planung.

Deshalb saß Easton jetzt im Jeffries, einem der besten Restaurants Austins, beim Abendessen mit dem Senator, obwohl er viel lieber zu Hause in seinem Whirlpool mit Selma die ausgezeichnete Gegenofferte gefeiert hätte, die sie zusammengestellt hatten und die er am Nachmittag den Anwälten von Penoldi-Gryce gefaxt hatte.

Er wollte sich gar nicht beklagen – solche Arbeitsessen gehörten nun einmal zu seinem Tätigkeitsfeld, und Senator Todd hatte eine faszinierende Lebensgeschichte. Leider hatte er allerdings keine Ahnung, wie man sie auch faszinierend erzählte; seine Dienstzeit bei der Armee und der CIA klang in seinen Worten so interessant wie eine Motorölreklame.

Easton musste sich zusammenreißen, um nicht einzuschlafen. Er mühte sich so hart wie noch nie in seinem Leben, um interessiert zu wirken. Schlimmer war, dass der Senator sich nicht im Geringsten für Easton zu interessieren schien, womit dieses Essen im Grunde seinen Sinn verlor. Wie sollte Todd denn Easton als aufsteigenden Stern im Gerichtswesen weiterempfehlen, wenn er überhaupt nichts über ihn wusste?

Easton hatte keine Ahnung. Es war ihm auch egal, obwohl er Judge Coale später diese Frage nicht ersparen wollte.

Im Moment wollte er einfach nur nach Hause. Und wenn er früh genug entkam, konnte er vielleicht sogar noch Selma besuchen. Sie hatten schließlich eine Vereinbarung, und heute hatten sie nur gearbeitet. Es war Zeit, die Waagschalen ein wenig in die Balance zu bringen.

»Ungefähr zu dieser Zeit wurde mir klar, dass der Gesetzesvorschlag nur durchkommen würde, wenn ich mich ordentlich dahinterklemmte«, erzählte der Senator gerade.

Easton hatte den Faden der Unterhaltung völlig verloren. Das Piepsen seines Mobiltelefons rettete ihn.

»Entschuldigen Sie bitte.« Er zog das Gerät hervor. »Ich schalte es gewöhnlich ab, aber meine Mutter ist krank.« Eine glatte Lüge, und jetzt schuldete er seiner Mutter einen Anruf als Wiedergutmachung, dass er sie als Ausrede missbraucht hatte. Aber im Moment war es ihm egal, von wem die Nachricht stammte. Er öffnete die App, schaute aufs Display und hätte um ein Haar die Fassung verloren.

*Selma*. Völlig nackt und so in ihr Bettzeug gewickelt, dass sie völlig schamlos erschien, ohne pornografisch zu wirken. Sie sah, fand Easton, vielmehr wie ein leckerer Nachtisch aus.

Unter dem Bild hatte sie geschrieben: *Lust zu spielen?*

Und ob. Mehr denn je.

*Wer hat das Foto gemacht?*

Das hatte er gar nicht fragen wollen, aber die Eifersucht leitete seine tippenden Finger.

*Dafür gibt es Stative und Selbstauslöser. Ich will dich. Und ich will, dass du das weißt.*

Die Erleichterung, dass es kein altes Bild war, das ein anderer Mann aufgenommen hatte – oder schlimmer, dass sie womöglich gerade nicht alleine war –, brach unerwartet heftig über ihn herein.

*Bei mir. In einer Stunde. Bleib so, wie du jetzt bist.*

Himmel und Hölle, was tat er hier? *Sexting* in einem der besten und angesehensten Restaurants der Stadt? Bei der Kontaktpflege mit einem Bundessenator? Das war nicht der Easton, der er in den letzten beiden Jahren geworden war, während sein Plan für eine Richterkarriere ausreifte. Und es war definitiv nicht der richtige Weg, wenn er gewählt werden wollte.

Aber es konnte ihm andererseits nur schaden, wenn er aufflog. Und er war jetzt schon so lange ernsthaft und seriös, dass er eine kleine Erholung brauchen konnte. Einen kleinen Ausbruch in wildes und dunkles Territorium. Die Sache mit Selma war schließlich nicht für immer, sondern nur ein Überdruckventil. Eine zeitweilige Notwendigkeit.

Und heute Abend war sie, ehrlich gesagt, ein willkommener Notausgang.

»Es tut mir furchtbar leid, Herr Senator, aber ich kann leider nicht mehr zum Nachtisch und zum Kaffee bleiben. Ich muss dringend nach Hause und mich um familiäre Angelegenheiten kümmern.«

Easton wachte im Sonnenschein auf und drehte sich um, atemlos und zufrieden, während sich Selma neben ihm zusammenrollte. Sie war ihm quer durchs Wohnzimmer nackt entgegengelaufen gekommen und hatte ihn empfangen, indem sie sich ihm in die Arme warf.

Er hatte sie auf dem Fußboden genommen, schnell und hart, bevor sie für die Fortsetzung ins Bett umgezogen waren, dieses Mal langsam und verspielt. Sie war bei Weitem die reaktionsfreudigste, aggressivste, erotischste und faszinierendste Frau, die er je kennengelernt hatte, und es hatte ihm nicht im Geringsten leidgetan, das Essen mit dem Senator abgebrochen zu haben.

Er fragte sich allerdings allmählich, wie es mit ihnen beiden weitergehen sollte. Denn wenn er daran dachte, dass er sie bald wieder verlieren würde …

Nun, ehrlich gesagt lehnte er es ab, daran zu denken. Diese Aussicht gefiel ihm nämlich gar nicht.

Sie fuhr mit den Fingern über seine Brust, zeichnete Muster hinunter bis auf seine Bauchmuskeln. »Du denkst zu laut. Möchtest du's mir sagen?«

»Ich habe mich gerade gefragt, ob du vielleicht heute Abend auf die Wohltätigkeitsveranstaltung mitkommen möchtest«, sagte er. Die Idee war plötzlich einfach dagewesen. »Es geht um Alphabetisierung. Auf der Mülldeponie.«

Sie setzte sich auf und achtete nicht darauf, dass die Decke herunterrutschte. »Wie bitte?«

»Texas Disposal Systems, die Entsorgungsfirma, betreibt einen Tierpark direkt neben der Mülldeponie. Auf diese Weise wollen sie der Gesellschaft etwas zurückgeben. Der Park ist zwar nicht öffentlich, aber man kann den Pavillon für Feierlichkeiten mieten.«

»Das ist richtig klasse. Kann ich auch die Tiere sehen?«

»Klar.«

»Aber bist du dir sicher, dass ich mitkommen kann? Als deine Begleiterin, meine ich?«

Gewissensbisse packten ihn. »Na ja, das wohl nicht. Aber ich habe eine Freikarte, du kannst als Gast teilnehmen. Dich unter die Leute mischen, an die ich mich ranschmeiße, damit sie mich später wählen.«

Sie lachte, dann rutschte sie rittlings auf ihn. »Ich weiß nicht. Du hast dich schon ganz gut an mich rangeschmissen. Mehr Stimmen kann ich nicht abgeben.«

Er umfasste ihre Hinterbacken. »Ich im Moment auch nicht. Aber später kann ich mich hoffentlich noch viel mehr an dich ranschmeißen.«

»Abgemacht.« Sie rutschte von ihm herunter und wälzte sich aus dem Bett. »Jetzt muss ich duschen und mich auf die Socken machen. Wann ist diese Veranstaltung?«

Er setzte sich auf und war mehr als enttäuscht, dass sie schon gehen wollte. Zum Teufel, er hatte sie gestern Abend praktisch herbefohlen, ohne zu fragen, ob sie vielleicht schon etwas vorhatte. »Um sieben«, sagte er. »Kannst du nicht noch zum Frühstück bleiben?«

»Ich wollte mir unterwegs einen Kaffee und einen Donut mitnehmen.« Sie neigte den Kopf. »Magst du mitkommen?«

»Es ist noch keine neun Uhr, und das am Samstag. Wohin willst du denn so früh?«, fragte er, aber sie lächelte nur.

»Wir können in der Dusche anfangen, und den Rest erkläre ich dir, wenn wir dort sind. Wie wär's?«

*Dort* stellte sich als der San Gabriel Park in Georgetown heraus, einem Ort etwa dreißig Minuten außerhalb Austins, wo Dutzende Kinder unter dreizehn Jahren zwischen Hüpfburgen, Kunsthandwerkständen und improvisierten Fotobuden herumliefen.

»Was ist das denn?«, fragte Easton, als sie von seinem Wagen auf die Masse der Kinder zustrebten.

»Ich engagiere mich für eine Organisation, die Ausflüge für Pflegekinder veranstaltet. Manche Pflegeeltern können sich so etwas kaum oder gar nicht leisten. Hier haben die Kinder ein bisschen Abwechslung, und die Eltern dürfen auch mitkommen, wenn sie finden, dass es so besser ist.«

Easton warf ihr einen Seitenblick zu. »Klingt nach einer guten Sache.«

Sie zuckte mit den Schultern. »Der Bedarf ist da.«

Sie hatten eine kleine Gruppe Erwachsener erreicht, also fragte er nicht, warum ihre Stimme so angespannt klang, sondern ließ sich vielmehr als Leiter einer Gruppe Jungen einteilen, mit denen er Fangen spielen sollte, während Selma einen Schminkstand aufbaute und anfing, einer enorm langen Schlange kleiner Mädchen die Gesichter fantasievoll zu bemalen.

Nach einer Stunde war Easton erschöpft und bat die Jungen

seiner Gruppe um eine Pause. Anstatt Fangen zu spielen, brachte er sie zum Flussufer hinunter, wo schon einige andere Kinder mit ihren Betreuern dabei waren, die Enten mit altem Brot zu füttern. Die Vögel waren teilweise so zahm, dass sie aus der Hand fraßen.

»Bist du ein richtiger Anwalt?« Ein lang aufgeschossener Elfjähriger, der sich Easton als Alfonse vorgestellt hatte, stand ihm gegenüber, die Hände in die Hüften gestemmt.

»Das stimmt.«

»Ich will auch mal Anwalt werden. Mein Dad hat meine Mom zusammengeschlagen. Er sitzt jetzt im Knast, und sie kann sich nicht mehr um mich kümmern. Ich will Staatsanwalt werden.«

Easton drehte sich der Magen um, als er den Jungen so reden hörte, aber er versuchte, sich nichts anmerken zu lassen. Aber, meine Güte, er hatte sich eingebildet, seine Kindheit sei schwer gewesen wegen der rechtlichen und finanziellen Probleme seiner Eltern? Wie albern. »Ich glaube, du wärest ein guter Staatsanwalt. Du weißt, was Gerechtigkeit ist, und du hast schon gesehen, wofür die Anklagevertretung kämpft.«

Der Junge grinste, als hätte Easton ihn gerade auf der Stelle zum Bezirksstaatsanwalt geweiht.

»Genau. Mein Dad ist ein Arsch. Aber Gary ist in Ordnung.«

»Gary?«

»Mein Pflegevater. Er und Jessie wollen mich adoptieren.« Sein Grinsen war breit, aber auch ein bisschen traurig. »Sie wollen mich haben. Mein Dad wollte mich nicht. Und meine Mom?« Er zuckte mit den Schultern. »Sie wollte mich auch nicht wirklich, glaube ich. Aber sie hat mich wenigstens nie geschlagen.«

*Mein Gott.* Was konnte er diesem Kind darauf antworten?

»Alfonse, jeder hat seinen eigenen Lebensweg. Manche fangen ziemlich gewunden an. Aber es klingt, als sei deiner gerade dabei, seine Richtung zu finden. Hier«, fügte er hinzu, zog seine Brieftasche und gab dem Kind seine Visitenkarte. »Melde dich. Das meine ich ernst.«

Der Junge strahlte. Er stopfte sich die Karte in die Hosentasche und lief davon, um sich am Flussufer einer Gruppe Kinder anzuschließen, die seinen Namen riefen.

Easton ging zurück zum Anmeldetisch und stürzte drei Glas Wasser hinunter. Er wusste nicht, was er denken sollte.

Die nächsten zwei Stunden verbrachte er auf Autopilot, aber als er wieder zusammen mit Selma im Auto saß, hatte er genug verarbeitet, um sich ihr zuzuwenden, als sie an einer Ampel hielten. »Diese Kinder haben es ganz schön schwer.«

»Stimmt.«

»War das bei dir auch so?«, fragte er behutsam.

Sie antwortete nicht. Die Ampel sprang auf Grün, und als sie weiterfuhren, sagte er auch nichts mehr und schimpfte im Stillen mit sich selbst, dass er persönlich geworden war. Es war doch offensichtlich, dass das nicht die Richtung war, in die sie mit ihm gehen wollte.

Schließlich rollten sie in seine Garage, und er schaltete den Motor ab. »Möchtest du noch mit hereinkommen? Oder lieber nach Hause? Es bleibt doch bei der Benefizveranstaltung heute Abend, oder?«

Sie wandte sich ihm zu und runzelte die Stirn. Dann zog sie ihr einfaches weißes T-Shirt aus. Die Geste hatte nichts Aufreizendes, und er war nicht überrascht, als sie auf das kleine Tattoo unterhalb ihrer linken Brust zeigte, dicht am Herzen. Es war nur ein Wort: *Bitte.*

»Du hast mich mal danach gefragt, weißt du noch?«

Er nickte.

»Das war mein erstes Tattoo. Ich war erst zwölf. Matthew und ich waren schon eine Weile bei einer Pflegefamilie. Wir hatten gehört, dass die Herringtons uns adoptieren wollten. In der allerersten Nacht bei ihnen habe ich mich aus dem Haus geschlichen und bin in einen Tattooladen gegangen. Ich wirkte älter, als ich war, und der Typ wollte auch keinen Ausweis sehen. Sowieso ein

Wunder, dass ich mir von seiner Nadel keine Hepatitis geholt habe, es war eine ziemliche Siffbude. Jedenfalls habe ich mir das hier stechen lassen. Dieses Wort über meinem Herzen. *Bitte.* Bitte mach, dass sie die Richtigen sind. Bitte mach, dass es für immer ist.«

*Dass es für immer ist.* Die Worte erklärten ihm vieles.

»Haben sie herausgefunden, dass du abgehauen warst?«

Sie nickte. »Und ob. Am zweiten Tag bei ihnen hatte ich schon Hausarrest. Ich dachte, das war's. Aber es war dann gar nicht so wichtig. Ich glaubte zwar, das Ende würde bald kommen – es war ja immer gekommen –, aber dann standen wir auf einmal vor einem Amtsrichter, und die Herringtons wurden offiziell zu meinen Eltern. Mir schwirrte der Kopf.«

»Und jetzt?«

Sie lachte hart auf. »Jetzt weiß ich, dass ich eine Glückssträhne habe – aber ich warte immer noch darauf, dass alles zusammenbricht. Für mich ist das Glas immer halb leer. Matthew ist überzeugt, dass wir unseren Teil an Pech gehabt und uns Shangri-La verdient haben. Für ihn ist das Glas halb voll.«

Easton atmete aus, verloren unter dem Gewicht von Selmas Geschichte und dem Gedanken an Alfonse' dunkle, hoffnungsvolle Augen. »Es tut mir leid, dass du immer noch nicht daran glauben kannst.« Er nahm ihre Hand. »Vielleicht hörst du eines Tages auf zu fürchten, dass dir jeden Moment der Boden unter den Füßen wegbrechen könnte.«

»Vielleicht«, stimmte sie zu. »Aber ich halte lieber nicht den Atem an.«

# 11

Selma hatte nicht erwartet, dass die Mülldeponie so cool sein würde. Irgendwie hatte sie es nicht geschafft, *exotische Tiere* und *Müll* miteinander zu vereinbaren. Aber als sie den Tierpark jetzt mit eigenen Augen sah, war sie verzaubert von den Zebras, Nashörnern, Tigern und anderen Arten, die sie auf der kurzen Führung für die geladenen Gäste erkannte.

Weil sie, technisch gesehen, nicht zu Eastons Begleitung gehörte, war sie einer anderen Tourgruppe zugeteilt gewesen als er. Jetzt stand sie wieder im Festzelt, wanderte die Informationstische entlang – an manchen ging es um den Kampf gegen den Analphabetismus, andere präsentierten die Sachspenden, die später für die gute Sache versteigert werden sollten – und nippte an einem Glas Chardonnay.

Der Kampf gegen den Analphabetismus war sicher wichtig, aber im Grunde langweilte sie sich, nachdem sie die Tiere gesehen hatte. Das ließe sich bestimmt leicht ändern, wenn nur Easton bei ihr wäre.

Er war allerdings nirgends zu sehen. Vielmehr nirgends zu sehen *gewesen*, berichtigte sie sich, als sie jetzt kurz sein dunkles Haar und die breiten Schultern durch das Fenster ausmachte. Sie zwang sich, gemächlich auf den Haupteingang zuzugehen, anstatt zu hüpfen wie ein aufgeregtes kleines Mädchen.

Als sie hinaustrat, blieb sie jedoch wie angewurzelt stehen. Er hatte Marianne untergehakt. Sie strahlte vor Freude.

In Selmas Innerem begannen böse grüne Monster mit ihren Klauen zu wühlen. Sie ermahnte sich, wie dumm sie reagierte. Sie hatte kein Recht, eifersüchtig zu sein. Die beiden waren Kollegen.

Sie hatte gewusst, dass er sie als offizielle Damenbegleitung mitbringen würde. Er kandidierte als Richter und musste sich dafür mit einer Frau wie Marianne an seiner Seite zeigen. Wer würde einer wie ihr schon abnehmen, dass sie die Ehefrau eines Richters wäre?

*Ehefrau?*

Wieso zum Teufel war ihr dieses Wort eingefallen?

Begleiterin also. Sein Date. Sie war absolut ungeeignet für politische Zwecke.

Eine Tatsache, die unterstrich, wie vernünftig ihr ursprünglicher Plan war: einen Verkaufsvertrag für die Brennerei auszuhandeln und während der Verhandlungen eine Menge Spaß miteinander zu haben, sodass sie nachher mit jeder Menge guter Erinnerungen an diese Episode leichten Herzens wieder auseinandergehen konnten.

Darauf hatten sie sich geeinigt, und es war ja auch sinnvoll.

Dennoch konnte Selma nicht leugnen, dass sie sich bei dem Gedanken an dieses Auseinandergehen schon jetzt verlassen vorkam. Und wenn sie zusehen musste, wie er mit einer anderen Frau im Arm herumspazierte, regte sich das böse Mädchen in ihr.

*Verdammt.* Sie war definitiv in Schwierigkeiten.

»Selma!« Die eifrige Stimme riss Selma aus ihrer Selbstmitleidsorgie. Als sie sich umdrehte, sah sie sich einer grinsenden Elena gegenüber, die auf sie zulief und eine athletische Frau mit wilden Locken und stahlblauen Augen mitbrachte.

»Elena! Was machst du denn hier?«

»Mich einschleimen. Ich habe bald ein Bewerbungsgespräch bei der Direktorin einer Vereinigung zur Pflege historischer Denkmäler. Ich dachte, es schadet nicht, wenn ich sie vorher schon gesellschaftlich kennenlerne.«

»Gute Idee.« Elena wollte ein Studienprogramm für Städtebau initiieren und vorher so viel Praxiserfahrung wie möglich sammeln.

»Und du? Was tust du hier?«

»Easton hatte noch eine Freikarte übrig. Sagen wir, es gehört, ähm, zum Service für mich als Mandantin.«

»Easton Wallace?«, fragte die andere Frau. »Den suche ich die ganze Zeit. Ich bin übrigens Hannah. Hannah Donovan.«

»Hannah kommt manchmal ins The Fix. Sie ist mit Shelby befreundet. Du hast sie einmal mit Nolan zusammen getroffen, weißt du noch? Mr. April?«

Selma erinnerte sich. Sie erkannte Hannahs Namen aber auch vom Anruf der Rezeptionistin im Konferenzraum her wieder, als sie mit Easton zusammen am Vertrag gearbeitet hatte, und die lächerlichen grünen Monster begannen wieder ihr Inneres zu bearbeiten. »Ich habe ihn gerade mit einer Frau aus seiner Kanzlei gesehen.«

Hannah schnitt eine Grimasse. »Bestimmt Marianne. Ich glaube, Judge Coale hat sie ihm nur als Begleiterin verschrieben, weil sie zu fade ist, um irgendjemanden abzuschrecken.«

Selma hielt ein Lachen zurück. Ihre Wertschätzung für diese Frau stieg. »Woher kennst du Easton?«

Hannah winkte ab. »Ach, Gott, wir kennen uns ewig. Wir haben zusammen Jura studiert und waren Partner in Verfahrensrollenspielen. Wir hatten auch mal was miteinander – ungefähr sieben Sekunden lang. War nichts Dauerhaftes. Dann haben wir uns etwa ein Jahr lang aus den Augen verloren – ich war mit einer Frau zusammen, die eifersüchtig auf alle meine Exfreunde war –, und dann bin ich nach Austin gegangen, um in der Kanzlei zu arbeiten, und wir kamen wieder in Kontakt.«

Die letzten Reste Eifersucht verrauchten.

»Du kennst ihn, weil du seine Mandantin bist?«

Selma nickte. »Er handelt den Verkaufsvertrag für meine Firma aus.«

Hannahs Lippen zuckten. »Wenn du meinst.«

»Was?«, hakte Elena nach.

Hannah schaute Selma an. »Ich habe wahrscheinlich nicht klargemacht, wie gut Easton und ich uns kennen. Um ehrlich zu sein, bis Judge Coale ihn auf die Idee gebracht hat, Richter zu werden, wollten wir eine Kanzlei zusammen eröffnen. Ich will unbedingt endlich in den Gerichtssaal. Kanzleiarbeit wird gut bezahlt, ist aber nicht gerade aufregend.«

Selma runzelte die Stirn und versuchte zu verstehen, worauf Hannah hinauswollte. Anscheinend war sie der Typ, der beim Reden vom Hundertsten aufs Tausendste kam. Wenn sie zusammen eine Kanzlei betrieben, dachte Selma, übernahm wohl Easton am besten die Plädoyers und Kreuzverhöre, und Hannah arbeitete ihm hinter den Kulissen zu.

»Ach, tut mir leid, ich plaudere so drauflos. Was ich sagen wollte, ist, dass wir viel miteinander reden. Er ist einer meiner engsten Freunde, obwohl wir durch den Wahlkampf und seine jüngsten Nebentätigkeiten nicht mehr so oft zum Reden kommen.«

»Oh.« Selma errötete tatsächlich, und das sah ihr gar nicht ähnlich. »Was genau hat er dir erzählt?«

Hannah zuckte mit einer Schulter. »Nichts Peinliches. Aber ich freue mich für ihn. Es ist klar, dass er dich wirklich mag. Tut mir leid, dass alles so heimlich abläuft, aber in der Politik geht es eben oft dämlich zu.«

»Das kann man wohl sagen«, sagte Selma.

Elena blickte zwischen ihnen hin und her. »Wovon zum *Teufel* redet ihr da?«

»Ich ficke Easton«, erklärte Selma. Sie wählte den Ausdruck absichtlich, weil es solchen Spaß machte, Elena zu schockieren. »Aber behalte das für dich, okay?«

»Aber du gehst doch demnächst nach Schottland!«

»Vielleicht ist er ja meine große Abschiedsvorstellung«, meinte Selma, obwohl die Worte ihr bitter auf der Zunge schmeckten. »Jedenfalls haben wir viel Spaß miteinander.«

»Wenn man vom Teufel spricht ...«, warnte Hannah. Easton kam auf die Gruppe zu.

»Ihr drei seht aus, als heckt ihr etwas aus.«

»Aber immer doch«, gab Hannah zurück, als plötzlich Selmas Mobiltelefon piepste, mit dem Klingelton, der ihr sagte, dass es Matthew war.

Sie zog es hervor und schaute aufs Display. Ihr wurde eiskalt.

*911*. Der Notruf.

»Entschuldigt.« Sie trat beiseite und rief mit hämmerndem Herzen ihren Bruder zurück.

»Dad hat einen Herzinfarkt gehabt«, sagte Matthew ohne jede Einleitung. Er hatte sofort abgenommen, bevor sein Telefon auch nur einmal geklingelt hatte.

»O Gott. Ist er ...«

»Außer Lebensgefahr. Zustand stabil. Er liegt in China im Krankenhaus. Mom sagt, er wird gut versorgt. Sie wollte dich auch anrufen, hat aber keine Verbindung bekommen.«

»Fliegen sie zurück? Kann ich sie anrufen?«

»Versuchen kannst du's, und sie will dir auf jeden Fall eine E-Mail schreiben, sowie sie dazu kommt. Nach Hause kommen sie mit einem Kreuzfahrtschiff. Sie sagt, dann muss Dad sich ausruhen, ob er will oder nicht.«

Selma schloss die Augen und nickte. Als sie sie wieder öffnete, begegnete sie den besorgten Blicken Eastons und der beiden Frauen. »Es ist mein Dad. Er ist außer Lebensgefahr, aber er hatte einen Herzinfarkt.« Sie lächelte Easton tapfer zu. »Vielen Dank für die Freikarte. Die wilden Tiere haben mir sehr gefallen. Aber ich fahre jetzt lieber nach Hause, wenn es dir nichts ausmacht. Ich bin gerade ein bisschen ... emotional.«

Ungezählte Gefühle huschten über Eastons Gesicht, und sie wusste, dass er das, was er gerne geantwortet hätte, nicht in der Öffentlichkeit sagen konnte. Im Moment war ihr das egal. Sie war wie betäubt, und als sie sich verabschiedet hatte, fuhr sie nach

Hause, ohne zu wissen, was sie tat, um sich dort auf dem Sofa zusammenzurollen. Sie hätte nicht einmal sagen können, wie sie ins Haus gekommen war.

Nachdem sie einige Stunden vor sich hingedöst hatte, schaute sie in ihre E-Mails. Ihre Mutter hatte geschrieben wie versprochen und schilderte, wie es Selmas Vater ging. Nicht allzu schlimm, ein Glück. Wenn Selma ehrlich war, zuckten ihre Nerven eher, als sie las, was ihre Mutter am Schluss zu sagen hatte.

*Liebes, ich weiß, dass du es leid bist, das immer wieder von mir zu hören, aber ich muss dich noch einmal ermahnen: Hör bitte auf, so planlos in deinem Leben hin- und herzuspringen. Ich fürchte, du wirst jetzt, wo dein Vater so knapp davongekommen ist, wieder in die umgekehrte Richtung ausbrechen. Du wirst dir vorstellen, wie schlimm es wäre, ihn zu verlieren, und deshalb wieder einmal alle, die dir nahestehen, von dir weisen – um es ihnen anzutun, bevor sie es dir antun können. Du glaubst, ich weiß das nicht, aber ich weiß es sehr wohl. Ich bin zwar deine Mutter, aber ich hatte den Vorteil, dich zu Anfang mit den Augen einer Fremden beobachten zu können. Und ich sehe mehr von dir, als du glaubst. Ich liebe dich für alles, was ich in dir sehe, mache mir aber trotzdem Sorgen.*

*Ich möchte, dass du dein Glück findest und zur Ruhe kommst. Zur Ruhe zu kommen heißt übrigens nicht, dass du nicht mehr herumreisen oder Spaß haben könntest. Ich wünsche dir ein aufregendes und erinnerungsreiches Leben. Aber mach nicht mehr so große Sprünge, dass du immer nur die Berggipfel streifst. Nimm dir auch die Zeit, den Boden unter deinen Füßen zu entdecken. Entdecke das Leben für dich. Springe nicht nur darin herum, ohne es richtig wahrzunehmen. Nimm dir Zeit zum Lieben und Lernen. Ich verspreche dir, wenn es wehtut, ist das ein kleiner Preis für das Glück dazuzugehören.*

*Ich habe dich sehr lieb, und Dad und ich kommen dich besuchen,*

*sowie wir in den USA an Land gehen. Bis dahin stell dir uns vor, wie wir an Deck in der Sonne liegen und es uns gut gehen lassen. Und denk ein wenig nach über das, was ich gesagt habe.*
*Alles Liebe und tausend Küsse,*
*Mom*

Selma versuchte, die E-Mail noch einmal zu lesen, aber es ging nicht, weil ihre Augen so voller Tränen standen. Stattdessen drückte sie das Smartphone an sich, schloss die Augen und wünschte sich ganz fest, einschlafen zu können – nur um unvermittelt aufzufahren, als sich ihr eine Hand auf die Schulter legte.

»Entschuldige bitte.« Eastons Stimme wusch über sie hinweg. »Du hast die Tür offen gelassen.«

Sie rieb sich benommen die Augen und merkte, dass sie eingedöst war. »Wie spät ist es? Ist die Veranstaltung schon vorbei?«

»Ich habe mich früher abgesetzt. Ich wäre schon längst hier gewesen, aber ich kannte deine Adresse nicht und musste erst in der Kanzlei vorbeifahren, um sie nachzuschauen.«

»Mein trautes Heim«, seufzte sie und deutete in die Runde. Die Einzimmerwohnung lag im ersten Stock über der Brennerei. Sie runzelte die Stirn. »Du hast dich abgesetzt?«

»Ich habe mir Sorgen um dich gemacht.«

»Oh.« Seine Worte klangen tröstlich und freuten sie mehr, als sie erwartet hatte. »Was bedeutet dir Marianne?« Sie blinzelte. Eigentlich hatte sie diese Frage gar nicht stellen wollen.

»Nichts.« Seine Antwort bestätigte, was Hannah gesagt hatte. »Mein Mentor meint, sie sei die ideale Unterstützung für politische Auftritte.«

»Sie mag dich. Nicht nur als Unterstützerin.«

Er schüttelte den Kopf. »Unwichtig.«

»Vielleicht für dich. Aber ich habe ihren Gesichtsausdruck gesehen.«

»Trotzdem unwichtig.«

Sie fuhr sich mit den Fingern durch die Haare. »Und Hannah?«

»Höre ich da etwa Eifersucht?«

Sie erwiderte seinen Blick und holte tief Luft. »Ja.«

»Oh.« Er zuckte tatsächlich überrascht zusammen. Nicht, dass sie ihm das übel genommen hätte. Angesichts ihrer Vereinbarung miteinander war ihr Eingeständnis ja tatsächlich fehl am Platz. Verdammt, vielleicht hatten die Worte ihrer Mutter sie doch mehr getroffen, als sie zulassen wollte, dachte Selma.

»Gut«, fügte er hinzu. Dann grinste er. »Ich glaube, ich finde es ganz gut, dass du eifersüchtig bist.«

»Elender Schuft«, sagte sie in scherzhaftem Ton. »Aber ernsthaft: Was bedeutet dir Hannah?«

»Sie ist eine meiner besten Freundinnen.«

»Das hat sie auch gesagt. Ich bekomme gerne eine unabhängige Bestätigung.« Er lachte in sich hinein, und sie fragte unnachsichtig weiter: »Und warum machst du keine Kanzlei mit ihr auf?«

»Ich bewerbe mich um einen Sitz als Richter.«

»Die Frage bleibt dieselbe: Warum?«

»Viele Gründe. Die Laufbahn ist sinnvoll für mich, und ich kann den Menschen helfen.«

»Aber sie passt überhaupt nicht zu dir. Ich meine, ich habe einige interessante Seiten von dir kennengelernt, und sie sind nicht gerade richterlich unparteiisch. Und was die Hilfe für die Menschen angeht – hat man als Richter nicht nur mit den Anwälten zu tun und kaum je mit den Klägern und Beklagten?«

Er schwieg lange, und als seine Antwort dann kam, war sie unerwartet und kam Selma eher ungelegen. »Warum machst du ein solches Getue um nebensächliche Punkte in deinem Verkaufsvertrag?«

»Was? Ich mache doch gar nicht …«

»Doch. Wir hätten das Geschäft schon vor Tagen unter Dach und Fach haben können, aber wir gehen immer wieder dieselben

Punkte durch. Und ich glaube nicht, dass du einfach nur mehr Zeit mit mir verbringen möchtest.«

»Ich will für mich das Beste herausholen.«

»Vielleicht ist das Beste für dich ja, gar nicht zu verkaufen.«

»Verdammt, Easton, wir spielen hier doch keine Psychospielchen.«

Er hob eine Augenbraue. »Nicht?«

»Na gut.« Sie stand auf und streckte die Hand aus. »Waffenstillstand?«

Er zog sie an sich heran, setzte sie auf seinen Schoß und küsste sie. Das Gefühl seiner Lippen auf ihren und seines heißen, harten Körpers unter ihr beruhigten sie mehr, als sie zugeben wollte. »Waffenstillstand«, murmelte er, legte die Arme um sie und drückte sie an sich.

Einen Moment blieben sie so; sie schmiegte sich an ihn und saugte förmlich seine Kraft auf. Dann machte sie sich los, ihre Augen suchten seine, und was sie dort gespiegelt sah, gab ihr zum Glück die Stärke für ihre nächsten Worte. »Ich will nicht denken, dass das mehr ist, als es ist«, fing sie an. »Ich meine, wir haben eine Vereinbarung. Aber ich will ...«

»Scheiß auf die Vereinbarung.« Seine Stimme war rau und sinnlich. »Hier geht es nur um dich und mich. Keine Verträge. Keine Regeln. So wie wir es wollen, was auch immer das ist.«

»Was willst du?«, fragte sie.

»Ich will, dass es weitergeht. Ich will dich in meinem Bett. Ich will dich in meinem Leben. Macht dir das Angst?«

Sie leckte sich die Lippen, dann nickte sie.

»Tut mir leid. Aber ich glaube nicht, dass du eine Frau bist, die vor Sachen wegläuft, die ihr Angst machen.«

Ein Lachen perlte aus ihr hervor. »Oh, ich glaube das aber schon. Vor emotionalen Sachen, die mir Angst machen, jedenfalls.« Sie holte Luft und legte eine Hand auf seine Wange. »Aber vor dir will ich nicht weglaufen.«

»Und was willst du? Abgesehen vom Verkauf der Destillerie, was willst du tun?«

Sie legte den Kopf schief und überlegte. »Ich will reisen. Die Welt sehen. Ich lerne gerne etwas Neues kennen. Ich will malen lernen. Ich will Griechisch lernen. Und ich will mir Opern und Bollywoodfilme anschauen. Ich will in Frankreich Trauben stampfen. Und ich will nicht eines Tages aufwachen und merken, dass ich mein Leben mit der Nase in einem Kontobuch verbracht habe.«

»Und du glaubst, dass das alles nicht geht, wenn du die Destillerie behältst?«

Sie zuckte mit den Schultern. »Ohne sie ist es jedenfalls einfacher.«

»Vieles ist einfacher ohne. Aber es ist auch einsamer.«

Die Worte ihrer Mutter hallten in ihrem Kopf wider.

»Kann ich dich etwas fragen?«

Wieder lachte sie. »Tust du doch gerade.«

Er grinste schief. »Wie zum Teufel hast du es geschafft, in mein Haus einzubrechen?«

»Oh.« Der Übermut verschwand aus ihrer Stimme. »Bevor die Herringtons Matthew und mich adoptiert haben, lebten wir von Sozialhilfe. Habe ich dir erzählt, oder? Also, bevor unsere leibliche Mutter uns in dieser Ladenpassage ausgesetzt hat, hat sie uns zu Hause allein gelassen, ohne sich um uns zu kümmern. Es gab oft tagelang nichts zu essen.«

»Mein Gott.« Er klang entsetzt.

»Stimmt. War nicht lustig. Aber so war es eben. Matthew und ich haben dann einfach geklaut, was wir brauchten.«

Ihr Ton war sachlich, aber als er ihre Hände in seine nahm, wusste sie, dass er den Schmerz darunter spürte.

»Er kam mit den Alarmanlagen nicht gut zurecht, aber ich schon. Ehrlich gesagt habe ich aber lange nicht mehr probiert, ob ich es noch kann. Deine war schwierig, aber machbar.«

»Hmm. Ich muss offenbar ein bisschen nachrüsten.« Er schwieg, dann: »Selma, ich ...«

Sie drückte ihm einen Finger auf die Lippen. »Sag es nicht. Kein Bedauern. Ich bin darüber hinweg.«

»Wirklich?«

Sie schaute nach unten.

Er hob ihr Kinn mit einem Finger und drehte ihren Kopf zurück in seine Richtung. »Es gefällt mir nicht, dass du nach Schottland gehst.« Seine Worte ließen Schmetterlinge in ihrem Bauch tanzen. Sie hatte ihm natürlich ihre Zukunftspläne erzählt, aber bisher hatten sie noch nicht darüber gesprochen. »Und ich bin verdammt eifersüchtig auf diesen Sean O'Reilly. Der Name klingt wie ein Bösewicht in einer Tom-Clancy-Verfilmung. Halte dich lieber fern von dem.«

Sie lachte. Plötzlich war sie glücklicher, als sie sich seit langer Zeit gefühlt hatte. Was sie sich gar nicht erklären konnte. Außer natürlich, dass es ganz selbstverständlich war. »Schon in Ordnung. Er ist verlobt.«

Easton kniff die Augen zusammen. »Na gut. Vielleicht ist er in Ordnung.« Er seufzte. »Ich weiß es nicht.«

»Ob er in Ordnung ist?« Sie sah ihn verwirrt an.

»Wie wir weitermachen sollen«, erklärte er. »Ich habe keine Ahnung mehr, was wir hier eigentlich tun.«

»Das geht schon klar.« Sie küsste ihn langsam und intensiv. »Wir finden zusammen einen Weg.«

# 12

»Damit du's weißt: Wenn du meiner Schwester wehtust, bringe ich dich um.«

Easton saß auf einer der gepolsterten Trainingsbänke in Matthews Fitnessstudio und schaute zu seinem Freund auf. »Ich dachte, du wolltest mich coachen?« Sie hatten eigentlich zusammen einen Drink nehmen wollen, aber weil Easton in letzter Zeit kaum Bewegung gehabt hatte – außer sehr athletischem Sex –, hatten sie beschlossen, lieber eine Runde zu trainieren.

»Das kann ich auch, während ich dich verhöre. Pass nur auf, dass du keine falschen Antworten gibst.«

»Ich habe nicht vor, deiner Schwester wehzutun. Was sie sich selbst antut, liegt allerdings nicht in meinen Händen.«

»Was soll das heißen?«

»Sie will die Destillerie eigentlich gar nicht verkaufen. Ich hoffe, sie führt sich das vor Augen, bevor sie einen Fehler macht.«

Matthew betrachtete ihn eingehend. »Einverstanden. Aber was ist mit dir? Bist du ein Fehler?«

Easton dachte an den dämlichen Wahlkampf und daran, wie er mit Marianne am Arm herumgelaufen war anstatt mit der Frau, in die er sich gerade gnadenlos verliebte. »Ich bin kein Fehler«, erwiderte er entschlossen. »Aber ich habe ein paar Fehler gemacht. Die muss ich jetzt berichtigen.«

»Wie?«

»Weiß ich noch nicht«, gestand Easton. »Aber ich mag deine Schwester. Ich glaube, ich liebe sie sogar.« Wenn das kein Grund war, eine Riesenangst zu haben. »Also verspreche ich dir, dass ich es herausfinde.«

Vor ihm nickte Matthew. »Geht in Ordnung. Nur beschwer dich bloß nicht bei mir, falls dir eines Tages eine schwere Ladung Gewichte auf den Kopf fällt, wenn du meine Schwester dann doch verletzt hast.«

Easton lachte. »Abgemacht.«

Er trainierte noch einige Stunden mit Matthew und machte sich dann auf zu Selma, wurde aber enttäuscht, weil sie nicht zu Hause war. Er machte sie zwar ausfindig, aber sie war mit einigen Freundinnen zusammen, und er war noch nicht so sehr von ihr abhängig, dass er sie ihren Freundinnen entrissen hätte. Zumindest war er noch nicht so weit, dass er sich eingestanden hätte, so abhängig von ihr zu sein.

Leider hieß das, dass er in der ganzen Woche kaum etwas von ihr zu sehen bekam, weil er am Montag in aller Frühe zu einer Gerichtsverhandlung nach Waco fahren musste. Selma ließ sich allerdings von der Entfernung nicht abschrecken. Diese Frau erhob Textnachrichten zu einer Kunstform. Easton musste nur daran denken, dass sein Mandant und der gegnerische Anwalt sein Smartphone nicht zu sehen bekamen. Niemand außer ihm sollte mitbekommen, was für gewagte Sextings zwischen ihnen hin- und hergingen.

Der Prozess war anstrengend und brutal, was nur gut war. Erstens mochte Easton das aufregende Gefühl, vor dem Richtertisch zu stehen und ohne langes Nachdenken agieren und reagieren zu müssen; das würde ihm auf jeden Fall fehlen, wenn er die Wahl gewann.

Dazu kam als Bonus noch, dass er, weil er ständig voll konzentriert sein musste, gar keine Zeit hatte, Selma zu vermissen oder traurig zu sein, weil sie nicht zusammen sein konnten.

Aber als er am Donnerstagabend den bevorstehenden letzten Verhandlungstag vorbereitet hatte, war er mehr als bereit für ein paar sexy Nachrichten von ihr. Prompt schickte sie keine heißen Bilder und aufregenden Texte, die genau beschrieben, was sie mit ihm zu tun gedachte, wenn sie einander wiedersahen, sondern Bilder von Fledermäusen.

Er rief ohne Zögern zurück. »Fledermäuse? Ich dachte mehr an Brüste. An deine nämlich.«

Er lächelte, als er sie lachen hörte. »Dein Pech«, sagte sie. »Ich arbeite an einem neuen Logo für Bat Bourbon. Was hältst du vom mittleren Bild?«

Er schaute es sich nicht an, sondern runzelte am Telefon die Stirn. »Baby, was ist los mit dir?«

»Bitte?«

»Der Markenauftritt ist nicht mehr dein Problem. Zumindest nicht, sobald du unterschrieben hast.«

»Weiß ich doch. Ich probiere nur ein bisschen herum. Außerdem wird das sozusagen mein Erbe. Wenn ich schon gehe, dann sollte ich das Firmenlogo genau so hinterlassen, wie ich es mir vorstelle, oder etwa nicht?«

*Falsch.*

Aber stattdessen fragte er nur: »Wovor hast du Angst?«

»Bitte?«

»Dass du in der Falle sitzt, wenn du die Destillerie behältst? Sie hat keine Gitterfenster. Dass sie vielleicht später bankrott geht und du sie lieber viel früher hättest abstoßen sollen? Sie geht schon nicht bankrott, und selbst wenn, würdest du's überleben. Dass du dich langweilst? Keine Angst. Du würdest noch in einer Asphaltwüste etwas Faszinierendes finden. So bist du einfach.«

»Easton …«

»Dass du alleine bleibst?« Er hörte, wie sie scharf einatmete. »Du wirst nicht alleine sein.«

»Das kannst du nicht versprechen.«

Er zögerte, dann schloss er die Augen. »Doch, ich glaube, das kann ich.«

»Ich …« Ihre Stimme setzte aus.

»Komm am Sonntag mit mir zusammen zur Veranstaltung im Kindermuseum.«

»Was?«

»Als meine Begleiterin.«

»Aber ...«

»Ich möchte dich gerne bei mir haben. Ich möchte, dass wir zusammen sind.«

Sie antwortete nicht.

»Du hast mir einmal gesagt, du wüsstest, wie es ist, wenn einem der Boden unter den Füßen weggezogen wird«, erklärte er. »Und ich kenne die Geschichte deines *Bitte*-Tattoos. Vielleicht wird es langsam Zeit, dass du aufhörst, Angst zu haben, Selma. Sag Ja und komm mit mir mit.«

Einen Moment sagte sie nichts, dann hörte er ihr leise geflüstertes »Ja«. Unmittelbar darauf das Klicken, als sie auflegte.

Selma tippte die Auslandsvorwahl für Großbritannien, legte das Telefon aber sofort wieder weg.

Fünf Minuten später nahm sie es wieder in die Hand. Diesmal schaffte sie es, Seans Nummer ganz einzutippen, bevor sie es doch wieder weglegte.

Beim nächsten Mal, eine Stunde später und nachdem sie geduscht hatte, zwang sie sich, die Nummer zu wählen und dann auch das Icon mit dem kleinen Telefonhörer darauf zu drücken.

Sie hörte das ungewohnte Klingeln einer Auslandsverbindung und fasste das Gerät fester, um nicht der Versuchung nachzugeben, doch noch rasch aufzulegen.

Ein Klicken, ein Gähnen. Eine verschlafene Stimme fragte: »Selma?«

*Verdammt*. Sie hatte nicht an die Zeitverschiebung gedacht.

»Tut mir leid, dass ich dich geweckt habe. Ich wollte unbedingt mit dir reden. Du warst einfach an der Reihe.«

»Es gibt eine Reihe?«

Sie lächelte. Die seltsame Frage in seinem sexy schottischen Akzent wirkte regelrecht komisch.

»Es ist einfach so, dass … also, ich komme nicht. Tut mir leid, wenn ich dich hängen lasse.«

»Ja?« Noch ein Gähnen, dann ein leises *Alles in Ordnung, Liebling, geh wieder schlafen*, und als er sich wieder meldete, klang er mehr wie ein Mensch. »Was ist passiert?«

»Ich habe … ehrlich gesagt, es gibt da einen Mann. Nein, das ist es nicht.« Sie schüttelte den Kopf. »Es liegt an Free-Tail. Ich will die Destillerie gar nicht aufgeben.«

Sie schloss die Augen und wartete auf seinen Wutausbruch. Sie wusste, dass er auf ihre Hilfe gezählt hatte. Er hatte schon eine Wohnung zur Miete für sie organisiert.

Ein Augenblick verging, dann noch einer. Schließlich sagte er: »Wenn ich du wäre, könnte ich sie auch nicht aufgeben.«

»Du bist nicht wütend?«

»Nope. Bloß enttäuscht, dass wir uns nicht sehen. Komm mich mal besuchen, wenn du Zeit hast.«

Erleichterung durchflutete sie, und zum ersten Mal war sie sich nicht nur sicher, dass sie das Richtige tat, sondern stand auch hundertprozentig zu einer langfristigen Entscheidung.

»Versprochen.«

»Und, Selma? Wenn es da einen Mann gibt, bring ihn mit. Ich muss unbedingt den Typen kennenlernen, der es endlich geschafft hat, dein Herz zu gewinnen.«

Er hatte es wirklich geschafft, ihr Herz zu gewinnen, sagte sich Selma. Und der beste Beweis dafür war, dass sie jetzt in Elenas Schlafzimmer daranging, sich für die Veranstaltung im Kindermuseum in Schale zu werfen.

Weil Easton vor der eigentlichen Feier noch eine Art Vorstandssitzung hatte, würde sie ihn erst dort treffen. Und sie wollte ihm zeigen – nicht nur sagen –, dass sie sich entschieden hatte. Was sie mit ihrem Betrieb machen wollte – und mit ihrem Leben.

Wenn sie ehrlich mit sich war, wollte sie ihn nicht noch einmal mit Marianne am Arm sehen müssen. Sie wollte diese Stelle, und heute war ihr Bewerbungstermin.

Und keine ihrer Freundinnen kleidete sich stilvoller als Elena.

»Das ist bloß eine Kopie«, erklärte Elena gerade. »Aber eine gute.«

»Chanel?«

»Klassisch.« Elena hielt das blassrosa Kostüm hoch. »Dazu trägst du eine Perlenkette und eine Seidenbluse.«

Selma beäugte das konservative Ensemble misstrauisch. Dann ermahnte sie sich, dass es einen Grund dafür gab, es zu tragen. Sie wollte eine Frau sein, mit der zu erscheinen Easton nicht zögern würde.

Aber unter dem blöden Kostüm trug sie ihren Tangaslip.

»Dein Handgelenktattoo überdecken wir mit Concealer. Noch schnell eine Spülung, um die Tönung aus den Haarspitzen zu bekommen, dann ist es ganz schwarz. Wir legen es dir dicht ums Gesicht. Klassisches Make-up, heiße Schuhe, und du bist bereit.«

»Schuhe?« Sie hatte nicht daran gedacht, welche mitzubringen.

»Wir haben dieselbe Größe. Ich habe an alles gedacht.«

Eine Stunde später hatten sich Elenas Worte bewahrheitet. Selma erkannte sich selbst kaum wieder, als sie sich im Spiegel betrachtete, herausgeputzt mit einem konservativen, aber klassischen Kostüm und einer tief ausgeschnittenen Seidenbluse, kombiniert mit einem Perlenchoker – die Perlen waren nicht echt, aber es war auch kein billiger Modeschmuck. Ihr Haar trug sie in Wellen dicht am Kopf in einer Art Zwanzigerjahre-Frisur.

Die Schuhe waren scharf. Sie hatten nur sieben Zentimeter Absatz, bestanden aber dafür aus einem nahezu irisierenden Material, das die Farbe des Kostüms aufnahm.

An Make-up hatte Selma noch nie so wenig getragen, aber sie

musste zugeben, dass ihre Augen gut zur Geltung kamen und auch der Lippenstift ihr schmeichelte.

»Ich glaube, du bist bereit«, sagte Elena. »Hol ihn dir, Tiger.«

Selma lachte und umarmte ihre Freundin. Dann trat sie vor das Haus und wartete auf das Uber-Taxi, das sie zum Museum bringen sollte. Elena wohnte noch bei ihren Eltern, einerseits, um Miete zu sparen, andererseits, um ihren Vater und ihren Stiefbruder besser kennenzulernen, und das hieß, dass es zu weit zum Laufen war.

Weil Selma davon ausging, dass sie nachher mit zu Easton kommen würde, hatte sie auch für die Anfahrt schon ein Uber-Taxi kommen lassen.

Die Fahrt in die Innenstadt dauerte nicht lange, und Selma hatte kaum Zeit, sich zu sammeln, bevor der Wagen schon vor dem Museum hielt und sie sich extrem nervös auf dem Bürgersteig wiederfand.

Was nun, wenn Easton die Sache ganz anders sah? Sie hatte einfach angenommen, dass er eine feste Bindung zwischen ihnen wollte – und dann war es richtig, dass sie sich in der Öffentlichkeit konservativ zeigte.

Aber wenn er es gar nicht ernst gemeint hatte? Wenn er sie, trotz all seiner Worte, doch nur als gute Freundin zum Ficken wollte?

Diese Möglichkeit, so gestand sie sich ein, fand sie zu deprimierend, um darüber nachzudenken. Was ihr nur wieder zeigte, wie sehr sie sich schon in diesen Mann verliebt hatte. Noch vor gar nicht langer Zeit wäre sie weggelaufen, so schnell sie konnte, wenn ihr irgendjemand etwas anderes als unverbindlichen, folgenlosen Sex vorgeschlagen hätte.

Aber jetzt stand sie hier und hatte plötzlich Angst, dass er davor zurückschrecken würde, sich an sie zu binden.

Sie wusste nicht, ob sie lachen oder weinen sollte. Weder noch am besten, wenn sie an die Ladung Mascara dachte, die Elena auf ihren Wimpern verteilt hatte.

»Jetzt oder nie«, sprach sie sich selbst Mut zu und lächelte einen Passanten an, der ihren Blick verwundert erwiderte.

Sie betrat das Museum, ließ sich den Weg zum Veranstaltungssaal erklären, und machte sich auf den Weg.

Sie sah ihn sofort. Er stand am anderen Ende eines offenen Bereichs, um den herum naturwissenschaftliche Exponate aufgebaut waren. In seinem Anzug wirkte er wie ein Prominenter. Er reckte das Kinn voller Selbstvertrauen und ließ seinen Blick ruhig über die Anwesenden schweifen. Selma glaubte eigentlich nicht, dass er wirklich Richter werden wollte, aber in diesem Moment wusste sie, dass er die Wahl gewinnen konnte.

Dann schaute er auf, und sein Blick traf sie sofort. Und in diesem Moment wurde alle Luft aus dem Raum gesaugt. Nichts war mehr da außer ihnen beiden. Sie kam sich wie Maria in der Tanzszene aus der *West Side Story* vor, wenn alles außer Tony und ihr ausgeblendet wird.

Sie hoffte nur, dass die Geschichte mit Easton und ihr sehr viel besser ausgehen würde.

Sie stand wie gebannt, als er auf sie zukam, und atmete erst wieder, als er ihre Hände nahm. »Du siehst großartig aus. Verdammt, es ist noch sexyer, wenn man weiß, dass du diese Tattoos unter dem Kostüm versteckst. Ganz zu schweigen von der sexy Unterwäsche, die ich vermute.«

Sie grinste so breit, dass es wehtat. »Stimmt. Und ich danke dir.«

Er ließ seinen Blick noch einige Minuten über ihr Gesicht wandern, schüttelte dann den Kopf, als müsse er sich konzentrieren, und sagte: »Komm, ich stelle dich den anderen vor. Judge Coale ist hier. Ich möchte euch gerne miteinander bekannt machen.«

Wegen der Schmetterlinge, die als Reaktion auf diese Ankündigung einen Sturm entfesselt hatten, konnte sie nicht antworten, aber sie nickte, und dann traten sie Hand in Hand auf einen distinguierten Achtzigjährigen zu, der vor einem physikalischen

Pendel Hof hielt. Er hielt inne, als er Easton kommen sah, und lächelte ihn so väterlich an, als sei Easton tatsächlich sein Sohn.

»Judge Coale, darf ich Ihnen meine Begleiterin vorstellen? Selma Herrington. Ihr gehört die Austin Free-Tail Distillery.«

»Meine Liebe, es ist mir ein Vergnügen.« Der alte Richter hatte einen erstaunlich kräftigen Händedruck, und Selma wurde rasch klar, warum er in der Politik derart erfolgreich war: Als sie sich von ihm verabschiedeten, war sie nicht nur begeistert von ihm, sondern hatte keine Ahnung, was er wirklich von ihr hielt. Er war völlig undurchschaubar.

»Hier sind noch ein paar andere Leute, die ich dir gerne vorstellen möchte«, fing Easton an, aber sie unterbrach ihn, indem sie ihm die Hand auf den Arm legte.

»Unbedingt, aber zuerst muss ich dir etwas sagen.«

Er führte sie in einen Gang, der offenbar zu einigen öffentlichen Tagungsräumen führte. »Was ist denn los?«

Sie schluckte. »Ich will die Verhandlungen nicht weiterführen. Ich will die Destillerie nicht verkaufen. Ich will nicht nach Schottland.«

»Ich verstehe.«

»Nein«, entgegnete sie, »das glaube ich nicht.« Sie holte tief Luft. »Was ich will, bist du.«

In seiner Wange zuckte ein Muskel, ansonsten zeigte er keine Reaktion. Einen Augenblick lang fürchtete Selma, dass sie wirklich alles falsch verstanden hatte, dass er sich über dieses Geständnis keineswegs freute und dass sie gerade eine furchtbare Närrin aus sich gemacht hatte.

Dann packte er ihre Hand, hielt sie fest in seiner und zerrte sie den Gang entlang, als wären sie auf der Flucht vor einem Brand. Er stieß die Tür eines der Tagungsräume auf, trat sie hinter sich zu und stieß Selma gegen die Wand.

»Himmel, Selma, hast du eine Ahnung, was du mit mir machst?«

»Ich ...«

»Was du in mir anrichtest, wenn du mir das sagst? Wenn ich dich so angezogen sehe und weiß, dass du das für mich tust? Ich meine, Perlen. Baby, du bist fantastisch.«

Seine Finger schlossen sich um den Perlenchoker. Er atmete schwer. Sie auch.

»Du findest es also gut? Du bist nicht …«

»Ich bin angetörnt, sonst gar nichts. Du hättest gar nichts Besseres zu mir sagen können. Himmel, wenn ich heute Abend nach Hause komme …«

»Ja«, murmelte sie und spürte, wie seine Hand ihre Brust umfasste.

Und dann, ohne Vorwarnung, sagte er: »Scheiß drauf.« Er packte sie am Perlenhalsband und zog sie zu sich heran. Das billige Kettchen riss, überall prasselten kleine weiße Kugeln, aber es war ihr gleichgültig.

»Achte nicht darauf.« Sie zog seinen Kopf dichter heran und öffnete ihren Mund an seinem. Er küsste sie brutal. Zunge und Zähne und der Geschmack von Blut. Seine Hände schienen überall zu sein. Ihre Hände, ihre Oberschenkel. Sie spürte, dass er ihren Rock hochgeschoben hatte, seine Hand in ihrem Schritt, sein Körper an ihren gepresst.

»Jetzt«, flüsterte er. »Ich will in dich. Sofort.«

»Easton, die Feier.«

»Die Tür ist abgeschlossen. Wir sind sicher.«

Sie stöhnte auf, als seine Finger in sie hineinglitten.

»Die Tür ist nicht …«

Und dann wurde die Tür aufgerissen.

Er zerrte seine Hand frei und schob sich vor sie, um sie zu schützen. Sie blinzelte, als die Blitzlichter der Kameras schlagartig den Raum erfüllten.

# 13

»Es tut mir so verdammt leid. So verdammt, so *scheißverdammt* leid.« Easton wiederholte das jetzt schon den ganzen Weg zurück zur Destillerie. Selma wusste, wie sehr er sich schämte, aber es ging ihr so weit gut. Sie hätte sich nur gewünscht, er würde mit ihr sprechen, anstatt sich ständig nur zu entschuldigen.

»Ich habe den Kopf verloren«, stöhnte er. »Und jetzt deinen Ruf, meinen Ruf.« Er bog ab und hielt hinter dem Gebäude der Brennerei an. Heftig schlug er die flache Hand auf das Lenkrad. »*Verdammt.*«

»Komm einfach mit rauf. Wir sind müde. Wir schlafen erst einmal darüber und reden morgen früh weiter.«

Er schüttelte den Kopf. »Und dann Marianne, wie sie dastand und den Reportern erzählt hat, ich sei ein Arschloch ohne Selbstbeherrschung und du eine Nutte, die sich an mich gehängt habe, bis ich schwach geworden sei.«

Selmas ganzer Körper spannte sich an. Als Marianne das behauptet hatte, während Selma gerade hastig ihr Kostüm zurechtzerrte, hatte sie sich stark beherrschen müssen, nicht einen Schuh nach dieser Schlampe zu werfen.

»Sie ist bloß neidisch, dass du kandidierst und nicht sie.«

»Ich kandidiere aber gar nicht mehr, oder? Ein Abend mit dir als Begleitung, und alles geht den verdammten beschissenen Bach runter.«

Selma erstarrte. Sie war zu keiner Bewegung mehr fähig. »Was hast du gesagt?«

Er wühlte sich mit den Händen im Haar. »Ich bin einfach wütend.«

»Mach bloß *mir* keinen Vorwurf. Ich bin in den passenden Klamotten gekommen und habe mich passend verhalten. Du bist derjenige, der einen schnellen Fick im Hinterzimmer für eine tolle Idee gehalten hat.«

»Und was glaubst du, wer mich dazu gebracht hat? Wir sehen uns nach verdammten zehn Jahren zum ersten Mal wieder, und du befummelst mich sofort in der Kanzlei oder im The Fix oder auf der Damentoilette im Winston.«

Sie schluckte. Die Wut brodelte so heiß in ihr, dass sie fürchtete, ihr Haar würde Feuer fangen. Sie öffnete die Beifahrertür. Zu mehr war sie im Moment nicht fähig. »Gute Nacht, Easton.« Sie stieg aus, die Augen weit offen, um ihre Tränen zurückzuhalten.

Er beugte sich zu ihr hinüber und rief etwas, als sie die Tür hinter sich zuschlug. Es klang nach *Entschuldige bitte*. Aber sie verstand die Worte nicht, und jetzt hätten sie auch schon nicht mehr ausgereicht.

»Wow.« Hannah musterte Eastons Gesicht. »Kein schlechtes Veilchen. Seit wann hast du das?«

»Gestern«, erwiderte Easton. Sie saßen in Hannahs Büro in der Investmentfirma, bei der sie arbeitete, und aßen Sandwiches. Easton mied im Moment Restaurants.

»Von wem?«

»Von Matthew.«

Hannah riss die Augen auf. »Selmas Bruder?«

»Ich habe ihn gebeten, für mich bei ihr zu vermitteln. Er hat mir eine reingehauen. Damit weiß ich wohl, wo er steht.«

»Hmmm.« Sie lehnte sich in ihrem Sessel zurück. »Und wo stehst du?«

»Tja, ich bin aus dem Rennen um die Kandidatur. Judge Coale ist offiziell enttäuscht von mir.«

»Das tut mir leid. Ich weiß, wie nahe ihr euch steht.«

»Wir sind darüber hinweg. Ich habe ihm erklärt, dass ich Selma liebe.« Schon diese Worte auszusprechen genügte, dass er sich gut fühlte. Noch viel besser hätte er sich gefühlt, wenn er sie ihr selbst hätte sagen können.

Selma ging ihm allerdings aus dem Weg. Und er hatte sich im ganzen Leben nie nutzloser, abgehalfterter und verlorener gefühlt als jetzt.

Hannah setzte sich auf. »Aha?«

»Ist jetzt aber wohl egal. Sie weiß nicht, was ich für sie empfinde. Ich hatte gehofft, Matthew würde es ihr erklären. Pech gehabt.«

»Du hast es ihr also noch gar nicht gesagt?«

»Nach dem, was ich am Abend nach dieser Feier im Museum von mir gegeben habe, käme es mir geschmacklos vor, ihr ›Ich liebe dich‹ in einer E-Mail oder als Textnachricht zu schicken oder auf den Anrufbeantworter zu sprechen. Seitdem sie die Tür meines Autos hinter sich zugeknallt hat, konnte ich nicht mehr mit ihr sprechen. Aber ich habe es ja nicht anders verdient, das weiß ich sehr wohl. Ich brauche nur eine Chance, mit ihr zu reden. Hast du vielleicht eine Idee?«

Inzwischen hätte er sich auf so ziemlich alles eingelassen. Sie fehlte ihm so sehr, dass ihm buchstäblich das Herz wehtat, und er trat sich täglich selbst in den Hintern für die Vorwürfe, die er ihr gemacht hatte. Er war einfach wütend auf sich selbst gewesen, aber an ihr hatte er es ausgelassen.

Dabei hätte er ihr dankbar sein müssen. Das wirklich Gute, das ihm von diesem Fiasko blieb, war nämlich die Erkenntnis, dass er gar nicht Richter werden wollte.

Er wollte das, was er schon immer gewollt hatte – und wovon er sich fast hätte abbringen lassen. Er wollte eine eigene kleine Kanzlei mit echten Menschen als Mandanten.

Er konnte allerdings nur hoffen, dass die echten Menschen es ihm nicht übel nahmen, dass er sich beim wilden Herummachen mit seiner Freundin in der Öffentlichkeit hatte erwischen lassen. *Idiot.*

»Was machst du jetzt eigentlich? Haben sie dich in der Kanzlei gefeuert?«

»Interessanterweise nicht. Bis auf Weiteres behalten sie mich in Lohn und Brot. Unter Vorbehalt. Ich glaube, sie wollen abwarten, ob mein schlechter Ruf die Mandanten eher anzieht oder abstößt.«

»Und das macht dir nichts aus?«

»Welche Wahl habe ich schon?«

Sie grinste und deutete auf sich selbst. »Angebot steht weiter.«

Er hob die Augenbrauen. »Tu dir das nicht an. Im Moment bin ich garantiert Gift für eine Neugründung.«

»Ach was. Der Skandal ist bald vergessen. Ganz sicher. Spätestens, wenn du und die sogenannte Nutte erst wieder zusammen seid.«

»*Falls*«, berichtigte er. »Ich weiß ehrlich nicht, ob wir je wieder zusammenfinden.« Die bloße Vorstellung machte ihm Bauchschmerzen. Er musste sich etwas ausdenken …

»Nach dem, was du mir erzählst, hast du es noch nicht damit versucht, richtig zu Kreuze zu kriechen.«

Er legte den Kopf schief und überlegte, was sie wohl meinte. »Woran denkst du?«

»Daran, dass morgen Mittwoch ist. Ich habe da eine Idee.«

# 14

Der Mittwochabend, an dem der Wettbewerb um den Titel des Mr. September stattfand, brachte dem The Fix on Sixth noch mehr Gäste als üblich, wahrscheinlich weil Hannah den Journalisten gesteckt hatte, dass Easton kommen würde. Außerdem hatte sie Selma gesagt, sie dürfe den Abend keineswegs verpassen. Also saß Selma jetzt auf einem der Barhocker und fragte sich, ob es eine gute oder eine abgrundtief schlechte Idee gewesen war, diesem Rat zu folgen. Nicht, weil Easton anscheinend unbedingt mit ihr sprechen wollte, sondern weil die Reporter sie andauernd heimlich fotografierten.

»Du hattest doch gesagt, er will mit mir reden«, meinte sie zu Hannah. Beide hatten ein Corona mit Schuss vor sich stehen.

»Will er und wird er auch.« Sie rückte dichter an Selma heran. »Bist du nicht mehr ganz so wütend auf ihn?«

Selma seufzte. »Weiß ich selbst nicht. Er hat mich verletzt – ziemlich sogar. Aber zum Teil hatte er auch recht. Ich habe zu Anfang ein paar dumme Sachen gemacht. Wir hätten genauso gut erwischt werden können, als ich ihn auf der Damentoilette im Winston vernascht habe.«

Hannah riss die Augen auf. »Dir ist klar, dass ich nicht so tun kann, als hätte ich das nicht gehört?«

»Hey, ihr wollt zusammen eine Kanzlei gründen. Das ist so gut wie eine Ehe, oder?«

Hannah grinste. »Du bist wirklich nicht mehr so wütend auf ihn.«

»Ich bin nur – er hat mir die Schuld gegeben. Und das war nicht schön.«

»Ich versichere dir, er bereut das sehr. Er weiß, dass es idiotisch war und dass es keine Rechtfertigung dafür gibt.«

»Worüber zum Teufel will er dann mit mir reden?«

Aber Hannah hob nur eine Schulter, was heißen sollte, dass Selma abwarten musste, bis sie es herausfand.

Aber Selma war nicht in der Stimmung zu warten. Sie wollte endlich mit Easton reden. Die Wahrheit war nämlich, dass ihr Herz, so wütend sie nach dem Eklat im Museum auch auf ihn gewesen war, längst ihm gehörte. Sie wollte ihn. Ach was, sie brauchte ihn. Und sie war mehr als nur bereit, mit ihm zu reden.

Aber wo zum Teufel steckte er jetzt?

Die Band spielte die Einleitungsmelodie für den Wettbewerb, und sie suchte mit den Augen das Publikum nach ihm ab, konnte ihn aber nirgends entdecken. Seufzend fand sie sich damit ab, dem Wettbewerb zuzuschauen. Wenn sich die Gäste nachher verliefen, würde sie ihn leichter finden.

Die Veranstaltung langweilte sie richtig, weil sie mit ihren Gedanken ganz woanders war. Und als der letzte Bewerber auf die Bühne trat, beugte sie sich zu Hannah und entschuldigte sich, sie müsse mal kurz verschwinden.

»Nein, bleib hier.«

»Ich muss endlich aus diesem Gewimmel raus.« Bevor Hannah weiter protestieren konnte, war Selma von ihrem Barhocker gerutscht und kämpfte sich bereits nach hinten durch, als Beverly Martin, die Moderatorin, die Zuschauer aufforderte: »Und jetzt gebt alles für unseren Bonuskandidaten – Easton Wallace!«

Selma, die gerade den Ausgang erreicht hatte, erstarrte. Als sie sich umdrehte, sah sie Easton den roten Teppich entlangschlendern; er fühlte sich sichtlich unwohl.

Er nahm das Mikrofon von Beverly und schaute in die Menge. »Wer mich noch nicht kennt«, sagte er, »wird meinen Namen nach dieser Ansprache sowieso googeln, also komme ich gleich zum Punkt. Erstens ziehe ich hiermit offiziell meine Kandidatur für sämtliche Richterstühle zurück, jetzt und in Zukunft. Nicht nur wegen des Skandals neulich, sondern vor allem, weil das nicht mein Traum ist. Ich habe mich da in etwas hineinziehen lassen und dabei fast meine wahren Ziele vergessen.«

Die Gäste waren still geworden. Selma trat ein Stück näher.

»Ich habe immer ein bisschen Angst davor gehabt, meinen Traum zu verwirklichen. Was ich wollte, kam mir tollkühn vor. Aber ich habe inzwischen gelernt, vor einem Sprung ins Ungewisse keine Angst zu haben. Es gibt noch andere Möglichkeiten als immer nur den nächsten folgerichtigen Schritt auf der Karriereleiter. Und hin und wieder muss ich mich umschauen und vergewissern, ob ich wirklich mein eigenes Leben führe ... oder das von jemand anderem, das ich nur angezogen habe wie ein Anzugsakko. Denn selbst, wenn es perfekt sitzt, ist es doch nicht mein Sakko.«

Er räusperte sich und suchte die Menge ab – und im selben Augenblick, als sein Blick ihrem begegnete, spürte sie die Hitze des Kontakts. »Außerdem habe ich gelernt, dass es manchmal nötig ist, eine große Geste zu machen. Sich selbst völlig zu entblößen. Baby, das hier ist für dich.«

Die Zuschauer johlten und klatschten, als er sich die Hose vom Leib riss – es musste sich um eine mit Klettverschlüssen handeln, wie Stripper sie tragen – und den Vorgang mit seinem Hemd wiederholte, sodass er jetzt in Unterhose und Schuhen dastand.

Selma schlug sich die Hand so fest vor den Mund, dass sie sich fast die Lippen prellte, um ihr Lachen zurückzuhalten. Auf Eastons Brust sah sie eine dunkle Linie, konnte aber aus der Entfernung nicht erkennen, was es war.

»Ich habe mich heute schon aus einer Wahl zurückgezogen. Jetzt mache ich dasselbe mit dieser hier. Stimmt für mich oder nicht – ich kämpfe nicht mehr um Stimmen. Es gibt nur einen Menschen, den ich für mich gewinnen möchte, und das werde ich jetzt gleich versuchen. Ich hoffe, ich habe mit dem hier ein kleines bisschen beweisen können, dass ich es ernst meine.«

Er zeigte dabei auf die dunkle Linie. Kameras blitzten.

»Ich habe es heute erst stechen lassen. Es ist eine Tätowierung. Nur ein Wort. *Bitte.*«

Selmas Herz setzte aus. Sie schnappte nach Luft.

»Ich habe es für dich machen lassen, Selma. Es soll bedeuten: Bitte lass sie die Richtige sein. Und bitte lass es für immer sein.«

Er senkte den Kopf, und als die Zuschauer in Beifall ausbrachen, ging er den roten Teppich zurück hinter die Bühne, griff sich eine Sporttasche, die an der Wand abgestellt war, und wandte sich Selma zu.

Sie fing seinen Blick auf, nickte und ging in den Korridor hinaus. Das Herz hämmerte ihr in der Brust.

»Ich sollte mich anziehen«, waren seine ersten Worte, als er sie neben dem Regal mit den Papierservietten vor Tyrees Büro fand.

Sie schüttelte den Kopf, als sie ihn von oben bis unten musterte und ein Lächeln unterdrückte. Sie trat auf ihn zu und legte die Hand auf das Tattoo. »Skandalös.«

»Es tut mir so furchtbar leid.«

Die Bitte um Verzeihung füllte sie aus, und sie lächelte.

»Ich habe mich wie ein Idiot benommen.«

»Kann man wohl sagen.«

»Aber es gibt etwas, was für mich spricht.«

»Was denn?«, fragte sie.

»Ich arbeite hart. Und meine höchste Priorität bist im Moment du.«

»Ach, wirklich?« Sie zwang sich, nicht zu lächeln. »Wieso das denn?«

»Ich will dich überzeugen, dass du bei mir bleibst. Dass du zu mir gehörst. Dass ich ein Mann bin, der nie aufhören wird, alles für dich zu tun, was er nur kann, damit du glücklich wirst. Damit jeder Tag, den wir zusammen haben, ein Abenteuer wird.«

»Oh.« Sie leckte sich über die Lippen und versuchte, die Tränen zurückzuhalten. »Wie willst du das anstellen?«

»Weiß ich noch nicht. Was ich weiß, ist, dass ich nie aufgeben werde.«

»Klingt gut, finde ich.«

»Und dann ist da noch etwas«, sagte er und nahm ihr Kinn in die Hand. »Ich liebe dich, Selma Herrington.«

Tiefes Glück durchströmte sie. »Ich liebe dich auch«, erwiderte sie. Dann biss sie sich grinsend auf die Unterlippe.

»Was denn?«

Sie tastete nach der Klinke von Tyrees Bürotür und drückte sie auf. »Mir ist nach einem Skandal zumute. Dir auch?«

Sein leises Lachen erfüllte den Gang. »Jederzeit.« Er zog sie hinter sich in das Büro und drückte die Tür zu.

Dieses Mal, fiel Selma auf, schloss er ab.

# EPILOG

Matthew belud seinen Teller gerade mit Rinderbrust und Kartoffelsalat, als Hannah neben ihn trat. Ihre bloße Nähe genügte, um seinen Körper aufmerksam zu machen. Sie legte ihm die Handfläche auf den Rücken und drückte sich so unbefangen an ihn, als ob sie wirklich ein Paar wären.

Sie war ziemlich gut darin, es vorzugaukeln, das stand fest. Matthew dagegen war es nicht. Das Einzige, was er überzeugend darstellte, war, Hals über Kopf in seine angebliche Verlobte verknallt zu sein. Weil Hannah Donovan ihn aber schon bei ihrer ersten Begegnung in ihren Bann geschlagen hatte, war das keine große Belastungsprobe für seine bescheidenen Schauspieltalente.

»Hey, Großer«, sagte sie. »Wenn du das Essen holst, besorge ich den Wein. Ich habe uns einen Tisch nahe bei der Band gesichert. Wenn Braut und Bräutigam den ersten Tanz hingelegt haben, dürfen wir auch mal. Wir müssen nicht so vielen Leuten von unserer Verlobung erzählen, wenn wir eng umschlungen auf der Tanzfläche dahinschweben, oder?«

Er schluckte und stellte sich vor, wie sich ihr Körper in seinen Armen bei einem langsamen Tanz anfühlen würde. »Geht in Ordnung. Ich treffe dich dann am Tisch in einer …«

»Oh, *verdammt.* Alarmstufe Rot.« Der harsche, fast ängstliche Klang ihrer Stimme schnitt ihm ins Herz. Er wünschte sich, er könnte sie in die Arme nehmen und trösten. »Da kommt mein Dad.«

Matthew krümmte sich innerlich. Sein Beschützerinstinkt kämpfte jetzt gegen einen nicht weniger starken Trieb, sofort zu verschwinden.

Das aber ging nicht. Hannahs Vater war der einzige Grund, warum Hannah und er zusammen diese Hochzeitsfeier besuchten und warum sie vorgaben, verlobt zu sein, und warum sie ihn schon fast den ganzen Abend verträumt und hingebungsvoll anstarrte, sodass er sich erinnern musste, sie spielte es nur vor. Alles nur gespielt.

»Los, wir stürzen uns in ein Gespräch mit einer deiner Freundinnen«, schlug Matthew vor.

»Zu spät. Er kommt schon auf uns zu. Verdammt, ich will nicht jetzt gerade mit ihm fertigwerden müssen.«

»Wir sind ja zu zweit.« Er hatte noch nicht das Vergnügen der Bekanntschaft Mr. Donovans gehabt, aber schon genug über ihn gehört, um von dem erfolgreichen Anwalt ziemlich eingeschüchtert zu sein. Matthew kannte seine Stärken und wusste, dass er wie ein Idiot aussehen würde, falls es Ernest Donovan einfiel, über rechtliche Fragen, Tagespolitik oder auch bloß über Literatur zu diskutieren. *Verdammt.*

Warum zum Teufel hatte er sich auf diese Maskerade eingelassen? Er konnte nicht gut improvisieren und fand nie die richtigen Worte.

»Schnell«, drängte Hannah. »Wenn wir schon über etwas anderes reden, fragt er nicht nach der Verlobung. Ähm – das Essensgutscheinsystem für die Schulen, über das jetzt so viel geredet wird. Ich glaube, der Kongress will es sich dieses Jahr noch einmal vornehmen. Vielleicht wird es auch in Texas eingeführt. Was hältst du davon?«

Schrecken erfüllte ihn. Er hatte keine Ahnung von Gutscheinsystemen, und weil er keine Kinder hatte, interessierten sie ihn auch nicht besonders. Alles, was er jetzt sagte, würde ihn vor Hannah als unwissenden Narren bloßstellen, und genau das wollte er vermeiden.

»Oder nimm ein anderes Thema«, beharrte Hannah angespannt. »Sag irgendwas. Er ist fast hier.«

Aber es kam ihm nichts in den Sinn. Er konnte nichts tun.

Außer einer Sache.

Er ließ den Teller mit der Rinderbrust stehen, zog sie heftig an sich und küsste sie.

Einen Augenblick lang erstarrte sie vor Schreck, dann zerschmolz sie an ihm, ihr Mund öffnete sich unter seinen Lippen.

Er seufzte und ging ganz darin auf, sie zu spüren. Denn es fühlte sich *richtig* an. Nicht einschüchternd wie alles andere hier. Das hier – diese Frau, dieser Kuss, der Druck ihrer Körper gegeneinander –, *das* war, wie es sein sollte.

Und einen ganz kurzen, wunderbaren Augenblick lang war Matthew im Himmel.

Umso schlimmer, dass er sofort wieder unsanft auf die Erde zurückgeholt werden sollte.

# BONUSMATERIAL

Bonusgeschichte

# Spencer & Brooke

Brooke Hamlin hatte schon immer gewusst, dass in der alten Drysdale-Villa Geister umgingen ... Sie hätte sich nur gewünscht, einen einzigen Nachmittag ausnahmsweise mal ohne sie genießen zu können.

Die fraglichen Geister waren Casper (der freundliche) und Nick (der fast kopflose), und selbstverständlich waren beide keine echten Geister, sondern die Kameraleute für die Reality-Show von ihr und ihrem Verlobten Spencer: *Mansion Makeover.*

Und natürlich hießen sie auch nicht wirklich so, doch da sie unsichtbar sein sollten, hatte Brookes und Spencers ehemalige Praktikantin ihnen diese Namen gegeben, als sie noch *The Business Plan* drehten, ihre frühere Show, die ausgezeichnete Kritiken bekommen hatte.

Von der Renovierungsdoku im The Fix on Sixth waren die Kameraleute ihnen zu ihrer aktuellen Sendung gefolgt, die in der Drysdale-Villa gedreht wurde. Dieses alte Herrenhaus war zufällig auch Brookes und Spencers Zuhause.

Was bedeutete, dass sie den Geistern nicht entfliehen konnten. Nicht eine Sekunde.

Sie waren den ganzen Tag da. Und blieben mitunter auch bis in die Nacht.

Am folgenden Tag würden sie ebenfalls da sein: auf ihrer Verlobungsparty, einer inszenierten Feier, die Spencer und Brooke gar nicht gewollt hatten – zumindest nicht *so*. Eigentlich hatten sie sich einfach nur verloben wollen. Vielleicht bei ein paar Drinks mit Freunden im The Fix.

Stattdessen bestand der Sender darauf, dass das The Fix eine Riesenparty in der Villa veranstaltete, und zwar mit allen, die sie je kennengelernt hatten. Natürlich ging es dabei um das Spektakel – als wäre ihre Renovierungsshow ein Spin-Off von *The Real Housewives* und keine eigenständige Sendung, die gleichzeitig unterhalten, unterweisen und unterstützen sollte.

Die ganze Situation verärgerte sie ziemlich, zumal das während der Dreharbeiten zur Renovierung des The Fix nicht vorhersehbar gewesen war. Dort war der Drehplan von vornherein festgelegt gewesen, und der Fokus lag viel mehr auf der Bar und dem Kalender-Contest als auf Spencer und ihr.

Hier hingegen ging es nur ums Haus und seine Bewohner. Und die Kameras waren Teil ihres Lebens geworden.

Im Grunde wusste sie, dass sie sich glücklich schätzen konnte. Schließlich hätten Spencer und sie sich sonst niemals dieses unglaubliche historische Anwesen leisten können, das Spencers Traumhaus war. Seit Jahren schon hatte er ihm nicht nur wieder zu seiner einstigen Pracht verhelfen, sondern es auch persönlich besitzen wollen. Durch *Mansion Makeover* bekam er die Chance dazu. Aber nur, weil der Sender einen Teil der Renovierungskosten übernahm.

Und das wog den Umstand, dass man wie unter einem Mikroskop lebte, natürlich auf.

Ja, wirklich.

Im Großen und Ganzen.

Einigermaßen.

Die Wahrheit war, dass sie es hasste, so zu leben. Ständig im Scheinwerferlicht, wo jede einzelne Kleinigkeit gefilmt wurde. Jede. Einzelne. Kleinigkeit.

In letzter Zeit hatten Spencer und sie nur noch im Schlafzimmer ihre Privatsphäre, und es hätte sie nicht überrascht, wenn ihre Produzenten Molly und Adam darauf bestanden hätten, dass die Geister auch dort in irgendeiner Ecke ihr Lager aufschlagen konnten. Schließlich sorgte nichts für bessere Einschaltquoten als Sex.

»Bist du fertig, Brooke?« Taylor D'Angelo, eine Absolventin des Studiengangs der Theaterwissenschaften an der Universität von Texas, hatte den Kalender-Contest im The Fix organisiert, und dabei hatten sie und Brooke sich angefreundet. Taylor war auf Brooke zugekommen und hatte sie um einen Job bei ihrer neuen Reality-Show gebeten. Eins hatte zum anderen geführt, und jetzt arbeitete Taylor als Regie-Assistentin für *Mansion Makeover.*

Ein Teil der Sendung wurde aus der Perspektive der »Fliege an der Wand« aufgenommen, in der nur die Arbeit und die Gespräche zwischen Brooke, Spencer und ihrer Renovierungsmannschaft gefilmt wurden. In den restlichen Sequenzen zeigte man spezielle Projekte oder Techniken, und dabei demonstrierten Brooke oder Spencer – oder beide zusammen – den Prozess vor laufender Kamera.

Heute sollte Brooke etwas zeigen, während Spencer noch ein paar Sachen im Baumarkt besorgte. Genauer gesagt wollte Brooke Fliesen im Wintergarten verlegen, wo vor ein paar Folgen der Betonboden gegossen worden war.

»Ja, ich bin bereit, wenn du es bist«, sagte sie zu Taylor, nachdem ihr Make-up aufgefrischt worden war. Das Stichwort »Action« war bei ihnen verpönt, da dies eine Reality-Show war und die Produzenten das Gefühl vermitteln wollten, dass die Prozesse vor der Kamera so echt und ungestellt wie möglich waren. Was hieß, dass Brooke jederzeit vor die Kamera treten konnte, was sie jetzt auch lächelnd tat.

»Wie man an den Kisten sieht, werden wir heute den Wintergarten fliesen.« Sie ging in eine Ecke, wo schon ein Stapel Kacheln auf sie wartete. »Als Erstes muss man sich in einem Raum wie diesem fragen, welche Art von Fliesen man benutzen möchte. In unserem Fall wollten wir uns so dicht wie möglich ans Original halten, deshalb wählten wir für die Bodenfliesen im Wintergarten – *Scheiße!*«

Dieser Fluch war ihr herausgerutscht, als sie stolperte, und jetzt hockte sie auf allen Vieren auf dem Boden – mit zerrissener Jeans und lädiertem Ego. »Verdammt!« Als Casper, die Kamera auf sie gerichtet, einen Schritt näher zu ihr trat, zischte sie: »Schalt das Ding aus!«

Sie riss die Augen auf, weil sie sich vorkam wie ein Tollpatsch, ein grober Klotz, eine Versagerin. Und all das verknäulte sich in ihr zu einem riesigen Wutknoten.

Und dann brach sie ohne Vorwarnung in Tränen aus.

»Brooke!« Trotz des Schneegestöbers in ihrem Kopf hörte sie Taylors besorgte Stimme. Doch sie entspannte sich erst, als sie auch vertraute Schritte wahrnahm, und sackte in sich zusammen, als Spencer neben ihr auf die Knie ging und sie in die Arme schloss.

»Brooke? Brooke, Schatz, was ist denn?«

Sie spürte, wie er die Hand von ihrem Arm löste, und als sie die Augen öffnete, sah sie, wie Taylor auf ein Signal nickte, das Spencer ihr gegeben hatte. Dann scheuchte sie alle anderen aus dem Raum.

»Sie sind weg, mein Engel«, sagte Spencer und löste sich von ihr. Eine Sekunde stand er nur da, dann beugte er sich vor, sodass sie in seine warmen, dunklen Augen blicken konnte. Wie oft hatte sie ihn schon so angeschaut? Wie viele Male hatte er sie mit seinen starken Händen gestreichelt und getröstet? Wie oft hatte sein Bart sie gekitzelt, wenn er sie eng an sich drückte und mit solcher Leidenschaft küsste, dass ihr die Knie weich wurden?

Spencer Dean kannte sie besser als irgendjemand sonst auf der Welt, und in diesem Augenblick wusste sie, dass sie nichts zu erklären brauchte. Er verstand es – wichtiger noch: Er verstand *sie*.

Er streckte seine Hand aus, und als sie ihre in seine legte, spürte sie sofort den Trost ihrer Verbindung, während er ihr sanft aufhalf. »Sie sind weg«, wiederholte er. »Zumindest für eine Weile. Und es tut mir wirklich sehr leid.«

Endlich, durch seine Entschuldigung, bekam sie wieder einen klaren Kopf. Und zudem durch die schlichte Tatsache, dass sie in seiner Nähe solche Erleichterung verspürte, dass für Wut und Frustration kein Platz mehr war.

»Du musst dich für nichts entschuldigen«, erwiderte sie. »Schließlich hab ich die Nerven verloren.« Sie ließ seine Hände los und fuhr sich durch ihre langen, blonden Haare. »Ich bin über meine eigenen Füße gestolpert und dann vor Wut explodiert. Das war nicht deine Schuld.«

»Nicht?« Er wies mit dem Kopf zu ihrem privaten Wohnzimmer, legte sanft seine Hand auf ihren Rücken und steuerte sie über die Veranda ins Haus. Sie nahm auf dem Sofa Platz, das sie vor zwei Folgen ausgesucht hatten. Dieser Raum war als erster fertiggestellt worden, und jetzt lehnte sie sich an die dicken, bequemen Kissen und blickte hinauf zu der hohen Decke mit den historischen Platten und Friesen. Nicht ein einziges Detail war vernachlässigt worden, und jetzt diente dieses Zimmer als Ausstellungsraum. Das verdankten sie und Spencer sowohl dem Sender als auch ihrer eigenen harten Arbeit und Planung.

Sie holte tief Luft und atmete geräuschvoll aus. »Nein«, wiederholte sie entschieden. »Es war nicht deine Schuld.«

»Aber ich war derjenige, der wegen *Mansion Makeover* Druck gemacht hat. Der die Sendung ins Leben gerufen hat.« Als er sich neben ihr niederließ, drückte sein harter Oberschenkel gegen ihren. Dann nahm er ihre Hand und verschränkte seine Finger mit ihren. Sie drückte sie und genoss die Verbindung. Zu dem Mann, den sie liebte. Den sie einmal verloren, aber wie durch ein Wunder wiederbekommen hatte.

»Aber ich will das doch auch«, sagte sie. »Ich liebe dieses Haus.« Schon im heruntergekommenen Zustand war das historische Herrenhaus imposant gewesen, und langsam aber sicher verhalfen sie ihm wieder zu seiner einstigen Pracht. Durch eine Arbeit, die sie liebte, mit dem Mann, den sie liebte. Es gab lediglich diesen einzigen kleinen Haken. »Es ist nur ... also ... ich meine, ich glaube, ich halte es einfach nicht mehr aus, ständig unter Beobachtung zu stehen. Normalerweise stört mich das nicht, ehrlich. Ich wusste, worauf ich mich einließ, als ich mich bereiterklärte, die Sendung mit dir zu machen. Aber die Kameraleute sind ständig hier. Ununterbrochen. Und unsere Verlobungsparty morgen ... Das ist doch eigentlich gar nicht unsere Party, weil es *ihre* Idee war. Die von Molly und Adam.«

Brooke holte noch einmal tief Luft und lehnte sich an ihn. »Ich weiß, ich höre mich an wie ein undankbares, quengelndes Kind, wo doch dieses unglaubliche Haus uns gehören wird, wenn das alles erst einmal über die Bühne ist. Aber ich habe ständig das Gefühl, ich hätte jemandem vom Sender im Nacken.«

»Habe ich schon verstanden«, sagte Spencer und strich ihr mit dem Daumen über das Kinn. Ein Schauer durchfuhr sie. »Wirklich.«

Dann küsste er sie langsam. Drückte seinen Mund auf ihren, sanft zuerst, dann mit wachsender Leidenschaft, bis das Verlangen in ihrem Innern alles ausfüllte und sie vor Liebe und Sehnsucht aufkeuchte, als er sich mit glühendem Blick von ihr löste.

»Außerdem, mein Engel«, sagte er, »ist jetzt gerade niemand hier.«

In seinem ganzen Leben hatte sich Spencer noch nie so machtlos gefühlt. Mehr noch: Trotz ihrer Proteste wusste er verdammt genau, dass er an ihrer Frustration schuld war. Genauer gesagt: durch seinen Plan, die Renovierung mit einer Sendung zu finanzieren, an der sie beide mitwirkten. Er hatte ihnen das eingebrockt, sie hasste es, und logischerweise sollte sie wohl auch ihn hassen.

Aber das tat sie nicht.

Hätte er nicht bereits gewusst, wie sehr sie ihn liebte – und das war eine der erstaunlichsten Wahrheiten in seinem Leben –, hätte er es allein an der Liebe und Freude sehen können, die ihr Gesicht jetzt ausdrückte. Abgesehen von dem trägen, sinnlichen Lächeln, zu dem sich ihre Lippen verzogen, während sie über seine Äußerung nachdachte.

»Du hast recht«, sagte sie mit leicht heiserer Stimme. »Sie sind wirklich weg.« Sie griff nach seinem T-Shirt, umklammerte es mit der Hand und zog ihn so nahe zu sich, dass ihre Lippen seine berührten, als sie sagte: »Liebe mich, Spencer. Direkt hier auf der Couch, denn zum ersten Mal seit langer Zeit befindet sich nicht eine einzige verdammte Kamera in diesem Raum.«

Ihre Worte durchzuckten sie wie ein Blitz. Ihre kühne, fordernde Berührung brachte sein Blut in Wallung. Eigentlich war er schon halb bereit gewesen, als er sie eben im Arm hielt, aber er hatte auch gezögert, da er wusste, dass sie aufgebracht war, weil sie aus dem Gleichgewicht geraten war.

Aber sie hatte das Spinnennetz aus Unschlüssigkeit einfach beiseite gefegt. Ihr Verlangen war so spürbar, als würde es selbst nach ihm greifen und sich mit seiner eigenen lodernden Begierde zu einem derart intensiven Gefühl vermischen, dass es über ihnen wie eine blinkende Leuchtreklame hing: *Jetzt. Endlich. Allein.*

*Gott, ja!*

Ohne ein weiteres Wort drückte er seinen Mund auf ihren. Nicht sanft, nicht behutsam, sondern grob und hart, mit Zunge, Zähnen und wilder Hingabe. Und zu seinem Entzücken erwiderte sie auf genau dieselbe Weise seinen Kuss und öffnete sich ihm. Schenkte ihm ihren Körper genau so, wie sie ihm ihr Herz geschenkt hatte: freiwillig, bedingungslos, ganz und gar.

Sie rutschte ein Stück beiseite und zog ihre Beine auf die Couch. Er kannte sie gut genug, um zu wissen, was sie vorhatte, und ließ ihr Zeit, sich hinzulegen, bevor er sich auf sie setzte, die Kissen fortnahm und sie über die Rückenlehne schleuderte.

Ihr Lachen entzückte ihn, doch das hielt ihn nicht davon ab, sie mit einem weiteren Kuss zum Schweigen zu bringen. Dann löste er sich rasch von ihr. »Zieh dich aus«, verlangte er und glühte vor Freude, als er sah, wie der Blick in ihren Augen sich vor lauter Verlangen verdunkelte.

Sie erwiderte nichts, sondern richtete sich auf, zog sich das Shirt über den Kopf und warf es beiseite. Dann griff sie nach den Knöpfen ihrer Jeans, doch er hielt sie auf, weil er das selbst erledigen wollte. Selbst nach all diesen Monaten – selbst nachdem er ihr den Verlobungsring über den Finger gestreift hatte –, gab es immer noch Augenblicke, in denen Spencer einfach nicht glauben konnte, dass sich alles gefügt hatte und sie wirklich und wahrhaftig die Seine war.

Langsam öffnete er die Knopfleiste und zog ihr die Jeans über die Hüften. Er zögerte kurz, um ihr mit der Fingerspitze über den Bund ihres Höschens zu fahren. Ihm stockte der Atem, als er sah, wie sie die Muskeln anspannte, und hörte, wie sie leise aufkeuchte, bevor sie einen Fingerknöchel in den Mund steckte und darauf biss. Sein Schwanz zuckte, weil ihn das daran erinnerte, wie oft sie schon dasselbe mit ihm angestellt hatte.

»Mein Engel«, murmelte er, zwang sich aber, sie weiter auszuziehen, bis er schließlich ihre Sneaker abgestreift und ihr die Jeans über Knöchel und Füße gezogen hatte. Er ließ sie einfach auf den Boden fallen, blickte ihr tief in die Augen und spreizte ihre Beine.

»Spencer, bitte.«

Ganz einfache Worte; viel komplizierter war der Nachdruck darin. Sie war bereit – mittlerweile kannte er alle Anzeichen. Das Spannen ihrer Haut. Die leisten Laute ihrer Erregung, die magische Wirkung auf ihn hatten. Und ihr Geruch, ein archaischer Moschusduft, der ihn fast dazu zwang, sofort tief in sie einzudringen und sie beide in Sphären zu bringen, in die sie allein niemals gelangen konnten.

Also, ja, sie war bereit … aber er würde sie auf die Folter spannen.

Zuerst wollte er sie schmecken, sie zur Raserei bringen. Wollte die Frau hören, die er liebte – den wunderschönen Engel, der schon bald seine Angetraute sein würde. Er wollte, dass sie ihn um Gnade anflehte, bevor er sie nahm, hart und heftig. Schon so oft hatte er sie in Besitz genommen, aber es war nie genug. Konnte nie genug sein. Daher umfasste er mit einer schnellen, groben Bewegung noch fester ihre Beine, zog sie abrupt zu sich, manövrierte ihre Knie über seine Schultern, schob sich enger zwischen ihre Schenkel und drückte seinen Mund auf den dünnen Streifen feuchter Seide, der ihre Muschi bedeckte.

Er leckte sie durch die Seide, genoss es, wie sie sich ihm entgegenwölbte und ihre Fußknöchel hinter seinem Kopf verschränkte. Er hob sie höher, drückte sie noch fester gegen seinen Mund, während er an ihr saugte und leckte, und dann fuhr er mit seiner Zunge den Saum ihres Höschens zwischen Schenkel und Scham nach. Sie wand sich, sie bettelte und flehte, doch er ließ sie nicht los.

Bis er es schließlich selbst nicht mehr aushielt, mit den Zähnen ihr Höschen beiseite zerrte und sich in ihrem Geschmack verlor, als er seine Zunge tief in ihre warme, feuchte Mitte stieß.

»Bitte«, murmelte sie, die eine Hand auf ihrer Brust, die andere zwischen ihren Beinen. Sie streifte mit den Fingern seine Zunge, während sie sich selbst stimulierte, und er spürte, wie ihr Inneres sich pochend zusammenzog. Sie stand kurz davor – das wusste er, aber er wollte sie noch nicht erlösen. Noch nicht. Nicht, bevor er in ihr war.

Er stieß sie so unvermittelt zurück, dass sie überrascht aufschrie, stützte sich auf die Ellbogen, zerrte das Hemd aus der Jeans und wollte es sich über den Kopf ziehen.

»Nein«, sagte sie und hielt ihn fest.

Er hielt inne und sah sie an, überzeugt, dass er nicht aufhören sollte.

»Bitte bleib angezogen.« Sie verlagerte ihr Gewicht und bewerkstelligte es mit einem fast akrobatischen Manöver, dass sie neben ihm kniete. Dann griff sie nach seiner Knopfleiste. Er erkannte, was sie wollte, und ließ sie seinen Schwanz befreien, bevor er sich auf das einzig verbliebene Kissen zurücklegte: vollständig angezogen bis auf seinen nackten Schwanz, der sich ihr gierig entgegenreckte.

»Steh auf«, befahl er, und sie gehorchte. Seine schöne Verlobte, sein nackter Engel. Sein Herz machte einen Satz allein von dem einen Wort, das ihm erneut durch den Kopf zuckte: *Sein.*

*Wie zum Teufel hatte er solches Glück verdient?*

Als ihre Blicke sich trafen, wusste er, was sie wollte. Was auch er wollte.

»Komm her, mein Engel«, sagte er. »Komm und reite mich.«

*Komm und reite mich.*

Das waren die Worte, die Brooke hörte, aber sie bedeuteten mehr als die schlichte Aufforderung. Sie bedeuteten: *Du gehörst mir.* Und: *Ich werde dich beschützen.*

Doch vor allem bedeuteten sie: *Ich liebe dich.*

Und sie liebte ihn tatsächlich, o Gott, wie sie ihn liebte! Wie er sie ansah. Wie er sie liebkoste. Wie er sie verstand. Hatte er nicht dafür gesorgt, dass die anderen verschwanden? Hatte er ihr nicht diesen Abend geschenkt?

Jetzt schenkte sie sich ihm. Obwohl sie das im Grunde schon vor langer Zeit getan hatte. Sie gehörte Spencer, mit Leib und Seele, und der Verlobungsring an ihrem Finger war der Beweis.

Langsam, um den Moment auszukosten, setzte sie sich auf ihn und hielt ihre Scham knapp über seiner Schwanzspitze in der Schwebe. Sie lächelte, weil seine Jeans sie an ihren Innenschenkeln streifte. Es war so köstlich, nackt zu sein und einen Mann zu lieben, der vollständig angezogen war. Sie hatte dadurch das Gefühl, von ihm in Besitz genommen zu werden. Bei einem anderen als

Spencer hätte sie das niemals zugelassen, aber bei ihm war es etwas so Fundamentales wie Atmen. So wichtig wie Blut.

Er wollte nach ihren Brüsten greifen, doch sie schüttelte den Kopf. »Halt meine Hüften fest«, befahl sie und genoss es, dass jetzt sie die Kontrolle hatte.

Mit einer Hand umfasste sie seinen Kopf, mit der anderen drückte sie gegen seinen Bauch, der sowohl vom Krafttraining als auch von der körperlichen Arbeit hart und definiert war. Ohne die Augen zu schließen, bewegte sie ihre Hüften – streichelte und stimulierte mit kleinen Kreisen die Spitze seines Schwanzes. Damit wollte sie ihn zur Raserei bringen, und als sie sah, wie sein Blick glasig wurde, erkannte sie, dass ihr das gelang.

Ein Gefühl des Triumphs durchzuckte sie, doch galt der Triumph ihnen beiden, denn während sie ihn stimulierte, quälte sie sich gleichzeitig selbst. Mittlerweile pochte ihr gesamter Unterleib vor lauter Verlangen nach seinem Schwanz. Ihre Brüste spannten, ihre ganze Haut kribbelte, und ihre Klitoris fühlte sich so geschwollen und empfindsam an, dass schon ein winziger Luftzug sie unfehlbar in den Abgrund katapultiert hätte.

Es war so weit: Sie konnte nicht länger warten.

Sie stützte sich an seinen Schultern ab und bewegte ihre Hüften hin und her, bis sein stahlharter Schwanz direkt über der Pforte zu ihrem Inneren aufragte. Ihre Blicke trafen sich, und sie senkte sich gerade weit genug ab, um die Spitze seines Schwanzes in sich aufzunehmen. Sein aufglühender Blick machte sie nur noch feuchter, und als er mit seinem Finger über ihren Damm strich, hielt sie es einfach nicht mehr aus. Heftig schob sie sich über ihn, bis er sie ganz ausfüllte, während er mit dem Finger um ihren Anus kreiste. Mit der anderen Hand immer noch an ihrer Hüfte wölbte er sich ihr entgegen und unterstützte ihren Rhythmus, als sie ihn hart ritt, bis sie sich im Sturm der Empfindungen verloren und miteinander verschmolzen, um Erlösung zu finden.

»Komm mit mir zusammen«, befahl er mit brüchiger Stimme,

worauf ein Gefühl der Macht sie durchströmte. Ein Gefühl der Kontrolle. Und das war derart erregend, wenn sie ehrlich war, dass sie die ersten Vorboten eines gewaltigen Orgasmus in sich spürte. Und als er ihr seinen Finger in den Anus stieß, während sein eigener Orgasmus begann, katapultierte sie das Gefühl, von zwei Seiten erfüllt zu werden, hinaus in das dunkle Nichts voller zuckender Blitze, krachender Donner und berstender Sterne.

Es mochte ein Klischee sein, aber er hatte sie in tausend Stücke explodieren lassen. *Nein,* berichtigte sie sich, als sie sich auf ihn sacken ließ, *sie hatten sich gegenseitig explodieren lassen.*

So lagen sie eine Weile reglos, Stirn an Stirn, bis ihr Atem wieder ruhiger geworden war. Dann löste sie sich von ihm, legte sich neben ihn und genoss es, wie er mit den Fingerspitzen träge kleine Muster auf ihrer nackten Haut zeichnete.

»Ich liebe dich«, sagt er, so einfach und direkt, als hätte es nie irgendwelche Zweifel zwischen ihnen gegeben. Als hätten sie nicht um das kämpfen müssen, was sie jetzt miteinander hatten.

»Ich weiß«, sagte sie, weil das schlicht stimmte. Und weil die Vergangenheit vorbei war und es für sie nur noch sie beide und ihre gemeinsame Zukunft gab.

»Wenn ich all das in Ordnung bringen könnte, würde ich es tun.«

Seine Stimme klang so angespannt, dass sie den Kopf hob und ihr Gewicht verlagerte, um ihm ins Gesicht sehen zu können. »Es gibt nichts in Ordnung zu bringen, das schwöre ich. Ich hatte einen schlechten Tag, aber du hast ihn mir versüßt.«

»Das reicht aber nicht«, widersprach er ihr, worauf sie ein hohles Gefühl im Bauch bekam. Das hatte sie nicht gewollt. Er sollte sich nicht wegen des Hauses oder der Sendung schuldig fühlen.

»Doch, das reicht. Ich liebe dieses Haus. Ich liebe dich. Und ehrlich gesagt, liebe ich sogar die Show. Ich hatte nur einen toten Punkt, aber du hast mir geholfen, ihn zu überwinden.«

»Vielleicht teilweise, aber wir haben es noch nicht hinter uns.«

Er stützte das Kinn in die Hand und verzog nachdenklich den Mund. Ganz eindeutig beschäftigte ihn etwas, aber sie wusste nicht, was.

»Spencer?«

»Es ist ihre Schuld. Sie sind diejenigen, die eine Grenze überschritten haben«, erklärte er. »Dies ist unser Haus. Unser Leben. Und wir sind das Paar in der Show.«

»Und?«

»All das war vertraglich vereinbart. Sie haben Zugang bekommen. Allerdings nicht zu unserem Schlafzimmer – Gott bewahre!« Seine Augen funkelten amüsiert. »So ein Paar sind wir nicht. Aber sonst hatten sie zu fast allem Zugang. Unsere Gespräche über Einkäufe im Supermarkt werden genauso gefilmt wie die Diskussionen über Tapeten. Sie filmen unsere Unterhaltungen darüber, wie wir arbeiten und wie unser Arbeitszimmer aussehen soll und welche Möbel wir aussuchen. Unser Privatleben fließt in diese Sendung mit ein. Weil es anders nicht geht.«

»Das alles ist mir klar.«

Er umfasste ihre Hände. »Aber wir haben nie irgendetwas inszeniert.«

Sie nickte langsam. »Genau deshalb stört mich diese Party auch so. Weil das einfach nicht unsere Art zu feiern ist.«

»Würdest du hier keine Verlobungsparty veranstalten?«

Sie schüttelte den Kopf. »Wir sind doch schon verlobt. Am betreffenden Abend sind wir ins The Fix gegangen und haben mit Freunden gefeiert, erinnerst du dich?«

»Vage«, erwiderte er, worauf sie die Augen verdrehte. »Daher sage ich, wir streichen ihnen die Sache.«

Sie riss die Augen auf. »Willst du ihnen etwa sagen, sie könnten bei der Party nicht filmen?«

»Nein, dass wir die ganze Party streichen.«

Sie zog eine Schulter hoch. »Wie ich Molly und Adam kenne, würden sie einfach eine neue ansetzen.«

»Man kann keine Verlobungsfeier ansetzen, wenn wir nicht mehr verlobt sind. Und sobald wir die Party gestrichen haben, können wir eine neue Vertragsklausel einbringen: nichts Inszeniertes mehr.«

Er redete weiter, doch sie hatte die Schotten dicht gemacht, kaum dass sie sein *Nicht mehr verlobt* gehört hatte. Wie sollte sie noch einen klaren Gedanken fassen, wenn ihr alles Blut aus dem Kopf gewichen war? »Ich ... Spencer – was?«

Sie hörte selbst, wie schockiert, entsetzt und verstört sie klang, doch anders brachte sie es einfach nicht heraus.

Einen Moment lang starrte er sie verwirrt an. Dann riss er die Augen auf und sagte: »Oh! Mist!« Und an seinem humorvollen Ton erkannte sie zumindest, dass sich nichts zwischen ihnen geändert hatte. Dennoch begriff sie nicht, worauf er hinauswollte.

»Was meintest du mit *nicht mehr verlobt*?«

Er unterdrückte sein Glucksen und holte tief Luft. »Ich dachte nur, die beste Möglichkeit, eine Verlobungsparty zu unterbinden, ist, nicht verlobt zu sein. Und die einzige Möglichkeit für mich, nicht mehr mit dir verlobt zu sein, ist, dich zu heiraten.«

»Oh.«

»Es ist Freitag, mein Engel. Was würdest du davon halten, wenn wir morgen nach Las Vegas fliegen und heiraten würden? Und danach könnten *wir* zu einer kleinen Party im The Fix einladen.«

»Du willst morgen heiraten?« Brooke schwirrte der Kopf.

»Ich weiß, das ist keine Traumhochzeit, aber da die Show so viel Zeit in Anspruch nimmt, haben wir ja auch noch nicht viel geplant. Wenn du aber lieber warten und dann groß feiern willst, habe ich nichts dagegen. Ich möchte, dass du genau die Hochzeit bekommst, die du dir wünschst. Nie im Leben würde ich ...«

»*Ja!*«, platzte es aus ihr heraus.

»Ja?« Seine Augenbrauen fuhren in die Höhe, als wüsste er nicht, ob er recht gehört hatte.

»Ja«, sagte sie noch einmal. Ihr hämmerte das Herz, so erfüllt war sie von lauter Liebe, und sie befürchtete, gleich vor lauter Glück zu platzen. »Vegas klingt wunderbar. Denn ehrlich gesagt wünsche ich mir nur eins von meiner Hochzeit: dass du mein Mann wirst.«

Langsam breitete sich ein Lächeln über sein Gesicht, voller Freude, Liebe, Leidenschaft und Zuneigung. All das ergab die ganz spezielle Mischung für ihr Leben, das sie auf verschlungenen Pfaden bis hierher geführt hatte und morgen ein weiteres Mal eine Wendung nehmen würde, wenn sie nicht mehr verlobt, sondern verheiratet wären.

Die Vorstellung war derart wunderbar und überwältigend, dass sie sich aufrichtete, weil sie ihn jetzt unbedingt küssen wollte, lang und ausgiebig.

Es war ein Kuss, um ein Versprechen zu besiegeln – oder ein Ehegelübde.

Bonusmaterial

# Rezepte aus The Fix

## MARTINIPÜREE

Martini und Kartoffelbrei – das soll gehen? Aber ja! Was könnte einer langweiligen Kartoffel besser stehen, als im Martiniglas serviert zu werden? Mit unseren Toppings wird daraus eine pfiffige Beilage zum Steak oder ein origineller Appetizer zu jeder Gelegenheit.

### Kartoffelpüree

8 große mehlig kochende Kartoffeln, geschält und geviertelt
1 EL Mayonnaise
8 EL zerlassene Butter (ca. 125 g)
½ Tasse Milch
1 EL Salz
1 TL Pfeffer

In einem großen Topf Wasser mit etwas Salz aufkochen, Kartoffeln zugeben und 15 bis 20 Minuten garen. Abgießen und in eine Schüssel geben. Butter, Mayonnaise, Milch, Salz und Pfeffer zufügen und mit Kartoffelstampfer oder Gabel zerdrücken. Kartoffelpüree in Martinigläser füllen und mit den folgenden Toppings variieren.

## Knoblauch-Parmesan-Gambas

4 EL Butter
500 g Riesengarnelen (16 bis 20 Stück), geschält und entdarmt
2 gehackte Knoblauchzehen
1 EL Mehl
250 ml Hühnerbrühe
50 g geriebener Parmesan

Butter in einem großen Stieltopf bei geringer Hitze schmelzen, Riesengarnelen und Knoblauch hinzufügen. Anbraten, bis die Garnelen rosa, aber noch nicht durchgegart sind. Mit Mehl bestäuben und unter Rühren in 2 bis 3 Minuten nach und nach die Brühe zugeben, damit sie andickt. Danach den Topf von der Platte ziehen. Zum Servieren die Riesengarnelen auf das Kartoffelpüree im Glas verteilen und mit Parmesan bestreuen.

## Rinderfilet mit Blauschimmelkäse

4 kleine Rinderfilets à 120 bis 170 g
200 g Sahne
2 EL Steakgewürzmischung
1 TL Salz
4 EL Butter
1 TL Pfeffer
2 EL Olivenöl
50 g Blauschimmelkäse
1 EL Mehl

Ofen auf 120 °C Grad vorheizen. In einer Pfanne Steaks mit 2 EL Butter und 1 EL Öl auf jeder Seite 2 Minuten anbraten. Steaks für 8 bis 10 Minuten in den Ofen stellen (oder bis das Fleischthermometer 60 °C – Medium rare – anzeigt). Die Steaks auf ein Schneidbrett legen, mit Folie abdecken und 10 Minuten ruhen lassen. In der Zwischenzeit in der Pfanne mit dem Bratensatz bei geringer Temperatur restliche Butter und Öl erhitzen. Mehl zugeben und anschwitzen. Nach und nach unter Rühren die Sahne zugeben, bis sie andickt. Salzen und pfeffern. Käse zugeben und rühren, bis sich die Zutaten verbinden. Die Filets in dünne Scheiben schneiden, auf das Kartoffelpüree geben und mit der Käsesoße würzen.

### Speck und Cheddar

400 g Bacon
2 EL Mehl
250 ml Milch
200 g geriebener Cheddar (kräftig)

Bacon in Stücke schneiden. In einer Pfanne bei mittlerer Hitze knusprig braten. Auf Küchenpapier abtropfen lassen. Das Speckfett bis auf 1 EL weggießen. Hitze reduzieren, Mehl in die Pfanne geben, unter Rühren anschwitzen. Nach und nach die Milch zugeben und rühren, bis sie andickt, anschließend den Käse hinzufügen und weiterrühren, bis die Zutaten sich verbinden. Käsesoße über das Püree geben und mit zerkrümeltem Bacon bestreuen.

## HUMMERBRÖTCHEN

1 Hummerschwanz, gekocht und in kleine Stücke geschnitten
4 Stangen gehackter (ca. 100 g) Sellerie
100 g Mayonnaise
Saft einer Zitrone
½ Bund gehackte Petersilie
½ TL Cajun-Gewürz
8 Hotdog-Brötchen
125 g zerlassene Butter

In einer großen Schüssel Hummer, Sellerie, Mayonnaise, Zitrone, Petersilie und Gewürz mischen. Die Hotdog-Brötchen innen mit zerlassener Butter bestreichen und mit Hummersalat füllen.

## LEMON ICEBOX PIE SHOTS (KUCHENDESSERT IM GLAS)

180 ml Zitronensirup
250 g geschlagene Schlagcreme (z. B. Cremefine)
400 g gezuckerte Kondensmilch
300 g Eierplätzchen oder Löffelbiskuits
24 Schnapsgläser

Zitronensirup, die Hälfte der Schlagcreme und die Kondensmilch gut vermengen. Kekse in einen verschließbaren Gefrierbeutel geben und mit einem Teigroller zerkleinern. In die Gläser 1 EL Kekskrümel, darauf die Fruchtcreme und anschließend die geschlagene Creme füllen. Mit Kekskrümeln bestreuen.

## DIRTY MARTINI MIT GORGONZOLA-OLIVEN

60 ml Grey Goose Vodka
15 ml Wermut
15 ml Olivenlake
2 große grüne Oliven ohne Kern und ungefüllt
1 EL Gorgonzola oder anderen Blauschimmelkäse

Wodka, Wermut und Olivenlake mit 3 bis 4 Eiswürfeln im Mixbecher verrühren. In ein Martiniglas abseihen. Oliven mit dem Käse füllen und auf einen Zahnstocher aufspießen. Zum Martini reichen.

## CHAMPIGNON-SPINAT-RISOTTO-BÄLLCHEN

2 EL Butter
200 g Champignons, kleingeschnitten
75 g gehackte Zwiebeln
400 g Risotto-Reis (z. B. Arborio)
125 ml Weißwein
1½ l Hühnerbrühe (evtl. etwas mehr)
125 g geriebener Parmesan
Salz und Pfeffer
1 Packung aufgetauter TK-Spinat
250 g Mehl
4 Eier
500 g Panko- oder Semmelbrösel
1½ l Öl zum Frittieren

## Pilzrisotto

In einer Kasserolle Champignons in 1 EL Butter bei mittlerer Hitze etwa 5 Minuten dünsten, bis sie weich sind, aus dem Topf nehmen und beiseitestellen. Im zweiten EL Butter die Zwiebeln bei geringer Hitze ca. 3 Minuten glasig dünsten. Reis hinzufügen, 2 Minuten unter Rühren glasig werden lassen, Wein dazugeben und weitere 2 Minuten rühren. Eine Portion Hühnerbrühe zugeben und köcheln lassen, bis die Flüssigkeit aufgenommen ist. Dabei immer wieder umrühren. Mit dem Rest der Hühnerbrühe portionsweise ebenso verfahren, bis der Reis weich ist (ca. 25 bis 30 Minuten). Umrühren nicht vergessen! Topf von der Platte ziehen, Champignons und die Hälfte Parmesan zugeben. Nach Geschmack mit Salz und Pfeffer würzen. Risotto auf einem Backblech ausbreiten, abdecken und über Nacht abkühlen lassen.

## Für die Bällchen

Pilzrisotto, den Rest Parmesan und Spinat in einer Schüssel mischen. Zu kleinen Bällchen formen und in Mehl wälzen. Auf ein Backblech legen und für 30 Minuten kalt stellen. Öl in einer Fritteuse oder einem feuerfesten Topf auf 175 °C erhitzen. In einem tiefen Teller Eier verquirlen, die Semmelbrösel in einen zweiten tiefen Teller geben. Die Bällchen aus dem Kühlschrank holen, jeweils eins erst durch das Ei ziehen, dann in Bröseln wälzen. Immer vier Bällchen frittieren, bis sie goldbraun sind. Auf Küchenpapier abtropfen.

## VEGETARISCHE BLÄTTERTEIGPIZZA

1 Packung Blätterteig (Kühlregal)
2 EL Butter
1 EL Öl
125 g gehackte Zwiebeln
100 g Champignons, in Scheiben geschnitten
150 g gewürfelte Paprika (rot, gelb oder grün)
1 Glas Pesto
4 gewürfelte Roma-Tomaten,
200 g geriebener Mozzarella

Ofen auf 200 °C vorheizen. Blätterteig ausrollen. Auf ein gefettetes Backblech legen und 8 bis 10 Minuten vorbacken, bis der Teig goldbraun ist. In der Zwischenzeit Öl und Butter in eine Pfanne geben und Zwiebeln, Champignons und Paprika 8 bis 10 Minuten anbraten. Jeweils ein halbes Glas Pesto auf die Teigböden verteilen und mit Tomaten, gebratenem Gemüse und Mozzarella belegen. 5 Minuten weiterbacken lassen, bis der Käse geschmolzen ist. In Stücke schneiden und sofort servieren.

## LASAGNE-RÖLLCHEN

500 g Rinderhack, gebraten und abgetropft
1 großes Glas fertige Tomatensoße mit Basilikum
12 Lasagne-Blätter
2 Becher Ricotta
60 g Pesto
1 Ei
60 g Parmesan
200 g geriebener Mozzarella

Ofen auf 180 °C vorheizen. Rinderhack mit Tomatensoße mischen. Nudeln nach Packungsanweisung kochen, abgießen und auf Backpapier ausbreiten. Ricotta mit Pesto, Ei und Parmesan vermengen und auf die Nudeln verteilen. Die Hälfte der Soße in eine ofenfeste Auflaufform geben. Nudeln vom schmalen Ende einrollen und auf die Soße setzen. Restliche Soße darüber geben und mit Mozzarella bestreuen. 20 Minuten überbacken.

## AMERICANO MIT KANDIERTEN ORANGENSCHEIBEN

60 ml Campari
60 ml süßer Wermut
60 ml Soda
kandierte Orangenscheibe (siehe Rezept)

Campari, süßen Wermut und Soda mit drei bis vier Eiswürfeln in einen Shaker geben, gut schütteln. In ein Cocktailglas abseihen, mit Orange garnieren.

### Kandierte Orangenscheiben

1 Orange
250 ml Wasser
150 g Zucker

Orange ohne die dicken Enden in dünne Scheiben schneiden. In einem Topf Wasser und Zucker zum Kochen bringen und rühren, bis sich der Zucker aufgelöst hat. Orangenscheiben hinzufügen, Hitze reduzieren und 15 bis 20 Minuten köcheln lassen. Orangenscheiben herausnehmen und auf Backpapier trocknen lassen. Vor der Verwendung komplett auskühlen lassen.

## BUFFALO-DIP AUS DER PFANNE MIT HAUSGEMACHTEN TORTILLA-CHIPS

2 Packungen Frischkäse (Doppelrahmstufe)
1 Flasche (480 ml) Blue-Cheese-Dressing (Gorgonzola oder Roquefort)
1 Flasche (480 ml) Buffalo-Wing-Dressing (für etwas milderen Geschmack nur die Hälfte), ersatzweise scharfe Barbecue-Soße
500 g Hähnchenfleisch, gegart und in kleine Stücke zerpflückt
125 g geriebener reifer Cheddar

Frischkäse und die beiden Dressings mit dem Handrührgerät vermischen. Hähnchen und Käse unterrühren. Auf vier kleine Pfännchen (oder Auflaufförmchen) verteilen. 10 bis 15 Minuten köcheln lassen. Mit hausgemachten Tortilla-Chips servieren.

### Hausgemachte Tortilla-Chips

8 kleine Weizentortillas
2 EL Öl
1 TL Ranch-Gewürzmischung (oder eine andere Mischung mit Knoblauch, Buttermilchpulver, Zwiebeln und Dill)

Ofen auf 180 °C vorheizen. Tortillas jeweils in sechs Dreiecke schneiden. Mit Öl und Gewürzmischung in eine Schüssel geben und gründlich vermengen. Dreiecke auf ein Backblech legen und etwa 10 Minuten backen lassen, bis sie goldbraun sind. Mit dem Dip servieren.

## QUESADILLAS MIT AVOCADO-DIP

4 EL Butter
60 ml Wasser
125 g gehackte Zwiebeln
8 große Weizentortillas
100 g Champignons
Backtrennspray oder Öl
150 g gewürfelter Paprika (rot, grün oder gelb)
200 g geriebener Käse (am besten eine Mischung aus würzigen und milden Käsesorten)
1 Päckchen Taco-Gewürzmischung

Butter in einer Pfanne schmelzen lassen und bei geringer Hitze Zwiebeln, Champignons und Paprika anbraten. Wasser und Gewürzmischung zufügen und weitere 5 Minuten köcheln lassen. Vom Herd nehmen. Eine Pfanne mit Spray besprühen oder dünn mit Öl einpinseln, eine Tortilla hineinlegen. Auf eine Hälfte etwas Gemüse und Käse geben, die andere Hälfte darüberklappen, mit dem Pfannenheber festdrücken und 2 Minuten braten. Tortilla wenden und weitere 2 Minuten braten. Tortilla herausnehmen und mit den restlichen Zutaten ebenso verfahren. Fertige Quesadillas dritteln und mit Avocado-Dip servieren.

### Avocado-Dip

2 Avocados
125 g griechischer Joghurt
1 TL gehackter Knoblauch
½ TL Salz
Saft einer Limette

Alle Zutaten etwa 1 Minute lang im Mixer vermengen. Zu den Quesadillas servieren.

## HÄHNCHEN-TACOS MIT HONIG-SRIRACHA-SOSSE

Öl zum Frittieren
3 Eier
6 bis 8 Hähnchenbrustfilets
125 ml Milch
400 g Mehl
8 kleine Weizentortillas
1 EL Gewürzsalz

Öl in der Fritteuse oder im feuerfesten Topf auf 175 °C erhitzen. Hähnchen in zwei bis drei Zentimeter große Würfel schneiden. Mehl und Gewürzsalz mischen, in einer anderen Schüssel Eier und Milch verquirlen. Hähnchenwürfel in die Eiermilch geben. Immer jeweils sechs Stücke herausnehmen, im Mehl wälzen und Überschuss abschütteln. Die Stücke 4 bis 6 Minuten im heißen Öl frittieren, herausnehmen und auf Küchenpapier abtropfen lassen. Mit dem restlichen Hähnchen ebenso verfahren.

### Krautsalat

125 g Mayonnaise
2 EL Weißweinessig
1 EL Zucker
2 Tüten Rohkostmix (am besten Weißkohl, Rotkohl, Möhren)

Mayonnaise, Zucker und Essig verrühren, bis sich der Zucker aufgelöst hat. Über die Rohkost geben, gut vermengen und mindestens zwei Stunden im Kühlschrank ziehen lassen.

### Honig-Sriracha-Soße

300 g Honig
60 g Mayonnaise
60 g Sriracha-Soße, ersatzweise Sambal Oelek, Tabasco oder eine andere scharfe Chilisoße.

Alle Zutaten in einen kleinen Mixer oder Smoothie-Maker geben und etwa 1 Minute lang auf kleiner Stufe vermischen.

### Zum Servieren:

Auf jede Tortilla drei bis vier Hähnchenstücke und 2 EL Salat geben und mit Soße beträufeln. Zusammenklappen.

## BLOODY MARY MIT KANDIERTEM BACON

60 ml Grey Goose Vodka
1 TL Worcestersoße
120 ml Tomatensaft
¼ TL Selleriesaat
½ TL Tabasco
¼ TL Salz
1 TL Meerrettich
¼ TL Pfeffer

Eiswürfel in ein Longdrinkglas geben. In einem anderen Glas Zutaten vermischen, über das Eis gießen und mit dem Bacon (siehe Rezept) garnieren.

## Kandierter Bacon

90 g brauner Zucker
½ TL Cayennepfeffer
150 g Honig
12 Scheiben Bacon

Ofen auf 200 °C Grad vorheizen. Backblech mit Backpapier belegen. Braunen Zucker, Honig und Cayennepfeffer vermischen. Speckstreifen auf das Backblech legen und auf einer Seite mit der Paste bestreichen. 10 Minuten backen lassen. Aus dem Ofen holen, Bacon wenden und die andere Seite bestreichen. Weitere zehn Minuten backen lassen.

## GEFÜLLTE EIER

7 hartgekochte Eier (die Zutaten reichen für zwölf Hälften, doch erfahrungsgemäß gehen ein oder zwei beim Füllen kaputt)
125 g Mayonnaise
2 EL Dijon-Senf
125 g Avocadomus
1 TL Salz
1 TL Pfeffer
120 g Blauschimmelkäse, zerkrümelt
2 Scheiben Bacon, gebraten und zerkrümelt

Eier halbieren und Eigelb herauslösen. In einer Schüssel mit einer Gabel zerdrücken. Mayonnaise, Avocadomus, Senf, Salz und Pfeffer hinzufügen. Die Mischung mit einem Löffel in die Eiweißhälften geben und mit Käse- und Speckkrümeln bestreuen.

## CAESAR SALAD IM GLAS

1 Romana-Salat, gewaschen und trockengetupft
200 g frisch geriebener Parmesan
4 Scheiben Bacon, gebraten und zerkrümelt
25 g Croûtons
250 g Mayonnaise
Saft einer Zitrone (mind. 60 ml)
1 TL Worcestersoße
1 TL gehackter Knoblauch
1 TL Sardellenpaste

Salat in Stücke zupfen und auf vier Latte-Macchiato-Gläser verteilen. Die Hälfte des Parmesans, den Bacon und die Croûtons dazugeben. Die anderen Zutaten und den restlichen Käse im Mixer vermengen und auf die Gläser verteilen.

## CASHEW CHICKEN WRAP

1 fertig gebratenes Hähnchen, ausgelöst und in Stücke gezupft
180 g Mayonnaise
1 EL Dijon-Senf
1 EL süßsaures Relish oder Chutney
Salz und Pfeffer zum Abschmecken
4 Spinat-Tortillas
2 Handvoll junge Spinatblätter
4 Roma-Tomaten
4 EL Sriracha-Soße
125 g Cashew-Hälften oder -Bruch

In einer großen Schüssel Hähnchenfleisch, Mayonnaise, Senf und Relish vermischen und mit Salz und Pfeffer abschmecken. Auf die Tortillas jeweils auf einer Seite Spinatblätter, Hähnchensalat, in Stücke geschnittene Tomaten, Sriracha-Soße und Nüsse verteilen. Aufrollen und halbieren.

## PRICKELNDE ANANAS

1 l Ananassaft
200 ml Orangensaft
1 Flasche Sekt
4 ausgehöhlte Ananas (optional)

Säfte in einem großen Krug mischen und bis zum Servieren kalt stellen. Sekt zum Saft geben, in die Ananas füllen und mit Trinkhalmen servieren. Alternativ in Sektschalen ausschenken.

## CHEESEBURGER-FRITTEN

1 Tüte tiefgekühlte Pommes frites, Wellenschnitt
500 g Rinderhack
125 g gehackte Zwiebeln
1 TL Steakgewürz
125 g Ketchup
1 TL Senf
60 g Gurkenrelish
120 g geriebener reifer Cheddar
4 Scheiben Bacon, gebraten und zerkrümelt
Ranch oder American Caesar Dressing

Ofen auf 200 °C vorheizen, Pommes frites nach Packungsanweisung zubereiten. Rinderhack und Zwiebeln in einer Pfanne anbraten und mit dem Steakgewürz würzen. Bratenflüssigkeit abgießen, dann Ketchup, Senf und Relish hinzufügen und 1 bis 2 Minuten köcheln lassen. Über die Pommes frites auf dem Backblech geben, mit Käse und Bacon bestreuen und für weitere 5 Minuten in den Ofen schieben. Mit dem Dressing servieren.

## SOUTHWEST ROLLS

2 Hähnchenbrüste ohne Knochen, gegart und gewürfelt
1 Dose abgetropfte schwarze Bohnen
1 Dose Mais
300 g Tiefkühlspinat, aufgetaut und abgetropft
1 gewürfelter roter Paprika
50 g Frühlingszwiebel, in Röllchen geschnitten
1 TL Kreuzkümmel
1 TL Chilipulver
1 TL Cayennepfeffer
1 TL Salz und Pfeffer
125 g geriebener Käsemix (Pastakäse und Cheddar)
8 bis 10 große Weizentortillas
1 verquirltes Ei
1½ bis 2 l Öl zum Frittieren
Ranch-Dressing

Die ersten 11 Zutaten in einer großen Schüssel vermengen. Die Weizentortillas auf einen Teller legen und in der Mikrowelle 1 Minute lang erhitzen, damit sie sich falten lassen. 2 bis 3 EL der Hähnchenmischung auf jeweils eine Tortilla geben, einrollen und dabei die Enden einschlagen. Um sie zu »versiegeln«, am Schluss die letzte Kante mit Ei bepinseln. Die eingerollten Tortillas mit der

Kante auf ein Backblech legen. Damit sich das Aroma entfalten kann, über Nacht kühl stellen. Öl auf 175 °C erhitzen. Immer drei Tortillas frittieren und auf Küchenkrepp abtropfen lassen. Zum Servieren in Stücke schneiden. Ranch Dressing dazu reichen.

## GEFÜLLTE CHILIS

1 Glas Kirschpaprika in Stücken, mit Flüssigkeit
(nicht abgetropft)
200 g geriebener reifer gelber Cheddar
200 g geriebener reifer weißer Cheddar
125 g Mayonnaise
1 EL Knoblauchpulver
8 bis 10 frische Jalapeños, halbiert und entkernt
125 g Mehl
2 Eier
125 ml Milch
250 g Panko- oder Semmelbrösel
500 ml Öl zum Frittieren

Die ersten fünf Zutaten in einer mittelgroßen Schüssel mischen. Jeweils 1 EL der Mischung in eine Jalapeño-Hälfte geben. Gefüllte Hälften in Mehl wälzen, auf eine Platte geben und 30 Minuten bis 1 Stunde kalt stellen. Inzwischen Eier und Milch in einem tiefen Teller verquirlen, das Paniermehl in einen weiteren tiefen Teller geben. Das Öl in einer Fritteuse oder einem feuerfesten Topf auf 175 °C erhitzen. Jalapeños aus dem Kühlschrank holen, erst in der Eiermilch, danach im Paniermehl wälzen. Immer 3 bis 4 Jalapeño-Hälften für 1 bis 2 Minuten frittieren. Auf Küchenkrepp abtropfen lassen.

## JALAPEÑO-MARGARITA

120 ml Tequila
60 ml Triple Sec
Saft einer Limette
3 bis 4 Stücke frisch geschnittene Jalapeños
Salz

Den Rand eines Tequila-Glases befeuchten und in Salz tauchen. Glas mit Eis füllen. Tequila, Triple Sec und Limettensaft mit 3 bis 4 Eiswürfeln in einen Shaker geben und gut schütteln. Über das Eis abseihen und mit Jalapeños servieren.

## FRITTIERTE GRÜNE TOMATEN MIT SRIRACHA-MAYO

1 l Öl zum Frittieren
150 g Maismehl
125 g Mehl
1 EL Cajun-Gewürz
500 ml Milch
1 Ei
4 große grüne Tomaten

Das Öl in einer gusseisernen Pfanne auf 175 °C erhitzen. Maismehl, Mehl und Cajun-Gewürz in einer Schüssel vermischen. In einer zweiten Schüssel Milch und Ei verquirlen. Die Tomaten in jeweils 4 bis 5 dicke Scheiben schneiden. Die Scheiben erst durch die Trockenmischung, dann durch die Milch-Ei-Masse, anschließend wieder durch die Trockenmischung ziehen, sodass sie gut bedeckt sind. Anschließend immer vier Scheiben in das Öl geben und von jeder Seite 2 Minuten anbraten. Auf Küchenkrepp abtropfen lassen und mit Sriracha-Mayo (siehe Rezept) servieren.

### Sriracha-Mayo

250 g Mayonnaise
2 EL Sriracha-Soße
1 TL Zitronensaft

Alle Zutaten vermischen und vor dem Servieren 30 Minuten kalt stellen.

## FRISCHKÄSE-STEAK-DIP MIT MINI-ZUPFBROT

400 g eingelegtes Gyros-Fleisch
200 g gewürfelter Feta
125 g gehackte Zwiebeln
1 gewürfelter grüner Paprika
250 g Champignons, in Scheiben geschnitten
1 TL Salz
250 g geriebener Mozzarella

Ofen auf 180 °C vorheizen. Fleisch in der Pfanne knusprig anbraten, abtropfen lassen und in einer großen Schüssel mit den restlichen Zutaten bis auf die Hälfte des Mozzarellas vermischen. In eine Auflaufform geben und mit dem restlichen Käse bestreuen. Im Ofen 20 Minuten überbacken und mit Zupfbrot (siehe Rezept) servieren.

### Mini-Zupfbrot

4 Baguettebrötchen oder lange normale Brötchen
250 g zerlassene Butter
1 EL gehackter Knoblauch
½ Bund gehackte Petersilie
1 TL Salz
250 g geriebener Mozzarella
200 g geriebener Parmesan

Ofen auf 180 °C vorheizen. Brötchen auf ein mit Backpapier ausgelegtes Backblech legen und kreuzweise in Quadrate schneiden, ohne sie ganz zu durchtrennen. Zerlassene Butter, Knoblauch, Petersilie und Salz in ein geeignetes Gefäß geben und in der Mikrowelle 2 Minuten erhitzen. Die Mischung über die Brötchen gießen. 15 Minuten im Ofen backen und dann herausnehmen. Mit den zwei Käsesorten bestreuen und in die Einschnitte drücken. Noch einmal 15 Minuten backen lassen. Heiß servieren.

### HÄHNCHEN-ANANAS-SPIESSE VOM GRILL

4 doppelte Hähnchenbrustfilets, gewürfelt
1 TL Salz
1 TL Pfeffer
400 g Bacon-Scheiben, in Stücke geschnitten
1 große Dose Ananas, in Stücke geschnitten
250 ml Barbecue-Soße
10 bis 15 Holzspießen, in Wasser gelegt

Hähnchenfleisch mit Salz und Pfeffer würzen. Die Fleischwürfel mit Speck umwickeln und Fleisch und Ananas immer abwechselnd auf die Spieße stecken. Die Spieße auf ein Backblech legen.

10 bis 15 Minuten bei indirekter Hitze grillen, dann von allen Seiten mit Barbecue-Soße einpinseln. Zurück auf den Grill geben und bei direkter Hitze 1 bis 2 Minuten garen lassen. Noch einmal einpinseln und vom Grill nehmen.

## FIZZY WATERMELON

500 ml pürierte Wassermelone
1 Flasche Chardonnay
1 l Sodawasser

In einem großen Krug Wein und Wassermelonenpüree mischen. Wasser erst kurz vor dem Servieren zugeben.

### Wassermelonenpüree

Melone von den Kernen befreien, in großen Stücken aus der Schale schneiden und im Mixer oder mit dem Pürierstab zu einer glatten Masse verarbeiten.

Bonusgeschichte

# Nolan & Shelby

Ihr Herz pochte wie verrückt, als Shelby ihre Freundinnen der Reihe nach ansah. Sie brauchte dringend Hilfe.

»Nun?«

»Das musst du uns schon genauer erklären«, sagte Hannah, deren wilde blonde Locken ihr Gesicht umrahmten. »Wenn du uns einfach nur erzählst, dass irgendetwas mit Nolan nicht stimmt, können wir uns nichts darunter vorstellen.« Ihr Blick wanderte zu Celia. »Weißt du denn Genaueres?«

»Tut mir leid, Süße«, antwortete diese. Sie hatte sich das Haar vor Kurzem gefärbt und schob sich eine kastanienbraune Locke hinters Ohr. »Auch nicht.«

Zwischen diesen beiden Frauen kam sich Shelby ganz unscheinbar vor. Was ätzend war, denn ihr langes dunkles Haar war immer ihr ganzer Stolz gewesen. Aber unscheinbar oder nicht, Nolan liebte es, es zu berühren, und wickelte sich häufig eine Strähne um den Finger, wenn sie im Bett lagen. Oder auch in aller Öffentlichkeit. Das war eine seiner albernen Gewohnheiten, die sie mittlerweile so liebgewonnen hatte, und bei der Vorstellung, dass das alles bald vorüber sein konnte, wurde ihr schwer ums Herz.

Der Gedanke machte sie beinahe körperlich krank, und anscheinend sah man ihr das an, denn Celia legte die Hand auf die ihre.

»Hey, wird schon alles wieder werden. Du musst uns bloß mehr erzählen, damit wir helfen können. Dann klärt sich bestimmt alles.«

»Wirklich?« Bislang hatte Shelby ihren Freundinnen lediglich berichtet, dass sie fürchtete, etwas stimme nicht in ihrer Beziehung mit Nolan. Bei der Vorstellung, noch mehr preiszugeben, wurde ihr übel. Aber nach einem entsprechenden Hilferuf waren sie alle sofort bereit gewesen, sich nach Feierabend bei Brandywine Financial Consulting, wo Shelby als Wirtschaftsprüferin, Celia als Sekretärin und Hannah als Unternehmensjuristin arbeitete, mit ihr zu treffen. Zusammen waren sie ins The Fix on Sixth gegangen, um dort Shelbys Sorgen im Alkohol zu ertränken. Und vielleicht um ihre unklaren Ängste und Fragen genauer unter die Lupe zu nehmen.

»Bestimmt«, versicherte Hannah ihr und drückte Shelbys Hand. »Egal, was passiert, es geht immer weiter.«

Bei diesen Worten schnürte es Shelby die Kehle zu. »Also denkst du auch, dass irgendetwas nicht stimmt.«

Hannah verdrehte die Augen. »Um das beurteilen zu können, hast du uns doch gar nicht genug erzählt. Aber so oder so: Du bist eine starke, fähige Frau. Du kannst alles überstehen.«

Shelby nickte. Sie war stark. Sie war fähig. Zumindest hatte sie das immer geglaubt, bis sie Nolan kennengelernt hatte mit seiner verrückten Radiosendung zur Hauptsendezeit, seinen anzüglichen Witzen und dieser Art, ihr das Gefühl zu geben, das Kostbarste auf der Welt zu sein.

Aber jetzt war sie sich ihrer Stärke nicht mehr so sicher. Wenn es zwischen Nolan und ihr wirklich ein Problem gab, bezweifelte sie, dass sie das überhaupt überlebte.

Celia runzelte die Stirn und musterte sie. »Das Ganze geht dir ja ziemlich an die Nieren. Komm schon, Shel. Erzähl uns, was genau los ist, damit wir dir richtig helfen können.«

»Celia hat recht«, pflichtete Hannah ihr bei. »Wir brauchen mehr Informationen. Und mehr Drinks.« Der Tisch war bereits übersät mit den Dirty Martinis des The Fix, ebenso wie mit den mit Gorgonzola gefüllten Oliven, aber Hannah hob die Hand in die Höhe und bedeutete Tiffany, ihnen noch eine Runde zu bringen.

Shelby fragte sich beiläufig, ob die Tatsache, dass sie sämtliche Namen der Belegschaft des The Fix kannte, darauf hinwies, dass sie zu oft hier war, doch sie verdrängte den Gedanken wieder. Das The Fix war mittlerweile ihre und Nolans Stammkneipe geworden, und sie liebte diesen Ort und die Menschen, die hier arbeiteten.

Wieder wurde sie von einer Welle der Angst erfasst. Was, wenn ihre Wege sich trennten? Würde sie dann trotzdem weiterhin herkommen können?

»Shel«, Hannah legte ihr die Hand auf den Arm, »hör auf damit! Heraus mit der Sprache. Was ist los?«

»Das ist es ja«, antwortete Shelby. »Ich habe keine Ahnung. Ehrlich gesagt weiß ich nicht mal, ob ich Hilfe brauche.« Sie hoffte, dass dem nicht so war. Betete, dass diese seltsame Distanz, die sie zu Nolan empfand, nichts zu bedeuten hatte oder, noch besser, dass sie sich das alles nur einbildete.

Denn so unwahrscheinlich ihr das früher auch vorgekommen sein mochte, sie war bis über beide Ohren verliebt in diesen Mann. Und mehr noch, er zog sie mit jedem Tag immer tiefer in seinen Bann. Was, wenn sich herausstellte, dass seine Gefühle genau in die andere Richtung gingen …

*O Gott.* Nein, das würde sie definitiv nicht überleben.

Was natürlich der Grund dafür war, warum sie den Freundinnen kurz vor Feierabend die SOS-Mail geschrieben hatte.

*Ruhig Blut.*

Genau. Ein guter Rat. Sie holte tief Luft und stieß danach langsam wieder den Atem aus. »Vielleicht bilde ich mir ja auch alles bloß ein, oder?«

»Na ja, da wir immer noch nichts Genaueres wissen …«

»Ich weiß. Ich kann es nur einfach selbst nicht genau beschreiben«, bekannte Shelby.

»Ist der Sex nicht mehr gut?«, fragte Hannah.

Sofort fing Shelbys Gesicht an zu brennen. »Doch!« Die Erinnerung an die vergangene wilde Nacht durchzuckte sie Nolans Mund, seine Finger, sein Schwanz ... Sie erschauerte und senkte dann die Stimme. »Das ist es Gott sei Dank überhaupt nicht. Aber alles andere außerhalb des Schlafzimmers, wisst ihr?«

»Immer noch nicht. Solange du uns nichts erzählst, wissen wir gar nichts.«

»Telefonate, die ich offensichtlich nicht hören soll.« Hatte er sich doch gestern bei ihrem Anblick tatsächlich auf dem Absatz herumgedreht und war auf die Terrasse hinausgegangen. Danach hatte er behauptet, sie gar nicht gesehen zu haben, doch Shelby war sich sicher, dass er log. Ihr Haus, ihrer beider Haus hatte nun mal keine dunklen Ecken. Sie war wohl kaum zu übersehen gewesen.

»Und er bekam jede Menge Pakete. Als ich ihn fragte, was er da gekauft hatte, antwortete er, es sei nichts Wichtiges. Und dann kamen mit einem Mal gar keine Bestellungen mehr.«

Celia und Hannah wechselten einen Blick. »Und?«

»Na ja, so ganz stimmt das auch nicht. Nolan ließ sich die Pakete nur zum Sender liefern.« Ihr Freund war ein erfolgreicher Moderator bei KIKX. Seine Sendung war übertrieben, anzüglich, witzig. Es war Shelby schleierhaft, warum er die Pakete dorthin liefern ließ. Und doch war sie sich sicher, denn letzte Woche hatte die junge Frau an der Rezeption sie angerufen, als Nolan wegen einer Konferenz nicht in der Stadt gewesen war. Sie hatte sich bei Shelby erkundigen wollen, ob das Paket an den Konferenzort weitergeleitet werden sollte oder ob sie es einfach auf seinen Schreibtisch legen sollte wie all die anderen.

»Vielleicht sieht er sich ja Pornos an, und es ist ihm peinlich, es dir zu erzählen.«

»Oh, bitte.« Hannah war entnervt. »Erstens: Nolan ist gar nichts peinlich. Habt ihr euch schon mal seine Sendung angehört? Und zweitens: Wer bestellt denn heutzutage noch Pornos per Post? Dafür gibt's schließlich das Internet.«

»Also ist das ein schlechtes Zeichen, oder?«, fragte Shelby und sah zwischen beiden Frauen hin und her.

»Es heißt nur, dass er irgendwas bestellt«, stellte Celia klar. »Mehr nicht.«

»Was ist sonst noch?«, hakte Hannah nach.

»Der Rest ist eigentlich eher nebulös. Ich hab eben so ein Gefühl, wisst ihr? Wir sehen fern und lesen, und ich sehe zu ihm hinüber und erkenne ganz deutlich, dass er mit den Gedanken ganz woanders ist.« Sie hörte, wie ihre Stimme zitterte, und kam sich töricht vor. Trotzdem wäre sie am liebsten in seinen Kopf gekrochen, um seine Gedanken zu erforschen. Sie war so unsicher, so vollkommen aus der Bahn geworfen. Sie hatte ihm ihre Liebe geschenkt, weshalb er die Macht hatte, sie zu verletzen. Was sonst niemand hatte.

Sie wollte glauben, dass er das verstand; sie wollte ihm vertrauen. Aber ihre Angst wurde immer stärker.

Sie hoffte, dass sie sich das alles bloß einbildete. Gleichzeitig war ihr der Gedanke verhasst, jetzt auch zu dieser Art von Frauen zu gehören. Zur Riege der weinerlichen, zickigen Freundinnen, die an jeder Ecke Lug und Trug witterten.

*Aber er betrügt mich doch nicht wirklich, oder?*

Sie holte tief Luft und mahnte sich, ruhig zu bleiben. »Keine Ahnung«, sagte sie, nachdem Tiffany die Drinks gebracht und sich anschließend wieder zurückgezogen hatte. »Vielleicht ist ja wirklich alles nur Einbildung.«

Celia griff nach dem Plastik-Zahnstocher, auf den die gefüllte Olive aufgespießt war, und deutete damit auf Shelby. »Es ist niemals nur Einbildung. Wenn du glaubst, dass da etwas im Busch ist, dann ist es auch so.«

»O Gott …«

»Meine Güte, Celia.« Hannah warf Celia über den Tisch hinweg einen bösen Blick zu.

»Aber«, fuhr Celia unbeirrt fort, »das bedeutet noch lange nicht, dass dieses Etwas schlecht ist. Vielleicht hatte er einfach bloß eine beschissene Woche im Job. Möglicherweise deutest du die Zeichen ja falsch.« Sie warf sich die Olive in den Mund, kaute und schluckte. »Und es gibt nur einen Weg, um das herauszufinden.«

»Ach ja?«, fragte Shel, als Celia nicht weitersprach.

»Ach, komm schon, Shel. Du bist doch sonst eine so kluge Frau, und jetzt übersiehst du das Offensichtliche?«

Shelby schob die Brille die Nase hinauf und sah die Freundinnen stirnrunzelnd an.

Hannah und Celia wechselten einen Blick, dann nahmen sie jede eine ihrer Hände und drückten sie. »Frag ihn«, riet Hannah ihr.

Celia nickte. »Sorry, Shel. Aber solange du ihn nicht darauf ansprichst, hast du keine Gewissheit.«

Nolan Wood sah auf die Uhr und blickte sich im Haus um. *Shelbys Haus.* Zumindest war es am Anfang ihres gewesen. Jetzt war es auch seins. Genauso wie sie ihm gehörte.

Kopfschüttelnd registrierte er, dass er lächelte. Nicht dass er das nicht sowieso häufig getan hätte, alles in allem war er ziemlich gelassen und glücklich mit seinem Leben. Aber seit er Shel kannte, bekam er das Lächeln gar nicht mehr aus dem Gesicht. Seine Shelby. Sein Paradox. Die zugeknöpfte Frau, die ein wandelndes Pulverfass wie ihn in ihr Leben gelassen hatte und ihn nebenbei vollkommen verändert hatte.

Sie waren mittlerweile schon mehrere Monate zusammen, doch er hatte von Anfang an gewusst, dass sie etwas Besonderes war. Und dieses Gefühl war immer stärker geworden. Oft hatte er in ihrer Nähe das Gefühl, gleich zu explodieren, wenn er nicht bald Dampf abließ.

Und das war auch ein Grund, warum er seine Radiosendung liebte; sie war eine verdammt gute Möglichkeit, Dampf abzulassen.

Wenn auch nicht ganz so gut wie Sex ...

Dieser Gedanke veranlasste ihn, sich umzudrehen. Er blickte den Koffer an, den er neben der Tür stehen gelassen hatte. Einen Moment lang runzelte er die Stirn. Hatte plötzlich die Befürchtung, dass er an das Ganze falsch heranging.

Aber jetzt war es zu spät. Er hatte seine Entscheidung getroffen, Pläne geschmiedet, und nun gab es kein Zurück mehr.

Er holte einen altmodischen Kassettenrekorder aus dem Rucksack. Als er den im verstaubten Lagerraum der Radiostation mit einem Stapel unbenutzter Kassetten entdeckt hatte, hatte er ihn *old school* gefunden und war davon ganz angetan gewesen. Er hatte alles mitgenommen und die Nachricht aufgenommen. Jetzt steckte er die markierte Kassette in den Rekorder, prüfte, ob die Batterien noch voll waren, und klebte ein Post-it obenauf. Er ließ das alles auf dem Couchtisch zurück. Alles in allem deutlich besser als eine gedruckte Nachricht.

Dann holte er nervös Luft, nahm seinen Koffer und sah sich ein letztes Mal eingehend im Haus um.

Das war's, dachte er, als er zur Tür schritt. In guten wie in schlechten Zeiten, alles würde sich ändern.

»Ihn fragen«, sagte Shelby, als sie die Stufen zu ihrer Haustür hinaufstieg. »Denn genau das würde eine rational denkende, vernünftige Frau mit gesundem Menschenverstand tun. Eine gut organisierte Frau. Die Art Frau, die alles auf die Reihe kriegt und ihr Leben im Griff hat.«

*Zu blöd, dass du nicht mehr so bist.*

»Vielleicht warst du früher mal vernünftig, organisiert und kompetent, aber du, Shelby Drake, bist jetzt total neben der Spur. Woher ich das weiß? Weil du mit dir selbst redest.«

*Grrrr.*

Sie verdrehte die Augen über ihre mentale Schwäche und blieb dann vor ihrer Tür stehen. Die Lichter des Bewegungsmelders, auf dessen Anbringung Nolan bestanden hatte, beleuchtete das Hochsicherheitstastaturschloss, und der Anblick versetzte ihr einen Stich. Er sorgte sich um sie. Sicherlich wollte er doch nicht …

Sie schüttelte heftig den Kopf, um die negativen Gedanken zu vertreiben. Ihre Freundinnen hatten recht. Sie musste ihn auf sein verändertes Verhalten ansprechen.

Sie gab den Code ein und schlüpfte danach ins Haus. Sie hatte von der Bar aus ein Uber genommen und brauchte jetzt dringend einen Kaffee. Also machte sie sich auf den Weg in die Küche und blieb wie angewurzelt stehen, als sie an ihrem Sofa und dem Couchtisch vorbeikam. *Ein Kassettenrekorder?*

Warum zum Teufel sollte Nolan einen Kassettenrekorder benutzen? Er diktierte ständig, nahm aber alles elektronisch auf, damit er die entsprechende Sequenz als Special Effect in seiner Sendung oder Teil seiner Riffs abspielen konnte.

Sie sah genauer hin, entdeckte den Post-it und spürte, wie ihr Magen sich zusammenzog.

*Shel,*
*ich muss dir was sagen. Hör dir die Kassette an.*
*N.*

Sie erstarrte. Ein Teil von ihr wollte durchaus hören, was er ihr zu sagen hatte. Ein anderer Teil hätte sich am liebsten irgendwo verkrochen. Aber das war dumm. Wenn etwas los war wenn er, was hoffentlich nie passieren wird, sie verließ, dann würde er ihr das doch nicht auf Band sprechen. Oder?

Natürlich nicht, und sie wusste auch, dass ihre Befürchtungen albern waren. Aber sie konnte ihre Paranoia einfach nicht bezwingen.

Sie holte tief Luft, beugte sich über den Tisch und drückte energisch mit dem Finger auf Play.

»Guuuuuuten Abend, Shelby!«, dröhnte Nolans Radiostimme

aus dem Lautsprecher, leise zwar, aber klar und deutlich. »Es ist irgendwann nach Dienstschluss an einem Freitagabend, und wie spät es ist, hängt davon ab, wie viele Cocktails du mit deinen Mädels getrunken hast.«

Er imitierte seine Moderatoren-Masche aus seiner Sendung *Mornings with Wood* und senkte die Stimme, als die Melodie von *Twilight* im Hintergrund erklang. »Shelby Drake betrat eines Abends ihr Haus, ein wenig beschwipst, nicht ganz bei sich. Sie wollte sich einen gemütlichen Abend daheim machen, aber der Plan ging nicht auf. Nein, denn als sie zur Haustür hereinkam, betrat sie eine neue Dimension. Eine Dimension des Sex. Eine Dimension der Zärtlichkeit. Eine Dimension voller unglaublicher Orgasmen. Das stimmt, Shelby. Ich bin dein Mann, Baby, und der heutige Abend ist *An Evening with Wood*.«

Die Hintergrundmusik ging zu *You Shook Me All Night Long* von AC/DC über, und erst als die Musik leiser wurde und Nolans Stimme wieder erklang, merkte sie, dass sie auf dem Boden gelandet war, weil ihre Beine vor Erleichterung unter ihr nachgegeben hatten.

Ihr gesunder Menschenverstand meldete sich zu Wort: Ja, sie war wirklich ein Idiot.

»Also zieh dich um, zieh einen Rock für mich an, okay? Und komm nach draußen. In der Auffahrt steht ein Auto, und dein Fahrer weiß genau, wohin er dich bringen muss. Dort treffen wir uns dann. Du kannst dir ja schon mal ausmalen, was ich mit dir vorhabe. Aber ich verspreche dir, dass deine Fantasie an die Wirklichkeit nicht herankommen wird. Einen wunderschönen Jubiläumstag, Liebste. Seit unserer ersten Nacht sind acht Monate vergangen.«

Acht Monate.

Jubiläumstag.

Sie kam sich vor wie die größte Närrin aller Zeiten.

Shelby erhob sich. Trotz ihres schlechten Gewissens stand ihr

Körper nach seinen verheißungsvollen Worten bereits in Flammen. Er war schweigsam und seltsam gewesen, ja. Aber nur, weil er das hier geplant hatte. Einen besonderen Abend, um zu feiern, dass sie jetzt seit acht Monaten ein Paar waren. Es sah Nolan ähnlich, dies schon nach acht Monaten und nicht erst nach einem Jahr zu tun. Alles, nur um sich von der Masse abzuheben.

Die Schuldgefühle wegen ihrer unbegründeten Ängste machten ihr schwer zu schaffen, doch sie verdrängte sie. Später war noch genug Zeit für Selbstvorwürfe. Jetzt beeilte sie sich, um sich fertig zu machen.

Es war Januar, deshalb zog sie Stiefel und einen knöchellangen Strickrock an, den sie mit einem Tanktop und einem Pullover mit Zopfmuster kombinierte. Kurz noch die Haare bürsten, die Zähne putzen und dann ein wenig Make-up auflegen. Fertig.

Sie griff nach Tasche und Mantel, riss die Haustür auf und keuchte, als sie die Limo entdeckte, die in ihrer Auffahrt parkte.

Kaum war sie auf die Veranda hinausgetreten, kam auch schon der Fahrer ums Auto herum. Er nickte zur Begrüßung und öffnete die Tür. Sie stieg in den Wagen in der Erwartung, dort Nolan vorzufinden, obwohl er in seiner Nachricht angedeutet hatte, dass sie allein fahren würde. Aber allein in einer Limo? Und das sollte Spaß machen?

Offenbar lag der Spaß in der Bar, denn bevor er die Tür schloss, bot der Fahrer ihr einen Drink an und goss ihr einen großen Pinot Punch ein, jenen Drink aus dem The Fix, von dem sie an jenem Abend, als sie Nolan kennengelernt hatte, viel zu viel getrunken hatte.

Shelby hatte den Drink aus Wein, Schnaps und Frozen Peach auf Empfehlung Cams, einem der Barkeeper im The Fix, entdeckt. Heute gehörte er zu ihren Lieblingsdrinks und hatte sie indirekt auch zu dem Mann geführt, den sie liebte. Wahrscheinlich war sie also Cam zu Dank verpflichtet.

Sie vermutete, dass sie downtown fuhren, also trank sie schnell aus, damit nach der kurzen Fahrt das Glas auch wirklich leer war. Aber dann wendete die Limo, und sie fuhren in Richtung Süden zur Stadt hinaus. Als sie endlich vor einem wunderschönen steinernen Haus anhielten, das auf einem schier endlosen Anwesen stand, war fast eine Dreiviertelstunde vergangen und die Hälfte des Kruges geleert.

Wenn Nolan vorhatte, sie betrunken zu machen, konnte er jetzt schon einen beachtlichen Erfolg für sich verbuchen. Auch an ihrem ersten Abend war sie ziemlich betrunken gewesen. Also spielten sie gerade definitiv ihr erstes Date nach. Damals hatte sie ihm allerdings beweisen müssen, dass sie nüchtern genug war, um mit ihm zu schlafen. Sie hatte die Primzahlen aufgesagt, wie sie sich nun erinnerte.

Sie hoffte inständig, dass ihn ihr Zustand heute nicht interessierte, denn im Augenblick wusste sie nicht mal genau, was eine Primzahl überhaupt war. So viel dazu, dass sie jahrelang höhere Mathematik studiert hatte.

Alles, was sie wollte, alles, woran sie denken konnte, war sein Mund auf dem ihren, seine Hände, die sie berührten. Sie wollte nackt unter ihm liegen. Und vor allem wollte sie spüren, wie er sich in ihr bewegte.

Natürlich öffnete der Fahrer ausgerechnet in diesem Augenblick die Tür, und sie gab einen kleinen Schrei von sich, denn sie war sicher, dass ihre Fantasien ihr dem Alkohol sei Dank deutlich ins Gesicht geschrieben standen.

Sie ließ sich von ihm aus dem Wagen helfen und blieb dann für einen Moment am Ende des gepflasterten Fußwegs stehen. Ganz kurz war sie ratlos. Über ihr warf ein riesiger Mond genug Licht, dass sie den Pfad zum Haus erkennen konnte. Die helle Sichel prangte auf dem Sternenzelt, das sich bis zum Horizont zu erstrecken schien. Und plötzlich kam sich Shelby seltsamerweise sehr klein und ganz allein vor.

Beinahe wäre sie zurückgewichen und wieder in die Limo gestiegen, doch in diesem Augenblick öffnete sich die Eingangstür zum Haus, und Nolan trat auf die Veranda hinaus. Gerade noch hatte sie das Gefühl gehabt, ihr werde der Boden unter den Füßen weggezogen, aber genauso schnell rückte alles wieder an seinen Platz. Er war da, genau vor ihr. Und alles war gut.

Einen Moment lang sah er sie nur an, und sie sonnte sich im Glühen seiner Liebe. Mein Gott, sie betete ihn an. Er war athletisch gebaut, groß und schlank, mit muskulösen Armen, die ihr Sicherheit gaben. Sein dunkles Haar betonte seine hellgrauen Augen, und um seine langen Wimpern hätte ihn jede Frau beneidet. Kurz gesagt: Er war der reinste Adonis. Doch letztlich hatte er nicht durch sein Äußeres ihr Herz erobert, sondern durch seine Lebenseinstellung, dadurch, wie er die Welt sah.

Wie er sie jetzt ansah. Wie ein Tiger, der seiner Beute nachstellte. Und nie war sie bereiter gewesen, sich von ihm mit Haut und Haar verschlingen zu lassen.

Er sagte kein Wort, sondern kam mit langen Schritten auf sie zu. Und auch als er bei ihr angelangt war, sagte er nichts, sondern küsste sie einfach. Obwohl man diesen Kuss wohl kaum als einfach bezeichnen konnte, denn er war so glühend und wild, dass sie ihn in ihrem Inneren stärker fühlte als auf den Lippen, dass sie schon bald glaubte, lichterloh zu brennen. Sie keuchte und war dankbar, dass er ihr den Arm um die Taille geschlungen hatte, sonst wäre sie zu Boden gesunken.

»Hey«, sagte er und ließ die Hände unter ihren Mantel gleiten, um ihr Gesäß zu umfangen, »du schmeckst gut.«

»Ich schmecke nach Pinot Punch.«

»Ja, stimmt.«

»Ich glaube, du hast versucht, mich betrunken zu machen.«

»Schon möglich«, antwortete er. »Hast du mit den Mädels schon ein wenig gebechert?« Sie nickte, und mit einem Mal übermannten sie die Schuldgefühle. »Tut mir leid.«

Seine Pupillen weiteten sich erstaunt. »Was denn?«

»Dass … dass ich mit ihnen ausgegangen bin. Sonst wäre ich viel schneller hier gewesen.«

»Jetzt bist du ja da.« Seine Hände packten ihren Po fester, und er zog sie so dicht zu sich heran, dass sie seine Erektion hart unter seiner Jeans spüren konnte. Sie sog zittrig den Atem ein, wollte ihn berühren, seine Hände auf sich spüren. Sie wollte, dass er die Kälte ihrer Angst und der Abendluft vertrieb. Und als sie ihm in die Augen sah, entdeckte sie dort das gleiche Verlangen. Das gleiche urtümliche, wunderbare Begehren.

»Drinnen«, sagte er mit vor Lust heiserer Stimme.

»Was ist das für ein Haus?«

»Nur ein kleiner Traum, den ich auf die Schnelle realisiert habe.«

Sie lachte fröhlich. Aber das Lachen erstarb auf ihren Lippen, als sie eintraten. Die Eingangsbereich mündete in einen riesigen Wohnraum, der ganz und gar von Kerzenlicht durchflutet wurde. Falsche LED-Kerzen, ja, aber die Wirkung war die gleiche. Sie säumten den Boden des Flurs, um den Weg zu weisen, und bedeckten im Wohnraum jede denkbare Oberfläche.

»Eigentlich wären mir richtige Kerzen lieber gewesen«, sagte er. »Aber im Mietvertrag steht ausdrücklich, dass offenes Feuer verboten ist. Also habe ich Unmengen von diesen LED-Dingern gekauft.« Er schluckte, wirkte mit einem Mal unsicher. »Gefällt es dir?«

»Machst du Witze? Es ist wunderschön. Aber warum?«

»Liegt das nicht auf der Hand?«, fragte er. »Ich wollte dir ein romantisches Wochenende schenken. Na ja, romantisch und … du weißt schon … vielleicht auch mit Sex …« Letzteres äußerte er mit gespielt schockierter Stimme, ganz in Bühnenmanier, woraufhin sie lachen musste.

»Solange auch du den Mund hältst, sage ich's keinem weiter.«

Er führte sie ins Schlafzimmer, wo sogar noch mehr LED-Kerzen ein riesiges Himmelbett umstanden. Eine offene Weinflasche wartete auf dem Nachttisch. Und an jedem Bettpfosten hingen schwarze Seile.

Shelby leckte sich die Lippen. Ihr jetzt schon hypersensibilisierter Körper schaltete noch einen Gang höher.

»Heute Nacht sollst du mir ausgeliefert sein, Baby«, verkündete er und schob ihr den Mantel von den Schultern, um ihn zu Boden gleiten zu lassen.

»Das bin ich doch immer«, flüsterte sie, als sie die Arme in die Höhe hob und sich von ihm den Pullover über den Kopf streifen ließ, sodass sie nur noch in Rock, Tanktop und Stiefeln vor ihm stand.

Er trat einen Schritt zurück und musterte sie. »Du bist so schön.«

Sie sah ihm in die Augen, und das Verlangen, das sie mit einem Mal nach diesem Mann überkam, hätte sie beinahe umgehauen. Sie war sich nie besonders schön vorgekommen, wusste aber, dass er sie so wahrnahm. Genau wie sie sein wahres Ich hinter seinem exzentrischen Geplänkel erkannt hatte. »Ich liebe dich, Nolan«, sagte sie und bemerkte den anbetungsvollen Blick in seinen Augen.

Dann grinste er. »Nichts von diesem kitschigen Romantikgequatsche jetzt. Heute Abend treiben wir's wild, Baby. Wir fangen damit an, dass ich dich ausziehe und dann kommen lasse, wie du noch nie gekommen bist.« Seine Hände wanderten zum Saum ihres Tanktops, und er zog es ihr über den Kopf, enthüllte ihre Brüste, die vor lauter Erregung schon ganz schwer und hart waren. »Und erst nachdem ich es dir so richtig besorgt habe, darfst du mir sagen, wie sehr du mich liebst.«

»Abgemacht«, antwortete sie. Gern hätte sie gelacht, schaffte es aber nicht, denn seine Hände lagen auf ihrem Busen, und seine Daumen, die bedächtig ihre Brustwarzen liebkosten, trieben sie in den Wahnsinn, raubten ihr den Atem, verwirrten ihre Sinne.

»Setz dich«, befahl er und deutete mit einem Kopfnicken auf

das Bett. Nachdem sie gehorcht hatte, beugte er sich vor, um ihr die Stiefel auszuziehen.

Sie erwartete, dass er sich danach wieder aufrichten würde, doch stattdessen nahm er einen Fuß in seine Hand und ließ die Finger langsam an seiner Wölbung entlanggleiten. Gott sei Dank war sie nicht kitzelig, oder war sie einfach nur zu angetörnt? Jedenfalls wand sie sich unter der Empfindung. Die allerdings alles andere als schlecht war. Sie sandte Blitze der Erregung ihre Beine hinauf, bis ihr Geschlecht pulsierte und sie sicher war, dass ihr Höschen ganz feucht wurde.

Sie sehnte sich danach, dass seine Hände dem Pfad ihrer nackten Beine folgten, bis er ihre intimste Stelle gefunden hatte. Sie wollte spüren, wie er sie neckte, sie wollte seinen Mund auf sich spüren. Sie verzehrte sich nach seiner Berührung, seiner Zunge, seinem Schwanz. Aber erst einmal gab er ihr nichts von alldem. Gerade schon wollte sie sich über dieses Versäumnis beklagen, als er ihr Bein weiter anhob, sich vorbeugte und sanft ihre Zehenspitze leckte.

*O mein Gott!* Stromstöße züngelten ihr Bein hinauf, fuhren ihr bis in die Klitoris. Als er nun tatsächlich ihren Zeh in den Mund nahm und daran saugte, bäumte sie sich auf, denn Wogen der Lust schlugen über ihr zusammen, machten ihre Nippel noch härter, nisteten sich in ihrem Geschlecht ein. Die Wellen erfassten auch dieses Organ, breiteten sich darin aus, führten noch nicht zum Orgasmus, aber waren definitiv ein Vorgeschmack auf die kommenden Freuden.

»Etwa so.« Er zog die Lippen zurück und beschrieb nun einen Pfad aus Küssen ihr Bein hinauf. Über ihre Wade. Über die Wölbung ihres Knies. Das Innere ihrer Schenkel.

Sie hörte ein leises Wimmern und merkte gleich darauf, dass sie selbst diesen Laut von sich gegeben hatte. Sie spreizte die Beine, soweit es ihr Rock zuließ. Ziemlich weit, denn es war immerhin ein Strickrock.

»Wunderschön«, raunte er. »Aber ich will mehr sehen. Rutsch nach hinten. Leg dich hin.«

Sie folgte seinem Befehl und lachte schließlich, als er sich über sie beugte und ihren Bauchnabel küsste, genau über dem Bund ihres Rockes. Doch ihr Gelächter verwandelte sich in lustvolles Stöhnen, als er den Bund packte und nach unten zog.

»Hinauf«, murmelte er, und sie hob die Hüften an, sodass er Rock und Unterwäsche vollends herunterzog. »O Baby, ja«, sagte er und fuhr mit der Zunge über ihr Geschlecht, über ihre Klitoris, bevor er sie tief eindringen ließ.

»Nolan, bitte.« Sie wollte ihn in sich spüren. Wollte, dass ihr Körper ebenso erfüllt war wie ihr Herz. Von ihm.

»Geduld, Baby«, befahl er, dann glitt er vom Bett hinunter und schälte sich aus seinem Shirt. Sie sah ihm zu, buchstäblich sabbernd. Er hatte einen fantastischen Körper, schlank und stark. Seine fein gemeißelten Bauchmuskeln und seine muskulösen Arme zeigten, dass er zwar regelmäßig, aber keineswegs fanatisch trainierte. Für sie war das perfekt.

Sie wartete, wollte den Rest von ihm sehen, er ließ sie jedoch zappeln. Er schritt zum Fuß des Bettes hinüber und band ihren Knöchel an den Bettpfosten.

Sie biss sich auf die Unterlippe, verkniff sich jedes Wort, als er sich zum anderen Bein hinüberbeugte und das Ganze wiederholte.

Mutwillig grinsend ließ sie nun die Hand zwischen ihre Beine gleiten und streichelte sich selbst. Ihre Finger glitten über ihr feuchtes, glattes Fleisch und ihre geschwollene Klitoris. Sie ließ ihn nicht aus den Augen, sah, wie in seiner Wange ein Muskel zuckte. »Vielleicht solltest du nicht beide Handgelenke festbinden«, flüsterte sie. »Du siehst doch gern zu, oder?«

»Das tue ich«, bestätigte er und legte danach sehr sanft seine Hand über die ihre. Sie streichelten sie jetzt gemeinsam, berührten sie, dann stieß er in sie hinein. Immer nur ein Finger, nacheinander, bis sie sich aufbäumte, nach mehr verlangte als bloß nach Fingern ob den ihren oder den seinen, spielte keine Rolle.

»Und trotzdem …«, sagte er, ergriff ihre freie Hand und band sie fest. Einen Augenblick später küsste er sie leicht, ignorierte ihre Proteste, zog ihre andere Hand von ihrem Geschlecht fort und band auch diese an den Bettpfosten.

»Gemeiner Kerl«, neckte sie ihn.

»Oh, ich denke, du wirst deine Meinung bald ändern.« Er verlagerte sich, dann küsste er ihre Beine, ließ seine Lippen hinaufwandern, bis sein Mund heiß und fordernd auf ihrem Geschlecht lag. Gleichzeitig umfing er mit den Händen ihre Brüste. Das hier war nun nicht mehr sanft und zärtlich wie eben. Das hier war grob. Er saugte, leckte, biss sogar.

Er führte sie in luftige Höhen hinauf, bis an den Abgrund. Sie empfand alles umso intensiver, da sie gefesselt war und sich dem Ansturm seiner Berührungen nicht entwinden konnte. Mit jedem Lecken seiner Zunge, jedem Knabbern seiner Zähne packten seine Finger ihre Nippel fester, erweckten ihren ganzen Körper vor Leidenschaft zum Leben. Es gab kein Entrinnen: Das Feuer drohte ihren Körper zu verzehren.

»Nolan«, rief sie, bäumte sich auf, bat ihn stumm, heftiger zu saugen, sie noch näher an den Abgrund zu führen. Sie wollte, dass er ihre Brustwarzen kniff. Wollte den Schmerz, um die Lust auszugleichen. »O bitte.« Sie war kurz davor, so dicht dran, nur noch ein klein wenig, und sie würde hinabstürzen. In die Tiefe. Und dann würde sie Sterne sehen, genau wie die da draußen vor dem Fenster.

»Heute Nacht will ich mit dir kommen«, sagte er, und noch während er sprach, zog er an der Kordel, um die beiden Schlingen zu lösen, mit denen er ihre Handgelenke festgebunden hatte. Anschließend befreite er auch ihre Knöchel.

»Beeil dich«, wisperte sie, aber es war gar nicht nötig, ihn zu drängen. Fast sofort lag er über ihr, ihre Münder prallten heiß und grob aufeinander. Ein primitives Zusammentreffen, ineinander verschlungene Beine, Hände überall, kratzende Fingernägel.

Er zog sich kurz einmal zurück, schwer atmend, mit loderndem Blick. »Ich liebe dich«, sagte er, und die Worte durchfuhren sie wie ein Schwerthieb.

»Ich liebe dich auch. Bitte, Nolan. Ich brauche dich jetzt.«

»Auf die andere Seite.« Doch dann drehte er sie auch schon selbst herum, sodass sie auf Händen und Knien zu liegen kam. »Ich kann nicht langsam.«

»Nein, mein Gott, nein.«

Seine Hände waren auf ihren Hüften, sein Schwanz an ihrem Innersten. »Berühr dich«, verlangte er. »Und berühre mich.«

Sie gehorchte, streichelte mit der Hand ihre Klitoris, wobei sie ihre Hand so hielt, dass sie gleichzeitig seinen harten Schwanz ertastete, während er in sie hineinrammte, sie erfüllte. Sie für sich beanspruchte. »Das ist es, Baby«, sagte er. »Das ist es. Und jetzt komm mit mir.« Sie spürte, wie kurz davor war, und als er sich über sie beugte und ihr mit der einen Hand in die Brustwarze kniff, spürte sie, wie ihre inneren Muskeln sich um ihn zusammenzogen, was umso heftiger wurde, als er den Finger seiner anderen Hand ebenfalls in sie hineingleiten ließ. Sie war jetzt ebenfalls kurz davor, so dicht dran, nur noch ein klein wenig, und dann *O Gott, ja!*

Er ließ seine Hand von ihrer Muschi zu ihrem Hintern gleiten, wobei seine feuchte Fingerspitze bloß bis zum Knöchel hineinglitt. Der ungewohnte Druck stürzte sie in den Abgrund. Sie kam heftig. Köstlich. Ihr Körper krampfte sich so lange um ihn, bis er vollkommen leer war. Sie wollte alles von ihm, nahm alles, was er gab. Völlig erschöpft fiel sie aufs Bett, denn ihre Muskeln trugen sie nicht länger. Nolan landete neben ihr, ihre Beine ineinander verschlungen, ihre Gesichter einander so nah, dass sie die gleiche Luft atmeten.

»Ich glaube, du hast mich vollkommen erledigt.« Shelby reckte sich wunderbar erschöpft. »Auf die bestmögliche Art.«

»Gut«, sagte er und beschrieb gemächliche Kreise auf ihrer bloßen Haut. »Dann bist du ja vorbereitet für das, was als Nächstes kommt.«

»Als Nächstes?« Sie tat, als müsse sie gähnen. »Noch mehr, und du musst mich irgendwann von den Toten auferwecken.«

Er antwortete nicht. Zunächst jedenfalls nicht. Dann räusperte er sich allerdings und klang doch tatsächlich nervös.

Sie verlagerte sich, um sich auf einen Ellbogen zu stützen, aber seine Fingerspitze wanderte zu ihrer Brust, sodass sie die Augen schloss und sich auf die Lippe biss.

»Ich habe mit deinem Dad gesprochen …«

Sie riss die Augen auf und biss sich versehentlich so heftig auf die Lippe, dass Blut kam. »Was?«

»Ich habe nur … ich weiß, dass ich nicht der Typ Mann bin, den dein Vater sich für dich wünscht …«

»Verdammt, Nolan.« Jetzt stützte sie sich doch auf die Ellbogen. »Du weißt, dass mir das egal ist. Wir haben darüber doch gesprochen …«

»Pst«, sagte er und legte ihr einen Finger auf die Lippen. »Ich glaube dir, dass es für dich keine Rolle spielt. Mir ist es allerdings wichtig. Er muss mich nicht lieben. Und ganz sicher muss ihm nicht gefallen, wie ich meinen Lebensunterhalt verdiene. Aber er muss wissen, dass ich dich liebe.«

»Ich … oh. Was hast du getan?«

Sein breites Lächeln erinnerte sie an Tom Cruises großspuriges Grinsen in dem Klassiker *Lockere Geschäfte*. »Ich hab es ihm gesagt.«

»Oh. Und er war …«

»Ich habe ihm noch etwas gesagt.«

»Ja? Und was?«

Er glitt von dem Bett herunter und nahm dann irgendetwas, das hinter einer der Kerzen auf dem Nachttisch stand. Sie setzte sich auf, einerseits, weil sie verwirrt war, und andererseits, weil sie ihn besser sehen wollte. »Ich habe ihm gesagt, dass ich dich fragen wollte, ob du mich heiraten willst.«

Ihr blieb die Luft weg, und das Herz flatterte wild in ihrer Brust.

Er hielt einen Ring in die Höhe, sodass der Diamant im falschen Kerzenlicht funkelte. »Shelby Drake, ich liebe dich mehr, als ich es je für möglich gehalten hätte. Willst du meine Frau werden?«

Sie nickte, da sie sich anscheinend nicht daran erinnern konnte, wie man Worte herausbrachte, und sie brauchte eine ganze Weile, um letztlich doch nur ein einziges Wort hervorzustoßen. »Ja«, antwortete sie, glitt vom Bett herab und ließ sich vor ihm auf den Knien nieder, damit er ihr den Ring über den Finger streifen konnte. »Natürlich will ich das.«

Und plötzlich brach sie in Tränen aus.

Die Freude durchfuhr Nolan mit solcher Intensität, dass er erst gar nicht verstand, dass ihre Tränen nicht der Tatsache geschuldet waren, frisch verlobt zu sein.

»Shelby?« Sie kniete auf dem Boden vor ihm, und er fuhr ihr mit den Fingern durchs Haar und hielt dann ihr Gesicht in beiden Händen, sodass sie ihn unweigerlich ansehen musste.

Nach ein paar Sekunden lächelte sie, wenn auch schwach, dann holte sie unsicher Atem. Offensichtlich hatte sie Mühe, weitere Tränen zurückzuhalten.

»Hey«, sagte er mit sanfter Stimme, »was ist denn los? Das sieht mir aber nicht nach Freudentränen aus.«

»Doch, es sind Freudentränen o Gott, Nolan, doch, das sind sie. Ich hatte einfach vorher nur so viel Angst, und jetzt so glücklich zu sein das bringt mich völlig aus der Fassung.«

Unvermittelt wurde ihm ganz kalt. »Angst?«

»Die Pakete«, erklärte sie. »Und dann diese Telefonate. Ich dachte – na ja, die Fantasie ist total mit mir durchgegangen. Ich befürchtete, glaube ich, dass du mich verlässt, und ich …«

Sie unterbrach sich mit einem heiseren Schluchzen, das ihn bis ins Mark traf.

»O Baby«, er zog sie dicht zu sich heran und hielt sie fest, »es tut mir so leid.« Gott, was war er doch für ein Mistkerl! »Ich war nur auf Wirkung aus. Dieses Ereignis. Mein Antrag sollte die ganz große Show sein. Ich hätte nie gedacht, ich hätte nie ...«

Sie ergriff seine Hand. »*Nein*. Nein, bitte, Nolan, das darfst du nicht denken. Das hier ist perfekt. Und meine Ängste ... Na ja, ich wusste ja durchaus, wie sehr ich dich liebe, aber erst als ich glaubte, dass du dich vielleicht zurückziehst, ist mir klar geworden, wie traurig ich wäre, wenn du nicht mehr Teil meines Lebens wärst. Ehrlich gesagt habe ich mich gefragt, ob ich morgens überhaupt würde aufstehen können, wenn du nicht an meiner Seite bist. Ich wusste wirklich nicht, ob ich es schaffen würde.«

Erneut flossen die Tränen, und sanft wischte er sie fort.

»O Baby«, wiederholte er und hätte sich am liebsten eine Ohrfeige gegeben, weil er ihr auch nur ein bisschen Angst gemacht hatte, »die gute Nachricht ist, dass du das nie herausfinden musst.«

Ihr strahlendes Lächeln erfüllte sein Herz so sehr, dass es zu bersten drohte. »Alles Gute zu unserem Jubiläumstag«, sagte sie und gab ihm einen flüchtigen Kuss. »Aber jetzt steigen die Erwartungen natürlich.«

Er legte den Kopf schief und sah sie fragend an.

»Ich meine einfach Folgendes: Wenn du schon zu unserem Achtmonatigen so eine Show abziehst, was wirst du dir dann erst zu unserer Silberhochzeit ausdenken?«

»Wart's ab, Baby«, sagte er und zog sie dicht zu sich heran. »Etwas anderes bleibt dir schließlich nicht übrig.«